Kontaktadresse nach EU-Produktsicherheitsverordnung:
produktsicherheit@fischerverlage.de

Auf einem Campingplatz am Biggesee wird Bernd Groschek an einem Sommermorgen ermordet aufgefunden. Er war dort Hausmeister. Erste Spuren zeigen, dass in der Bootshütte, in der er liegt, zur Tatzeit ein Liebespärchen gewesen sein muss. Sind sie Zeugen – oder Täter? Ist der Pflock, der Groschek ins Herz gerammt wurde, einfach nur die naheliegende Waffe aus dem Bootshaus oder ein Hinweis auf satanische Umtriebe?
Campinghasserin Inka Luhmann muss, um die umfangreichen Befragungen durchzuführen, selbst einen Wohnwagen dort beziehen. Ausgerechnet jetzt, da ihr Mann Henne, Ex-Bulle in Elternzeit, sich zwar toll um die Kinder kümmert, aber für Inkas Geschmack zu viel Zeit mit einer alten Flamme verbringt. Als ob sie nicht schon genug Stress hätte, bittet ein ehemaliger Kollege aus Dortmund Inka um Hilfe bei einem alten gemeinsamen, ungelösten Bankraubfall. Auf einmal eskalieren die Ermittlungen, und Inka muss erleben, dass alles, was ihr am Herzen liegt, in Gefahr gerät – sogar ihre Familie …

»Welter und Gantenberg verbreiten wieder Wohlfühlatmosphäre im Krimi.«
Krimi-Radar

Weitere Titel des Autorenduos:
›Kalt geht der Wind‹
›Lang sind die Schatten‹

Das Autorenduo *Oliver Welter* und *Michael Gantenberg* kennt sich aus mit Spannung: Michael Gantenberg (geboren 1961) war Radio- und TV-Moderator (WDR, VOX, NDR) und schrieb u. a. für DIE ZEIT und die FAZ. Mit dem Grimme-Preis und dem Deutschen Fernsehpreis ausgezeichnet, schrieb er zahlreiche Folgen für die Krimireihen ›Unter Verdacht‹ (ZDF), ›Nord Nord Mord‹ (ZDF), ›Henker & Richter‹ (ARD) sowie einen ›Tatort‹. Michael Gantenberg lebt mit seiner Familie in der Nähe des Sauerlandes.
Oliver Welter (Jahrgang 1969) arbeitete als Autor für ›TV total‹, schrieb zahlreiche Folgen von TV-Serien wie ›Mein Leben & Ich‹, ›Alles was zählt‹ sowie für die Krimiserie ›Morden im Norden‹ (ARD) und wurde mit dem Deutschen Fernsehpreis ausgezeichnet. Selbst großmütterlicherseits Sauerländer, lebt er mit seiner Familie im Rheinland.

Weitere Informationen, auch zu E-Book-Ausgaben, finden Sie bei
www.fischerverlage.de

Oliver Welter und Michael Gantenberg

TIEF
STEHT DIE SONNE

Inka Luhmann ermittelt im Sauerland

FISCHER Taschenbuch

Die Nutzung unserer Werke für Text- und Data-Mining im Sinne von
§ 44b UrhG behalten wir uns explizit vor.

2. Auflage

© 2023 S. Fischer Verlag GmbH,
Hedderichstr. 114, 60596 Frankfurt am Main
Printed in Germany
ISBN 978-3-596-03163-4

1 Samstag, 23:54 Uhr

Kein Laut war der beste Laut. Vor allem, wenn man nicht erwischt werden wollte. Heute Nacht wäre das die übelste aller Möglichkeiten.

Julia Zimmermann hielt den Atem an, ließ hinter sich lautlos die leichte Kunststofftür des Wohnwagens ins Schloss klicken und trat vorsichtig von einem Plastikpodest, das als Einstiegsstufe diente, in das stickige Vorzelt. Sie wandte sich nach links und sah zu dem Fenster, hinter dem ihre Eltern schliefen. Gleichmäßiges, gedämpftes Schnarchen. Alles blieb dunkel. Gut so. Teil eins ihres nächtlichen Ausflugs war geschafft. Erleichtert atmete Julia durch. Und rümpfte sofort die Nase.

Für ihre Eltern und den ganzen Platz schien der gummigeschwängerte Geruchsmix aus Zeltbahnausdünstungen, Kunststoffmöbeln, trocknender Badekleidung, kalten Grillresten, Spülmittel und feuchtem Rasen der Inbegriff von Freiheit und Erholung zu sein. Für Julia war es der Mief des permanenten Provisoriums. Campingurlaube liebte oder hasste man. Julia gehörte eindeutig in die zweite Kategorie. Aber was sollte sie machen? Mit vierzehn war sie zu jung, um mit ihren Freundinnen an den Goldstrand oder nach Mallorca zu düsen. Zumindest meinten das ihre Eltern und hatten sie zur jährlichen Höchststrafe verurteilt: drei Wochen mit dem Wohnwagen an den Biggesee. Drei Wochen Familienhorror. Nur gut, dass Julia in diesem Jahr Mathijn kennengelernt hatte.

Sie konnte es kaum erwarten, wieder in die kühle Frische der

Sauerländer Nachtluft zu entkommen. Sie musste nur noch ihren Erzfeind der letzten Tage und Nächte überwinden. Im trüben Licht der platzeigenen Wegebeleuchtung vor der Parzelle schlich Julia zum Ausgang des Vorzeltes und stand vor ihm: dem breiten Reißverschluss, der in einem großen Rundbogen eine dicke Zeltplane mit einem halbblinden Folienfenster umspannte. Julia hasste den verdammten Verschluss. Tagsüber machte das Scheißding schon einen Heidenlärm, wenn jemand ihn auf- oder zuzog. In der Stille der Nacht könnte sie sich den Weg nach draußen genauso gut mit einer kreischenden Kettensäge bahnen.

Geduld war gefragt. Sie griff nach dem metallenen Schieber. Eine Spalte von einem halben Meter würde erfahrungsgemäß ausreichen, um ihre sportlichen 1,68 in die Freiheit zu entlassen. Aber sie durfte nicht ungeduldig werden. Millimeter für Millimeter zog sie den Reißverschluss auf, immer wieder mit bangem Blick zum Fenster ihrer Eltern. Zeit genug, sich auszumalen, was passieren würde, wenn ihre Mutter auch dieses Mal hinter ihren unerlaubten nächtlichen Ausflug kam. Beim ersten Mal hatte sie es bei einer Ermahnung belassen. Beim zweiten Mal hatte sie Julias Vater hinzugezogen, der prompt Julias ehemals eigenes Zelt neben dem Wohnwagen abgebaut und sie zum Schlafen im elterlichen Wohnwagen verdonnert hatte. Beim dritten Mal hatte dann der übliche Ausdruck mütterlicher Überforderung gegriffen: kein Geschrei, keine peinliche Szene oder gar Prügel. Julias Mutter hatte ihr eigenes Foltermittel. In Fällen von nachhaltiger Unbelehrbarkeit ihrer Tochter redete sie einfach nicht mehr mit ihr. Zum Teil tagelang. Stattdessen ließ sie keine Gelegenheit aus, Julia mit anklagender, vorwurfsvoller Miene klarzumachen, dass sie sich des größten aller Kapitalverbrechen schuldig gemacht hatte: Ungehorsam. Immerhin würde Julia morgen früh schnell merken, wo der Hase langlief. Das »Wecken« wäre ein unverhältnismäßig frühes und übertrieben lautes Herumpoltern im Wohnwagen, der Frühstücksklapptisch wäre für alle außer Julia gedeckt, und an wem der anschließende Abwasch hängenbleiben würde, wäre ohnehin klar. Beim bloßen Gedanken an die triefend selbstmitleidige, ohnmächtige passive Aggressivität ihrer Mutter schüttelte es Julia innerlich. Aber für Mathijn nahm sie das gerne in Kauf.

Schließlich hatte sie auch Ferien. Und nur weil ihre Eltern darunter verstanden, dass man täglich ab 11 Uhr 30 mit einer Horde gleichgesinnter Nachbarcamper vor einem Grill sinnlos Bier in sich und über viel zu fettes Grillgut kippte, musste Julia das ja nicht auch »total entspannend« finden. Sie wollte was erleben. War das denn so schlimm?

Ein Schwall kühler Nachtluft verdrängte ihre düsteren Gedanken. Geschafft! Julia sah sich ein letztes Mal um und schlüpfte lautlos durch den entstandenen Spalt im Vorzelteingang in die Stille der Nacht.

Die Türplane verschloss sie nur provisorisch. Sie verhakte routiniert drei breite Klettverschlüsse, die der Hersteller netterweise angebracht hatte. Schließlich musste sie ja später wieder unbemerkt zurück in den Wohnwagen. Ein weiterer Blick zum Fenster ihrer Eltern. Alles ruhig. Sie hatte auch Teil zwei geschafft.

Julia stand vor ihrer Parzelle mit der Nummer 149 und sah auf den spärlich beleuchteten Weg, der den Campingplatz ziemlich genau in der Mitte durchschnitt und wie alle Wege irgendwann zum Einfahrtsbereich führte. Nur von dort konnte man zum Strand und zu den Bootsanlegeplätzen gelangen. Julia hielt den Atem an. Stille umgab sie, nur unterbrochen vom gelegentlichen leisen Rauschen einer sommerlichen Brise und entfernten Feiergeräuschen vom Seeufer. Gut so. Doch an Entspannung war noch lange nicht zu denken, denn die nächste Gefahr für Julias Vorhaben war auch die größte. »Groscheks Bernd«, wie man ihn hier in bester Sauerländer Tradition, »Nachname vor Vorname«, nannte, war nicht nur offizieller Ordnungshüter des Campingplatzes, sondern auch Allround-Handwerker, Angelcoach, Kiosk-Notdienst, Wetterfee, Witwentröster, Maskottchen und Nachrichtenmann in Personalunion. Seine vielfältigen Aufgaben nahm der Mann ernst. Alle. Nachdem er vor einigen Jahren mal einen Einbrecher auf frischer Tat ertappt und filmreif in Angelschnur gefesselt an die Polizei übergeben hatte, hatte ihm ein Gast einen echten Sheriffstern aus den USA mitgebracht und an eine von gefühlt drei Dutzend Brusttaschen von Bernds Lieblingsklamotte geheftet: seine obligatorische Anglerweste. Seitdem war das protzige Blechschild nicht nur sein Markenzeichen geworden, es war auch jedem Betrachter klar, dass er es nicht zum Spaß trug. Was Groscheks Bernd mit einem weiblichen Teenie auf nächtlichem Knutschausflug machen würde, wollte Julia sich gar nicht erst ausmalen. Zumal sie sicher war, dass Groschek der Grund war, warum ihre letzten drei Ausflüge mit Mathijn aufgeflogen waren. Aber sie wusste auch, dass heute Samstag war. Der Tag, an dem der Sheriff sich traditionell auf seiner großen Platzrunde von jedem auf ein Bier einladen ließ, der ihn ansprach.

Julia spähte aufgeregt in die Nacht. Zu beiden Seiten des Weges führte eine verlassene, düstere Phalanx aus Zelten, Wohnwagen und Autos in dahinterliegendes undurchdringliches Schwarz der allgegenwärtigen Bäume. Der Weg war zu riskant für ihr Vorhaben. Julia bevorzugte eine unauffälligere Route. Sie überquerte den Weg und lief vorsichtig zwischen den beiden Wohnwagen der gegenüberliegenden Parzellen auf den dahinterliegenden, dichtbewachsenen Grünstreifen und von dort weiter in östliche Richtung zum Einfahrtsbereich des Platzes. Immer auf der Hut, nicht über Groschek, irgendwelche Spannseile oder die Reste einer Grillparty zu stolpern. Mathijn wartete bereits am See auf sie. Julia spürte, wie die Vorfreude eine kribbelnde Welle puren Adrenalins durch ihren Körper schickte.

Wenige Minuten später brauchte sie auf verräterische Geräusche nicht mehr zu achten. Sie hatte sich am verlassenen Rezeptionsgebäude vorbeigeschlichen und war unbemerkt die Treppe zum dahinter liegenden Verwaltungsgebäude hinuntergestiegen. Dort hatte sie sich rechts gehalten und war vorbei am verwaisten Imbiss und dem Campingshop hinunter zum See geeilt.

Am Wasser angekommen war die Luft erfüllt von einer verheißungsvollen Mischung aus sommerlicher Wärme und schilfigem Seegeruch. Das gelegentliche Rauschen eines einsamen Autos auf der nahen Sonderner Talbrücke mischte sich mit gedämpften Musikfetzen und einzelnen Lachsalven feiernder Campergrüppchen. Julias Vorfreude stieg. Eigentlich war's hier doch gar nicht so schlecht, dachte Julia. Wenn man nicht an seine Eltern gebunden war. Und wenn Groschek einen nicht erwischte.

Sie schlich vorsichtig zu einem hölzernen Bootssteg und horchte angespannt in die Dunkelheit. Etwas abseits des Stegs stand eine kleine Holzhütte, Wasser schwappte träge gegen Holz und Bootsrümpfe.

»Mathijn?!«, fragte sie leise. Doch statt einer Antwort legte sich plötzlich eine Hand über ihren Mund! Kräftige Arme zogen Julia vom Steg herunter in Richtung der Hütte. Scheiße, dachte sie. Groschek! Zu Tode erschrocken fuhr Julia herum und stieß sich von ihrem Angreifer ab. Aber sie sah nicht in das graue vierschrötige Gesicht des Sheriffs, sondern in ein breites jugendliches Grinsen: Mathijn!

»Mann!«, stieß Julia leise hervor und schlug ihm spielerisch auf die Brust. »Bescheuert?!«

»Nur ein bisschen verrückt. Nach dir«, kam es in breitem niederländischem Tonfall zurück. Und bevor Julia noch etwas erwidern konnte, drückte ihr Mathijn seine Lippen auf den Mund. Der nächste Adrenalinschub durchfuhr Julia. Ihr wurde schwindelig. Küssen konnte der Typ jedenfalls. Und das war es schließlich, worauf sie den ganzen Tag gewartet hatte. Julia vergaß ihren Schreck und gab sich dem Moment hin. Sie erwiderte den Kuss und schloss die Augen. Als sie sie wieder öffnete, fand sie sich inmitten eines Gewirrs aus Werkzeug, Seilen, Bootsgerätschaften und dem Geruch nach rohem Holz und Farbe wieder. Julia hatte gar nicht bemerkt, dass Mathijn sie in den kleinen Schuppen bugsiert hatte. Er schloss eine schmale Holztür hinter sich und kam zu ihr. Wieder gaben sich die beiden ihren Küssen hin. Jetzt fordernder. Sie keuchten. Julia spürte Mathijns Hände unter ihrem T-Shirt und ihre eigenen an der Knopfleiste seines Shirts, während er ihre Hüften anhob und sie auf eine schmale Werkbank setzte. Ohne die Lippen von seinen zu nehmen, stützte sie sich blind nach hinten ab. Und griff in eine zähe warm-feuchte Masse! Angeekelt fuhr sie zurück.

»Iih! Was ist das denn?!«

Mathijn schaltete sein Handy in den Taschenlampenmodus und hob Julias Hand in das brutal helle Licht. Eine bräunliche, zäh-klebrige Flüssigkeit hatte sich über zwei von Julias Fingerkuppen verteilt. Entsetzt sah sie auf.

»Ist das ... Blut?«, fragte sie.

Doch Mathijns Anspannung wich sofort wieder seinem Grinsen. »Nee«, meinte er. »Dichtmasse.« Er suchte nach Worten. »Zum Abdichten von Booten.«

Julia atmete erleichtert durch und wollte ihren Kopf gerade an seine Schulter legen, als sie erneut aufschrak. Hinter Mathijn hatte für den Bruchteil einer Sekunde etwas Metallisches aufgeblitzt. Etwas, das Julia bekannt vorkam. Ihre Augen weiteten sich vor Schreck.

»Was ist jetzt wieder?«, fragte Mathijn, nun etwas ungeduldiger.

Statt einer Antwort richtete Julia den Lichtschein von Mathijns Handy wie in Trance auf die Stelle hinter der Tür. Der metallische

Gegenstand war ein Sheriffstern. Nur glänzte er nicht mehr silbern, sondern rot. Blutrot. Aus einer tiefen Wunde im Brustkorb von Bernd Groschek hatte sich ein großer tiefschwarzer Fleck auf der Vorderseite seiner zerfetzten Anglerweste, seiner Hose und dem Boden ausgebreitet. Seine weit aufgerissenen Augen schienen Julia und Mathijn noch im Tod vorwurfsvoll anzustarren.

2 Sonntag, 08:22 Uhr

»Wann sind wir da-ha?«

Inka verdrehte müde die Augen und wandte sich nach rechts zum Beifahrersitz, von dem Henne sie grinsend ansah.

»Nicht dein Ernst, oder?«, fragte sie.

Henne zuckte die Achseln.

»Wenn die Kinder nicht fragen. Einer muss ja quengeln«, meinte er.

Inka musterte ihn einen Moment länger, als während einer Autobahnfahrt ratsam war. Dann fiel ihr auf, warum. Sein Lächeln. So entspannt hatte Henne in den letzten beiden Wochen nicht ein einziges Mal ausgesehen. Und das war immerhin ihr gemeinsamer Familienurlaub gewesen. Oder das, was man als Urlaub bezeichnete. Inka seufzte in sich hinein, wandte ihren Blick wieder der Fahrbahn zu und verringerte die Geschwindigkeit. Vor ihr wurde die A 33 zur B 480. Die eben noch flache westfälische Landschaft warf mehr und mehr Hügel auf. Doch Sauerländer Heimatgefühle wollten sich bei Inka nicht recht einstellen. Stattdessen fragte sie sich, woher die allgemeine Auffassung kam, Urlaub habe etwas mit Erholung zu tun. Glaubte man den Medien, der Werbeindustrie oder den Berichten von Freunden oder Bekannten, saß ganz Deutschland pünktlich zu Ferienbeginn entspannt mit Zahnpastalächeln und Cocktails in den Händen auf bequemen Liegestühlen und bewunderte prächtige Bergpanoramen, spektakuläre Sonnenuntergänge oder wildromantische Lagerfeuer neben hochglänzenden Fahrrädern. Und egal wen man

Wochen später fragte, überall hörte man nur einen Urlaubs-Kommentar: »Super! Wir haben uns so was von erholt!« Nach den letzten beiden Wochen Dänemark konnte Inka darüber nur den Kopf schütteln.

Zwar war ihr kleines, gemietetes Ferienhaus an der Ostseeküste erstklassig gewesen, das Wetter perfekt und der nahe Strand ein Paradies für Tom, Mia und Böse, aber damit hatten sich die Klischees auch schon erledigt. Von wegen Ausspannen, mal zwei Wochen nur das tun, was einem gefällt, oder einfach mal ein gutes Buch lesen. Mit zwei Kindern, einem Hund und einem Ehemann, der im Urlaub auch Urlaub von seinen Hausmannspflichten machte, hatte sich die Welt um alles gedreht, nur nicht um Inkas eigene Bedürfnisse. So hatte ihr Ferienhaus zwar die Annehmlichkeit von drei Schlafzimmern und einem urigen Alkoven gehabt, allerdings hatte sich jedes der Betten als zu schmal für zwei Erwachsene erwiesen. Woraufhin Henne zu Inkas Entsetzen seltsam freiwillig vorgeschlagen hatte, getrennte Schlafzimmer zu beziehen. Gegenseitige »Besuche« waren allerdings unmöglich gewesen, weil Tom und Mia, trotz eigener Betten, natürlich regelmäßig und in wechselnden Kombinationen Kuschelasyl bei ihren Elternteilen eingefordert hatten. Nur um pünktlich bei Sonnenaufgang hellwach zu sein. Und der war in Dänemark eine gute halbe Stunde früher als in Brilon.

Als nicht weniger herausfordernd hatten sich die Tagesunternehmungen entpuppt. Abgesehen von Supermarktpreisen, die normalverdienenden Selbstversorgern die Tränen in die Augen trieb, hatten sich gemeinsame Unternehmungen, außer den Mahlzeiten, als unmöglich erwiesen. Immer hatte irgendjemand irgendetwas auszusetzen, weshalb man sich – um des lieben Friedens Willen – meist auf getrennte Wege einigte. Und hatten tatsächlich mal alle vier Luhmanns ein gemeinsames Ziel gefunden, waren sie spätestens an dessen Eingang von einem freundlich lächelnden Dänen auf ein Schild mit einem dicken roten Balken über einem stilisierten schwarzen Riesenschnauzer hingewiesen worden. Hunde verboten. Das Resultat: Inka war nicht nur übermüdet, sexuell unausgelastet und erholungsbedürftiger als zwei Wochen zuvor, sie ertappte sich sogar bei dem Gedanken, sich nach ihrem deutlich kalkulierbareren Berufsalltag zu sehnen. Das entsprechend schlechte Mutter-Gewissen natürlich inklusive.

»Wenn Mama weiter so schleicht, schaffen wir's nicht vor heute Mittag.« Mia hatte sich von der Rückbank zwischen die Vordersitze gebeugt und sah vorwurfsvoll auf die Tachonadel. Ihr Bruder Tom schien neben ihr die Rückkehr zu verschlafen. Genau wie Böse, dessen gleichmäßiges Schnarchen aus dem Heckbereich selbst gegen das Fahrbahnrauschen gewann.

Inka trat wieder aufs Gas.

»Immerhin sind wir wieder im Sendebereich von Radio Sauerland«, meinte Henne entspannt, sortierte die Radiosender von Norddeutsch und Skandinavisch wieder auf Heimat und lieferte sich prompt mit Mia ein Duett zu irgendeinem aktuellen Urlaubshit. Inkas Skepsis schien er zu bemerken.

»Man wird sich doch wohl auf zu Hause freuen dürfen«, meinte er unschuldig.

Inka atmete durch und enthielt sich eines Kommentars, zumal ein Piepton mal wieder eine eingehende Nachricht auf Hennes Handy ankündigte. Neben der unglücklichen Gesamtsituation Inkas zweiter großer Urlaubskiller. Normalerweise war sie es, die, dienstlich bedingt, ihr Mobiltelefon nicht aus der Hand legen konnte. Wofür Henne, als Ex-Bulle in verlängerter Elternzeit, natürlich Verständnis hatte. Doch vor der Abfahrt in den Urlaub hatte er Inka einen Deal vorgeschlagen: Einmal am Tag Nachrichten checken. Mehr nicht. Beide hatten sich daran gehalten. Allerdings mit dem Unterschied, dass Inka ihr Telefon einmal abends für fünf Minuten eingeschaltet hatte, während Hennes Gerät zwölf Stunden am Stück Nachrichten empfing. Inkas zunehmend genervte Fragen nach den Absendern hatte er ebenso profan wie selbstverständlich beantwortet: seine Kumpels aus dem Altstadt-Treff. Warum deren Anliegen aber plötzlich wichtiger waren als Inkas Dienstangelegenheiten, hatte er verschwiegen. Dafür hatte Henne das Ferienhaus von der ersten Minute an fasziniert. Er hatte sogar mehrere Stunden mit dem freundlichen Vermieter über Bauart, Bauvorschriften und Immobilienpreise diskutiert, nur um Inka irgendwann in der zweiten Woche zwischen Abwasch und Spieleabend zu fragen, ob sie in ihrer Wohnung in Brilon eigentlich zufrieden wäre. Nein, dieser Urlaub war alles gewesen, nur nicht entspannend. Inka wollte endlich ankommen, auspacken und sich darauf verlassen, dass der Alltag möglichst schnell wieder für normale Familienverhältnisse sorgen würde.

Als sie wenig später unter dem lauten Jubel von Henne, Mia und Tom und einem lauten Gähnen von Böse in die Einfahrt ihres Zweifamilienhauses am Rand des Briloner Ortskerns einbog, kam es Inka vor, als wären die letzten 14 Tage schon zu einer uralten Erinnerung verblasst. Da passte es nur zu gut, dass pünktlich mit dem Öffnen der Fahrertür Inkas Handy klingelte. Nur meldete ihr Display nicht die erwartete Nummer ihrer Dienststelle in Brilon, sondern eine unbekannte mobile. Inka nahm das Gespräch an.

»Luhmann?«

»Birkholtz«, kam es aus dem Telefon.

Inka brauchte einen Moment, um sich den Namen ins Gedächtnis zu rufen. Andreas Birkholtz war ein ehemaliger Kollege aus Inkas früheren Dortmunder Zeiten.

»Noch da?«, fragte er in die entstandene Stille. Inka fing sich.

»Klar. Was gibt's?«, fragte sie zurück.

»Immer noch die alte Smalltalk-Maschine, was?!«, lachte Birkholtz aus dem Telefon. »Aber weil du so nett fragst. Jau, uns geht's gut hier. Deine Nummer und deine Urlaubsplanung hab' ich übrigens von deiner Dienststelle.«

Inka schmunzelte.

»Klar, dass die nicht dichthalten. Aber du rufst sicher nicht an, weil ihr keine Postkarte gekriegt habt.«

Wieder das Lachen.

»Nee, sind wir gewohnt.« Dann konnte Inka förmlich hören, wie Birkholtz ernster wurde.

»Du weißt noch, was morgen ist?«, fragte er.

Inka überlegte. Hatte sie irgendetwas vergessen? Einen Gerichtstermin, ein Dienstjubiläum, die Pensionierung eines alten Kollegen? Wohl kaum. Sie hatte das Kapitel Dortmund abgeschlossen, als sie vor drei Jahren Hennes alten Job als Dienststellenleiterin der Abteilung Kapitalverbrechen hier in Brilon übernommen hatte. Sie sah, wie Henne und die Kinder anfingen, das Gepäck zur Haustür zu tragen, und wurde ungeduldig.

»Du, können wir das abkürzen? Wir sind gerade erst rein, haben 'ne Menge auszupacken und …«

»Sven Wittmann«, unterbrach Birkholtz sie. »Und nur, falls du dich noch an unser Versprechen gebunden fühlst.«

Inka fiel es sofort ein.

»Wann?«, fragte sie.

»Morgen um neun.«

»Alles klar«, sagte Inka und legte auf.

Henne kam von der Haustür zurück und wuchtete einen weiteren Koffer aus der Dachbox.

»Drei Minuten, und du hast 'nen neuen Fall?«

»Nee, einen alten«, meinte Inka nachdenklich. Doch bevor Henne weitere Fragen stellen konnte, öffnete sich die Haustür und Inkas und Hennes Nachbarin Frau Lugner umarmte Mia, Tom und Böse. Die rüstige alte Dame lebte seit jeher in der Wohnung unter den Luhmanns und hatte sich im Laufe der Jahre zu einer verlässlichen Freundin, liebevollen Teilzeitoma, Babysitterin und Hausverwalterin entwickelt. Entsprechend herzlich war der Empfang.

»Da seid ihr ja!«, rief sie freudig, wehrte eine Schleckattacke von Böse ab und wandte sich strahlend an Inka und Henne.

»Na, wie war der Urlaub?!«

Inka steckte ihr Handy ein, dachte kurz nach und setzte ein bemühtes Lächeln auf.

»Super. Wir haben uns so was von erholt.«

3 Montag, 08:55 Uhr

»Sieht fast idyllisch aus.«

Inka deutete mit dem Kinn auf den Eingangsbereich der Justizvollzugsanstalt Werl, der in der milden Morgensonne vor ihr lag. Sie lehnte neben Andreas Birkholtz an der noch warmen Motorhaube seines Wagens. Ihr war aufgefallen, dass es kein Fahrzeug seiner Dienststelle, sondern ein Privatwagen war, mit dem Birkholtz gekommen war. Also betrachtete er den Termin wohl zumindest zum Teil auch als privat. Verständlich angesichts des Hintergrundes.

Inka blickte auf die Straße, die vor ihnen lag. Beiderseits von weißen Mauern gesäumt führte sie, von dichtem grünem Laub überdacht, zu einem zweistöckigen, ebenfalls weißen Gebäude.

»Klar ist das idyllisch«, meinte Birkholtz. »Der Teufel versteckt sich halt immer im Sonntagsanzug.«

Inka wusste, was er meinte.

Das weiße Gebäude markierte das Ende aller vordergründigen Bildromantik. Mit seinen vergitterten Fenstern, einer grauen Tür und einem monströsen, geschätzt vier Meter hohen und breiten eisernen Tor in grauer Rostschutzfarbe bildete es nicht nur den Eingang zu einer der größten Justizvollzugsanstalten Deutschlands, sondern auch zu einer anderen Welt. Die der JVA Werl. Hinter dem Eingangsgebäude ragte die Kopfseite eines großen, weiß-roten kreuzförmigen Klinkerbaus auf. Das Inhaftierungsgebäude. 1908 recht übersichtlich als »Königlich-Preußisches-Centralgefängnis« in Betrieb genommen, hatten zahlreiche

Erweiterungen, Modernisierungen und Anbauten das alte Gemäuer in mehr als hundert Jahren in eine Festung verwandelt, die sich heute über ein Areal von mehr als 13 Hektar Fläche im Werler Norden erstreckte. Über 400 Mitarbeiter waren für mehr als 850 Insassen zuständig. Alle sogenannte »Langstrafige«, wie Inka wusste. Mörder, Räuber, Vergewaltiger, Kinderschänder. Intensivtäter, die ausnahmslos lange Haftstrafen verbüßten. Nicht gerade die angenehmste Kundschaft.

Inka nahm einen Schluck aus dem Papp-Kaffeebecher einer nahen Bäckerei und sah von ihrer Armbanduhr zum eisernen Tor des Eingangsgebäudes. Was Birkholtz zu bemerken schien.

»Keine Sorge«, meinte er. »Die sind ziemlich pünktlich. In nicht mal 'ner Stunde bist du zurück in Brilon.« Inka winkte ab. Kurz vor ihrer Abfahrt nach Werl hatte sie ihre Kollegin Marlies Röggen in Brilon angerufen, um ihr mitzuteilen, dass sie ihren Dienst erst nach ihrem Ausflug nach Werl antreten würde. Auch wenn Röggen nicht nach dem Grund gefragt hatte, hatte Inka sie eingeweiht.

Birkholtz nahm ebenfalls einen Schluck Kaffee und hielt einen zweiten Becher hoch.

»Danke übrigens«, meinte er.

»Kein Thema«, erwiderte Inka. »Wer vergisst schon, dass du eher auf Zucker mit Kaffee stehst als auf Kaffee mit Zucker.« Die beiden lachten, stießen die Becher zusammen und gönnten sich noch einen Schluck. Dann wurde Birkholtz wieder ernster.

»Nicht nur für den Kaffee. Auch, dass du Wort gehalten hast, mein' ich.«

Inka schwieg. Stattdessen griff sie hinter sich und nahm die alte Fallakte von der Motorhaube, die Birkholtz ihr nicht nur aus nostalgischen Gründen mitgebracht hatte. Sie schlug sie auf und reiste gedanklich fast acht Jahre zurück in die Vergangenheit.

Am 25. November 2009 waren sie und Birkholtz per stillem

Alarm zu einem Banküberfall in Dortmund-Aplerbeck gerufen worden. Sie waren zufällig in der Nähe gewesen, als zwei Räuber es auf die Filiale einer Genossenschaftsbank abgesehen hatten. Ein »Klassiker« der Polizeiarbeit, wie Birkholtz damals meinte. Er hatte Banküberfälle, für Inka unverständlich, immer als eine der am wenigsten riskanten Kapitalverbrechen eingeschätzt. Zum einen, weil die Statistik belegte, dass Personenschäden dabei die Ausnahme waren, und zum anderen, so Birkholtz' Theorie, weil die Situation für alle Beteiligten relativ berechenbar war. Im Grunde wusste jeder, was passieren würde. Die Täter wollten nur ihre Beute und möglichst schnell wieder raus. Und die Bankmitarbeiter waren genau für diesen Fall geschult. Sie waren angehalten, die Situation zu deeskalieren, diskret den stillen Alarm auszulösen und den Forderungen der Räuber ohne Hektik nachzugeben. Außerdem war beiden Seiten klar, dass technische Vorkehrungen wie Zeitschaltungen für Tresore oder geringe Bargeldbestände den Mitarbeitern der Bank wenig Spielraum ließen. Alles zusammen führte meist dazu, dass der Spuk relativ schnell wieder vorbei war. In der Regel bevor die Polizei am Tatort eintraf. Der Rest war Routine. Zumindest für Birkholtz.

Nicht jedoch am 25. November 2009. Am Tag des Überfalls hatte die Bank wegen des erhöhten vorweihnachtlichen Zahlungsverkehrs einen recht hohen Bargeldbestand in der Filiale und zum anderen einen neuen Filialleiter. Ein Umstand, der genau den Kritikpunkt ins Spiel brachte, mit dem Inka Birkholtz' Theorie immer entkräftet hatte: der menschliche Faktor. Trotz aller Theorie, der bestmöglichen Schulungen oder der präzisesten Dienstanweisungen konnte niemand ahnen, wie er selbst, oder jemand anderes, unter dem Stress einer realen Ausnahmesituation reagierte.

Inka vermutete, es war übertriebener Ehrgeiz, der den Filialleiter zu einer folgenschweren Reaktion veranlasst hatte. Er war neu gewesen und die von den Tätern erbeutete Summe hoch, also entschloss er sich, die Täter zu ihrem Fluchtfahrzeug zu verfolgen. Die gerieten in Panik und nahmen den Mann als Geisel. Als Inka und Birkholtz wenig später am Tatort eintrafen und die Verfolgung aufnahmen, geriet die Situation außer Kontrolle. Die nun panischen Täter flohen mit dem Filialleiter in Richtung Sauerland. Nahe Menden stellte die Polizei das Fahrzeug, verhaftete den Fahrer, befreite den Filialleiter, konnte aber nicht verhindern, dass dem zweiten, unbekannten Täter mit der Beute die Flucht gelang. Alles, was blieb, waren auffällige Stiefelspuren, die sich irgendwo in einem Waldstück verloren. Trotz sofortiger Großfahndung und Auswertung aller möglichen Spuren blieb der Mann unerkannt und unauffindbar. Der festgenommene Fahrer des Fluchtfahrzeugs schwieg zu allen Vorwürfen. Es war Sven Wittmann, der wegen schwerer räuberischer Erpressung und Geiselnahme zu achteinhalb Jahren Haft verurteilt wurde. Nur achteinhalb Jahre, wie Birkholtz beklagte, aber Wittmanns Anwalt hatte glaubhaft machen können, dass zwar der Überfall, nicht aber die Geiselnahme geplant war. So viel zur Berechenbarkeit von Überfällen und Birkholtz' Theorie, dachte Inka.

Als Resultat war an Inka und vor allem an Birkholtz damals der Makel eines versauten, ungelösten Falles hängengeblieben. Weshalb die beiden sich geschworen hatten, Wittmann nicht aus den Augen zu lassen, sobald dieser irgendwann entlassen würde. Dank dessen guter Führung, seiner günstigen Sozialprognose und vor allem dank eines positiven psychologischen Gutachtens war das genau heute der Fall. Inka las den Namen der zuständigen Psychotherapeutin: Dr. Angelika Pott. Ein Name, der ihr nichts sagte.

Inka schloss die Akte und sah auf.

»Der Mann hat seine Strafe verbüßt, ich bin offiziell Dienststellenleiterin in Brilon. Dir ist klar, dass ich nicht mehr tun kann, als ein bisschen auf den Busch zu klopfen, oder?«

Birkholtz sah sie an.

»Ich bin dir schon dafür mehr als dankbar, Frau Kriminalhauptkommissarin. Geht nur darum, Wittmann zu zeigen, dass wir ihn nicht vergessen haben. Den Rest übernehme ich. Äh, was war noch mal *Freizeit*«, scherzte er. Inka lächelte, bemerkte aber, dass er sich im selben Moment anspannte.

»Showtime«, meinte Birkholtz, nahm den letzten Schluck Kaffee und warf den Becher weg. Inka ließ die Akte sinken und folgte Birkholtz' Blick zum Eingangsgebäude der JVA. Die kleine Tür neben dem Ausgangstor hatte sich geöffnet, und ein Justizbeamter gab einem unscheinbar wirkenden Mann mit einem Rucksack den Weg frei. Unsicher und ein wenig verloren trat Sven Wittmann in die wiedergewonnene Freiheit. Auf Inka wirkte er grauer, aber drahtiger als bei seiner Verhaftung. Vermutlich hatte er im Knast trainiert. Seine Kleidung, die er wohl schon bei seiner Einlieferung getragen hatte, hing deutlich zu weit an ihm herunter und war modisch überholt. Wittmann sah sich um, bemerkte sein Empfangskomitee und schritt langsam, aber entschlossen auf Inka und Birkholtz zu. Die beiden verschränkten die Arme und ließen Wittmann auf sich zukommen. Es dauerte eine geschlagene Minute, bis der Mann ihnen gegenüberstand.

»Wow, der ganz große Bahnhof? Wusste gar nicht, dass mir 'ne Eskorte in die Stadt zusteht«, meinte er.

Inka und Birkholtz verzogen keine Miene.

»Machen wir's kurz, Wittmann«, raunte Birkholtz. »Wir wissen, was Sie wissen. Also vergessen Sie alles, was mit Geldbeschaffung, Bambushütten am Strand und kleinen thailändischen Mädchen zu tun hat.«

»Wenn Ihr Kumpel von damals das Programm nicht längst allein durchgezogen hat«, ergänzte Inka.

Birkholtz übernahm wieder. »Will sagen, wir haben ein Auge auf Sie, Wittmann.«

Wenn Wittmann das aus der Ruhe brachte, ließ er es sich nicht anmerken. Er schüttelte den Kopf, als könne er nicht glauben, was ihm da vorgeworfen wurde.

»Thailand? Ich bin auf Bewährung, Mann. Und ich hab' andere Pläne.«

Als Inka und Birkholtz nichts erwiderten, fuhr er fort.

»Sittiche«, sagte er. »Brieftauben sind was für Spießer. Mein Zellenkollege hatte zwei Nymphen. Super Tiere. Hab' mir alles über Zucht und Haltung und so angelesen und bau mir 'ne Voliere. Im Ernst, Leute. Ich bin sauber, und ich bleib' sauber.«

Birkholtz lächelte humorlos und sah Inka an.

»Den unschuldigen Klischee-Knacki hat er jedenfalls super drauf.«

Inka übernahm wieder.

»Herr Wittmann, Sie können tun und lassen, was Sie wollen. Sollten Sie aber auf irgendeine Art und Weise versuchen, sich Ihren Anteil an der Beute von damals zu verschaffen oder auch nur Ihren Komplizen zu kontaktieren, werden wir das herausfinden.«

»Und Sie legen schneller den Rückwärtsgang ein, als Sie »Scheiße« sagen können«, ergänzte Birkholtz und deutete zur JVA.

Wittmann sah Inka an.

»Schon klar. Aber alles nicht nötig. Ich hab' nämlich 'ne Freundin. Echt. Seit 'n paar Monaten. Wohnt hier ganz in der Nähe und meint, ich kann bei ihr einziehen. Nicht schlecht, oder?«

Birkholtz und Inka musterten ihn ernst. Was auch Wittmann wieder ernst werden ließ. Er deutete mit dem Daumen in Richtung Eingangsgebäude, als wäre die JVA schon jetzt eine Episode seines Lebens, die Jahre hinter ihm lag.

»Außerdem hab' ich da drin 'ne Bäckerlehre gemacht«, meinte Wittmann. Er zuckte mit den Schultern und sah sich um. »Ich züchte 'n paar Vögel, kümmer' mich um meine Süße und such' mir 'nen Job an 'nem warmen Ofen.« Er deutet grinsend auf Inkas Bäckerei-Kaffeebecher. »Und wenn Sie echt Glück haben, geb' ich Ihnen mal einen aus.«

Im selben Moment heulte ein Dieselmotor auf, und ein Taxi hielt neben Wittmann.

»Mann, ich könnt' den ganzen Tag plaudern, aber ich hab' noch 'n bisschen was nachzuholen.« Er lächelte linkisch, warf seinen Rucksack auf die Rückbank des Taxis und setzte sich auf den Beifahrersitz.

»Man sieht sich. Aber hoffentlich nicht so schnell.«

Birkholtz und Inka schwiegen. Doch Birkholtz ließ es sich nicht nehmen, dem Bankräuber mit gespreiztem Zeige- und Mittelfinger, die er von seinen Augen auf die des Bankräubers richtete, noch einmal klarzumachen, dass er ab jetzt unter Beobachtung stand. Wittmann verdrehte die Augen und zog die Tür mit sattem Knall zu. Das Taxi fuhr davon. Inka und Birkholtz sahen ihm nach. Als der Wagen hinter einer Straßenbiegung verschwunden war, wandte Inka sich zu Birkholtz und sah in grimmig entschlossene Augen.

»Hab' ich schon gesagt, dass ich nicht eher in Pension gehe, bevor ich diesen Fall geknackt hab'?«, fragte Birkholtz tonlos. Seine gewohnte Ironie war verflogen. Inka atmete durch. Auch ihr war der Fall keineswegs gleichgültig, aber sie hatte in Brilon eine neue Aufgabe übernommen, die sogar noch anspruchsvoller war.

»Der Stachel sitzt echt tief, oder?«, fragte sie.

Birkholtz' Augen verfinsterten sich zu schmalen Schlitzen.

»Es ist weniger Wittmann persönlich. Der ist dämlich genug, wegen irgend 'ner anderen Sache wieder einzufahren. Was mir echt Sorgen macht, ist unser zweiter Mann.« Birkholtz' Blick schweifte über die Häuser von Werl, als könne er durch sie hindurch die Weite der Landschaft dahinter erkennen.

»Irgendwo da draußen lebt seit über acht Jahren völlig unbehelligt ein Typ, der entweder verdammt gut ein Geheimnis für sich behalten kann oder einen noch besseren Plan hatte, was er mit der Beute von damals anstellt.«

Inka verstand, worauf er hinauswollte.

»Beides keine angenehme Vorstellung«, sagte sie beklommen.

Birkholtz nickte und sah Inka entschlossen an.

»Wittmann ist unser Schlüssel zu Mister X. Der hat nicht umsonst seine Strafe abgesessen. Der will seinen Lohn für sein Schweigen. Ich bleib' dran, Inka.«

Sie trank ihren Kaffee aus und drückte Birkholtz den leeren Becher in die Hand.

»Und wie?«, fragte Inka. »Der weiß doch auch, dass du ihn nicht rund um die Uhr observieren lassen kannst.«

»Meine Frau sagt, ich hab' sowieso zu wenig Hobbys.« Immerhin war Birkholtz' Ironie wieder da, dachte Inka. Sie lächelte und klopfte ihm kumpelhaft auf die breite Schulter.

»Was muss der Typ sich auch ausgerechnet mit Dortmunds letztem echten Bullen anlegen?« Dann wurde ihr Blick nachdenklicher. »Wenn ich irgendwas für dich tun kann … Ich meine trotz Exil in Brilon, sag Bescheid, okay?«

Birkholtz nickte dankbar, als Inkas Handy klingelte. Sie sah auf das Display. Diesmal war es ihre Dienststelle in Brilon. Inka nahm das Gespräch an.

»Marlies, was gibt's?«

Inka horchte. Ihr Blick verfinsterte sich. Ohne zu antworten legte sie auf, steckte ihr Handy ein und stieß sich von der Motorhaube ab.

»Sorry, ich muss. Halt mich auf dem Laufenden.«

Inka gab Birkholtz die alte Akte zurück und eilte zu ihrem Dienstwagen.

4   Montag, 10:41 Uhr

»Scheiße.«

Inka machte sich keine Mühe, ihr Entsetzen beim Anblick der Leiche zu verbergen. Trotz ihrer mittlerweile beachtlichen Diensterfahrung würde ein gewaltsamer Tod nie Normalität für sie werden. Schon gar nicht einer wie dieser.

Die ungewöhnlich warme Vormittagssonne hatte den Leichenfundort, einen winzigen hölzernen Bootsschuppen am Ufer des Biggesees, ohnehin schon beachtlich aufgeheizt. Doch jetzt bereiteten die Hitze der gleißend hellen Tatortbeleuchtung in Verbindung mit der Feuchte des nahen Sees und dem Surren Tausender Fliegen selbst einem Profi wie Inka ein nur schwer erträgliches Arbeitsumfeld. Nicht einmal ihr weißer Einwegoverall, der umgeschnallte Mundschutz und ihre bewährte Tatortatmung, nur noch durch den Mund, konnten verhindern, dass eine übelkeitserregende Welle aus fauligem Verwesungsgestank, metallischem Blutgeruch und dem allgegenwärtigen Moder durch jede Pore ihres Körpers drang.

Sie stand neben Klaus Porbeck, dem jungen Forensiker ihres Teams, und sah unter ihrer Kapuze auf einen leblosen Körper.

Angelehnt an eine rohe Holzwand saß vor den beiden die Leiche eines etwa fünfzigjährigen Mannes inmitten einer bräunlich verkrusteten Pfütze aus getrocknetem Blut. Weit aufgerissene Augen starrten leer in die Ferne. Gliedmaßen hingen leblos herab, als hätte jemand einer grotesken Marionette die Seile durchtrennt.

Im Brustkorb des Mannes klaffte eine tiefe, etwa zehn Zentimeter große, kreisrunde Wunde. Der Grund für den enormen Blutverlust des Opfers.

Inka sah sich unwohl um. Die staubige Enge des Schuppens machte die Szenerie noch unerträglicher. Auf etwa zehn Quadratmetern hatte man anscheinend alles untergebracht, was zum Betrieb und Unterhalt des nahen Bootssteges vor dem Schuppen nötig war. In den Schatten hinter der Tatortbeleuchtung hingen und standen allerlei maritime Gegenstände ohne erkennbare Ordnung. Inka erkannte Rettungsringe, Bootsfender, ausgeblichene Schwimmwesten, Angelruten und Kescher. Dazu Seile in allen erdenklichen Materialien, Längen und Farben. Wandte sie sich auch nur einen halben Meter um, stieß sie zwangsläufig an eine betagte staubige Werkbank, die augenscheinlich schon spurensicherungstechnisch behandelt worden war und ein Sammelsurium unterschiedlicher Holz- und Plastikkisten beherbergte. Inka erkannte Schrauben, Nägel und andere Befestigungsmaterialien. Daneben stapelten sich Kartons, Becher und Eimer mit Farben, Lacken und Holzlasuren. Werkzeug konnte Inka nicht entdecken, dafür unzählige weitere Gegenstände im Halbdunkel. Inkas Blick wanderte sehnsüchtig zu einem winzigen verdreckten Fenster über der Werkbank, das sich jedoch anscheinend nicht öffnen ließ. Sie merkte, wie ihr schwindelig wurde und war froh, dass Porbeck endlich zur Sache kam.

»Wie Sie sehen: männliche Leiche«, sagte der Forensiker etwas gedämpft durch seinen Mundschutz und wedelte einen wütenden Schwarm blauschillernder Fliegen beiseite. »Kein Ausweis, keine persönlichen Gegenstände, aber identifiziert als Bernd Groschek. Zweiundfünfzig Jahre alt.«

»Sagt wer?«

»Der Mann, der ihn heute Morgen gefunden hat. Ein Angler. Kemperdick und Röggen haben ihn befragt.«

Inka nickte. Sie hatte sich schon gefragt, wo sich die restlichen beiden Mitglieder ihres Teams befanden. Offenbar bei der Zeugenbefragung irgendwo auf dem Campingplatz.

»Hat dieser Angler hier irgendwas angefasst?«, fragte Inka und sah in der Hoffnung zur Tür, wenigstens von dort einen Hauch frischer Luft atmen zu können. Porbeck schüttelte den Kopf.

»Ich hab ihn schon befragt. Er war nicht mal hier drin. Er sagt, er sei so was wie ein Stammkunde und habe seine Angelrute hier untergestellt. Als er sie heute Morgen aus dem Schuppen holen wollte, hat er erst die Fliegen bemerkt, dann den Toten durch den Spalt zwischen Tür und Rahmen entdeckt und die Rezeption des Campingplatzes angerufen, die wiederum uns benachrichtigt hat.«

»Kannte er den Mann?« Diesmal nickte Porbeck und deutete auf ein blutverkrustetes metallenes Emblem in der Nähe der Wunde des Opfers. Ein Sheriffstern.

»Groschek war der ›Sheriff‹ auf dem Campingplatz«, meinte Porbeck und machte behandschuhte Anführungszeichen mit Zeige- und Mittelfingern in der Luft. »Eine etwas testosteronlastige Umschreibung für Hausmeister oder Mädchen für alles.«

Inka sah noch einmal zur Tür. Diesmal auf deren Schloss. Ein einfacher Metallriegel mit Verriegelungs-, aber ohne Schließmechanismus.

»Ist der Schuppen denn normalerweise abgeschlossen?«, fragte sie.

Wieder ein Kopfschütteln von Porbeck.

»Hier kann jeder jederzeit rein. Der Angler meint, hier kennt man sich.« Porbecks Schulterzucken führte dazu, dass erneut ein Schwarm Fliegen mit empörtem Summen aufstob. Inka zog ihre Kapuze etwas tiefer ins Gesicht, konnte aber nicht verhindern, dass etliche der Insekten summend an ihre Wangen stießen. Zusätzlich zum Schwindel kämpfte sie gegen eine aufkommende

Welle der Übelkeit. Sie war froh, dass ihr Frühstück nur aus einem Becher Kaffee bestanden hatte. Porbeck hockte sich nun neben die Leiche.

»Einen Unfall können wir jedenfalls ausschließen«, meinte er und deutete auf die Wunde im Brustkorb des Mannes. Deren Umrandung hatte, wie die Blutlache auf dem Boden des Schuppens, einen dunklen Braunton angenommen.

»Definitiv«, ergänzte er und gab Inka einen großen transparenten Beweisbeutel, in dem sie einen etwa dreißig Zentimeter langen Holzpflock erkannte. Etwa zehn Zentimeter im Durchmesser schien er in Form und Größe zur Wunde des Opfers zu passen. Sein angespitztes unteres Ende wies Blutspuren und Gewebe- und Kleidungsreste des Opfers auf, wie Inka vermutete.

»Die Tatwaffe«, bestätigte Porbeck prompt. »Lag direkt neben dem Opfer und passt genau zur Eintrittswunde. Keine Fingerabdrücke. DNA überprüfe ich noch.«

»Sie kommen mir jetzt aber nicht mit 'ner Ritualnummer, oder?«, fragte Inka besorgt und gab ihm die Tüte zurück. »Von wegen Werwolfjagd mit Holzpflock ins Herz und so?«

Um Porbecks Augen bildeten sich kleine Fältchen, was wohl hieß, dass er unter seinem Mundschutz lächelte.

»Wenn, dann eher Vampirjagd. Tötet man Werwölfe nicht mit 'ner Silberkugel oder durch Enthauptung?« Porbeck war ein Mann der Fakten, nicht der Mythen. Die Fältchen verschwanden, und sein Ton wurde wieder ernst.

»Nach dem Wundkanal sieht es jedenfalls nach einer einzigen Stichbewegung aus. Rechtshänder. Verlauf von oben nach unten. Direkt ins Herz. Aber wie gesagt, alles vorläufig.«

Inka nickte nachdenklich, wog den Pflock in ihrer Hand und maß die Leiche Bernd Groscheks visuell ab.

»Jemand, der mindestens gleich groß war«, sinnierte sie. »Und ziemlich Kraft hatte.«

»Oder wusste, wo man treffen muss«, schränkte Porbeck ein. »Jedenfalls ging der Stich offenbar sauber zwischen zwei Rippen durch. Kann aber auch Zufall gewesen sein.«

»Wissen wir, wo die Waffe herkommt?«, fragte Inka.

Anstelle einer Antwort richtete Porbeck sich auf und drehte sich vorsichtig zu der schmalen Werkbank hinter Inka und deutete auf einen Vorrat an weiteren Pflöcken im Halbdunkel an der Wand.

»Da liegt noch ein ganzer Stapel. Alle identisch mit der Tatwaffe. Kesseldruckimprägnierte Industrieware aus Kiefer. Für kleine Zäune oder Palisaden.«

Inka drehte sich ebenfalls um und nahm sich einen der von Porbeck angesprochenen Pflöcke, um ihn mit der Tatwaffe im Beutel zu vergleichen. Beide hatten dieselbe Größe, dieselben grünlichen Imprägnierungsverfärbungen und dieselben Alterungsspuren.

»Notwehr können wir ausschließen?«, fragte sie mit einem Blick in Richtung ihres Forensikers.

»Ist aufgrund der mangelnden Kampfspuren jedenfalls sehr unwahrscheinlich. Allerdings ist die Spurenlage etwas ... «, er suchte nach dem richtigen Wort. »Vielschichtig«, meinte er. Er wandte sich zur Tür und stellte den möglichen Tatverlauf nach. »Ich nehme an, Täter und Opfer kommen zusammen rein. Der Täter dreht sich zur Werkbank, schnappt sich einen der Pflöcke und sticht zu.«

»Sie meinen, Groschek wurde überrascht«, meinte Inka nachdenklich. Porbeck nickte.

»Es gibt keine Abwehrspuren. Groschek hat nichts geahnt. Und ist sofort tot hinter der Tür zusammengebrochen.«

Inka sah sich noch einmal um. »Also hat er der Person vertraut?«, überlegte sie laut.

»Vermutlich.«

Inka atmete durch und sah sich in ihrer ersten Annahme bestätigt.

»Dann reden wir über Mord«, meinte sie und sah Porbeck an.

»Fundort gleich Tatort?«

Wieder nickte Porbeck.

»Den Todeszeitpunkt kann ich aber erst mal nur grob schätzen. Definitiv länger als 24 Stunden. Ich sage mal ›Arbeitstitel Samstag‹. Leider ist es hier so heiß, dass die Temperaturmethode nicht funktioniert. Ich sehe mir in Brilon mal den Mageninhalt an und wenn das nicht weiterführt ...« Er ließ den Satz unvollendet und scheuchte stattdessen einen neuen Schwarm Fliegen auf. »Die *Calliphoridae* hier waren auch nicht ganz faul.«

Inka wusste, was er meinte. Schmeißfliegen waren meist die ersten Lebewesen, die den noch kaum wahrnehmbaren Verwesungsgeruch einer Leiche erkannten. Als Aasinsekten witterten sie nicht nur eine lukrative Nahrungsquelle für sich selbst, sondern erst recht für ihren Nachwuchs. Porbeck hatte Inka einmal von einem Fall erzählt, in dem nicht einmal 60 Minuten nach dem Tod eines Unfallopfers bereits erste Eiablagen auf dem Körper nachgewiesen werden konnten. Diesen natürlichen Umstand machte sich die forensische Entomologie zunutze, um den Todeszeitpunkt eines Opfers besser bestimmen zu können. Je nach Witterung am Tat- oder Fundort und dem Entwicklungszustand der Insektenlarven konnte man unter Berücksichtigung weiterer Faktoren, wie Körpergewicht des Opfers und dessen Zugänglichkeit für die Insekten Rückschlüsse auf den Zeitpunkt der Eiablage und damit zum ungefähren Eintritt des Todes ziehen.

»Aber um noch mal auf die Vielschichtigkeit der Spuren zurückzukommen ...«, meinte Porbeck und scheuchte abermals einen Schwarm Fliegen auf, von denen nun einige in Inkas Kapuze landeten und sich mit wütendem Surren in ihrem Haar verfingen. Ekel mischte sich unter ihre Übelkeit, eine Gänsehaut kroch über ihren Rücken.

»Gerne«, sagte Inka mühsam beherrscht. »Aber bitte draußen.«

Inka wandte sich zur Schuppentür. Sie konnte es kaum erwarten, durch den surrenden Schwarm *Calliphoridae* ins Freie zu treten.

Draußen angekommen riss sie den Mundschutz hoch, klappte ihre Kapuze herunter und fuhr sich wild schüttelnd durchs Haar. Gierig sog sie frische Sauerländer Luft in die Lungen. Sie merkte augenblicklich, wie die Übelkeit verflog. Und dass ihre kurze Unbeherrschtheit ein Fehler gewesen war. Ein undefinierbares Stimmengewirr brandete leise auf. Inka hörte das künstlich animierte Klicken zahlreicher Fotokameras und blickte in eine Phalanx aus Handys und den neugierigen Gesichtern Dutzender wohlgebräunter Menschen in zu bunter Freizeitkleidung.

»Verdammt«, murmelte sie unhörbar. Hatten sich bei ihrem Eintreffen erst ein paar irritierte Camper, Angler und Spaziergänger hinter dem rot-weißen Absperrband der Bereitschaftspolizei eingefunden, waren nun geschätzte achtzig Schaulustige rings um den Schuppen am Steg versammelt. Vier uniformierte Beamte der örtlichen Polizei hatten ihre liebe Mühe, sie am Betreten des Tatortes zu hindern. Woran sie sie nicht hindern konnten, war das Fotografieren. Inka wurde klar, dass sie mit ihrem Verhalten indirekt das bestätigt hatte, was jeder einzelne der Gaffer sich erhofft hatte: In dem Schuppen befand sich eine morbide Sensation mit Gruselfaktor. Inka stöhnte innerlich auf. Wenn nur die Hälfte der Handyknipser einen Account bei irgendeinem sozialen Netzwerk hatte, konnte sie sich ausmalen, was in den nächsten Stunden daraus werden würde. Anscheinend legten auch andere Arten von Schmeißfliegen ihre Eier am liebsten auf frischem Aas ab.

Eine wohltuend sachliche Stimme rief Inka in die Realität zurück.

»Kann ich den Tatort dann freigeben?« Inka drehte sich um. Porbeck war neben sie getreten. Wenn er Inkas düstere Gedanken ahnte, ließ er es sich nicht anmerken. Stattdessen deutete er mit dem Kopf auf zwei diskret dreinschauende Männer, die graue Kittel über schwarzen Anzügen trugen. Anscheinend die Mitarbeiter eines Beerdigungsinstitutes, die geduldig darauf warteten, ihrer Arbeit nachgehen zu können. Inka nickte mit mahnendem Blick.

»Aber erst, wenn Sie wirklich nichts übersehen haben.«

Porbeck nickte wissend.

»Pfeil, oder?«, fragte er und traf damit voll ins Schwarze.

Weil Inka geschlagene eineinhalb Stunden gebraucht hatte, um sich von Werl einmal quer durchs Sauerland nach Olpe zu kämpfen, hatte sie Porbeck angewiesen, den Tatort nicht vor ihrem Eintreffen freizugeben. Sie wollte ihn unbedingt persönlich in Augenschein nehmen. Nicht, weil sie Porbecks Spurensicherung nicht traute. Im Gegenteil. Der junge Mann war die Personifizierung seriöser Polizeiarbeit. Er hatte vor etwa zwei Jahren fast zeitgleich mit Inka in Brilon seinen Dienst angetreten und war von einem anfangs schüchternen Nachwuchspathologen zu einem veritablen Allround-Forensiker gereift, der sich mittlerweile sogar als hervorragender Ermittler entpuppte. Inkas Bedenken hatten sich eher gegen ihren neuen Vorgesetzten gerichtet. Georg Pfeil. Inkas ehemaliger Kollege und im Dienstrang Untergebener, war zum Polizeirat befördert worden und seit einigen Wochen Inkas direkter Vorgesetzter. Da ihr Verhältnis schon seit Inkas Dienstantritt nicht gerade auf Herzlichkeit und gegenseitiger Wertschätzung beruhte, wusste Inka nicht, was sie erwartete, falls sie nicht streng nach Vorschrift arbeitete.

»Keine Sorge. Alles hier drin«, meinte Porbeck und kramte umständlich seinen obligatorischen Tablet-PC aus den Tiefen seines Overalls. Inka zog Porbeck etwas abseits des Schuppens auf den Bootssteg.

»Und was meinten Sie eben mit Vielschichtigkeit der Spuren?«, fragte sie ihn.

»Sie haben sich doch sicher schon gefragt, warum wir nicht mehr Spuren gefunden haben, die direkt mit dem Mord zusammenhängen.«

Das hatte Inka in der Tat. Der Schuppen hätte aufgrund seines vernachlässigten Zustands und der dicken Staubschichten eigentlich ein Eldorado für jede Spurensicherung sein müssen. Es sei denn, er wäre gereinigt worden, aber den Eindruck hatte er nun wirklich nicht gemacht.

»Es gab noch mehr Spuren. Aber die wurden durch andere Spuren überdeckt und unbrauchbar gemacht.« Inka sah ihn mit großen Augen an.

»Aber Sie sagten doch, der Angler hätte den Schuppen nicht betreten.«

»Der nicht. Aber jemand anderes. Genauer zwei Personen.«

Zur Bestätigung öffnete Porbeck eine Reihe von Fotos auf seinem Tablet, die die Abdrücke von Schuhsohlen auf dem staubigen Betonboden des Schuppens zeigten.

»Zwei verschiedene Paar Sportschuhe oder Sneakers«, sagte er. »Größen vermutlich etwa 37 und 44. Könnte also ein Pärchen gewesen sein.«

»Als die Leiche schon im Schuppen lag?!«, fragte Inka noch immer fassungslos.

»Ja.« Bestätigte Porbeck und kam Inkas nächster Frage zuvor. »Und die Leiche müssen sie bemerkt haben.«

Er schloss die Datei mit den Schuhabdruckfotos und öffnete eine weitere. Inka sah nun die Oberfläche der Werkbank, vor der sie noch vor wenigen Augenblicken gestanden hatte. Auf ihrer staubigen Arbeitsfläche befand sich ein weiterer Abdruck, den Inka im Schatten der hellen Tatortleuchten zunächst nicht erkannt hatte. Ein Bild, das einem Fotonegativ ähnelte und Nähte, Nieten und Falten zeigte, die Inka aus ihrem heimischen Wäschekorb bekannt vorkamen.

»Ist das ... ein Hintern?«, fragte sie irritiert.

»Genauer gesagt, der Abdruck eines vermutlich weiblichen Gesäßes in einer Jeans«, präsierte Porbeck. »Gehen wir von meiner Pärchentheorie aus, dann hat die Frau auf der Werkbank gesessen. Mit Blickrichtung direkt auf die Leiche.«

»Und es gibt sicher keine Meldung von den beiden?«

Porbeck verneinte und überließ Inka die Schlussfolgerung.

»Dann sind die beiden entweder in Panik geraten. Oder sie hatten einen Grund, warum sie sich nicht gemeldet haben.« Inka sah vom Foto zu Porbeck. »Außer Fuß- und Arschabdruck irgendwas, womit wir sie identifizieren können? Körperflüssigkeiten oder so?«

»Nein, aber fast so gut«, lächelte Porbeck nicht unzufrieden und förderte auf seinem Tablet eine Reihe weiterer Fotos zutage. Wieder die Werkbank, allerdings diesmal die Detailaufnahme eines Bechers auf der Arbeitsfläche, den Inka bei ihrer Tatortbesichtigung allerdings nicht bemerkt hatte.

»Einer der beiden, vermutlich die Frau, hatte die Finger in einem Behälter mit einer Spezialdichtmasse für Boote.«

Inka sah auf das Bild eines weißen Plastiktopfes mit dem Werbeaufdruck eines englischsprachigen Herstellers, dessen Deckel jemand offen gelassen hatte. Darin befand sich eine offenbar halb ausgehärtete flexible Masse, die Inka farblich an Erdnussbutter erinnerte. Inmitten der ansonsten nahezu glatten Oberfläche prangten deutlich erkennbar die Einstiche zweier Finger, vermutlich einer rechten Hand.

»Den Becher habe ich in die Kühlung gebracht, bevor ich die Scheinwerfer im Schuppen aufgebaut habe«, erklärte Porbeck. »Es war ohnehin schon warm genug. In der Scheinwerferhitze wäre die Masse womöglich flüssig geworden, und wir hätten die Spuren verloren.«

»Reicht das denn für einen Abdruck?«, fragte Inka.

»Eigentlich ist es fast schon einer.« Porbeck lächelte zufrieden und schloss seine Fotodateien. »Das wär's erst mal von meiner Seite. Wenn Sie mich nicht mehr brauchen, fahre ich nach Brilon zurück und kümmere mich um alles Weitere.«

Er deutete mit dem Daumen zum Schuppen, aus dem die beiden Bestatter gerade einen schweren Körper in einem weißen Leichensack trugen, um ihn in den bereitstehenden Transportsarg zu legen. Bernd Groscheck trat seine vorletzte Reise an.

Das Klicken der Gafferhandys erinnerte Inka daran, dass ihre Reise dagegen gerade erst begonnen hatte. Sie atmete durch und zückte ihr Handy.

»Danke, Herr Porbeck. Gute Arbeit. Wo sind eigentlich die Kollegen Kemperdick und Röggen?«

5 Montag, 11:43 Uhr

»296 Stellplätze?!«

Inka dehnte die Zahl ungläubig und sah von dem vor ihr liegenden Lageplan des Campingplatzes »Vier Jahreszeiten« in die Gesichter von Kemperdick und Röggen. Schon bei ihrer Ankunft war ihr klar gewesen, dass es sich um eine größere Anlage handelte. Wie groß, das hatten die über das weitläufige Gelände verteilten, dichtbelaubten Bäume, die kaum einsehbaren Reihen aus Wohnwagen, Campingmobilen und Zelten und die zum Biggesee abfallenden Hänge des Platzes allerdings sorgsam kaschiert. Der Plan zeigte nun die ungeschönte Wahrheit über das Ausmaß an Laufarbeit, das Inka und ihren Kollegen bevorstand.

Sie wandte sich wieder dem Plan zu. Die Lage des Campingplatzes erinnerte Inka an einen auf dem Kopf stehenden, flachen, windgepeitschten Baum, wie man sie häufig an der Küste fand. Vom breiten Zufahrtsbereich mit dunkelrot markierten Verwaltungs- und Service- und Freizeitgebäuden verästelten sich grau eingezeichnete Wege auf grünem Untergrund vom oberen rechten Rand des Planes in verschieden langen, bogenförmig angelegten Wegen nach links unten. Unterschiedlich große gelbe, nummerierte Kästchen reihten sich rechts und links davon auf. Die Stellplätze. Am auffälligsten waren vier kreisrunde Stellplatzbereiche, die sogenannten Rondelle, die wie exotische Blüten aus dem Astgewirr hervorstachen. Abgerundet wurde der Plan mit der exakten Lage von Sanitärgebäuden, Koch- und Waschküchen, Wertstoffhöfen und Spielplätzen. Ein großes »N« mit einem Pfeil verortete die Nordrichtung nach links oben. Neben dem Pfeil deuteten weitere beschriftete Flächen eine Rollschuhbahn, den Sportplatz eines örtlichen Fußballvereins, den campingplatzeigenen Bolzplatz sowie eine Grillhütte und eine Tauchschule an. Inka hob beeindruckt die Brauen, als sie neben dem Rezeptionsbereich mit Servicebüro und Shop auch noch einen Wellnessbereich mit Sauna und Solarium fand. Dazu der See mit seinen Wassersportmöglichkeiten ... Verzichten musste man hier auf keine Annehmlichkeit. Henne würde bei diesem Anblick nicht ganz zu Unrecht fragen, warum man sechshundert Kilometer nach Dänemark fahren musste, wenn die Erholung doch so nah war. Inkas Antwort würde lauten, dass sie wenigstens einmal im Jahr für zwei Wochen rausmusste. Raus aus dem Alltag, raus aus dem Sauerland. Und sie würde sagen, dass sie Camping hasste.

»296 Stellplätze ist noch nicht mal die schlechte Nachricht«, meinte eine männliche Stimme. Bastian Kemperdick hatte sich auf die Ellenbogen gestützt, betonte seine muskulösen Oberarme unter seinem sportlich-engen karierten Hemd und machte eine fächerartige Bewegung mit der rechten Hand.

»Die schlechte Nachricht lautet: Der Platz ist fast komplett ausgebucht. 290 belegte Plätze.«

Die drei Ermittler standen im Halbkreis um einen verwaisten Schreibtisch im Servicebüro des Campingplatzes. Die kleine, normalerweise gut frequentierte Rezeption war im Alltagsbetrieb das pulsierende Herz der gesamten Anlage. Hier wurden An- und Abreiseformalitäten erledigt, Informationen über den Platz und die Umgebung ausgetauscht, Aktivitäten gebucht, Telefonkarten und Briefmarken verkauft – falls im Internetzeitalter noch nachgefragt –, Gasflaschen getauscht und sogar Bücher aus einer kleinen Bibliothek verliehen. Ein großer hölzerner Tresen trennte den hellen, freundlich gestalteten Raum in einen Gäste- und einen Mitarbeiterteil. Die holzvertäfelten Wände waren mit Landkarten, Werbeplakaten und Informationsmaterial bestückt. Handgezeichnete Bilder mit kindlichen Urlaubsmotiven offenbar zufriedener kleiner Gäste verliehen dem Raum eine familiäre Atmosphäre. Allerdings nicht heute, denn bis auf Inka, Kemperdick und Röggen war das Servicebüro menschenleer. Angesichts der Ereignisse unten am Bootssteg hatte die Platzleitung in Absprache mit der Polizei entschieden, die Rezeption bis auf weiteres zu schließen. Die Jalousien der großen Fenster waren heruntergelassen, die ansonsten einladend offenstehende Tür verschlossen, das Herz des Campingplatzes schlug auf Notbetrieb.

»Gut, zumindest waren am Wochenende 290 Plätze belegt«, präzisierte Marlies Röggen, »unserem relevanten Zeitpunkt, wenn wir von Porbecks Vermutung ausgehen, dass der Todeszeitpunkt irgendwann am Samstag lag.«

Inkas Kollegin setzte elegant ihre Kaffeetasse ab und verzog den Mund. Irgendetwas an dem Gebräu schien nicht zu stimmen. Trotzdem kam Inka nicht umhin, wieder einmal festzustellen, dass Marlies wie üblich makellos aussah. Sie war zwar einige Jahre älter, aber eine waschechte Teflon-Schönheit, wie Inka sie insgeheim getauft hatte. Jede Art äußerer Einflüsse schienen an ihr abzuperlen wie Regentropfen an einem Lotusblatt. Ihr Make-up war dezent, ihre Frisur frisch und topmodisch und ihre Kleidung perfekt darauf abgestimmt. Sogar die Tatortgummistiefel, die Inka selbst nach eigener Einschätzung endgültig zum Bauerntrampel degradierten, wirkten an Marlies wie elegante Reiterstiefel einer Dame der gehobenen Gesellschaft. Inka merkte, dass sie gedanklich abschweifte. Vielleicht lag es auch daran, dass sie seit der Tatortbesichtigung reif für eine Dusche war und die provisorische Campingplatzatmosphäre ihr den Rest gab. Was man von Kemperdick und Röggen offenbar nicht sagen konnte.

Die beiden waren konzentriert bei der Sache und neben Porbeck die letzten verbliebenen Mitglieder ihres Ermittlungsteams, nachdem Georg Pfeil von Inkas Assistenten zu ihrem Chef aufgestiegen war. Und sie hatten eine Affäre. Sie gaben sich zwar nach außen alle Mühe, es zu verbergen, aber Brilon war einfach zu klein, als dass nicht die kleinste verräterische Geste sofort zum Überkochen der Gerüchteküche geführt hätte. Wovon Kemperdick und Röggen jedoch unbeeindruckt blieben. Entweder sie wussten nicht, dass ganz Brilon es wusste, oder sie wollten sich nicht angreifbar machen. Inka war das egal, solange ihre Arbeit nicht darunter litt. Und das tat sie definitiv nicht.

»Das Problem ist, dass Samstag und Sonntag hier die Hauptan- und -abreisetage sind«, erklärte Kemperdick. »Das heißt, einige der möglichen Zeugen von Samstag sind schon wieder zu Hause. Ferienende in NRW und so.«

Inka nickte. Das kam ihr irgendwie bekannt vor.

»Haben wir eine Übersicht über die Gäste?«, fragte sie und bekam von Röggen einen mehrseitigen Computerausdruck zugeschoben. Darauf erkannte sie unter dem Logo des Campingplatzes eine Tabelle, auf der neben jeder einzelnen Stellplatznummer Namen, Adressen, Telefonnummern sowie Kalenderdaten verzeichnet waren. Inka blickte auf die Kopfleiste der Tabelle und sah ihre Vermutung bestätigt, dass es die Stellplatzmieter mit ihren persönlichen Daten sowie den Zeitpunkten ihrer An- und Abreise waren. Hinter einigen der Spalten waren handschriftliche Kreuze vermerkt.

»Sehr gut. Habt ihr mit der Befragung schon angefangen?«

Röggen nickte.

»Bisher aber nur bei dem Angler, der Grosheks Leiche gefunden hat«, sagte sie und zog ein elegantes ledergebundenes Notizbuch hervor, aus dem sie zitierte. »Karl Schleiden. Vierundsiebzig. Pensionierter Busfahrer. Hat seit Jahren ein kleines Boot am Steg und kommt regelmäßig mit seinem Fahrrad zum Angeln. Er sagt, er hat seine Angel in dem Schuppen gelagert, damit er sie nicht immer mit nach Hause nehmen muss, und wollte sie heute Morgen gegen sieben rausholen, als er Groschek gefunden hat.«

Inka sah irritiert auf. »Und wieso hat es dann so lange gedauert, bis wir benachrichtigt wurden?«

»Überforderung. Er ist nicht mehr der Jüngste, hat kein Handy und war allein am Seeufer mit einem Toten, den er kannte. Er meinte, es hat etwas gedauert, bis er es hierher ins Servicebüro geschafft hatte. Dort hat er Frau Adams, die Geschäftsführerin, alarmiert. Die ist aber erst wieder mit ihm zum Schuppen gegangen, um nachzusehen, ob Schleiden keine Gespenster gesehen hat, und hat dann von dort die Polizei per Handy alarmiert.«

Inka atmete durch. »Ist Frau Adams noch da?«

Kemperdick deutete mit dem Daumen auf eine Türöffnung in einer der holzvertäfelten Wände. Offensichtlich war dort ein separates Büro von der Rezeption abgetrennt.

»Sie wartet im Büro. Und ist ziemlich fertig.«

»Was habt ihr sonst noch?« Röggen blätterte einige Seiten weiter in ihrem Notizbuch.

»Das Ergebnis unserer Personenabfrage aus Brilon. Unser Opfer Bernd Groschek ist polizeilich bisher nicht aktenkundig geworden. Allerdings haben wir auch keine Adresse oder sonstige Identifizierungsmöglichkeit.« Inka nickte.

»Wenn er hier gearbeitet hat, weiß Frau Adams sicher mehr.«

Kemperdick war wieder an der Reihe.

»Den Rest der Zeit haben wir damit verbracht, mit Frau Adams abzugleichen, welche Gäste von Samstag noch immer hier sind und welche wir gegebenenfalls zu Hause anrufen müssen.«

Marlies Röggen deutete auf die Kreuze auf Inkas Liste.

»Die mit den Kreuzen sind die Abgereisten. Genau 112. Macht also noch mindestens 178 mögliche Zeugen unter den Campern hier, dazu deren Familien, weitere Mitarbeiter des Platzes, Passanten und alles was sonst noch hier herumläuft.«

»Sauber«, stöhnte Inka und sah ihre beiden Kollegen an. »Hört sich nach ordentlich Laufarbeit an. Habt ihr Verstärkung angefordert?«

Röggen nickte.

»Die Kollegen aus Olpe stellen uns einen Großteil der Beamten ab, die unten am See schon die Tatortsicherung übernommen haben.«

»Sehr gut«, lobte Inka. »Und Pfeil? Wisst ihr, ob der sich in meinem Urlaub um einen Nachfolger für sich selbst gekümmert hat?«

Inka entging nicht, dass Kemperdick und Röggen einen Blick wechselten, bevor Röggen antwortete.

»Du, Chefsache«, meinte sie und klappte ihr Notizbuch zu. »Da fragst du ihn am besten selbst.«

Inka sah auf ihr Handy. Wie zur Bestätigung teilte ihr eine signalrote Festnetznummer im Display mit, dass sie drei Anrufe ihrer Dienststelle in Brilon verpasst hatte. Offenbar hatte Pfeil bereits Gesprächsbedarf. Und das bedeutete, er wollte einen ausführlichen Lagebericht. Inka überlegte kurz, ob sie ihn zurückrufen sollte. Dazu hatte sie allerdings noch zu wenige Informationen.

»Okay«, sagte sie nach einigen Sekunden. »Teilen wir uns auf. Das Wichtigste ist erst mal, Zeugen zu finden und zu befragen. Kümmert ihr euch mit den Kollegen aus Olpe bitte darum?«

»Klar.« Sagte Marlies und stand auf. Kemperdick nahm den Lageplan des Platzes an sich.

»Und Sie?«, fragte er.

Ein dumpfes Poltern, gefolgt von einem unterdrückten Fluch, unterbrach die Ermittler. Sie wandten sich zu dem Büro hinter der Rezeption. Röggen sah Inka an, wie um ihre Einschätzung des nervlichen Zustands der Campingplatzleiterin zu bestätigen.

»Ich kümmer' mich erst mal um Frau Adams. Und dann um Pfeil«, meinte Inka. »Vielleicht können wir ja später zusammen mittagessen.«

6   Montag, 11:54 Uhr

»Ist das wirklich nötig?«

Nicole Adams stand aufgebracht mit einer leeren Kaffeetasse in der einen und einer bräunlich feuchten Untertasse in der anderen Hand vor ihrem Bürofenster und sah besorgt auf die Szenerie davor. Ein buntes Trockentuch verdeckte eine dunkle Kaffeepfütze auf dem Teppich neben ihrem Schreibtisch. Der Grund für das Poltern, das Inka gehört hatte.

»Das da meine ich«, sagte Nicole Adams.

Inka folgte ihrem Blick auf den Einfahrtsbereich des Campingplatzes. Auf dem Zufahrtsweg glichen zwei uniformierte Polizeibeamte die Ausweise eines älteren Paares in einem silbernen Mittelklassekombi mit einer Liste ab. Bei dem Paar schien die Kontrolle auf Unverständnis zu stoßen. Der Mann pochte ununterbrochen auf seinen Campingplatzausweis und deutete in Richtung der Rezeption. Nicole Adams stellte Tasse und Untertasse auf einen Nebentisch und wandte sich zu Inka, die auf nun auf einen Besucherstuhl vor Adams Schreibtisch zusteuerte.

»Verstehen Sie mich nicht falsch ... Ein Mord ... Bei uns ... Mein Gott, ich habe alles Verständnis der Welt für Ihre Arbeit, aber wissen Sie, Camper sind ein besonderer Schlag Menschen.« Sie machte eine Pause, um durchzuatmen. »Tschuldigung«, fügte sie hinzu. »Setzen Sie sich doch.«

Inka nickte und folgte der Einladung.

»Ich weiß, was Sie meinen«, sagte Inka beruhigend. »Individualität und Unabhängigkeit. Aber wir betreiben keine Schikane, sondern Ermittlungsarbeit. Und dazu müssen wir sicherstellen, dass nur Leute auf den Campingplatz kommen, die auch hierhergehören.« Nicole Adams setzte sich auf ihren Schreibtischstuhl und legte nervös die Fingerspitzen zusammen. Sie war eine attraktive Frau Anfang vierzig. Allerdings alles andere als zierlich, was aber nicht an einer unvorteilhaften Figur lag, sondern an ihrer imposanten Größe von 1,85 m. Ihre leicht burschikosen Bewegungen unterstützten Inkas Eindruck, es mit einer Frau zu tun zu haben, die lieber anpackte als zu reden. Eine Macherin. Sie trug Teamkleidung. Ein einfaches schwarzes Poloshirt mit dem Logo des Campingplatzes und eine modische Jeans. Dazu passte ihre pflegeleicht-praktische blonde Kurzhaarfrisur und die Bräune im Gesicht und auf den Armen. Inka vermutete, ein nicht geringer Teil ihres Jobs als Geschäftsführerin des Campingplatzes bestand aus Arbeit an der frischen Luft.

»Können Sie mir wenigstens sagen, wann ich das Servicebüro wieder öffnen kann?«, fragte sie Inka.

»Leider nicht. Nur, was passieren würde, wenn Sie es heute noch täten. In nicht einmal zehn Minuten hätten wir einen Massenauflauf. Die eine Hälfte der Gäste würde vermutlich abreisen wollen und die andere Hälfte hätte am liebsten eine Liveübertragung vom Bootssteg. Mit anderen Worten: Chaos. Und das ist genau das, was wir jetzt erst einmal verhindern müssen.«

Nicole Adams atmete wieder vernehmlich durch.

»Aber Sie müssen die Leute verstehen, die kommen zur Erholung her. Denen geht's nicht nur um Sensationsgier. Die wollen wissen, ›was passiert mit meinem sauer verdienten Urlaub?‹ und ›bin ich hier überhaupt noch sicher?‹. Irgendwas müssen wir denen sagen, Frau Luhmann. Sonst macht die Gerüchteküche auch ohne Servicebüro innerhalb von einer Stunde aus einem

Mord einen wahnsinnigen Serienkiller, der es auf friedliche Camper abgesehen hat!«

Inka nickte und zog einen Zettel hervor, auf dem sie sich schon vor der Besprechung mit Röggen und Kemperdick handschriftlich Stichworte notiert hatte. Allgemeine Informationen zur Tat, zum bevorstehenden Ablauf der Ermittlungen und ein Aufruf zur Deeskalation und zur Kooperation.

»Genau deswegen würde ich mich gerne hiermit persönlich an alle Gäste und Mitarbeiter wenden«, sagte Inka und sah sich im Büro um. »Haben Sie so etwas wie ein Lautsprechersystem für Durchsagen?«

Nicole Adams überlegte kurz und nickte dann.

»Ja, aber das nutzen wir schon ewig nicht mehr. Für allgemeine Informationen haben wir ein SMS-System.«

»Und da sind alle Gäste dran angeschlossen?«, fragte Inka nicht unbeeindruckt.

Schulterzucken bei Nicole Adams.

»Etwa 90 Prozent«, schätzte sie. »Aber der Rest wird von denen unterrichtet, die angeschlossen sind. Wie schon gesagt, die Verbreitung von Nachrichten funktioniert hier blendend.«

Inka dachte kurz nach.

»Okay«, sagte sie. »Mir ist egal, wie wir die Leute erreichen. Wichtig ist nur, dass wir sie erreichen.« Sie sah auf ihre Notizen. »Soll ich Ihnen das diktieren und Sie tippen, oder wie machen wir das?«

Anstelle einer Antwort wandte sich Nicole Adams dem großen Flachbildschirm auf ihrem Schreibtisch zu, erweckte ihn mit der Bewegung einer Computermaus zum Leben und öffnete ein Programm. Dann richtete sie einen Teleskoparm mit einer kugelförmigen Spitze leicht quietschend auf Inka.

»Am besten Sie sprechen einfach hier rein«, sagte Adams und klopfte auf die Kugel.

»Eine Kamera?«, fragte Inka leicht überrascht.

»Bevor ich hier sinnlos lange Nachrichten tippe, machen Sie einfach eine Ansprache, und die verschicken wir als Video. Also, schießen Sie los.«

Keine fünf Minuten später bestätigte ein klickender Quittungston, dass eine Video-Nachricht der Verwaltung an alle Empfänger hinausgegangen war.

»Und was kann ich sonst für Sie tun?«, fragte Nicole Adams nun deutlich entspannter. Sie schien sich in dem Moment etwas beruhigt zu haben, in dem sie merkte, dass sie etwas tun konnte.

»Ich brauche Informationen über Herrn Groschek. Wir haben außer einem Sheriffstern an seiner Weste keine persönlichen Gegenstände bei ihm gefunden. Er arbeitete hier?«, fragte sie und zückte ihren Kugelschreiber, um sich Notizen zu machen. Nicole Adams nickte betrübt, als würde ihr erst jetzt wieder bewusst, welchen Verlust sie erlitten hatte. Es dauerte einen Moment, bis sie Worte fand.

»Eigentlich kann man fast sagen, er lebte hier.«

Sie stand auf, ging zu einem Aktenschrank und suchte nach einem Ordner.

»Nicht, dass Sie mich falsch verstehen, Bernd hat …« Sie unterbrach sich, als sie bemerkte, dass sie im Präsens über den Toten sprach, und korrigierte sich traurig. »Entschuldigung, Bernd hatte eine eigene Wohnung etwas außerhalb von Olpe, aber hier war sein Lebensmittelpunkt. Er liebte den Campingplatz. Das war sein … Revier. Deshalb auch der Sheriffstern, ein Geschenk von einem Gast.«

Inka sah von ihren Notizen auf.

»Dann war er also mehr als eine Art Mädchen für alles?«, fragte Inka.

Nicole Adams schnaufte mit einem melancholischen Lächeln und zog einen Ordner aus dem Regal.

»Scheiße«, meinte sie. »Das trifft's nicht mal annähernd. Gut, offiziell war er als Hausmeister angestellt. Zuständig für die Instandhaltung der Anlagen auf dem Platz. Dass hier ständig irgendwas zu tun ist, können Sie sich sicher denken.«

Sie blätterte durch den Ordner, legte ihn aufgeschlagen vor Inka ab und setzte sich wieder auf ihren Stuhl.

»Bernds Personalakte. Allgemeines, Lohnabrechnungen, steuerliche Daten. Viel wichtiger ist aber das, was nicht da drinsteht.«

Inka hielt sich mit Fragen zurück, um den Redefluss von Nicole Adams nicht zu unterbrechen.

»Er war hier so was wie die Seele des Platzes. Hört sich zwar blöd an, aber ... Ein echtes Juwel. Weil er praktisch alles konnte. Tischlern, Schreinern, Streichen, Dachdecken, er hatte Ahnung von Gas-, Wasser- und Sanitärfragen, kannte sich mit Elektrik aus, mit Gärtnern, Angeln und Segeln. Mann, er sprach sogar ziemlich gut Niederländisch.«

Inka blätterte die Personalakte durch.

»Aber ich finde hier weder Zeugnisse noch eine Bewerbung.«

»Die gibt's auch nicht. Er kam hier irgendwann vor fünf Jahren vorbei und hat nach einem Job gefragt. Ich hab ihm einen Tag Probearbeit angeboten. Als er nach zwei Stunden unseren alten Elektrocaddy zum Laufen gebracht hatte, die Duschen im unteren Sanitärbereich nicht mehr tropften und man die Tür der Grillhütte oben am Sportplatz wieder abschließen konnte, habe ich ihm sofort einen Arbeitsvertrag angeboten.«

Inka blätterte wieder durch die Akte. Diesmal irritiert.

»Auch den finde ich hier nicht.«

Nicole Adams beugte sich nach vorne und sprach nun etwas leiser.

»Weil er keinen wollte. Das war eine Sache, die so ein bisschen verschroben an ihm war. Er meinte, er unterschreibt grundsätzlich nicht gerne was. Er vertraut den Leuten, oder er tut's nicht. Wir könnten deshalb gerne ein ›Gentlemen's Agreement‹ machen. Arbeitsvertrag per Handschlag. Seine Daten bekam ich mündlich. Er seinen Lohn in bar. So war er. Außerdem höflich, hilfsbereit, verlässlich und pünktlich.« Ihr Blick schweifte in die Ferne ab, und Inka meinte einen Moment so etwas wie Tränen in Nicole Adams Augen zu sehen.

»Scheiße. Er ist unersetzlich«, schloss sie und fing sich wieder.

»Kam Ihnen das nicht irgendwie auffällig vor?«, fragte Inka.

»Doch, klar. Ich dachte, hey, vielleicht ist er ja Analphabet oder so. Hört man ja schon mal. Aber wenn man einen Campingplatz leitet, ist man garantiert nicht so blöd, jemanden wie Bernd wieder gehenzulassen. Finden Sie so einen mal. Also haben wir sein Gentlemen's Agreement gemacht. Handschlag. Ohne Spucke. Und es gab nie Probleme.«

»Auch nicht mit anderen Angestellten hier?«, fragte Inka. »Vielleicht war ja jemand neidisch auf seine Stellung hier?«

Adams schüttelte entschieden den Kopf.

»Von den Mitarbeitern garantiert nicht. Er war bei allen beliebt. Ich weiß gar nicht, wie oft er uns allen auch mal privat geholfen hat. Beim Tapezieren, Küche aufbauen oder wenn irgendein Auto streikte. Nee. Keine Chance für ein Mordmotiv.«

»Und unter den Gästen?«, fragte Inka. »Wenn er hier einen Sheriffstern verliehen bekommt, nehme ich mal an, er hatte auch so etwas wie eine Sicherheitsfunktion auf dem Platz. Daraus könnten sich doch auch Konflikte ergeben haben.«

Schulterzucken bei Nicole Adams.

»Ausschließen kann ich natürlich nichts, aber es würde mich sehr überraschen. Also zunächst mal stimmt es, dass Bernd hier auch für …«, sie suchte nach den richtigen Worten. »… für das Einhalten der Platzordnung gesorgt hat. Zum Beispiel wenn es mal Krach um die Belegung der Grillhütte gab, jemand dem anderen Strom abgezapft hat oder es nachts mal laut geworden ist. So was. Aber das hat er immer so gelöst, dass ihm keiner böse war. Gerade letzte Woche wollte eine Gruppe von Dauercampern nachts um drei auf ein paar feiernde Abiturienten losgehen. Er hat den Jungs den Strom abgestellt und klargemacht, dass die »Old-School-Fraktion« ihre Ruhe will. Keine Viertelstunde später hatte er ihnen ein Lagerfeuer unten am Strand angezündet und ein Sixpack Bier mitgetrunken.«

Inka nickte und notierte. »Eine echte Legende.«

»Auf jeden Fall unter den Dauercampern. Die machen hier gut ein Drittel aus. Und die kannten Bernd alle persönlich. Egal was war, er war immer für sie da. Und hat sich im Gegenzug gerne mal zum Grillen einladen lassen.«

»Und die restlichen Gäste?«, fragte Inka.

»Von denen sind gut zwei Drittel Stammgäste, die kommen regelmäßig. Bleiben aber nur für eine bis drei Wochen. Und für die gilt das Gleiche wie für die Dauercamper.«

»Bleibt noch Ihre Laufkundschaft.«

»Von denen habe ich natürlich nur die Daten, die ich Ihnen bereits gegeben habe. Aber ob Sie da einen Verdächtigen finden«, meinte Adams skeptisch. »Gut, es sei denn, jemand kommt mit der Absicht her, Bernd aus irgendeinem Grund umzubringen. Aber würde der sich dann extra auf dem Campingplatz einmieten?«

Inka erschien das ebenso unwahrscheinlich wie Nicole Adams, doch sie ließ die Frage offen. Stattdessen kam sie zu dem letzten Punkt ihrer Befragung.

»Noch ein paar Routinefragen. Wann haben Sie Bernd Groschek zuletzt gesehen?«

Adams überlegte kurz.

»Am Samstagabend.« Sie deutete mit dem Kinn in Richtung ihrer Bürotür. »Ich hatte Dienst im Servicebüro und habe gegen kurz nach sechs abgeschlossen.« Das deckte sich mit den Öffnungszeiten, die Inka am Eingang des Servicebüros gelesen hatte: Täglich 7.00 bis 18.00 Uhr. »Als ich zum Parkplatz ging, saß Bernd mit 'ner Grillwurst oben bei den Kesslers im Vorzelt. Ein Ehepaar, Dauercamper aus Bochum.«

»Welche Parzelle?«

»Sechsundachtzig.«

Inka notierte sich das. »Und Sie?«

Es dauerte einen Moment, bis Adams begriff, dass Inka nach ihrem Alibi für die mögliche Tatzeit fragte.

»Ich bin direkt nach Attendorn gefahren. Nach Hause. Mein Sohn kann das bezeugen. Ich bin geschieden und alleinerziehend. Und falls Sie den Sonntag auch noch brauchen, den hatte ich frei. Wir waren bei meiner Schwester drüben in Korbach. Namenstag.«

»Hier hat Herrn Groschek am Sonntag niemand vermisst?«

Kopfschütteln bei Nicole Adams.

»Er hat die Wochenenden frei, wenn wir hier keinen Notfall haben. Und wir hatten keinen.« Sie senkte den Blick traurig. »Dachten wir zumindest.«

»Und wie war das Montag?«, fragte Inka.

»Ich bin wie immer kurz vor sieben Uhr hergekommen und habe das Büro geöffnet. Kurz danach kam irgendwann der alte Herr Schleiden mit der ... Nachricht.«

Inka nickte. Den Rest der Geschichte hatte sie bereits überprüft. Sie klappte ihr Notizbuch zu und nahm Bernd Groscheks Personalakte auf.

»Den Ordner müsste ich mitnehmen. Geht das?«

Nicole Adams hob die Hände.

»Alles, was hilft, dieses Schwein zu finden, das Bernd umgebracht hat.«

»Danke. Ich werde bestimmt darauf zurückkommen.«

Inka stand auf und ging zur Bürotür, wo sie noch einmal innehielt und sich zu Nicole Adams umdrehte.

»Ach so. Ohne jetzt den Columbo zu spielen, hatte Herr Groschek hier so etwas wie einen Spind?«

7   Montag, 12:39 Uhr

»Boah, ohne abbeißen?!«

Die Frage kam ebenso laut wie interessiert. Und sie traf Henne unvorbereitet. Er stand mit einem gut gefüllten Pappteller vor einem Tapeziertisch, auf dem sich bunte Plastikschüsseln, riesige Kunststoffflaschen in allen Formen und Farben und etliche Trinkbecher mit aufgeklebten Vornamen zu einem improvisierten Büfett verteilten. Er hatte sich gerade eine ansehnlich große Frikadelle in den Mund geschoben und sah mit dicken Backen in die faszinierten Gesichter zweier Mädchen in Mias Alter. Henne hielt einen Zeigefinger hoch, um zu signalisieren, dass er erst zu kauen gedachte, bevor er antwortete, wurde aber im selben Moment erlöst.

»Macht er immer so«, kam die prompte Erklärung von Mia. »Zeitersparnis, stimmt's?« Henne nickte kauend und deutete bestätigend mit dem Finger auf seine achtjährige Tochter.

»Los, wir hauen ab«, meinte sie. »Bevor er spuckt oder so.« Die Mädchen verzogen die Gesichter und rannten Mia hinterher. Slalom durch die ersten drei sauber in Linie aufgestellten Stapelstuhlreihen. Henne verdrehte nachsichtig die Augen und fragte sich, wo die Kinder die Energie hernahmen. Es war warm in der Sporthalle der Sankt-Engelbert-Grundschule in Brilon. Die geöffneten Oberlichter der riesigen seitlichen Fenster sorgten in Kombination mit sperrangelweit geöffneten Türen für Durchzug, nicht aber für Abkühlung. Altbauten wie diese hielten die Sommerhitze zwar lange draußen, war sie aber erst einmal im Gebälk, bekam man sie so schnell nicht mehr heraus. Henne wischte sich ein paar Schweißtropfen von der Stirn, schluckte seine Frikadelle herunter und sah sich nicht unzufrieden um. Die Arbeit ging gut voran, auch wenn sie noch lange nicht geschafft war. Die Metamorphose der Sporthalle in ihre Zweitbestimmung als Aula war eben kein Pappenstiel. Immerhin schmückten die Fenster bereits Girlanden, über der in die Kopfseite der Halle eingebauten Bühne prangte ein Willkommensbanner, und die Stapelstühle addierten sich Stück für Stück zu einem stattlichen Auditorium. Die Sankt-Engelbert-Grundschule putzte sich für ihren alljährlichen spätsommerlichen Ausnahmezustand heraus: die bevorstehende Einschulung der neuen Erstklässler. Und weil auf jedes »i-Dötzchen« immer mindestens ein stolzer Elternteil und mehrere noch stolzere Großelternteile kamen, würde die altehrwürdige Halle wie gewohnt aus allen Nähten platzen.

Henne nahm es gelassen. Sein Job war nicht die Organisation, sondern die Ausführung der körperlich anspruchsvolleren Arbeiten. Zum einen, weil ohne das ständige Engagement der Eltern an den Schulen heutzutage generell gar nichts mehr lief, zum anderen weil Henne der einzig verfügbare Mann war. Als Einheimischer, ehemaliger Schüler, Vater in Elternzeit, Erziehungsberechtigter einer Tochter an der Schule und Tom, seinem sechsjährigen Sohn unter den »I-Dötzchen«, erfüllte er sogar gleich alle Helfer-Kriterien auf einmal. Es wäre nur schön gewesen, wenn zumindest ein weiterer Mann im Aufbauteam gewesen wäre. Henne spülte die Reste der Frikadelle mit warmer Apfelsaftschorle nach und warf einen Blick auf sein übriges Helferteam. Sechs Mütter, die sich um das Büfett und die Deko kümmerten, drei Lehrerinnen, die mit der Organisation beschäftigt waren, und Frau Warnke, die Hausmeisterin, die patent und fleißig alles Technische beherrschte, der Henne die schweren Stühle und die hohen Leiterausflüge aber nicht zumuten wollte.

Wenigstens gibt es was zu essen, dachte Henne, warf sich eine zweite Frikadelle ein und ignorierte die verstohlenen Blicke der Mütter, die trotz ihrer angeregten Unterhaltung in übersichtlichen Salatsnacks herumpickten. Sollen sie lästern, dachte er.

»Henne?!«, fragte eine Frauenstimme. Henne verschluckte sich fast, unterbrach sein Kauen viel zu früh und zwang die Frikadelle Richtung Speiseröhre. »Hendrik Luhmann, oder?!« Wieder die Stimme.

Henne verdrehte die Augen.

»Äh ja«, murmelte er heiser und spülte mit dem Rest Apfelschorle nach. Eine attraktive rothaarige Frau mit Sommersprossen auf Wangen und Oberarmen strahlte ihn an.

»Bianca«, sagte sie und hielt ihm ihre Hand hin.

Henne dachte angestrengt nach. Der Name kam ihm bekannt vor. Was sich anscheinend in seinem Gesichtsausdruck spiegelte, denn die Frau legte mit einer Erklärung nach.

»Bianca Steffens. Alles in Ordnung?« Henne nickte und bemerkte erleichtert, dass die Frikadelle endlich da war, wo sie hingehörte.

»Klar«, sagte er jetzt wieder in seiner normalen Stimmlage. »Ist nur die Hitze.«

Die Frau nickte, und ihr Lächeln wurde spitzbübisch.

»Du hast keine Ahnung, oder?« Statt auf eine Antwort zu warten, ersparte sie Henne die offensichtliche Peinlichkeit und fuhr fort.

»Okay, kleiner Tipp: früher Bianca Karl.« Sie breitete die Hände aus, als präsentierte sie ihr eigenes Wohnzimmer. »Sankt Engelbert? Wir beide? Klassen eins bis vier? Mein Gott, wann war das? 1986?«

Jetzt dämmerte es auch Henne.

»Ja klar«, sagte er. »Mensch, Bianca. Tschuldigung.« Er stellte seinen Teller ab, tupfte sich Mund und Hände mit einer Serviette ab und griff lächelnd nach ihrer Hand in der Hoffnung, dass sich keine Fleischreste zwischen seinen Schneidezähnen verfangen hatten. Bianca strahlte und schüttelte seine Pranke angenehm fest. Offenbar keine Fleischreste, dachte Henne erleichtert und musterte seine ehemalige Klassenkameradin. Aus dem zahnlückigen Mädchen war eine attraktive Frau mit sportlicher Figur geworden. Biancas umwerfendes Lächeln, ihr rotes Haar und ihre Sommersprossen ließen ihr sogar in dem eleganten Businesskostüm, den schwarzen Pumps und der weißen Bluse einen Rest natürlicher Unbezähmbarkeit. Als hätte man eine Piratin zum Captain befördert, dachte Henne. Deutlich angenehmer als umgekehrt.

»Was machst du hier?«, fragte er Bianca und merkte sofort, dass man den Satz auch missverstehen konnte. Er legte nach. »Ich meine, seid ihr nicht nach der Grundschule damals umgezogen?« Bianca Steffens nickte.

»Dortmund«, präzisierte sie. »Da habe ich auch Abi gemacht. Dann in Aachen studiert und ein paar Jahre in Düsseldorf gearbeitet.«

»Ganz nett rumgekommen«, meinte Henne anerkennend.

»Na ja, geht so. Aber irgendwann reicht's trotzdem. Jedenfalls hat Arne, also mein Mann, ein Jobangebot in Arnsberg bekommen, und wir dachten, warum nicht zurück in meine alte Heimat.«

»Keine schlechte Idee. Ich hoffe, das sagst du in ein paar Monaten immer noch«, grinste Henne.

»Weg können wir jedenfalls so schnell nicht mehr«, lachte Bianca. »Wir haben vor einem Jahr drüben in Hoppecke gebaut. Außerdem ...« Ihr Lächeln wurde noch breiter. Sie deutete stolz in Richtung einer kleinen Gruppe Jungs, die nahe der Bühne auf einem Mattenwagen herumkletterten.

»Außerdem wird unser Max morgen eingeschult«, sagte sie. »Das heißt, wenn er sich nicht heute die Knochen bricht.«

Henne folgte ihrem Blick und sah, wie ein rothaariger Junge gerade den ungefährlich hohen Mattenwagen erklomm und das Gleichgewicht zu verlieren schien. Er rutschte tatsächlich ab, landete aber direkt auf dem Rücken eines anderen Jungen unter ihm. Die beiden sahen sich überrascht an, rieben sich einen Moment unsicher die schmerzenden Stellen und kletterten dann grinsend zusammen weiter.

»Keine Sorge«, meinte Henne gelassen. »Sein Schutzengel da ist nämlich meiner. Tom.« Bianca sah Henne überrascht an.

»Sag nicht, der ist auch morgen dabei?«

»Und normalerweise etwas schüchterner«, nickte Henne. »Aber seine ältere Schwester hat hier schon Heimrecht.« Wieder ein Deuten. Diesmal Richtung Mia, die mit ihrer Mädchengruppe irgendwelchen Schmuck aus Plastikringen bastelte.

»Und was treibst du sonst so außer Fortpflanzung?«, fragte Bianca mit neugierigem Blick. Ein Blick, den Henne mittlerweile kannte. Der, den ein Mann im erwerbsfähigen Alter im Sauerland zwangsläufig hervorrief, wenn er deutlich vor 17.00 Uhr Zeit für Familienangelegenheiten hatte. Das allgemeine Vorurteil war entweder Faulheit oder Arbeitslosigkeit. Was im Sauerland gerne auch mal gleichbedeutend interpretiert wurde. Biancas offener Blick schien allerdings noch eine dritte Möglichkeit in Erwägung zu ziehen. Einen interessanten Lebenslauf.

»Ich bin Hausmann«, antwortete Henne und erklärte in kurzen Worten seine Familienkonstellation mit Inka. Als er fertig war, er sah zu seiner Erleichterung, dass Bianca eher beeindruckt als irritiert zu sein schien.

»Wow. Und das in Brilon«, meinte sie. »Endlich mal einer, der's tut.«

»Was?«, fragte Henne.

»Na ja, es gibt viele Männer, die meinen, dass sie alles für ihre Familie tun. Aber wenn man das mal hinterfragt, landet man fast immer bei einer Einschränkung. Sie tun alles, solange es ihren Job nicht beeinträchtigt.«

Henne zuckte die Schultern. »Gut, irgendjemand muss ja das Geld verdienen.«

»Klar. Aber das können Frauen auch. Aber nicht jeder Mann könnte seinen Kindern zuliebe zu Hause bleiben und waschen, kochen und putzen.«

Henne grinste geschmeichelt.

»Gut, manchmal baue ich auch in einem Tag die Schule um.«

Die beiden sahen sich an und lachten. Ein kurzer Moment der Stille entstand, den Bianca mit einer Frage unterbrach.

»Dann sehen wir uns jetzt häufiger?«

Henne nickte.

»Würde mich freuen.«

Im selben Moment unterbrach ein Handyklingeln die Stille. Bianca sah auf ihr Display und deutete Henne an, dass sie das Gespräch draußen würde annehmen müssen. Sie kramte etwas aus ihrer Handtasche und drückte ihm eine Visitenkarte in die Hand.

»Mich würd's auch freuen. Bis morgen erst mal«, sagte sie, schob lächelnd eine Haarsträhne hinter ihr Ohr und ging. Henne beobachtete sie, wie sie Max zu sich rief und noch einmal winkte, bevor sie mit ihrem Sohn aus der Halle in das Sonnenlicht trat.

Henne blickte auf die Karte in seiner Hand. Unter einem einprägsamen Logo und allen relevanten Kontaktdaten stand:

Bianca Steffens, freiberufliche Architektin

Henne steckte die Karte ein und warf sich noch eine Frikadelle in den Mund, bevor er die nächste Reihe Stühle in Angriff nahm. Aber diesmal kaute er langsam und gewissenhaft.

8 Montag, 13:57 Uhr

»Ziemlich großer Spind.«

Inka sah überrascht von der Eingangstür zu Bernd Grocheks Apartment zu Nicole Adams, die vor ihr leicht gebückt und mit lautem Klacken den platzeigenen Zweitschlüssel im Türschloss drehte.

»Dienstwohnung trifft's wohl eher«, sagte Adams. »Einundsechzig Quadratmeter, die Einrichtung gehört komplett der Betreibergesellschaft.«

»Und Herr Grochek durfte sie kostenlos nutzen?«, fragte Marlies Röggen.

Die drei Frauen standen auf einem engen Treppenabsatz im Obergeschoss des zweistöckigen Rezeptionsgebäudes, dessen Erdgeschoss das Servicebüro beherbergte. Inka und Marlies schlüpften in frische Tatortoveralls. Das Schließen der Reißverschlüsse hallte hohl von den gefliesten Wänden wider.

»Ja. Die Nutzung der Wohnung war Teil des Arbeitsvertrages«, erklärte Adams. »Gerade wenn viel los ist, gibt's auf dem Platz immer irgendeinen Notfall. Mal fällt der Strom aus, mal gibt's 'ne Verletzung, manchmal fehlt dringend 'ne Kiste Bier ... Immer zu den unmöglichsten Zeiten. In solchen Fällen können die Gäste natürlich nicht warten, bis jemand aus Olpe rüberkommt. Deshalb hatte Bernd die Wohnung und ein Diensthandy. Die Nummer hängt unten für die Gäste aus.«

»Also hatte er so etwas wie einen ständigen 24-Stunden-Notdienst?«, fasste Röggen zusammen.

Adams nickte.

»Zumindest in der Hauptsaison. Wenn die vorbei ist, wird's meistens ruhiger. Außerdem war Bernd auch noch so was wie unser Nacht-Pförtner. Ab 22.00 Uhr sind unten wegen der Nachtruhe die Schranken geschlossen. Bernd hat im Ausnahmefall auch später noch Gäste rein- oder rausgelassen. Wie gesagt, Mädchen für alles.« Trauer schwang in ihren letzten Worten mit. Sie senkte den Blick, zog den Schlüssel ab und ließ die Wohnungstür lautlos nach innen schwingen. Dann trat sie zur Seite und gab den Blick in einen dunklen Flur frei.

»Lichtschalter ist gleich links. Brauchen Sie mich noch?«

Marlies Röggen übernahm für Inka, die sich gerade ein Paar Einwegschuhe über ihre Sneakers streifte.

»Nur den Schlüssel, bitte. Falls wir Fragen haben, melden wir uns«, sagte sie und nahm den Wohnungsschlüssel entgegen.

»Einfach durchrufen.« Nicole Adams schwenkte ihr Diensthandy und ging die Treppe hinunter. »Das hier habe ich immer dabei.«

Inka und Röggen warteten, bis sie verschwunden war. Inka tastete nach dem Lichtschalter und schaltete eine schmucklose Halogendeckenleuchte im Flur vor ihnen ein. Die beiden Frauen versicherten sich mit einem Blick, dass sie bereit waren. Dann schaltete Marlies Röggen eine kompakte Spiegelreflexkamera ein, die sie inzwischen aus dem Auto geholt hatte. Sie traten in die Wohnung und schlossen die Tür hinter sich.

Stille und ein abgestandener Geruch nach kaltem Zigarettenrauch und dezentem Moder empfing sie. Der kleine, schmucklose Flur war mit buchefarbenem Baumarktlaminat ausgelegt und mit neutraler weißer Raufaser tapeziert. An der Wand hing neben einem Sicherungskasten eine einfache Garderobe mit einer schwarzen Fleecejacke. Darunter standen ordentlich aufgereiht zwei Paar Arbeitsschuhe. Der Flur führte in einen größeren, dunklen Raum. Dem Grundriss nach ein kombinierter Wohn- und Schlafbereich, dachte Inka. Rechts führte eine Tür in ein kleines dunkles Badezimmer, links daneben eine weitere in eine ebenfalls winzige und dunkle Küche. Die Jalousien und Fenster aller Räume waren geschlossen.

»Okay«, sagte Inka, »sehen wir's uns erst mal im Originalzustand an.«

Röggen nickte, machte ihre Kamera einsatzbereit und schaltete mit Inka in allen Räumen das Licht ein. Dann trafen die beiden Ermittlerinnen sich im Wohnzimmer und sahen sich um. Die Wände des Raumes waren ebenfalls mit weißer Raufasertapete beklebt, daran hingen vergrößerte Luftaufnahmen des Campingplatzes in unterschiedlichen Ausbaustufen und Jahreszeiten, jeweils in einfachen Klemmrahmen. Die schmucklosen, schwarzen Möbel eines schwedischen Massenwarenherstellers standen auf demselben Laminatboden wie im Flur und rundeten das triste Gesamtbild ab. Ein Kleiderschrank mit Schiebetüren, ein Bücherregal und eine niedrige TV-Konsole, die einen mittelgroßen Flachbildfernseher samt Satelliten-Empfänger beherbergte. Beide Geräte zeigten mit einem leuchtenden roten Punkt an, dass sie sich im Stand-by-Betrieb befanden.

»Viel dienstlicher geht's kaum«, befand Röggen mit Blick auf die Einrichtung. »Das Wartezimmer unserer Kfz-Zulassungsstelle ist einladender.«

Die einzigen Gegenstände, die Rückschlüsse auf einen Rest Persönlichkeit zuließen, waren einige Krimis und eine Bibel im Bücherregal.

»Entweder Groschek wollte keine persönliche Note einbringen oder er durfte nicht«, meinte sie.

»Oder er hatte keine«, Röggen zuckte trocken die Schultern und schoss Fotos aller Details. »Aber einen Sinn für Sauberkeit. Ich sehe nicht eine Wollmaus. Trotz Super-Zoom.« Inka nickte und ging in die Hocke, um den auffälligsten Gegenstand im Raum näher zu betrachten. Eine anthrazitfarbene Schlafcouch. Die Liegefläche war zum Bett ausgezogen. Ein zerwühltes Laken, ein eingedrücktes Kopfkissen und eine zurückgeschlagene Decke zeugten davon, dass es benutzt worden war.

»Sieht aus, als hätte Groschek dringelegen«, überlegte Inka laut. »Vielleicht können wir seine letzten Stunden ja rekonstruieren.« Sie sah auf das Bettzeug. »Mit den runtergelassenen Jalousien sieht das jedenfalls nach Nachtruhe aus. Wenn wir von einem Tötungszeitpunkt in der Nacht von Samstag auf Sonntag ausgehen, könnte es also sein, dass er am Samstagabend noch in sein Bett gegangen ist. Dass er es von Freitagmorgen an noch ungemacht gelassen hat, passt für mich nicht zu der Ordnungsliebe hier.«

»Das da auch nicht«, meinte Röggen und deutete auf ein T-Shirt-ähnliches Kleidungsstück, das ein gutes Stück unter der zurückgeschlagenen Bettdecke hervorlugte.

»Ein Schlafanzugoberteil«, meinte Inka und schlug die Decke zurück. »Die dazugehörige Hose fehlt.«

»Fragt sich, wann er zum letzten Mal aufgestanden ist«, meinte Röggen. »Und warum. Meinst du, es war ein Notfall? Dann hätte er die Hose vielleicht angelassen.«

Inka sah nachdenklich auf die geschlossenen Jalousien. »Jedenfalls war es mitten in der Nacht. Den Morgen hat er nicht mehr erlebt.«

Inka unterdrückte einen Fluch. »Sein Diensthandy könnte uns sicher mehr sagen.«

»Über ein privates würde ich mich auch nicht beschweren, meinte Röggen.« Im selben Moment fiel ihr Blick auf einen halbverdeckten länglichen Gegenstand neben dem Bett. Sie deutete darauf.

»Was ist das da?«, fragte sie. Inka griff danach und hielt Röggen den Gegenstand enttäuscht hin.

»Universalfernbedienung für Fernseher und Receiver«, seufzte Inka. »Ich seh mich mal weiter um.«

Während Röggen Regal und Kleiderschrank im Wohnzimmer übernahm, ging Inka durch den Flur in Richtung der Küche und des Badezimmers. Dabei fiel ihr auf, dass neben der Garderobe zwar ein Telefonanschluss in der Wand lag, es aber keinen Festnetzapparat gab. Anscheinend hatte Groschek nur sein Handy genutzt. Sie seufzte. Das Gerät zu finden wurde immer wichtiger.

Die kleine schlicht weiße Einbauküche war in ihrer spartanischen Ausstattung auf einen Singlehaushalt ausgelegt. Neben einem Herd mit zwei Heizplatten verfügte sie über ein Mikrowellengerät und einen Kühlschrank. In dessen glänzend sauberem Inneren fand Inka lediglich eine angebrochene Packung Discountermargarine, eine angeschnittene Salami am Stück und fünf Flaschen Pils einer nahen Brauerei. In den Schränken und Schubladen warteten eine übersichtliche Anzahl Töpfe, Pfannen und Plastikhelfer neben Geschirr und einfachem Besteck auf ihre offenbar seltene Nutzung. Auch hier kein Foto an irgendeiner Pinnwand, keine Notiz an der Kühlschranktür, nicht einmal ein Minikalender mit Terminen an der Wand. Wäre das benutzte Bett nicht, dachte Inka, könnte man annehmen, hier wohnte eher ein Phantom als ein Hausmeister.

Sie hörte, wie Marlies Röggen im Wohnzimmer die Jalousien hochzog, schloss die Schränke und ging weiter ins Badezimmer. Der dezente Plastikcharme der achtziger Jahre empfing sie. Eine gleißend helle Deckenbeleuchtung ersetzte das Tageslicht und ließ in optischer Komplizenschaft mit den deckenhoch weiß gefliesten Wänden Assoziationen an den Schlachtraum eines Metzgers aufkommen. Ein länglicher Heizkörper mit weißer Handtuchhalterung, eine einfache Dusche mit hoher Duschtasse und einem sauberen, grauen Duschvorhang, ein Durchschnittswaschbecken mit einem Kunststoffspiegelschrank und eine Toilette mit aufgesetztem Spülkasten erstickten jedes Gefühl von Wohnlichkeit. Inka nahm routiniert den Deckel des Spülkastens ab. In seinem Inneren erwarteten sie sauberes Wasser und eine makellose Schwimmermechanik. In der Dusche standen zwei Plastikflaschen mit Duschgel und Shampoo vom selben Discounter wie das Deospray, der Rasierschaum, die orangefarbenen Einwegrasierer und die Zahnpasta im ansonsten leeren Spiegelschrank über dem Waschbecken. Auf dessen Rand stand ein Plastikbecher mit einer Zahnbürste, die schon bessere Tage gesehen hatte, und ein Stück Seife, säuberlich und trocken abgelegt auf einem Plastikbrettchen mit Sickerrinne. Inka stöhnte innerlich auf.

»Sind wir eigentlich sicher, dass der Kerl Bernd Groschek hieß, nicht Max Mustermann?«, fragte sie so laut, dass Röggen es im Wohnzimmer hören konnte.

»Wenn du was Persönliches willst ...«, kam es gedämpft aus dem Wohnzimmer zurück. »Dann komm mal rüber.«

Inka hob interessiert die Brauen und trat ins nun tageslichtdurchflutete Wohnzimmer. Aus dessen Fenstern sah man auf das hintere Pultdach des Rezeptionsgebäudes, das unter den Fenstern zur Seeseite abfiel. Darunter lag eine kleine Plaza, um die sich das Verwaltungsgebäude des Campingplatzes, der Campingshop für die nötigsten Besorgungen, der Imbiss sowie einige Freizeiträume gruppierten. Noch weiter unten erkannte Inka ein Sanitärgebäude mit Duschen und Toiletten und eine Art Scheune, die vermutlich als Lager diente. Dahinter verlief ein Versorgungsweg, von dem ein geteerter Fußpfad abzweigte und sich in dichten Baumreihen verlor. Der Weg, der Inka und Röggen hier hochgeführt hatte und zum Seeufer und seinem langen Badestrand führte, an dessen nördlichem Ende der Tatort lag. Inka wandte den Blick vom Fenster ab und brauchte eine Sekunde, um Marlies Röggen zu lokalisieren. Ihre Kollegin kniete halb unter einer Reihe ordentlich aufgehängter Arbeitshosen im Kleiderschrank.

»Hast du was gefunden?«, fragte Inka.

»Sag du's mir«, kam die selbstbewusste Antwort aus dem Kleiderschrank. Röggen wandte sich grinsend zu ihrer Vorgesetzten um und präsentierte einen rechteckigen, hellgrünen Metallgegenstand in ihren einwegbehandschuhten Händen. Auf seiner Oberseite erkannte Inka einen Edelstahlgriff, an seiner Frontseite ein ebenfalls metallen glänzendes, rundes Schloss.

»Jedenfalls macht sich niemand die Mühe, eine Geldkassette tief hinter seinen Hosen zu verstecken, wenn er nicht einen Grund dazu hat.« Inka trat wie elektrisiert auf Röggen zu.

»Sauber, Marlies. Aber lass mich raten«, sagte Inka. »Abgeschlossen.«

Röggen zuckte die Schultern.

»Und natürlich kein Schlüssel. Ich habe alles durchsucht«, meinte sie. »Wäre ja auch zu einfach gewesen. Aber ...«

Sie schwieg und lächelte wieder etwas zuversichtlicher. Dann schüttelte sie die Kassette vorsichtig. Aus ihrem Inneren hörten die Frauen leise schleifende und klirrende Geräusche von Papier und Metall, das über den Boden der Kassette glitt.

»Immerhin ist was drin«, schloss Röggen.

»Und unser Experte für hartnäckige Schlösser ist draußen.« Marlies Röggen war klar, dass Inka auf Kemperdick anspielte, der sich schon des Öfteren als »Professor Sauerbruch am Dietrich« erwiesen hatte, wie Georg Pfeil ihn einmal tituliert hatte.

»Wo steckt der eigentlich?«

»Befragt das Camperpärchen, bei dem Groschek zuletzt gesehen wurde«, antwortete Röggen. Inka nahm die Kassette an sich und lächelte zufrieden.

»Hier sind wir durch, oder?«, fragte sie.

ER Montag, 14:19 Uhr

»Verdammter Schnee. Es hört einfach nicht auf zu schneien.«

Sein Vater sah müde von seinem Tagesbett auf, einer breiten Liege mit leicht angewinkeltem Kopfteil, die seine Mutter immer »Schäselong« nannte. Sein Vater beobachtete einen Moment die Sauerländer Welt vor dem breiten, leicht beschlagenen, weil einfach verglasten Fenstern und stöhnte kurz auf, bevor er den Kopf wieder matt auf sein Kissen legte.

Er lag bäuchlings auf dem kalten Fußboden zwischen Esstisch und dem großen alten Bauernschrank. Das Kinn andächtig auf die Hände gestützt, die Beine angewinkelt, betrachtete er stolz seinen Schatz. Ein ITT-Schaub-Lorenz-Transistorradio, das seine Eltern sich gerade erst zu Weihnachten gekauft hatten. Er war wie hypnotisiert von dem Ding. Eine hölzerne Front mit eingelassenem Lautsprecher, eine in alle Richtungen bewegliche Teleskopantenne und sogar eine beleuchtete Senderskala. Wie viele Sender man damit selbst im Sauerland hereinbekam, war unglaublich. Er hatte den Tragbügel des Gerätes im rechten Winkel nach vorne gestellt und das Radio schräg darauf abgestellt, so dass ihm die silberne Edelstahl-Bedienoberfläche mit ihren glänzenden Knöpfen und Reglern direkt zugewandt war, als hätte jemand das Radio nur für ihn gebaut. Genau wie die Anzeigen im Cockpit der Astronauten, die im vorletzten Sommer auf dem Mond gelandet waren, dachte er. Es war ein nahezu perfekter Moment, denn in derselben Sekunde erkannte er durch das atmosphärische Knacken und Rauschen des Radios die ersten Gitarrenklänge seines absoluten Lieblingsliedes. Den Titel konnte er nicht aussprechen, er konnte ja noch kein Englisch, aber dafür wusste er den Namen der Band, die es spielte: »The Mamas and the Papas«.

Den hatte er sich sofort merken können, weil er universell verständlich war und ihm schon bei der ersten Erwähnung wie der Inbegriff von familiärer Idylle und Geborgenheit vorkam. Die Mamas und die Papas. Was konnte es Schöneres geben, als Eltern, die zusammen solche Musik machten? Vom Text kannte er nur die erste Zeile und sang leise mit, als das Intro des Songs in die erste Strophe überging:

»Anneliese Braun ...«

Er hatte keine Ahnung, wer Anneliese Braun war, oder warum eine englische oder amerikanische Gruppe offenbar eine deutsche Frau besang, aber es war ihm egal. Der Song hörte sich einfach zu sehr nach Familie an. Und die hatte er lange entbehren müssen. Genauer gesagt, seinen Papa.

»Verdammter Schnee«, wiederholte der mürrisch und schloss die Augen.

Sein Vater war Tischler und hatte bis vor einigen Monaten unten in der Schreinerei neben dem alten Bahnhof gearbeitet. Bis er seiner Mutter gebeichtet hatte, warum er immer husten musste. Und warum er danach immer öfter ins Badezimmer gelaufen war. Seine Eltern hatten ihm nie die ganze Wahrheit gesagt, aber er hatte zumindest so viel verstanden, dass es Blut war, was sein Vater da zunehmend aushustete. Und dass dafür wohl irgendwelche Flüssigkeiten verantwortlich waren, die sein Vater jahrelang beim Bau von Möbeln hatte verwenden müssen. Weniger verstanden hatte er, warum sein Vater danach so lange hatte weggehen müssen und dazu noch in irgendein Bad in der Nähe von Frankfurt. Bad Mergentheim oder so. Seine Mutter hatte ihm immer gesagt, das sei gar nicht weit entfernt vom

Sauerland. Aber für ihn hätte sein Papa genauso gut auf dem Mond sein können: Sein Bild war immer bei ihm, aber er selbst unendlich weit weg.

Umso größer war die Aufregung, als er seinen Papa mit seiner Mama einmal in Bad Mergentheim besuchen durfte. Ein Tag, den er aber aus einem anderen Grund nie vergessen würde. Denn bei der Begrüßung war er an seinem eigenen Vater vorbeigelaufen! Er hatte ihn nicht mehr erkannt. Der kräftige, groß gebaute Mann mit den dunkelbraunen Haaren, der hustend aber aufrecht im gelben Postbus das Sauerland verlassen hatte, war innerhalb von ein paar Wochen zu einem grauen, kahlköpfigen und abgemagerten Greis geworden.

Nach dem ersten Schock hatte er sofort vorgeschlagen, seinen Papa wieder mit ins Sauerland zu nehmen, weil ihm Bad Mergentheim offensichtlich eher schadete als half. Doch sowohl sein Vater als auch seine Mutter hatten ihm klargemacht, dass der Zustand seines Vaters ein Resultat seiner Behandlung war. Und, dass es ihm danach sicher wieder bessergehen würde. Die Tränen in den Augen seiner Eltern erzählten jedoch eine andere Geschichte, weshalb er auf der elend langen Heimfahrt seine Mutter gefragt hatte, ob sein Papa überhaupt noch einmal nach Hause kommen würde. Er hatte seiner Mutter hoch angerechnet, dass sie ihm diesmal die Wahrheit gesagt hatte:

»Das weiß nur der liebe Gott.«

Er war ein gläubiger Junge. Katholisch, Kirchgänger. Also hatte er den lieben Gott gefragt. Jeden Tag, mehrfach. Eine Antwort hatte er aber nie erhalten. Er hatte die Leute in der Kirche gefragt, warum das so war. Einige wenige meinten zwar, sie würden ständig Antworten vom lieben Gott erhalten, aber diese Leute hatten irgendwie einen seltsamen Blick in den Augen. Die Antwort der meisten anderen war, dass der liebe Gott sehr wohl zuhören würde. Es wäre aber normal, dass er nicht antwortete. Er fand das zwar unhöflich, schob das aber auf eine gewisse Arbeitsüberlastung. Wenn das ganze Sauerland und womöglich noch das Ruhrgebiet ständig mit dem lieben Gott sprachen, hatte der vermutlich einiges zu tun. Er entschloss sich, das zu tun, was die meisten taten, wenn sie etwas vom lieben Gott wollten. Sie fragten nicht, sie beteten.

Auch jeden Tag mehrmals. Einmal nach dem Aufstehen, einmal vor dem Schlafengehen, einmal vor jeder Mahlzeit. Aber irgendetwas schien er dabei falsch zu machen. Denn natürlich antwortete der liebe Gott nicht, aber er ließ auch keine »Zeichen folgen«, wie bei einigen der Leute in der Kirche. Er verzweifelte zunehmend. Doch sowohl seine Mutter als auch Pfarrer Steinhaus sagten, dass wahrer Glaube sich genau darin zeige, dass man eben nicht verzweifelte, sondern dem lieben Gott vertraute und weiter glaubte und betete.

Also glaubte er und betete weiter. Und tatsächlich schickte ihm der liebe Gott ein Zeichen! Er erinnerte sich noch genau an den Tag. Es war vor ein paar Wochen. Der 7. Dezember 1970. Das ganze Sauerland redete danach tagelang über nichts anderes als das Bild, das er mit seiner Mutter in der Tagesschau gesehen hatte: ein Bundeskanzler, der irgendwo in Polen auf die Knie gefallen war. Warum, wusste er nicht. Auch nicht, was das bewirken sollte, aber am nächsten Tag hatten viele gesagt, dass der Kanzler mit seinem Kniefall so viel erreicht hatte wie keiner vor ihm. Er wusste, was er zu tun hatte, und fiel am selben Abend vor dem Zubettgehen feierlich auf die Knie.

Und das Wunder geschah! Der liebe Gott schickte ein Zeichen! Am nächsten Tag erhielt seine Mutter die Nachricht aus Bad Mergentheim, seinem Vater gehe es überraschend besser. Zwar noch nicht so gut, dass er Weihnachten würde zu Hause feiern können, aber man versprach eine Entlassung nach Neujahr.

Pünktlich am Abend des 11. Januar 1971 war er wieder da!

Oder genauer gesagt, erst einmal in Meschede. Im Haus Rochus. Wo er noch einmal untersucht werden sollte. Am 14. Januar konnten die Ärzte sich die vollständige Genesung zwar nicht erklären, gratulierten seinem Vater aber umso herzlicher. Gut, er hätte ihnen sagen können, was man mit einem Kniefall alles bewirken konnte, aber er hatte mit dem lieben Gott Stillschweigen vereinbart. Und ihm zwei Versprechen gegeben. Er wollte Weihnachten mit seinen Eltern noch am selben Tag nachfeiern und am nächsten Sonntag seinen Dienst als Ministrant bei Pfarrer Steinhaus antreten.

»Anneliese Braun ...«

Er sang unbeschwert mit. Alles, was er sich gewünscht hatte, war dank des lieben Gottes in Erfüllung gegangen. Sein Vater war gesund, seine Familie wieder komplett, und seine Eltern hatten zur Feier der glücklichen Umstände die unglaubliche Summe von fast 250 Mark für einen Traum von Transistorradio bezahlt. Er musste sich korrigieren: Der Moment war nicht fast perfekt, er *war* perfekt.

Nur warum sein Vater gerade von Schnee gesprochen hatte, irritierte ihn etwas. Er nahm das Radio, stand auf und spähte in die frostige Hügellandschaft vor dem großen Fenster. Schnee war im Sauerland Mitte Januar alles andere als ungewöhnlich, aber in den letzten Tagen war nicht eine Flocke vom Himmel gefallen.

Die Laubwälder waren kahl, der Himmel hing grau und schwer über dem tiefen Horizont. Aber das Weiß der Hügel war gefrorener Raureif, kein Schnee. Er sah zu seinem Vater.

»Welchen Schnee meintest du?«, fragte er ihn.

Doch sein Vater hob nur den Kopf und sah ihn mit wirrem Blick an. Jähes Entsetzen stieg in ihm auf. Aber es waren nicht die fiebrigen Augen seines Vaters oder sein hochroter Kopf. Sondern Dutzende winzig kleiner Pusteln, die sich über das gesamte

Gesicht seines Vaters verteilt hatten. Und er hustete wieder! Nur diesmal viel lauter als vor ein paar Monaten.

»Mama«, schrie er und ließ das Transistorradio fallen.

9   Montag, 15:01 Uhr

All the leaves are brown ...

Von irgendwo her dröhnten deutlich zu laut »*The Mamas and the Papas*« aus einem CD-Player. Inka rieb sich grimmig ihre vom Toilettenbesuch noch feuchten Hände auf den Oberschenkeln ihrer Jeans ab.

»Habe ich schon gesagt, dass ich Camping hasse?«, fragte sie Marlies Röggen. Die beiden Frauen stiegen die steilen Treppen neben der Rezeption zur Einfahrt hoch.

»Zuletzt vor einer Minute«, grinste ihre Kollegin. »Ich frag' mich nur, warum. Die Landschaft ist grandios, die Leute sind nett und die Toiletten sauberer als in manchen Polizeirevieren.«

»Dafür gibt es weder Seife noch Handtücher, es sein denn, man bringt sich beides mit, überall riecht es nach Plastik, Grill und Spülresten und ...«

Sie bogen am oberen Treppenabsatz nach links um die Ecke des Gebäudes und sahen die Quelle der Musik. Ein Auto mit einem Camperpaar wartete bei heruntergelassenem Fenster vor der Zufahrtsschranke neben den beiden Polizisten auf Einlass.

»... Und jeder beschallt einen rund um die Uhr mit seinem zweifelhaften Musikgeschmack.«

Nicole Adams kam vor ihnen aus dem für Publikumsverkehr noch immer geschlossenen Servicebüro.

»Dauercamper«, sagte sie fast entschuldigend und deutete auf das Auto. »Die lieben den Oldiesender. Ich kümmer' mich mal um die Lautstärke.«

Als die beiden Frauen die Rezeption betraten, schwappten die Gitarrenklänge für einige Sekunden noch mit ihnen hinein. Dann dämpfte die zufahrende automatische Tür die Klänge und ein paar Rufe von Nicole Adams. Die Musik verstummte, und das Auto verschwand mit Schrittgeschwindigkeit auf dem Platz. Inka war beeindruckt. Nicole Adams hatte offenbar, was man brauchte, um sich auf einem Campingplatz Respekt zu verschaffen.

Inka und Marlies Röggen traten zu Bastian Kemperdick hinter den Tresen des Servicebüros. Auf dem Tisch vor ihrem Kollegen stand die grüne Kassette, die Röggen im Kleiderschrank von Bernd Groscheks Dienstwohnung gefunden hatte. Nicole Adams hatte angegeben, die Kassette noch nie gesehen zu haben, und wusste folglich auch nichts über mögliche Schlüssel.

»Zylinderschloss«, meinte Kemperdick fachmännisch. »Wie's aussieht, ASA 3.« Er hatte sich ein Paar Einweghandschuhe übergezogen und betrachtete eingehend seinen Gegner für die nächsten Minuten: das Schloss der Kassette.

»Mich würde eher interessieren, ob Sie's aufkriegen?«, fragte Inka einen Ton zu gereizt.

Kemperdick sah irritiert von Inka zu Röggen. Die deutete grinsend auf Inka.

»Frau Luhmann hasst Camping.« Was auch Kemperdick zu einem nachsichtigen Grinsen veranlasste. Er stellte die Kassette wieder ab.

»Die Frage ist nicht, ob ich sie aufkriege«, meinte er selbstbewusst, »sondern wann. Müsste aber zügig gehen.«

Er kramte in seiner Tasche nach einem Leatherman-Tool und einem Bund Dietriche, die Inka schon von vorangegangenen Einsätzen kannte.

»Können wir parallel dazu reden?«, fragte sie und deutete auf die Kassette. Kemperdick nickte. Inka und Röggen hatten ihn bereits über die Durchsuchung der Dienstwohnung und über den Umstand unterrichtet, dass es aus Brilon erwartungsgemäß noch keine Obduktionsergebnisse gab. Inka holte ihr Notizbuch hervor.

»Also«, meinte Kemperdick, setzte sich und zog die Kassette heran. »Ich habe zuerst mal mit dem Ehepaar gesprochen, bei dem Groschek am frühen Samstagabend gesessen hat.«

Inka blätterte in ihrem Notizbuch zu den Aufzeichnungen ihres Gespräches mit Nicole Adams zurück.

»Die Kesslers aus Bochum. Parzelle 86?«

»Genau die«, meinte Kemperdick und verdrehte die Augen. »Die wollten mich erst auf einen Schnaps einladen, mir dann ihren Wohnwagen zeigen und den Grill anwerfen, bevor sie zum Punkt gekommen sind. Wenn das alle machen, sind wir bis Weihnachten nicht hier durch.«

»Aber wir kriegen die Kurzversion?«, meinte Röggen besorgt.

»Logisch.« Kemperdick führte einen gebogenen Metallstift in das Schloss der Kassette ein. Einen zweiten steckte er automatisch in den Mund, weil er beide Hände für die Arbeit mit dem ersten brauchte. Im selben Moment merkte er aber, dass er so kaum würde sprechen können. Röggen las seine Gedanken und nahm ihm den Stift ab.

»Danke«, meinte Kemperdick und machte sich an die Arbeit am Schloss. »Die Kesslers sind Dauercamper. Schon seit etlichen Jahren. Einzelheiten wollt ihr nicht wissen. Wichtig ist nur: Sie kannten Bernd Groschek, seit er hier angefangen hat, und sind echt geschockt. Über die Jahre und den täglichen Umgang ist da wohl so etwas wie eine Freundschaft entstanden. Wie bei fast allen Dauercampern hier. Die Kesslers sagten, Groschek wäre so um halb sechs auf seiner Müllsammeltour mit seinem Elektrocaddy bei ihnen vorbeigekommen.«

Kemperdick deutete mit dem Kinn in Richtung des Eingangs des Servicebüros. Davor war Inka schon beim ersten Eintreten der grüne, überdachte Elektrokarren mit Ladefläche aufgefallen, der einsatzbereit und sauber auf seinen nächsten Einsatz wartete. Ein kleiner Zweisitzer mit Ladefläche, ähnlich den Caddys, die man auf Golfplätzen nutzte. Nur ein wenig rustikaler und abgenutzter.

»Die Kesslers hatten, wie fast jeden Abend, gerade den Grill angeworfen«, fuhr Kemperdick fort, »also haben sie Groschek auf 'n Campergedeck eingeladen.«

Er sah in zwei ratlose Frauengesichter und grinste wieder.

»Bratwurst, Pils und 'n Schnaps. Ist wohl Tradition. Blieb aber bei einem Gedeck, weil Groschek gegen halb sieben weitermusste. Er bekam einen Notruf von einem anderen Camper.«

»Also doch ein Notfall?«, fragte Röggen. »Wissen wir was und von wem?« Sie reichte Kemperdick den zweiten Metallstift, den er ebenfalls in das Schloss einführte.

»Nichts Weltbewegendes. Eheleute Schneider, Parzelle 72. Auch Dauercamper. Aus Leverkusen. Die sind wohl am Samstag gerade angekommen und haben festgestellt, dass die ganzen Kaninchen hier unter ihrem gepflasterten Vorzeltboden gebuddelt haben. War ein kleines Stück abgesackt.« Er nestelte unzufrieden an den Stiften im Schloss. »Hm, das Ding ist ganz schön störrisch.«

»Wie lange war Groschek bei den Leverkusenern?«

»Etwa zwei Stunden. Also bis halb neun. Hat mit dem Caddy ein bisschen Sand und Erde rangeholt und mit diesem Schneider alles wieder gerichtet. Dann haben die beiden noch ein Bier drauf getrunken, diesmal Kölsch, und Groschek ist wieder auf seine Mülltour gegangen.«

Inka wollte gerade die nächste Frage stellen, doch Kemperdick kam ihr zuvor.

»Ja, die lässt sich noch ein Stück weiterverfolgen. Die Streifenkollegen aus Olpe, die die Befragungen der anderen Gäste gemacht haben, sagten zwei Holl…« Er verbesserte sich, »Tschuldigung, zwei Niederländer, Tagesgäste, haben ihn danach noch oben bei den Rondellen gesehen, weil sie ihren Müll entsorgt haben. Um etwa zehn vor neun.«

»Okay«, resümierte Inka. »Da verliert sich also seine Spur?«

»Nicht ganz.« Meinte Kemperdick und zog die beiden Stifte aus dem Schloss. »Mist. Gibt's hier so was wie 'nen Bohrer?«

Er sah die beiden Frauen an. Röggen machte sich sofort auf die Suche.

»Was meinen Sie mit nicht ganz?«, fragte Inka.

Kemperdick deutete mit dem Kopf in Richtung der Fenster des Servicebüros. Draußen standen sich hinter der Einfahrt zwei einstöckige Gebäude gegenüber, vor denen verschiedenfarbige Container aufgereiht waren.

»Das ist die Müllsammelstation«, erklärte Kemperdick. »Oder ›Wertstoffhof‹, wie die es hier nennen. Da wird der komplette Müll des Platzes gesammelt und getrennt. Ich hab' mir mal die Hände schmutzig gemacht und tatsächlich in einem der Container den Müll gefunden, den die Niederländer entsorgt haben.«

»Dann hat Groschek also seine Mülltour noch beendet und alles ordnungsgemäß entsorgt?«

Kemperdick zuckte die Schultern.

»Auf jeden Fall ist der Müll da, wo er hingehört. Und der Caddy auch.«

Inka nickte nachdenklich. Röggen kam mit einem klobigen Edelstahlkoffer aus Nicole Adams Büro.

»Reicht so was?«, fragte sie und stellte den Koffer auf dem Tisch ab.

»Das ist sogar perfekt«, lächelte Kemperdick. Röggen erwiderte seinen Blick einen Moment zu lang.

»Gut«, meinte Inka. »Also war Groschek etwa gegen neun fertig. Und wir wissen, dass er vermutlich noch in seinem Bett war. Nicht gerade viel, aber ein Anfang.«

Währenddessen öffnete Kemperdick den Edelstahlkoffer, nahm

einen Akkubohrer aus dessen passgenauem Schaumstoffbett und bestückte ihn mit einem Metallbohrer aus einer Schublade unter dem Bohrer.

»Kinderspiel«, meinte er und führte den Bohrer ins Schloss ein. Dann betätigte er den Abzugshebel. Ein helles Surren ließ erkennen, dass das Gerät leichtes Spiel mit dem anscheinend minderwertigen Stahl des Schlosses hatte.

»Tada«, grinste Kemperdick und pustete imaginären Pulverdampf von seinem Präzisionsrevolver. Er drehte das Zylinderschloss um 45 Grad und schob Inka und Röggen die Kassette zu.

»Einfach Deckel anheben.«

»Sauber«, meinte Inka und zog sich Einweghandschuhe über. »Auf den Trommelwirbel verzichten wir mal.« Sie hob den Deckel, statt am eingelassenen Griff, seitlich an beiden Seiten an. Die drei Ermittler sahen in das Innere der Kassette. Darin lagen ein Edelstahlring mit drei Schlüsseln und ein unverschlossener Briefumschlag. Inka nahm den Umschlag auf und zog ein allen Ermittlern sehr gut bekanntes Dokument heraus.

»Ein Personalausweis«, meinte sie. Ein Foto von Bernd Groschek schaute den dreien ernst entgegen. Der Name daneben war allerdings eine Überraschung.

»Das Ding ist ausgestellt auf einen Gerd Grammer.«

»Kein Wunder, dass die Personenabfrage zu Groschek negativ war«, meinte Röggen verdutzt.

»Fragt sich nur, welcher Name der echte ist. Und warum unser Opfer mehrere hatte«, schloss Inka. Kemperdick nickte.

»Ich mach' gleich die nächste Abfrage. Darf ich?« Er nahm den Pass an sich, wendete ihn und überprüfte ihn äußerlich. Dann zückte er sein Handy und verschwand mit dem Ausweis in dem zweiten Nebenraum der Rezeption, der als Bibliothek und Aufenthaltsraum für die Gäste diente. Inka wandte sich mit Röggen wieder der Kassette zu und entnahm den Schlüsselbund. An einem einfachen metallenen Ring waren drei Schlüssel aufgereiht. Der größte war ein silbrig glänzender Zylinderschlüssel mit mehrfach gezacktem Bart und einem rechteckigen Kopf, auf dem der Name eines weitverbreiteten Herstellers von Sicherheitstechnik eingraviert war.

»Könnte ein Haustürschlüssel sein«, mutmaßte Röggen.

»Gut möglich«, meinte Inka und nahm sich den zweiten Schlüssel vor. Er war kleiner als der erste. Sein deutlich kürzerer Bart endete in einem runden Griff.

»Der könnte in alle möglichen kleineren Schlösser passen. Sogar in die Kassette«, sagte Inka und wechselte zum nächsten Schlüssel. Dem seltsamsten, den sie je in Händen gehalten hatte.

»Und was bitte ist das?«, fragte sie und hielt ihn Röggen hin. Ein Stück Angelschnur verband den Schlüsselring mit einem etwa zehn Zentimeter langen Metallzylinder, der keinen Griff hatte. Stattdessen endete er an beiden Seiten in anscheinend identischen kurzen Bärten. Röggen dachte angestrengt nach.

»Ich glaube, ein sogenannter Durchsteckschlüssel. Oder ›Berliner Schlüssel‹. Hab ich mal bei einem Kollegen gesehen, der Einbruchsprävention für Privatpersonen macht.«

»Und wofür braucht man den?«, fragte Inka.

»Heute gar nicht mehr. Früher hat man damit Schlösser von Durchgangstüren in Hinterhöfen versehen, die immer verschlossen bleiben sollten.« Röggen simulierte mit ihrer Faust ein Türschloss und steckte den Schlüssel seitlich hinein, um Inka die Funktionsweise des Schlüssels zu demonstrieren.

»Wenn man die Tür öffnen wollte, schob man den vorderen Bart des Schlüssels ins Schloss, drehte den Schlüssel am hinteren und öffnete so das Schloss.«

Sie schob den Schlüssel durch ihre Faust, so dass dessen vorderes Ende nun auf der anderen Seite herausschaute. »Dann steckt man den Schlüssel durch das Schloss, daher der Name Durchsteckschlüssel, und zieht ihn auf der anderen Seite so weit raus, dass man mit dem ersten Bart wieder abschließt, weil jetzt der zweite Bart im Schloss steckt.«

»Danke für die Nachhilfe«, sagte Inka. »Wir suchen also nach einem ziemlich seltenen Schloss.«

»Und nach einem Phantom.«

Die beiden Frauen sahen auf. Kemperdick kam aus dem Aufenthaltsraum zurück. In der einen Hand sein Mobiltelefon, in der anderen den Ausweis.

»Das Ding ist gefälscht«, sagte er grimmig. »Und zwar ziemlich professionell. Ich habe einen kleinen Gefallen eingelöst und die Ausweisnummer überprüfen lassen. Die gibt es nicht. Und wenn man genau hinsieht, erkennt man, dass die Sicherheitshologramme fehlerhaft sind. Bei der Adresse sieht's allerdings anders aus. Die liegt etwas außerhalb von Olpe.«

Wieder sahen sich Inka und Marlies Röggen irritiert an.

»Aber es wird wohl kaum jemand einen Ausweis mit seinem echten Namen und seiner echten Adresse fälschen lassen,« überlegte Röggen.

»Deswegen ist mindestens eine der beiden Angaben falsch«, stimmte Inka zu. »Auf jeden Fall ist unser Opfer nicht derjenige, für den wir ihn gehalten haben.«

»Fragt sich, wer dann und warum das Versteckspiel«, schloss Kemperdick den Gedanken ab. »Wir sollten uns auf jeden Fall unter der Adresse mal umsehen.«

Im selben Moment ging die Tür auf, und Nicole Adams trat wieder herein. Inka wandte sich sofort an sie.

»Frau Adams, können Sie sich einen Grund vorstellen, warum Herr Groschek einen gefälschten Ausweis besitzen könnte?«

Die Frau sah die Ermittler mit großen Augen an.

»Nein«, sagte sie. Allerdings nicht mit dem Maß an Überraschung, das man von einem völlig ahnungslosen Arbeitgeber hätte erwarten können. Die Frau seufzte.

»Ich hatte Ihnen ja schon gesagt, dass ich die ganzen Umstände seines Arbeitsverhältnisses hier nicht hinterfragt habe. Dass er nicht gerade eine Vorzeigevita haben würde, war mir immer klar.« Sie sah die Ermittler aufrichtig an.

»Aber Sie müssen mir glauben, dass ich keine Ahnung habe, was dahintersteckt.« Dann wurde ihre Stimme etwas leiser. »Und dass ich hoffe, es ist nichts Schlimmes.« Ihr zerknirschter Blick wirkte überzeugend. Was tat man heutzutage nicht alles für einen guten Mitarbeiter, dachte Inka.

Das Klingeln eines Handys unterbrach ihre Gedanken. Kemperdick nahm sein Telefon, hörte kurz zu und hob die Augenbrauen. Inka und Röggen sahen ihn fragend an.

»Ein Kollege des Teams, die die Camperbefragungen machen. Sie sagen, sie hätten da vielleicht was Interessantes.«

10   Montag, 15:28 Uhr

Inka trommelte mit den Fingerspitzen auf die Lehne ihres Plastikstuhls und beobachtete eine dünne Dampfwolke, die aus dem laut brodelnden Wasserkocher emporstieg. Wie lange konnte es schon dauern, bis das bescheuerte Gerät knapp anderthalb Liter Wasser von fünfzehn auf hundert Grad erhitzt hatte?, fragte sie sich grimmig. Dem gemütlich lauten Zischen auf dem Campingtisch in der Ecke des Vorzeltes nach ewig. Mit zwei elektrischen Kochplatten und einer winzigen Mikrowelle diente er seinen Besitzern wohl als improvisierte Küche. Röggen legte beruhigend ihre Hand auf Inkas Unterarm.

»Ich weiß«, lächelte Röggen geduldig. »Lass dich einfach drauf ein, dann ist Camping 'ne tolle Sache. Zumindest mal was anderes.«

Was Inka nicht bestreiten konnte. Die Ermittler saßen im Vorzelt von Wolfgang und Renate Spann um einen klappbaren Campingtisch mit quietschbunter Plastikdecke. Dauercamper-Idylle auf Parzelle 105. Das, was in Inkas Augen mal ein völlig normaler Wohnwagen gewesen sein musste, erinnerte nur noch in seinen gröberen äußeren Formen an ein mobiles Zuhause. Die Spanns hatten dem gut fünf Meter langen Gefährt alles genommen, was den Verdacht erwecken könnte, das Ding sei zum Herumreisen gemacht. Die Radkästen waren ebenso mit Holzplatten verkleidet wie der ansonsten offene Raum zwischen Wagen- und Parzellenboden. Die Anhängevorrichtung war großzügig als Mini-Kräutergarten verkleidet, und allerlei Aufbauten, wie eine angerostete Satellitenschüssel und eine halbblinde Solarzelle ließen das Gefährt wie die Hütte eines übereifrigen Kleingärtners erscheinen.

Auch das »Vorzelt« fiel da nicht aus dem Rahmen. Seine Grundfläche war mannshoch mit Ziegelsteinen ummauert und mit Beeten umrandet, aus denen den Ermittlern kleine Büsten griechischer Götter entgegensahen. Eine feste Kunststofftür ersetzte die ehemalige Eingangsplane, und amateurhaft installierte Fenster boten einen Blick nach draußen. Innen war der Boden mit Holzplatten ausgelegt, auf denen die Spanns unnatürlich grünen Kunstrasen verlegt hatten. Und weil die Winter im Sauerland hart sein konnten, gab es statt einer Wandverkleidung passgenaue Styroporplatten, die verhinderten, dass ein großes Gasheizgerät die unmittelbare Nachbarschaft mitbeheizte.

Das Brodeln des Wasserkochers wurde lauter. Inka atmete unwohl durch und setzte sich laut knarzend in ihrem betagten Plastikstuhl zurecht. Einem Stuhl, der in Größe, Farbe und Bauweise zu keinem der anderen passte, auf denen Röggen und Kemperdick saßen. Eigentlich wollten die Ermittler nur ihre Zeugen befragen. Aber weil Kommunikation unter Campern ohne Getränke und gemütliches Beisammensein offenbar nicht möglich war, hatten die Spanns auf einer Runde Kaffee bestanden, bevor sie Inka und ihren Kollegen Rede und Antwort stehen wollten. Für Inka ein unnötiger Zeitverlust, aber im Laufe ihrer Ermittlerjahre hatte sie gelernt, dass man oftmals schneller zum Ziel kam, wenn man sich an bestimmte Rituale hielt, statt dagegenzuarbeiten. Sie stoppte ihr Fingerklopfen und ließ die beiden rüstigen Rentner in ihren Jogginghosen und Fleecepullis tun, was sie anscheinend tun mussten.

Zum Dank schaltete sich der Wasserkocher prompt mit einem lauten Klacken ab. Renate Spann verteilte zwischen heißen Dampfschwaden Wasser in vier Becher, von denen selbstverständlich auch keiner zum anderen passte. Trotz des sanften Windes, der vom See her durch das Vorzelt wehte, erfüllte sofort der bittere, leicht säuerliche Geruch von Instant-Kaffee die Luft.

Inka liebte die Natur und war alles andere als ein unsportlicher Typ, aber was zwei Menschen mit festem Wohnsitz dazu bewegen konnte, eine Zentralheizung, fest installierte sanitäre Anlagen und gemauerte Wände gegen ein permanentes Provisorium einzutauschen, erschloss sich ihr nicht.

Gut, die Aussicht auf die Wohnwagenreihen weiter unter ihnen und die schmale Waldlinie mit dem dahinterliegenden Strand und dem blaugrauen Spiegel des Biggesees war sicher nicht schlecht. Aber das Sauerland hatte nicht nur sonnig-warme Augustnachmittage zu bieten.

»Hat halt was von Abenteuer«, meinte Röggen und stieß bei Inka auf taube Ohren.

»Zelten unter Fichtenzweigen hat was von Abenteuer. Das hier ist eher so was wie »Schlimmer Wohnen«, raunte Inka.

Kemperdick grinste. »Camping ist der Zustand, in dem der Mensch seine eigene Verwahrlosung als Erholung empfindet«, orakelte er. Inka deutete bestätigend mit dem Zeigefinger auf ihn.

»Siehste?«, sagte sie zu Röggen. »Wenigstens einer versteht mich.«

Doch Kemperdick relativierte seine Aussage direkt.

»Hab' nur dieses Schild zitiert, das im Servicebüro hängt. Eigentlich hätte ich nämlich auch mal wieder Bock auf ein paar Tage abhängen im Grünen.« Er warf Röggen einen vielsagenden Blick zu, den die mit einem kurzen Lächeln quittierte. Wären die beiden nicht Teil einer Mordermittlung, dachte Inka, stünden sie wahrscheinlich schon beim Einchecken. Sie sah auf die Uhr und war froh, dass die Spanns die bis zum Rand gefüllten Tassen mittlerweile zum Tisch balancierten und mit Milch aus einem Plastikkännchen und Würfelzucker aus der Pappschachtel vor ihnen abstellten.

»Bitte sehr!«, sagten die beiden und ließen sich gleichzeitig in ihre Stühle sinken. »Was können wir tun, um bei dieser schrecklichen Sache zu helfen?«

»Sie sind Dauercamper hier«, begann Inka. »Heißt das, Sie stehen wirklich das ganze Jahr hier?«

Die Spanns sahen sich an.

»Na ja, nicht das ganze Jahr«, meinte Wolfgang. »Also eigentlich schon. Aber nicht durchgehend. Wir haben ja auch noch unsere Wohnung in Kevelaer.«

»Aber da fahren wir nur alle drei, vier Wochen hin«, ergänzte seine Frau. »Sie wissen schon, nach der Post sehen, nach der Heizung, nach der Familie. Und dann kommen wir nach ein paar Tagen wieder her.« Ihre Mienen verfinsterten sich.

»Auch wenn das nach diesen … Geschehnissen da unten bestimmt nicht mehr dasselbe sein wird.«

»Wie meinen Sie das?«, fragte Inka.

»Wissen Sie«, erklärte Wolfgang, »wir sind hier, weil das Leben auf dem Campingplatz anders ist als draußen. Es ist langsamer, man genießt die kleinen Dinge des Lebens. Es ist nicht wichtig, was man hat, sondern wer man ist. Auf dem Platz sind alle gleich, weil alle die gleichen Interessen haben. Man steht sich näher, und man hilft sich gegenseitig.« Er setzte sich auf und nahm einen Schluck Kaffee. »Zumindest bis heute Morgen«, fügte er verbittert hinzu.

»Wenn der Täter tatsächlich vom Platz kommt, weiß hier keiner mehr, was passiert«, sagte Renate besorgt. »Es gibt schon die wildesten Vermutungen. Ich meine, es könnte ja tatsächlich jemand sein, mit dem man schon seit Jahren denselben Waschraum nutzt.«

»Um das rauszufinden, sind wir ja hier«, sagte Inka, froh, endlich zum Punkt kommen zu können.

»Sie haben den uniformierten Kollegen etwas von einer Beobachtung erzählt.«

»Von der ich aber gar nicht weiß, ob sie wirklich wichtig war«, schränkte Renate Spann ein. Inka merkte, wie aufgeregt die Frau plötzlich war, und winkte ab.

»Erzählen Sie erst mal«, sagte sie und trank zur Beruhigung der Situation einen Schluck Kaffee. Wolfgang Spann legte die Hand auf den Unterarm seiner Frau. Anscheinend eine vertraute Geste. Renate Spann lehnte sich zurück und begann zu erzählen.

»Also. Zu Hause wohnen wir ja direkt an der B 9. In Kevelaer. Und seit die in Berlin diese Lkw-Maut durchgesetzt haben, ist der Lkw-Verkehr so schlimm geworden ...«

»Mautflüchtlinge!«, schimpfte Wolfgang Spann. »Nur um ein paar Cent zu sparen, fahren die mitten durch den Ort statt über die A57.«

»Das fängt morgens um 4.30 Uhr an und geht bis weit in die Nacht. Tja, und seitdem leide ich an Schlafstörungen«, fuhr Renate Spann fort. »Zu Hause bin ich immer in der Wohnung auf und ab gelaufen. Hier kann ich mich raussetzen und die Ruhe genießen.«

»Und dabei haben Sie in einer der letzten Nächte etwas beobachtet«, half Kemperdick der Frau in die Spur zurück.

»In der Nacht von Samstag auf Sonntag war's«, präzisierte Renate Spann und schwieg, als fiele ihr gerade auf, dass sie womöglich einen anderen Camper denunzierte.

»Was haben Sie beobachtet?«, fragte Röggen.

»Wen«, verbesserte die Frau. »Ein Teeniepärchen.«

Die Ermittler sahen sich an.

»Ich weiß ja nicht, ob das was mit dem schrecklichen Mord zu tun hat. Aber es war auf jeden Fall ungewöhnlich.«

»Warum?«, fragte Kemperdick, der jetzt wie Inka und Röggen kerzengerade in seinem Stuhl saß.

»Weil ich die beiden schon mehrmals in den letzten beiden Wochen gesehen habe. Davor noch nie. Und seitdem auch nicht mehr. Deshalb dachte ich, die haben sich bestimmt hier kennengelernt.«

Inka nickte, sagte aber nichts, um den Redefluss der Frau nicht zu stoppen.

»Das lief so ab: In den Tagen vor Samstag schlich immer so gegen Mitternacht ein junges Mädchen allein durch die Büsche hier hinter den Vorzelten. Immer zur selben Zeit, immer genau da hinten lang.«

Sie deutete auf einen Hang hinter dem Vorzelt, der dicht mit einigen Büschen bewachsen war und in der Dunkelheit sicher ausreichend Sichtschutz bot.

»Und dann?«, fragte Inka.

»Verschwand sie Richtung Einfahrt. Sie wissen ja, der einzige Weg zum See und zum Strand führt am Rezeptionsgebäude vorbei, weil der Platz komplett eingezäunt ist. Und ungefähr anderthalb Stunden später kam sie dann immer zurück. Nur nicht alleine.«

»Ein geheimes Date?«, fragte Kemperdick. Renate Spann nickte.

»So nennt man das heute wohl. Jedenfalls schlich sie mit einem Jungen zusammen wieder hierher, wo die beiden sich dann verabschiedeten. Immer mit Gekicher, Knutscherei und Fummelei. Sie wissen ja, wie die heutzutage sind. Tja und dann verschwanden die beiden jeder für sich in unterschiedliche Richtungen. Normalerweise.«

»Aber nicht am Samstag«, nahm Inka vorweg.

»Genau«, meinte Renate Spann. »Am Samstag waren die beiden keine zehn Minuten nachdem sie am Zelt vorbeigeschlichen war, wieder da. Und zwar wie unter Schock. Sie hat geheult wie ein Schlosshund, und er wirkte irgendwie verstört und musste sie sogar stützen. Dann hat er ziemlich eindringlich auf sie eingeredet, bevor sie beide verschwunden sind.«

»Haben Sie verstanden, was geredet wurde?«, fragte Inka.

»Leider nicht, die Vorzeltfenster sind nachts immer zu.«
Röggen wandte sich an Inka.

»Porbeck meinte doch, dass vermutlich ein Pärchen am Tatort war«, sagte sie leise. Inka nickte und sah wieder zu den Spanns.

»Aber Sie wissen nicht, wer die beiden sind? Ich kann Ihnen garantieren, dass wir die Informationen vertraulich behandeln.«
Renate Spann schüttelte den Kopf.

»Wie gesagt, ich habe sie nur in den zwei Wochen vor Samstag gesehen, und nach Samstag auch nicht mehr. Ich weiß nur eins: Er ist Holländer und sie Deutsche. Zumindest den Sprachfetzen nach, die man trotz geschlossener Fenster verstehen konnte.«

»Wie alt?«, fragte Röggen.

»Kann ich nur schätzen. Die sehen ja heute als Teenies fast schon erwachsen aus. Sie irgendwo zwischen vierzehn und sechzehn, er etwas älter. Vielleicht siebzehn oder so?«

Zehn Minuten später hatten die Ermittler sich mit zwei Personenbeschreibungen wieder im Servicebüro versammelt. Nicole Adams versuchte am Telefon aufgeregte Anfragen von Angehörigen, Dauercampern und der Presse abzuwimmeln. Kemperdick hatte ein wenig herumtelefoniert, während Inka und Röggen die Gästeliste mit den Angaben von Renate Spann verglichen hatten.

»Laut Gästeliste waren zwölf deutsche Familien mit Töchtern im ungefähren fraglichen Alter hier«, fasste Inka zusammen. »Alle abgereist wegen des Ferienendes. Bei niederländischen Jungs um die siebzehn ist es theoretisch etwas einfacher. Da waren nur acht Familien hier und eine Jugendgruppe. Auch alle wieder weg.«

Sie wandte sich an Kemperdick.

»Könnten Sie die abtelefonieren?« Kemperdick nickte.

»Schon dabei. Allerdings müssten wir bei ihm die niederländischen Kollegen um Mithilfe bitten.«

»Tun Sie das«, meinte Inka, dann sah sie auf ihre Uhr. »Okay, zusammen mit der Adresse von Bernd Groschek oder Gerd Grammer hört sich das nach 'ner Menge Laufarbeit für die nächsten Tage an.« Sie wandte sich an ihre Kollegen. »Was meint ihr? Die tägliche Pendelei zwischen Brilon und hier würde uns verdammt viel Zeit kosten.«

Kemperdick und Röggen ahnten, was Inka meinte, und nickten. Inka dachte an eine Übernachtungsmöglichkeit in der Nähe.

»Okay. Aber ich muss wenigstens noch einmal zurück, ein paar Sachen einpacken, mit Pfeil reden und meiner Familie Bescheid sagen«, sagte sie und hörte, wie Nicole Adams im Hintergrund ihr Telefonat beendete. Sie wandte sich an die Campingplatzbetreiberin.

»Frau Adams, Sie wissen nicht zufällig, wo wir in Olpe oder Attendorn Zimmer kriegen könnten? Für ein, zwei Nächte?«

»Normalerweise schon. Aber im Moment sieht's eher düster aus.«

»Wieso? Die Sommerferien sind doch vorbei«, meinte Inka.

»In NRW«, verbesserte Adams. »Aber in anderen Bundesländern noch nicht. Das heißt, neben den ausländischen Gästen tummeln sich hier jetzt jede Menge Hessen, Niedersachsen und Pfälzer. Und die Urlauber, die keine schulpflichtigen Kinder haben und noch wenigstens einen Rest Sommer zu bezahlbaren Preisen mitnehmen wollen. Also, wenn Sie was finden, dann etwas weiter außerhalb.«

»Dann können wir auch gleich zurück nach Brilon fahren«, meinte Röggen.

»Nicht unbedingt«, meinte Nicole Adams und trat hinter den Tresen. Sie ging an ihren Computer und tippte etwas in eine Bildschirmmaske ein. »Vielleicht habe ich ja was für Sie.«

»Jetzt kommen Sie mir aber nicht mit 'nem Leihzelt«, meinte Inka entsetzt.

»Ich dachte eher an einen Wohnwagen«, sagte die Campingplatzbetreiberin und sah leicht erstaunt in Inkas entsetzte Miene. Sie griff nach einem Platzplan vor sich auf dem Tresen, deutete auf zwei Parzellen im unteren Bereich Campinganlage. »Hier, die 105 und die 106 sind gerade nicht belegt. Die Stankowskis und die Ludwigs. Beide auf Heimaturlaub.«

Ohne eine Antwort abzuwarten, griff sie zum Telefonhörer.

»Ich frag' direkt mal, ob die nicht untervermieten wollen.«

11 Montag, 17:12 Uhr

Inkas Dienstwagen rollte in ihrer angestammten Parknische aus. Um sie herum ließen die Lücken zwischen den anderen Fahrzeugen darauf schließen, dass der tägliche Dienstschluss-Exodus bereits in vollem Gang war. Auch der Platz neben Inka, der des Leiters des Präsidiums, war leer. Doch Inka wusste, dass das keineswegs bedeutete, ihr Vorgesetzter Georg Pfeil wäre nicht mehr im Haus. Überhaupt waren nur noch wenige Dinge so berechenbar wie früher.

Seit Pfeil vor einem guten Dreivierteljahr die Nachfolge von Inkas ehemaligem Chef und väterlichem Mentor Klaus Halverscheid angetreten hatte, wehte ein anderer Wind durch das Polizeipräsidium in Brilon. Viele vor allem der älteren Kollegen hatten das nicht anders erwartet. Zu bekannt war Pfeil für seine knurrige, launische, wortkarge, zum Teil nachtragende, aber immer unberechenbare Art. Er würde den Laden mit eisernem Besen durchkehren, unkte man in den Teeküchen und an den Kantinentischen. Alte Rechnungen würde er begleichen, sich mit einer Seilschaft von Jasagern umgeben und allen anderen das Leben so schwermachen, wie er nur konnte. Man erwartete keine guten Zeiten unter Georg Pfeil.

Nach knapp neun Monaten unter »dem Neuen« fiel die Bilanz jedoch überraschend neutral aus. Pfeil arbeitete sachlich, praxisorientiert und erstaunlich zurückhaltend. Er war sehr um Effizienz bemüht, und er hatte überraschende Wege gefunden, sie zu erreichen. Zum Beispiel hatte er sich pünktlich zu seinem Dienstantritt eine Wohnung mitten in Brilon genommen und auf den ihm zustehenden Dienstwagen verzichtet. Die kurze Distanz zu seiner Wohnung legte er mit einem privaten Fahrrad zurück. Bei Regen kam er zu Fuß, für dienstliche Termine ließ er sich ein Zivilfahrzeug aus der Bereitschaft zur Verfügung stellen.

Ein Umstand, der dazu geführt hatte, dass mindestens drei Abteilungsleiter es ihm gleichgetan hatten, was den Etat des Polizeipräsidiums um einige Tausender pro Jahr entlastete.

So löblich Inka diesen Ansatz auch fand, so deutlich wurde ihr aber auch ein gewaltiger Nachteil. Pfeil sorgte mit seiner Strategie nämlich für Unsicherheit unter den Kolleginnen und Kollegen. In Briloner Polizeikreisen, wie in jeder strengen Hierarchie, hing für viele ihr dienstliches »Überleben« davon ab, dass sie ihren Vorgesetzten einschätzen konnten. Und damit wussten, wie sie eigene Anliegen vorbringen konnten, ohne es sich mit ihrem Chef zu verderben. Konnte man das nicht, wurde Arschkriechen entweder zum Diplomstudiengang oder zum Lottospiel, wie Porbeck sich einmal ausgedrückt hatte. Er hatte recht.

Inka wusste aus ihrer früheren Zusammenarbeit mit Pfeil, dass es nur eine Art gab, mit ihrem neuen Chef zurechtzukommen. Sachlich bleiben. Und blieb sie sachlich, konnte sie nicht umhin, mit Verwunderung zuzugeben, dass Georg Pfeils praxisorientierte Arbeit in wenigen Monaten das geschafft hatte, was Klaus Halverscheid in seiner jahrelangen Amtszeit nie gelungen war. Er hatte das hochmodern renovierte Polizeirevier in Brilon mit seinem futuristischen, karmesinroten Betonkubus im Innenhof auch strukturell ins 21. Jahrhundert geholt und ihm das verpasst, was ihm unter seinem Vorgänger immer gefehlt hatte. Glaubwürdigkeit. Und die würde es in Inkas neuem Fall gleich unter Beweis stellen müssen.

Inka stellte den Motor ab und sah nervös auf ihr Handy. Pfeil hatte weitere dreimal versucht, sie zu erreichen, allerdings keine

Nachricht auf ihrer Mailbox hinterlassen. Sie sah sich um und bemerkte sein Dienstfahrrad unter dem überdachten Fahrradständer neben dem Haupteingang. Der Mann war also noch da.

Sie stieg aus, betrat das Gebäude und kämpfte sich gegen den Strom Beamter in Feierabendlaune und deren Verabschiedungsfloskeln vorbei zu ihrem Büro. Als Dienststellenleiterin der Abteilung Kapitalverbrechen hatte sie ihr eigenes abgetrenntes Dienstreich, das mit einem Gemeinschaftsbüro verbunden war, in dem Röggen und Kemperdick arbeiteten. Inka war wichtig, dass die Tür zwischen den Büros im wörtlichen Sinne immer offen stand. Sie checkte rasch eingegangene E-Mails und Telefonanrufe. Auch hier hatte Pfeil mehrfach versucht, sie zu erreichen. Auch eine Nachricht von Porbeck war dabei. Er hatte ihr einige Tatortfotos übermittelt. Sein Obduktionsbericht war allerdings nicht dabei. Damit war er wohl noch beschäftigt. Inka fuhr ihren Rechner wieder herunter und packte ihren dienstlichen Laptop in eine Umhängetasche. Mit den Geräten von Kemperdick und Röggen tat sie das Gleiche. Um zu vermeiden, dass die beiden auch noch einmal extra nach Brilon kommen mussten, hatte sie ihnen versprochen, ihnen alles einzupacken, was sie an dienstlicher Ausrüstung für ihr bevorstehendes »Tatortcamp am Biggesee«, wie Kemperdick es getauft hatte, brauchen würden. Kemperdick und Röggen waren mit dem Grinsen zweier Ägyptologie-Studenten vor einer Ausgrabungsexkursion nach Hause gefahren, um ihre privaten Taschen für die nächsten paar Tage zu packen. Das stand Inka noch bevor. Der verdammte Campingplatz, dachte sie. Ihr graute vor der Aussicht, einen hochbrisanten Fall in einer Umgebung zu bearbeiten, in der sie sich nicht wohl fühlte und die höchst provisorisch war. Aber der Job ging vor. Und die rein sachlichen Argumente sprachen tatsächlich für ein »Camp«. Die Nähe zum Tatort und zu den möglichen Zeugen, zur Adresse auf dem gefälschten Ausweis, dazu kam die gesparte Zeit fürs Pendeln.

Außerdem hatte Nicole Adams zugesagt, dass Inka und ihrem Team alle Einrichtungen des Campingplatzes zur Verfügung standen. Es gab sogar W-LAN bis in die hinterste Grillhütte. Sah man einmal von Porbecks Labor und den forensischen Wissenschaftseinrichtungen in Brilon ab, gab es nichts, was man in Olpe nicht für ein paar Tage auch erledigen konnte. Inka musste sogar eingestehen, dass zwei Wohnwagen sogar billiger waren als zwei Hotelzimmer. Ein Umstand, der sicher sogar Pfeil gefiel.

Einige Minuten später klopfte Inka, beladen mit drei schweren Umhängetaschen, an die Tür zu Pfeils Büro.

»Ja«, hallte es von drinnen. Inka trat ein.

Die Einrichtung des Büros hatte sich nach dem Amtswechsel nicht geändert. Inka hätte das auch gewundert. Zum einen waren die ultramodernen und teuren Möbel vermutlich genau Georg Pfeils Geschmack, und zum anderen hätte er für eine Neuanschaffung für Kopfschütteln beim Beschaffungsamt der Polizei in Duisburg gesorgt. Die jetzigen Möbel waren im Zuge der großen Renovierung des Präsidiums erst gut zwei Jahre zuvor angeschafft worden. Mit Landesmitteln. Inka erinnerte sich noch genau, dass ihr alter Chef Klaus Halverscheid darin immer seltsam deplatziert gewirkt hatte. Wie ein steinzeitliches Fossil in einer Raumstation. Zu Pfeil passte die Einrichtung. Die einzige Änderung, die er nach seiner Amtsübernahme vollzogen hatte, betraf die Besprechungsecke des Raumes. Was dank einer betagten Ledersitzgruppe unter Klaus Halverscheid immer den rustikalen Charme eines Sauerländer Wohnzimmers versprüht hatte, war nun mit vier auf eine gemeinsame Mitte ausgerichteten, kubistischen Ledersesseln zu einem sachlichen Diskussionsforum mutiert.

Inka stellte ihre drei Taschen ächzend vor Pfeils Schreibtisch ab und setzte sich auf einen der Besucherstühle. Pfeil war mit dem Studium einer Akte beschäftigt, in die er alle paar Zeilen

Notizen schrieb. Neben ihm stand sein eingeschalteter Laptop, dessen Display Inka nicht einsehen konnte.

»Und? Wie war der Urlaub?«, fragte er, ohne aufzusehen.

Inka war zu überrascht, um zu antworten. Sie hätte eine Woche Kantinennachtisch gewettet, dass Pfeil ihre Abwesenheit nicht einmal registriert hatte. Geschweige denn, dass ihn deren Resultat ernsthaft interessierte. Aber vielleicht war das ja auch der Mordermittlung geschuldet.

»Äh, bestens«, log Inka. »Super Wetter, tolle Unterkunft, Eins-a-Erholung.«

Pfeil nickte und notierte etwas in seiner Akte.

»Dänemark, oder?«, meinte er und sah diesmal sogar auf. Wieder war Inka überrascht. Der Mann machte tatsächlich so etwas wie Smalltalk. Etwas, was dem alten Georg Pfeil nie auch nur in den Sinn gekommen wäre. Inka musterte ihn. Auch äußerlich hatte er die Metamorphose vom Assistenten zum Chef vollzogen. Im Gegensatz zu seinem früher üblichen nachlässigen Schlabberlook trug er jetzt seinem Status entsprechend Anzüge. Sogar nicht einmal schlechte, wie Inka zugeben musste. Farbe, Schnitt, Stoff, sogar die Kombination mit seinen Hemden und Krawatten ließ entweder auf einen bisher sorgsam versteckten guten Geschmack schließen oder auf einen guten Berater. Das Einzige, was sich nicht geändert hatte, war der Mann, der hinter dem Smalltalk und der neuen Rüstung vom Herrenausstatter steckte. Der leicht vierschrötige Sauerländer mit lichtem Haarkranz und Bauchansatz schimmerte selbst durch den teuersten Zwirn der Welt. Aber immerhin gab er sich Mühe.

»Unerfreuliche Sache, Frau Luhmann. Ich höre«, sagte er, schloss die Akte vor sich und widmete Inka seine ganze Aufmerksamkeit.

»Was soll ich sagen? Es läuft. Zumindest soweit ich das nach einem halben Tag Ermittlungen sagen kann.«

Pfeil drehte Inka seinen Laptop zu. Nun konnte sie das Display sehen. Allerdings wäre ihr lieber gewesen, sie hätte es nicht. Auf der Homepage eines sozialen Nachrichtennetzwerkes hatte Pfeil ein Video aufgerufen, dem eine Userin namens »Manu1178« den Titel »Krasser Campingmord im Sauerland« gegeben hatte. Die kurze verwackelte Sequenz hatte eine Abspielquote im hohen vierstelligen Bereich und zeigte Inka und Porbeck beim Verlassen des Schuppens am Tatort und Inkas anschließende Reaktion. Das Video zeigte den Bereich um den Tatort aus einer Perspektive, die Inka noch gar nicht gesehen hatte. Offenbar hatte Manu1178 bei der Aufnahme etwas weiter unten am Seeufer gestanden, denn im linken Ausschnitt des Bildes stand ein reichverziertes Muttergotteshäuschen aus gemauerten Ziegelsteinen, das Inka nur von weitem gesehen hatte. Anscheinend war es mit einem Heiligenbildchen ausgestattet. Eine Art rötliche Schale stand davor.

»Kein schöner Anblick, was?«, fragte Pfeil und lenkte Inkas Aufmerksamkeit wieder auf den Inhalt des Videos. Inka seufzte.

»So was lässt sich leider nicht verhindern, wenn Leute Handys, Flatrates und zu viel Zeit haben«, sagte sie und hasste sich dafür, dass es nach einer Entschuldigung klang.

»Schon klar«, meinte Pfeil erstaunlich sachlich. »Ich meinte auch weniger das Video oder Ihre Reaktion, sondern den Tatort. Mir hat ihn nämlich noch keiner gezeigt.«

Wieder war Inka überrascht. Der »alte Pfeil« hätte sich ein Fest aus dem Video gemacht und sich vermutlich insgeheim ein T-Shirt mit Inkas wenig vorteilhafter Pose bedrucken lassen. Sie atmete durch. Ihr Fehler. Sie leitete per Handy die Fotos, die sie von Porbeck erhalten hatte, an Pfeils Adresse weiter und fasste für ihren Vorgesetzten die Ergebnisse des Tages zusammen. Die Tat, die noch ausstehenden Obduktionsergebnisse und Resultate der Spurensicherung, die Laufarbeit hinsichtlich der Zeugen und der

Hinweis auf Groscheks zweifelhafte Identität. Pfeil registrierte alles aufmerksam und unterbrach sie nicht. Als Inka fertig war, sah er sie schweigend an. Aus alter Tradition erwartete sie irgendeinen bissigen Kommentar. Stattdessen überraschte er sie abermals.

»Gute Arbeit, Frau Luhmann«, sagte er.

Inka sah auf. Lob von einer vorgesetzten Stelle nahm man am besten zur Kenntnis. Mehr nicht.

»Dann könnte man wohl sagen, Sie haben alles unter Kontrolle«, resümierte er.

»Abgesehen davon, dass da draußen ein Mörder frei rumläuft, ja.«

»Und wie geht's weiter?«, fragte Pfeil mit Blick auf die drei Umhängetaschen zu Inkas Füßen. Inka erklärte ihm ihren Plan mit dem »Tatort-Camp«, ohne den Begriff zu erwähnen. Woraufhin Pfeil zufrieden nickte.

»Gute Idee.« Dann lehnte er sich in seinem Sessel zurück und sah Inka an. »Frau Luhmann, ich weiß, wir hatten in der Vergangenheit unsere Differenzen.« Er machte eine kurze Pause, als suche er nach Worten. »Aber ich bin sehr froh, dass ich Sie in meinem Team habe. Wenn ich Sie bei den Ermittlungen in irgendeiner Form unterstützen kann, lassen Sie es mich wissen.«

Inka nickte nur. Doch langsam gewann das Misstrauen in ihr die Überhand. Es gab nur eine Sache, die schlimmer war als kritisiert zu werden: über den grünen Klee für Selbstverständlichkeiten gelobt zu werden. Irgendwo musste da noch ein Hammer kommen. Oder war sie mittlerweile ebenso paranoid wie viele andere Kollegen? Sie beschloss, ihren Instinkt auszuschalten und stattdessen die Gunst der Stunde zu nutzen.

»Da ist tatsächlich noch eine Sache«, sagte sie. »In meinem Team ist noch immer eine Stelle unbesetzt. Und im Moment kann ich jedes Bein gebrauchen, wenn Sie verstehen, was ich meine.«

»Absolut«, meinte Pfeil. »Und ich habe auch schon eine Entscheidung getroffen.«

Inka atmete erleichtert aus. Ein zusätzlicher Ermittler würde ihr einiges an Zeit ersparen. Das hieß, wenn Pfeil jemanden Brauchbares gefunden hatte.

»Okay«, meinte sie. »Wann kann ich mit jemand Neuen rechnen?«

»Gar nicht. Es gibt niemanden.«

Inka sah ihn fassungslos an. Da war er, der Hammer.

»Aber Sie haben schon gehört, dass ich personaltechnisch am Limit arbeite?«, fragte sie verärgert. »Wie soll ich denn einen Mordfall angemessen bearbeiten, wenn mir 20 Prozent Ermittlerleistung fehlen?«

Pfeil zuckte die Achseln.

»Sie sind die Dienststellenleiterin. Und Sie haben selbst gesagt, dass Sie alles unter Kontrolle haben. Warum sollte ich also meinen Personaletat mit einer zusätzlichen Kostenstelle belasten?« Pfeil widmete sich in aller Seelenruhe wieder seiner Akte.

Inka merkte, wie die Wut in ihr aufstieg. Am liebsten hätte sie dem Mann die Meinung gesagt. Aber sie wusste auch, das wäre der Anfang vom Ende gewesen. Sie durfte die Angelegenheit nicht persönlich nehmen, auch wenn es noch so schwerfiel. Sie zwang sich zur Ruhe, stand auf, nahm ihre Taschen und ging zur Tür.

»Noch etwas«, sagte Pfeil ihr hinterher. Inka blieb ausdruckslos stehen. »Es wäre nett, wenn Sie ab sofort auf meine Anrufe und E-Mails wenigstens mit einer kurzen Antwort reagieren.«

»Natürlich«, raunte Inka mit beißender Ironie. »Sobald mein Personaletat es zulässt.«

Inka stapfte sauer auf den Flur und zog die Tür hinter sich zu. Sie fiel krachend ins Schloss. Inka war froh, dass man wenigstens beim Umbau nicht am Material gespart hatte.

12 Montag, 18:23 Uhr

Mit einem satten, dumpfen Knall fiel die Tür zu. Inka lehnte sich in ihrem Sitz zurück, schloss den Sitzgurt und atmete tief durch. Ihr Dienstwagen war in den letzten Jahren zu mehr geworden als einem reinen Fortbewegungsmittel. Mochten auch viele ihrer Kollegen über Alter, Zustand und Ausstattung des Fuhrparks mosern, Inka genoss gerade in stressigen Zeiten fast jede Minute hinter dem Steuer. Nicht weil sie gerne fuhr oder das Auto als besonders komfortabel empfand. Nein, es war tatsächlich ein älteres und wenig luxuriöses Modell. Aber es bot eine andere, viel kostbarere Art des Luxus. Den Luxus des ungestörten Nachdenkens.

Das satte Schließgeräusch der Tür teilte die Welt in ein Draußen und ein Drinnen. Alles, was eben noch hektisch und laut gewesen war, trat nur noch gedämpft an Inka heran, der Sitz umschloss sie angenehm fest, und Inka wusste, dass sich mit dem Drehen des Zündschlüssels eine ganze Phalanx aus unsichtbaren Helferlein allein um ihre Sicherheit kümmerte. Es war gut zu wissen, dass sie ihre Gedanken schweifen lassen konnte, um die Dinge des Alltags zumindest grob zu sortieren und herunterzukommen. Entschleunigung durch Beschleunigung, hatte sie das Röggen gegenüber einmal genannt.

Nur heute wollte ihr das Herunterkommen nicht gelingen. Zwar hatte sich auch nach der unangenehmen Auseinandersetzung mit Pfeil sofort eine Art Entspannung im Auto breitgemacht, aber die Fahrt vom Polizeirevier in der Innenstadt von Brilon zu ihrer

Wohnung war viel zu kurz, um ein wenig Abstand zu ihrem Fall und seinen Begleiterscheinungen zu gewinnen. Im Gegenteil. Statt einer Analyse des Geschehenen plante Inka schon ihre nächsten Schritte.

Sie wollte nur schnell eine Dusche nehmen und das Nötigste für die nächsten zwei oder drei Tage zusammenpacken. Wenn alles perfekt lief, konnte sie vielleicht sogar mit ihrer Familie zu Abend essen, bevor sie sich wieder ins Auto setzte, um in Olpe die Befragungen der Campinggäste zu unterstützen. Sie freute sich auf das leider viel zu kurze Gastspiel bei Henne und den Kindern.

Wenig später drehte sie den Schlüssel im Türschloss und hörte leise, aufgeregte Klickgeräusche hinter der Tür. Hundekrallen auf Laminat. Böses gewohnter Freudentanz. Immer wenn sich jemand ankündigte, den er liebte, und Böse liebte fast jeden außer dem Postboten, sprang er ungeduldig im Kreis, schnaufte und leckte sich vorfreudig die Schnauze. Was anscheinend auch die Kinder gehört hatten, denn Inka hörte Stuhlgeschiebe aus dem Küchenbereich, Mama-Rufe und noch mehr eilige Schritte im Flur. Sie schloss auf und blickte in sechs strahlende Augen. Die Begrüßung war herzlich und überschwänglich, aber leider auch mit der Ankündigung ihres erneuten baldigen Abschieds verbunden. Inka würde keine Gutenachtgeschichten vorlesen können, die neuesten Berichte über Kletterabenteuer in der Turnhalle verschieben müssen und das stolze Abheilen blauer Flecken nur auf SMS-Fotos verfolgen können. Was Tom und Mia mit gewohnt tapferen Leidensminen über sich ergehen ließen. Herzzerreißende kleine Momente, in denen Inka nie wusste, ob es ihr Erleichterung verschaffen sollte, dass die Kinder nicht mehr als nötig unter ihrer Abwesenheit litten, oder ob es sie schmerzte, nicht so gebraucht zu werden, wie normale Mütter es wurden. Aber ihre Interpretation der Mutterrolle war nun einmal Bestandteil ihrer gemeinsamen Vereinbarung mit Henne. Und trotz dieser kleinen schmerzhaften Momente fand Inka, dass sich alle Beteiligten gut damit arrangiert hatten. Ihr Familienleben funktionierte zwar anders als in anderen Familien, aber es funktionierte. Auch wenn Toms Trauer heute irgendwie tiefer zu sein schien als gewöhnlich.

Als Inka in Richtung Küche und Wohnzimmer abbog, wurde ihr klar, warum.

Statt dem erwarteten Abendessen stand eine große Plastikbox auf dem Küchentisch, an der Henne einen Aufkleber mit dem Wort »Bastelkram« angebracht hatte. Über den Tisch verteilten sich bunte Pappschnipsel, Krepppapier und unterschiedlichste Reste von ausgeschnittenen Moosgummiplatten. Es roch nach einer Mischung aus Kleberausdünstungen und einer leichten Note Verzweiflungsschweiß. Hennes von Hektik gezeichnetes Gesicht erschien hinter der Plastikbox.

»Hi«, sagte er und hielt Inka einen großen, zigarrenförmigen Gegenstand entgegen.

»Und? Was meinste?«, fragte er. Inka blickte auf fransig ausgeschnittene Pappbögen, die mit klebrigen Fingerabdrücken übersät waren und anscheinend nur deshalb zusammenhielten, weil sein Erbauer seiner Schlampigkeit mit einem Tacker nachgeholfen hatte. Weil das »Ding« an beiden Seiten unterschiedlich große Öffnungen aufwies, brauchte Inka einige Sekunden, um zu erkennen, um was es sich handelte. Umso entsetzter war sie, als es ihr klarwurde: Hennes selbstgebastelte Version einer Schultüte!

»Scheiße«, stammelte Inka.

»Stimmt«, murmelte Henne einsichtig. »Deshalb haben wir noch 'ne zweite«, grinste er und präsentierte ein zweites Modell. Ein Jungentraum in Schwarz und Gelb.

Pechschwarz und leicht glänzend, liefen die Seiten eines makellos glatten Fünfecks von einer Öffnung an einem Ende auf eine sauber verarbeitete Spitze zu. Gelbe Fußballmotive verteilten sich in Form von Bällen, Meisterschalen und Fußballernamen über die gesamte Tüte. Die Öffnung war statt eines Tüllgewebes oder Ähnlichem mit einer Art feinmaschigem Tornetz versehen. Henne rotierte das prächtige Teil, damit Inka seine Rückseite sehen konnte. Als Krönung zog sich der Schriftzug »Tom« in drei großen gelben Lettern über die gesamte Seite bis hin zu einem Trikot mit der Rückennummer 9. Inka schluckte betroffen, denn ihr war gerade klargeworden, dass sie mit ihrem Aufenthalt in Olpe die Einschulung ihres Sohnes verpassen würde.

»Nicht die Tüte«, sagte Inka bedrückt. »Ich muss gleich wieder los.«

»Scheiße«, diesmal war es Henne, der die Sache auf den Punkt brachte. »Der Mord in Olpe?«, fragte er rhetorisch. Inka nickte nur. Wie üblich wusste Henne über seine alten Verbindungen zur Briloner Polizei in Kombination mit den berühmten Buschtrommeln des Sauerlandes vermutlich genauso viel oder wenig wie Inka selbst. Sie verzichtete auf Details und weihte ihren Mann nur in ihre bevorstehende Arbeit und die Campingpläne ein. Was trotz der bitteren Neuigkeiten ein kurzes Grinsen auf Hennes Gesicht zauberte.

»Du und campen?!«, fragte er spöttisch. »Wenigstens kommst du nicht ganz ungestraft aus der Sache.«

»Glaubst du, ich finde das toll?«, fragte sie aufgebracht. »Camping ist schon bescheuert genug, aber es gehört halt zum Job. Viel schlimmer ist, wie ich Tom erklären soll, dass ich an seinem wichtigsten Schultag nicht dabei bin.« Sie senkte traurig den Blick. »Und wie soll ich's mir selbst erklären, wenn ich in zwanzig Jahren die Fotokiste rauskrame und ganz Brilon vor der Schule steht. Außer mir.« Sie sah Henne verzweifelt an und zückte nervös ihr Telefon. »Mist! Wir haben noch jede Menge Zeugenbefragungen und die Wohnung von Groschek. Vielleicht krieg ich's hin, dass irgendjemand aus Olpe für mich einspringt. Dann bleib ich heute Abend noch hier und fahre erst morgen nach der Einschulung rüber.«

»Bei einem Mord und der momentanen Personaldecke?«, meinte Henne mit nachdenklicher Miene.

»Ah, von meiner kleinen Auseinandersetzung mit Pfeil weißt du also auch schon?«, seufzte Inka. Henne zuckte die Schultern.

»Die Buschtrommeln«, sagte er fast entschuldigend. »Aber war ja klar, dass der Kerl sich irgendeine Schikane ausdenkt, um sich in Arnsberg und Düsseldorf beliebt zu machen.«

Wenigstens war Inka mit ihrer Abneigung gegen Pfeil nicht allein. Auch Henne war zu seiner aktiven Dienstzeit nie wirklich warm mit ihm geworden. Andererseits, gab es überhaupt jemand in Briloner Polizeikreisen, der sich mit Pfeil wirklich verstand? Professionelle Gleichgültigkeit war das Maximum, was Inkas Kollegen dem Mann entgegenbrachten. Und eine Form seltsam distanzierten Respekts. Wenn man es so betrachtete, war er vielleicht wirklich die Idealbesetzung als Chef.

»Aber lästern hilft uns nicht bei unserem Problem«, brachte Inka die Diskussion wieder auf den Punkt. Doch Henne schien bereits eine Idee zu haben. Jedenfalls hellte sich seine Miene deutlich auf.

»Wie wäre es damit?«, fragte er. »Du gehst duschen und packen, und in genau dreißig Minuten stehst du wieder hier.« Inka sah ihn irritiert an.

»Und mit ›hier‹ meinst du …?«

»Genau hier«, präzisierte er und deutete auf den Durchgang zwischen dem Essbereich der Küche und dem Wohnzimmer.

»Aber …«, warf Inka fragend ein. Doch Henne kam ihr zuvor.

»Jetzt sind's noch neunundzwanzig Minuten.« Statt eine Antwort abzuwarten, schob er Inka mit sanfter Gewalt aus dem Wohnzimmer in Richtung Bad.

Exakt fünfundzwanzig Minuten später stellte Inka ihre fertiggepackte Sporttasche vor der Garderobe ab, ließ Böse zur Kontrolle die Nase hineinstecken und klopfte mit noch feuchtem Haar an die verschlossene Wohnzimmertür.

»Moment!«, kam es streng von drinnen. Mia. Offenbar hatte Henne ihr die verantwortungsvolle Wächterrolle zugewiesen, und Inkas selbstbewusste und bisweilen frühreife Tochter nahm sie gewohnt ernst. Inka schmunzelte neugierig, konnte sich aber einen Blick auf die Uhr nicht verkneifen. Noch immer Zeit genug, um halbwegs entspannt nach Olpe zu kommen.

»Jetzt«, kam es von drinnen. Inka öffnete die Tür vorsichtig und trat ins Wohnzimmer. Was sie sah, treib ihr die Tränen der Rührung in die Augen. Tom stand in seiner feierlichsten Kleidung, dem aktuellen Bundesligatrikot von Borussia Dortmund, und über alle verbliebenen Milchzähne strahlend vor dem Wohnzimmerschrank. Im Arm die Schultüte, die mehr als halb so groß war wie er. Neben ihm hatte Mia den Arm stolz um ihren kleinen Bruder gelegt, und hinter den beiden strahlte Henne mit ihnen um die Wette. Auch die beiden hatten sich in Schale geworfen. Vor ihnen stand Hennes Digitalkamera auf ihrem Stativ und wartete auf ihren Einsatz.

»Wenn sich keiner mehr mit Chips, Abendessen oder Körperflüssigkeiten einsaut, sind das unsere Klamotten für morgen«, erklärte Henne. »Mehr Einschulungsrealismus können wir dir leider nicht bieten.«

Inka strahlte die drei an, drückte stolz einen nach dem anderen und kniete sich dann vor Tom.

»Papa hat mir schon erklärt, warum du wegmusst«, sagte er tapfer.

»Und?«, fragte Inka mit einem Kloß im Hals. »Ist das okay für dich?« Ein Nicken.

»Wer kann schon damit angeben, dass seine Mama auf Verbrecherjagd ist?«

Neben aller Erleichterung fand Inka, auch das hörte sich irgendwie nach Henne an. Sie lächelte und drückte ihrem Sohn einen dicken Kuss auf die Wange.

»Ihr habt noch zehn Sekunden für den glücklichsten Gesichtsausdruck eures Lebens!«, rief Henne. Er hatte sich neben die Kamera gestellt, sie ausgerichtet und drückte nun einen Knopf, mit dem er den automatischen Timer der Kamera auslöste. Dann sprintete er an seine vorgedachte Position hinter den Kindern und neben Inka und setzte ein breites Grinsen auf.

»Achtung! Ameisenscheiße!«, rief er.

»Ameisenscheiße!«, grinsten die restlichen Luhmanns. Dann blitzte es.

Noch einmal zehn Minuten später hatten sich alle gebührend von Inka verabschiedet, während Henne die Kamera an ihren Platz im Schlafzimmerschrank zurückbrachte. Inka nahm gerade ihre Tasche auf und tätschelte Böse, als ein rhythmisches Brummen ertönte. Inkas Blick fiel auf Hennes vibrierendes Handy auf der Garderobenablage. Normalerweise wäre sie nie auf die Idee gekommen, irgendwelche Anrufe oder Nachrichten entgegenzunehmen. Es sei denn, ihr Mann bat sie darum. Aber mit jedem Klingeln sorgte der parallele Vibrationsalarm dafür, dass sich das Gerät Stück für Stück näher an die Kante der Ablage rüttelte. Beim vierten Klingeln hatte sie es erreicht, und es drohte herunterzufallen. Inka fing es im letzten Moment auf und konnte nicht verhindern, dass ihr Blick kurz auf das Display fiel. Gerade als Henne wieder aus dem Schlafzimmer kam.

»Wäre fast runtergefallen«, sagte Inka und gab ihm das Gerät. Er warf ebenfalls einen kurzen Blick auf das Display und steckte es in die Brusttasche seines Hemdes.

»Danke«, meinte er und begleitete Inka zur Tür. »Rufst du an, wenn du in Olpe bist?«

Inka nickte. »Mach ich. Und du, wenn du Fotos von morgen hast? Übrigens, wer ist Bianca Steffens?«, fragte sie und deutete auf das Handy in seiner Brusttasche.

»Eine Mutter aus der Schule«, erklärte Henne, ohne zu zögern. »Ihr und unser Sohn werden morgen Klassenkameraden.«

Inka nickte. Da Henne sich als vermutlich einziger männlicher Briloner im erwerbsfähigen Alter mit der Kinderbetreuung befasse, machte ihn das bei allen entsprechenden Gelegenheiten automatisch zum Hahn in einem ziemlich großen Korb. Trotz aller emanzipatorischen und politischen Bemühungen war Familienorganisation im Sauerland ansonsten noch immer fest in Frauenhand. Mit entsprechend vorwiegend weiblichen Kontakten. Eine Tatsache, über die Inka sich im Klaren gewesen war, als sie sich auf das Rollentauschexperiment mit Henne eingelassen hatte. Ebenso darüber, dass ihr Mann, blond, muskulös und charmant, wie er war, bei Frauen grundsätzlich immer glänzend ankam.

Aber sie vertraute ihm. Und Henne hatte ihr bisher nicht den kleinsten Anlass zum Misstrauen geliefert.

»Problem?«, fragte er.

»Kein Problem«, sagte sie und küsste ihn auf den Mund. Henne erwiderte den Kuss. Kurz und wenig hingebungsvoll. Ein Abschiedskuss.

»Also, bis nachher.«

Sie nahm ihre Tasche auf, wandte sich zum Treppenhaus und stieg die Stufen zur Haustür hinab. Doch als das Schließen der Wohnungstür hinter ihr hohl durch den verlassenen Flur hallte, spürte sie zum ersten Mal ein unerklärliches Gefühl der Leere im Bauch. Nein, kein Gefühl der Leere, verbesserte sie sich selbst. Sondern ein Gefühl, das sie gut kannte, weil sie sich fast immer darauf verlassen konnte: ihre Intuition. Eine leise innere Stimme, die ihr sagte, dass irgendetwas in ihrem Leben nicht ganz an dem

Platz war, an den es gehörte. Doch als sie die Haustür öffnete und in den würzig duftenden Sauerländer Augustabend trat, beschloss sie, das Gefühl beiseitezuschieben. Ihre Intuition konnte sie bei der Arbeit an ihrem Fall deutlich besser gebrauchen. Sie betätigte die Fernbedienung ihres Dienstwagens und war froh, dass gut eineinhalb Stunden Autofahrt vor ihr lagen: entschleunigen durch Beschleunigen.

ER   Montag, 20:04 Uhr

Er wusste nicht, was das Wort *Inkubationszeit* bedeutete. Und er wusste noch weniger, was das Wort *Virus* bedeutet. Was er definitiv wusste, war, dass er Angst hatte. Entsetzliche Angst. Eine Angst, die noch schlimmer war als die Angst im letzten Jahr. Denn damals wusste er zwar, dass es seinem Vater nicht gutging, aber er war weit weg von ihm gewesen, so dass er nicht alles mitbekam.

Heute lag sein Vater direkt vor ihm. Er hatte ganz plötzlich hohes Fieber bekommen und entsetzlich laut gehustet. Aber das Schlimmste war, dass er gar nicht mehr aussah wie sein Vater. Auf seinem gesamten Körper hatten sich in kürzester Zeit unzählige hässliche, wulstige Pusteln gebildet, die aussahen wie kleine Vulkane, die seine Haut zum Kochen brachten. Seine Mutter hatte ihm streng verboten, seinen Vater auch nur zu berühren. Und sie hatte geweint, als sie Dr. Martin, ihren Hausarzt, angerufen hatte. Am Telefon hatte sie das Wort *Pocken* benutzt. Das machte ihm noch mehr Angst, weil er das Wort schon mehrmals gehört hatte. In den WDR-Nachrichten in seinem neuen Radio wurde es ständig genannt. Und Worte, die in Radionachrichten genannt wurden, waren Worte, die einem Angst machen konnten. Vor allem wenn sie im Zusammenhang mit anderen Worten fielen, die er wieder nicht verstand. Worte wie *Seuche*, *Epidemie* und *Ausbruch*.

Am allerbeängstigendsten war aber die Tatsache, dass dabei immer wieder ein Krankenhaus erwähnt wurde. Das Krankenhaus, in dem sein Vater kurz nach seiner Rückkehr aus Bad Mergentheim gewesen war.

Das Haus Rochus in Meschede.

Während sie auf Dr. Martin warteten und er seine Mutter nur beobachten durfte, wie sie verzweifelt versuchte, das Fieber seines Vaters mit Wadenwickeln zu senken, hatte sie ihm erklärt, was sie beim Bäcker über die Meldungen im Radio gehört hatte.

Kurz vor Silvester, am 30. Dezember, war es an einem großen Flughafen in der Stadt Frankfurt zu einem Zwischenfall gekommen. Er kannte den Namen der Stadt. Und er wusste, dass sie gar nicht so weit entfernt war von Bad Mergentheim, dem Ort, an dem sein Vater wieder gesund geworden war. Das hätte doch eigentlich ein schöner Ort sein müssen. Aber offenbar war es ein Ort des Bösen, denn von dort war etwas ins Sauerland eingedrungen, das man nicht einmal sehen konnte.

Seine Mutter hatte ihm erklärt, dass an großen Flughäfen wie in Frankfurt Menschen aus aller Welt ankommen und abreisen. Und dass manche von diesen Menschen natürlich auch krank waren. Bei einigen sah man das, weil sie Husten hatten oder schlecht aussahen. Aber es konnten auch Menschen krank sein, denen man es nicht ansah. Weil sie die Krankheit schon in sich trugen, obwohl sie noch nicht ausgebrochen war. So ein Mensch war ein gewisser Bernd Klein aus Meschede gewesen.

Bernd Klein hatte eine weite Reise in den Orient gemacht und war wieder nach Hause gekommen. Weil sein Flugzeug nicht in Meschede landen konnte, war er in Frankfurt ausgestiegen. Und dort, wie an allen Flughäfen, mussten alle Reisenden durch eine Kontrolle, bei der überprüft wurde, ob sie auch wirklich diejenigen waren, für die sie sich ausgaben. Auch das hatte er nicht ganz verstanden. Wohl aber, dass sie das mit einem Pass taten, in dem ein Foto von ihnen war. Wie sein Büchereiausweis, nur wichtiger.

Aber es gab noch einen anderen Pass, den man beim Reisen vorzeigen musste, wenn man aus bestimmten Ländern wiederkam, in denen es ansteckende Krankheiten gab. Einen sogenannten Impfpass. Was eine Impfung war, wusste er, denn als er noch viel kleiner gewesen war, hatte er einmal von einem Arzt im Kindergarten einen Würfel Zucker bekommen, der mit einer verdammt bitteren Flüssigkeit getränkt worden war. Der Arzt hatte gesagt, das würde helfen zu verhindern, dass er sich mit einer bestimmten Krankheit ansteckte, deren Namen er vergessen hatte. Aber er war nie krank geworden. Also musste die Impfung gut gewesen sein.

Seine Mutter erklärte weiter, dass es genau wie bei der Schluckimpfung bei den Erwachsenen auch Impfungen gab, die sogar vorgeschrieben waren, wenn man in Länder mit den ansteckenden Krankheiten reisen wollte. Und damit jeder wusste, dass man geimpft war, wurde es im Impfpass eingetragen, wo man es jederzeit überprüfen konnte, um sicherzustellen, dass jemand ohne Impfung nicht in ein gefährliches Krankheitsgebiet reiste oder ohne Schutz zurückkam. Doch genau das war in Frankfurt passiert.

Hätte der zuständige Beamte bei der Einreisekontrolle den Impfpass von Bernd Klein überprüft, dann wäre ihm aufgefallen, dass darin ein Nachweis für eine Pockenimpfung gefehlt hatte. Bernd Klein hatte keine. Dafür aber jede Menge Krankheitserreger, erklärte seine Mutter. Weil die Krankheit aber immer ein paar Tage braucht, um auszubrechen, dauerte es bis zum 11. Januar 1970, bis Bernd Klein – inzwischen wieder zu Hause – in Meschede ins Haus Rochus eingeliefert wurde. Drei Tage bevor sein Vater dort hingebracht wurde. Doch das wusste noch niemand. Auch wusste man dort nichts von Bernd Kleins Pockeninfektion. Man deutete seine Beschwerden als eine andere Krankheit, die Typhus hieß, und legte ihn zu den Grippekranken auf eine abgetrennte

Station, die man Isolierstation nannte. Erst heute Morgen hatte eine Mutter beim Bäcker gehört, dass die Ärzte ihre Meinung geändert und einen Pocken-Alarm ausgerufen hatten. Anscheinend zu spät für seinen Vater. Er musste sich irgendwie bei seinen Untersuchungen in Meschede angesteckt haben. Ihm wurde schlecht.

Dr. Martin war offenbar gegen Pocken geimpft, denn er kam tatsächlich, um seinen Vater zu untersuchen. Es dauerte keine fünf Minuten, dann fragte er nach dem Telefon. Was genau er seiner Mutter sagte, wusste er nicht. Ärzte benutzten immer sehr viele Worte, die er noch nicht kannte. Er wusste nur, dass es seine Mutter sehr aufgeregt hatte, denn sie setzte sich weinend an das ›Schäselong‹, auf dem sein Vater lag.

Doch das Grauen ging danach erst richtig los. Keine halbe Stunde später hielt ein besonderes unauffälliger Krankenwagen vor dem Haus, aus dem besonders unheimliche Männer stiegen. Er schrie, weil er dachte, es wären Außerirdische, denn die Männer trugen weiße Ganzkörperanzüge mit Gesichtsmasken, Handschuhen und Gummistiefel. Aber sie sprachen Deutsch mit ihm, als sie ihm sagten, er solle gefälligst nicht im Weg herumstehen. Er bekam noch mehr Angst, denn was die Männer trugen, war weitaus weniger schlimm als das, was sie taten. Sie packten seinen stöhnenden, schwerkranken Vater unsanft in eine Art riesige Plastikplane und luden ihn in den unauffälligen Krankenwagen, als wäre *er* ein Außerirdischer, den sie untersuchen wollten. Dann rasten sie ohne Blaulicht und Martinshorn davon.

»Mama, wohin bringen die Papa?!«, rief er aufgelöst.

»Ins Krankenhaus«, sagte sie. Und weinte dabei so heftig, dass er seine nächste Frage ganz leise stellte.

»Mama, heißt das, Papa stirbt, obwohl er gerade erst gesund geworden ist?!«

Seine Mutter antwortete tränenerstickt und erwartungsgemäß.

»Das weiß nur der liebe Gott.«

Er rannte auf sein Zimmer, kniete sich vor sein Bett, faltete die Hände und sah das Kruzifix mit dem gekreuzigten Jesus über seiner Zimmertür flehend an.

»Bitte, lieber Gott, hilf mir, dass Papa nichts passiert, und lass ihn gesund werden!«

Er sah auf das Messdienergewand, das mittlerweile neben der Tür fein säuberlich auf einem Bügel an seinem Schrank hing.

»Wir hatten eine Abmachung!«, sagte er verzweifelt. »Du hast es mir versprochen!«

Weiter kam er nicht, denn wieder hielt draußen ein unauffälliger Krankenwagen. Und wieder kamen die Männer mit den Anzügen herein. Und wieder hatten sie Planen dabei. Nur diesmal nahmen sie ihn und seine Mutter mit. Alles, was er wusste, war, dass er die nächsten Tage in irgendetwas verbringen würde, was er wieder einmal nicht verstanden hatte. Das Wort hieß *Quarantäne*.

13   Montag, 20:42 Uhr

»79, 78, 77.«

Inka schlich in der vorgeschriebenen Höchstgeschwindigkeit von zehn Stundenkilometern in ihrem Dienstwagen den schmalen geteerten Campingweg entlang und zählte Parzellennummern. Nicht gerade die komfortabelste Art des Navigierens. Die Sonne stand tief im Westen und blendete Inka mit einer Wand aus tiefrotem Licht. Die Nummern der Parzellen waren nur mit weißer Farbe auf den Boden vor die jeweilige Parzelle gepinselt, so dass sie sich alle fünfzig Meter ein kleines Stück aus ihrem heruntergefahrenen Fahrerfenster beugen musste, um sie zu erkennen. Vermutlich ein vertrautes Bild für die übrigen Camper, die Inka ernste Blicke zuwarfen, während sie den Weg entlangflanierten, schweigend vor ihren Unterkünften den Sonnenuntergang betrachteten oder bei ihren Nachbarn zum Schwätzchen saßen. Ein vordergründig idyllisches Bild, unter dem Inka deutlich die angespannte Besorgnis spürte. Kein ausgelassenes Lachen, keine Musik, nur gedämpfte Unterhaltungen, untermalt von gelegentlichem Kinderkreischen. Grillschwaden wehten mit der milden Abendluft ins Wageninnere und weckten mit dem leicht brackigen Geruch des Sees, dem warmen Asphalt und einer erdigen Rasennote Kindheitserinnerungen an längst vergangene Zeltlager. Allerdings keine angenehmen Erinnerungen. In Inkas vielleicht etwas selektiver Erinnerung waren alle ihre Campingausflüge von Dauerregen, Kälte und Heimweh geprägt. Wohl fühlen würde sie sich in dieser Atmosphäre nie. Und sie war sicher, dass man es ihr ansah. Doch die Camper um sie herum waren vermutlich viel zu sehr mit sich selbst und den Vorkommnissen unten in der Angelhütte beschäftigt. Inka hatte keinen Vergleichsmaßstab, konnte sich nach den Äußerungen der Spanns aber vorstellen, dass die Urlaubsatmosphäre am Biggesee unter normalen Umständen deutlich ausgelassener war. Ihr Eintreffen wurde zwar mit den üblichen freundlichen Handzeichen und lautlosen Hallos begrüßt, aber in die Blicke hatte sich Argwohn und Vorsicht gemischt, und Inka würde es nicht wundern, wenn sich der eine oder andere Camper ihr Kennzeichen bereits notiert hatte.

»76, 75, 74. Aha«, murmelte sie und brachte ihren Wagen vor der Parzellennummer 73 zum Stehen. Die Fahrt nach Olpe hatte länger gedauert als angenommen, und Inka war froh, es noch vor Sonnenuntergang geschafft zu haben. Ein Einzug in einen Wohnwagen war schon unangenehm genug. Ein Einzug in einen fremden Wohnwagen dagegen eine echte Zumutung. Und ein Einzug in einen fremden Wohnwagen bei Dunkelheit ein absoluter Albtraum. Vielleicht war es ihr Bulleninstinkt, der überall und sofort nach Orientierung suchte, aber Inka hasste es, in der Dunkelheit an unbekannten Orten einzutreffen. Viel Zeit, sich einzurichten, blieb ihr also nicht. Sie schnappte sich die Begrüßungsunterlagen, die Nicole Adams ihr am Eingang in die Hand gedrückt hatte, und ihre Sporttasche vom Rücksitz und stieg aus.

Wie erwartet, standen die Wohnwagen der Parzellen 72 und 73 Vorzelt an Vorzelt. Ein guter Anfang. Wenigstens hatte ihr improvisiertes Hauptquartier für die nächsten Tage kurze Wege. Allerdings hatte sich die Verteilung der Unterkünfte vermutlich bereits erledigt, denn Kemperdicks Golf GTI stand bereits vor dem rechten der beiden Wohnwagen. Inka schmunzelte innerlich. Selbst wenn man dem Mann einen Dienstwagen mit Fahrer zur Verfügung stellte, seinen Golf würde er gegen kein Fahrzeug der Welt eintauschen. Inka wandte sich wieder zu ihrem Auto und schlug die Tür zu, als ein Ruf sie aus ihren Gedanken riss.

»Hallo! Da sind Sie ja wieder!« Inka sah über das Autodach auf zwei winkende Hände auf der gegenüberliegenden Wegseite. Die Spanns hatten ihre Plastikstühle Richtung Sonnenuntergang ausgerichtet, jeder eine Dose Bier in der Hand.

»Na, da sind wir ja froh, dass wir den in den nächsten Tagen die sicherste Parzelle auf dem Platz haben!«, rief Wolfgang Spann und hob seine Dose.

Und wir vermutlich die anstrengendste, dachte Inka. Sie hatte gar nicht bemerkt, dass die Parzelle der Spanns direkt gegenüber der 72 und der 73 lag. Inka lächelte bemüht und winkte zurück, aber sie erntete nur weiteres Winken der Spanns. Sie stutzte und bemerkte, dass es eher ein ungeduldiges Deuten war. Was war denn jetzt wieder?

»Das Auto!«, rief Renate Spann. Und als Inka noch immer nicht begriff, zitierte sie textsicher irgendeine Vorschrift.

»Der Pkw darf nur auf den Rasengittersteinen vor dem Wohnwagenstellplatz stehen. Nicht auf dem Weg und erst recht nicht auf der Rasenfläche! Steht alles im Begrüßungsblatt.«

Inka sah von ihrem bunten DIN-A4-Blatt, dem sie bisher keine Bedeutung beigemessen hatte, auf ihr Auto und von dort weiter zu »ihrem« Wohnwagen, vor dessen Deichselgehäuse tatsächlich ein schraffiertes Betonmuster aus dem Rasen ragte. Frau Spanns Rasengittersteine. Inka sah nach links und bemerkte, dass Kemperdicks Wagen tatsächlich vorschriftsmäßig parkte. Vermutlich hatte er dieselbe Ansage bekommen. Inka hob entschuldigend die Hand, setzte sich wieder ins Auto und rangierte es in die vorgeschriebene Parkposition. Als sie wieder ausstieg, sah sie, dass die Spanns ihr zwar erneut zuprosteten, aber sofort wieder ihren Gedanken und Sorgen nachhingen.

»Die Rasengitternummer, hm? Mussten wir auch durch.« Marlies Röggen war Inka aus einem der Vorzelte entgegengekommen und nahm ihre Sporttasche auf.

»Willkommen in der Campinghölle«, raunte Inka und deutete in Richtung der Vorzelte. Aus dem rechten war Kemperdicks Rumoren zu hören. Anscheinend richtete er sich schon häuslich ein. »Wie ich sehe, habt ihr schon aufgeteilt?«

»Ich hoffe, das ist okay für dich«, sagte Röggen mit einem Anflug von schlechtem Gewissen. »Erstens wussten wir nicht, wann du ankommst, und zweitens ist der etwas kleiner.« Sie deutete auf den rechten Wohnwagen, aus dem jetzt das Klappern von Schranktüren zu hören war. »Also hat Bastian ihn genommen, damit wir Mädels es etwas bequemer haben.«

»Sehr gerne«, meinte Inka und war erleichtert, dass ihre beiden Kollegen professionell genug waren, nicht zusammen in einen Wagen gezogen zu sein. Was genau zwischen Kemperdick und Röggen privat lief, ging Inka natürlich nichts an. Sobald sich das aber auf dienstliche Angelegenheiten auswirkte, würde sie sehr entschieden dagegen angehen. Trotz der urlaubsartigen Umstände befanden sie sich schließlich mitten in einer Mordermittlung, nicht auf Klassenfahrt zum Biggesee. Sie wandte sich nach links und folgte Röggen einen kurzen Weg über in den Rasen eingelassene Betonplatten, die entlang des Vorzeltes zu einer offenen Verandatür führten. Inka seufzte. Auch hier war das Vorzelt eher eine Art Outdoorwohnzimmer, aber in einem deutlich stimmigeren Ambiente als dem der Spanns. Der untere Teil des Vorzelts bestand aus Holzplatten, die mit Zeltbahnen in einem grau-gelben Streifenlook sauber abgedichtet waren. Ein breiter grauer Farbbalken markierte die Gürtellinie des Baus, über der ebenfalls grau gerahmte Fenster in die Wände installiert worden waren. Eine sauber gespannte, neuwertige graue Plane bedeckte das leicht schräg zur Vorderseite abfallende Dach. Entweder pflegten die Eigentümer ihren Besitz hingebungsvoll, oder sie hatten gerade erst renoviert.

Im Inneren des Vorzeltes herrschten ähnlich erfreuliche Zustände. Die Einrichtung war in ihrer Art mit der der Spanns zwar nahezu identisch, aber alles wirkte geschmackvoller zusammengestellt und unverbrauchter. Inka durchquerte das Vorzelt, auf dessen Tisch eine Obstkiste mit Lebensmitteln stand.

»Wow. Selbst ans Einkaufen habt ihr schon gedacht?« Inka war beeindruckt. Die Notwendigkeit von Essen und Trinken hatte sie völlig vergessen.

»Nur Discounterware aus Attendorn. Wir wollen es dir ja nicht angenehmer machen als unbedingt nötig«, grinste Röggen und hielt Inka die Tür zum Wohnwagen auf.

Eine halbe Stunde später hatten sich Ruhe und eine tiefe Dunkelheit über den Campingplatz gelegt. Als Kind des Ruhrgebiets hatte Inka sich schon in ihren ersten Wochen mit Henne gewundert, wie dunkel es im Sauerland werden konnte. In Dortmund und den anderen Städten des Ruhrgebietes sorgten jede Nacht fast 17 Millionen Menschen und ihre Bedürfnisse nach Helligkeit und Sicherheit dafür, dass man den Nachthimmel mit viel gutem Willen maximal als anthrazitfarben bezeichnen konnte. Im Sauerland war er tiefschwarz, wie Inka bei einer romantischen Nachtwanderung am Rande von Brilon erstmals bewusst aufgefallen war. Außerdem sah man etwas, was in Dortmund ebenfalls durch die künstlichen Lichter gefiltert wurde: unzählige Sterne. Von denen Henne natürlich sofort geprahlt hatte, sie extra für Inka angeknipst zu haben. Am Biggesee leuchteten sie sogar noch heller. Durch den nahen See und die noch spärlichere Besiedlung in dessen Umkreis wirkte die Dunkelheit rund um den Campingplatz fast greifbar. Die einzigen Lichtquellen waren die Wegebeleuchtung des Campingplatzes und Dutzende Windlichter, die die Vorzelte rings um die Wagen der Ermittler spärlich erhellten. In der dumpfen Ruhe wirkten sie auf Inka wie Grablichter auf einem dunklen Friedhof. Nur noch vereinzelt waren gedämpfte Stimmen zu hören, die Wege, Grill- und Spielplätze waren verwaist. Draußen hielt sich nur noch auf, wer die Sanitärgebäude aufsuchen musste, oder seinen Hund Gassi führte. Ansonsten hatten sich die Camper in ihre Trutzburgen zurückgezogen.

Inka hatte Henne in Brilon kurz telefonisch von ihrer Ankunft in Olpe unterrichtet und erfahren, dass Tom ihr ihre Abwesenheit an seinem morgigen Ehrentag tatsächlich nicht übelnahm. Im Gegenteil. Er hatte sich sogar den Kopf zerbrochen, wie er seine Mutter doch irgendwie an seiner Einschulung würde teilhaben lassen können. Natürlich hatte er Henne zum Dauerfilmen verpflichtet, wollte aber unbedingt auch selbst seinen Teil zur Dokumentation seiner Einschulung beitragen. Seine Idee war ebenso einfach wie rührend. Im letzten Jahr hatte Henne eine sogenannte »Pet-Cam« gekauft. Eine automatische Minikamera, die sie an Böses Halsband befestigt und überraschend eindrucksvolle Aufnahmen aus dem Leben und der Perspektive ihres Hundes erhalten hatten. Besonders beeindruckt schien Tom zu sein, denn für Inka wollte er auf seiner Einschulung Böse spielen. Er hatte darauf bestanden, dass Henne ihm die Kamera um den Hals legen würde, damit er für Inka Aufnahmen machen konnte. Inka war gerührt und erleichtert, dass sie sich ganz auf ihre Arbeit konzentrieren konnte.

Sie saß mit Röggen und Kemperdick um den Campingtisch in ihrem Vorzelt. Vor ihnen lagen die Laptops, Notizblöcke, Stifte und sämtliche Akten und Unterlagen, die sie über den Fall Groschek bereist angelegt hatten. Umrahmt von etlichen Teelichten stand ein großes dickwandiges und leeres Trinkglas aus der Kollektion eines schwedischen Möbelhauses in der Tischmitte.

»Dann wollen wir mal«, sagte Inka, betätigte Lautsprecher- und Anrufknopf ihres Handys und ließ es aufrecht in das Glas gleiten. »Lagebesprechung für Heimwerker.«

Die drei beobachteten nicht ohne Spannung, dass auf dem Display verschwommen der Name »Porbeck« erschien und ein grünes Symbol den Verbindungsaufbau anzeigte. Ein dumpfes Tuten kam aus dem Glas.

»Ist schon ironisch, oder?«, fragte Kemperdick in die Runde. »Da kriegen wir in Brilon nach gefühlt tausend Anträgen und etlichen Jahren Kampf und Argumentieren endlich die neueste und geilste Ausstattung. Und was machen wir? Gehen zur Verbrecherjagd zurück in die Steinzeit.«

Die Frauen sahen nachdenklich auf Inkas improvisierten Verstärker.

»Wenigstens kann keiner behaupten, wir wären nicht flexibel«, meinte Inka. Sie hoffte nur, dass ihr im Falle eines Misserfolges nicht genau das zum Vorwurf gemacht werden würde.

»Porbeck?«, quäkte es laut und dumpf aus dem Glas. Die drei Ermittler beugten sich automatisch näher über das Glas.

»Luhmann, hier«, sagte Inka ein wenig lauter als nötig. »Mit den Kollegen Röggen und Kemperdick. Können Sie uns verstehen, wir haben Sie … äh, auf Verstärker gestellt.« Inka sah grinsend in die flackernd beleuchteten Gesichter ihre Kollegen.

»Verstärker?«, fragte Porbeck irritiert. »Auf dem Campingplatz? Hört sich eher wie ein Bierglas an.« Inka sah ihre Kollegen an und verdrehte amüsiert die Augen.

»Ich sag ja, dem kann man nichts vormachen«, meinte Röggen leise. Inka wandte sich wieder dem Glas zu.

»Latte macchiato, Herr Porbeck. Aber lassen Sie uns bitte direkt zur Sache kommen. Erst mal danke, dass Sie um diese Zeit noch zur Verfügung stehen.«

»Sie wissen ja, zu Milchkaffee kann ich nicht nein sagen«, kam es aus dem Glas. Die Ermittler lächelten. Inka hatte Porbeck gerade mindestens drei Gratisgetränke gutschreiben müssen.

»Sie haben die Obduktionsergebnisse?«, fragte sie gespannt.

»So ist es. Und für den Fall, dass Sie sich da drüben auch so etwas wie einen improvisierten Kaffeesatz-Drucker gebaut haben, schicke ich Ihnen das Dokument in diesem Moment per E-Mail.« Ein dumpf verfremdeter Quittungston bestätigte seine Worte. Sekunden später gefolgt von drei Eingangsbestätigungen auf den Handys der Ermittler.

»Danke. Angekommen«, meinte Inka. »Trotzdem wären wir Ihnen dankbar, wenn Sie uns das als Kurzversion zusammenfassen könnten.«

»Selbstverständlich. Obwohl ich Sie da ein wenig enttäuschen muss. Es gibt nicht allzu viel Neues. Bernd Groschek starb, wie schon vermutet, durch Erstechen. Tatwaffe ist der sichergestellte Holzpflock, dessen Spitze Groscheks Herz im Prinzip komplett zerfetzt hat. Er war sofort tot.«

»Sprechen wir dann von einem Profi als Täter?«, fragte Röggen.

»Nicht unbedingt. Meine Untersuchung hat ergeben, dass der Pflock beim Einstich zuerst auf das Brustbein traf und von dort, vereinfacht gesagt, aus Tätersicht nach rechts abgelenkt wurde und zwischen den Knorpeln der dritten und vierten Rippe hindurch das Herz traf. Es war also kein »Blattschuss«, wenn Sie so wollen, sondern ein Volltreffer mit etwas Glück. Es kann aber genauso gut sein, dass sich das Opfer unmittelbar vor dem Stich bewegt hat. Tatsache ist, der Täter muss aufgrund der Tatwaffe und des nötigen Energieaufwands kräftig sein. Und nach dem Verlauf des Wundkanals mindestens eins achtzig groß sein und Rechtshänder.«

Die Ermittler sahen sich an, während Porbeck fortfuhr.

»Sie unterbrechen mich, wenn Sie Fragen haben, ja?«, fragte er rhetorisch. »Die Tatwaffe selber trägt übrigens die Blutspuren des Opfers und wurde im oberen Schaftbereich, vermutlich vom Täter, abgewischt.«

»Trug der Täter Handschuhe?« Diesmal hatte sich Kemperdick gemeldet.

»Wahrscheinlich. Welche Art, ist unklar. Und wenn Sie damit gleichzeitig nach Fingerabdrücken fragen, habe ich aber etwas für Sie. Es gibt tatsächlich einen. Vermutlich einen Daumenabdruck. Es könnte sein, dass der Handschuh entweder ein Loch hatte oder während der Tat gerissen ist. Ansonsten hat der Tote keine Verletzungen. Aber noch mal zurück zum Opfer. Auch die Blutwerte zeigen keine größeren Auffälligkeiten, sieht man mal von einem erhöhten Alkoholwert ab. 0,7 Promille. Der gute Mann hat also irgendwann am Abend vor seinem Tod etwas getrunken.«

»Die Campergedecke«, sagte Röggen trocken. Inka nickte. Aber ihr war noch etwas aufgefallen.

»Wieso ›am Abend‹ vor seinem Tod?«, fragte sie in das Glas.

»Aus zwei Gründen. Zum einen trug der Mann eine kurze Schlafanzughose, war also vermutlich schon im Bett und ist noch einmal aufgestanden.«

Inka und Röggen wechselten einen Blick. Das erklärte die fehlende Hose in Grocheks Bett. Porbeck fuhr fort.

»Zum anderen konnte ich den Todeszeitpunkt näher bestimmen.« Die Ermittler horchten auf. »Wie vermutet, war weder die Temperaturmethode noch der Mageninhalt dafür sonderlich aufschlussreich, weil Grocheks Leiche, ebenfalls wie vermutet, mindestens 24 Stunden unentdeckt geblieben ist. Dafür waren die *Caliphoridae* umso mitteilsamer ...«

»Herr Porbeck, könnten wir uns vielleicht auf das Wesentliche beschränken?«, unterbrach Inka ihn. Ein Moment des Schweigens trat ein. Offenbar sammelte sich Porbeck.

»Natürlich. Äh, wo war ich? Ah. Also die Todeszeit ließ sich anhand der Insektenbesiedelung durch Schmeißfliegen bestimmen. Bernd Grochek starb in der Nacht von Samstag auf Sonntag zwischen 23.00 und etwa 1.00 Uhr nachts.«

Inka sah Kemperdick und Röggen an.

»Und wann hat Frau Spann die Teenies bemerkt?«

Kemperdick schlug in seinen Notizen nach.

»Kurz vor Mitternacht hat sie die Kleine auf dem Hinweg gesehen. Fünfzehn Minuten später waren beide zusammen wieder da.«

»Das würde passen«, schloss Röggen. »Und reichen, um einmal zur Angelhütte zu laufen, dort was auch immer zu tun und wieder zurückzukommen.«

»Entschuldigung«, klang es aus dem Glas, »ich kann Sie sehr schlecht verstehen.«

Die Ermittler beugten sich wieder über das Glas.

»Wir haben nur etwas überlegt«, sagte Inka. »Das war schon sehr hilfreich, Herr Porbeck. Haben Sie sonst noch etwas?«

»Nicht viel«, meinte Porbeck. »Leicht erhöhte Leber- und Cholesterinwerte. Anscheinend war er an Alkohol und zu fettes Essen gewöhnt. Aber das können Sie ja alles im Bericht lesen.«

»Noch irgendwas zum Tatort?«, fragte Kemperdick.

»Dazu wollte ich gerade kommen. Also, die Hütte wimmelt nur so von Spuren, weil vermutlich etliche Personen Zutritt haben. Angler, Bootsbesitzer, Campinggäste. Deswegen wird die Auswertung wahrscheinlich eine nette Fleißarbeit. Das Gute ist aber, fast alle Spuren, die wir gefunden haben, sind ältere Spuren. Mit fünf Ausnahmen, sieht man mal vom Opfer und dessen Spuren ab. Ein vermutlich gefärbtes schwarzes, langes, menschliches Kopfhaar mit intakter Wurzel. Ein kürzeres, ebenfalls schwarz, ebenfalls gefärbt, allerdings ohne Wurzel und eine kleine Hautfaser in der Nähe der Tür. Dazu zwei sehr gut erhaltene frische Fingerabdrücke von zwei Personen. Einer in der angesprochenen Dichtmasse und einer auf der Werkbank.«

»Haben Sie sie schon ausgewertet?«, fragte Inka und meinte damit die Fingerabdrücke. DNS-Auswertungen und -Abgleiche dauerten aufgrund des relativ aufwendigen Verfahrens immer deutlich länger.

»Habe ich«, meinte Porbeck. »Alle negativ. Wem auch immer sie gehören, erkennungsdienstlich wurden die Personen noch nicht behandelt. Ansonsten wäre es das von meiner Seite«, meinte Porbeck. Ein weiterer Blick zu ihren Kollegen bestätigte Inka, dass es keine weiteren Fragen gab.

»Von uns auch. Danke, Herr Porbeck. Gute Arbeit«, meinte Inka. »Nur eins noch. Halten Sie es aufgrund der Spurenlage für möglich, dass wir es mit mehreren Tätern zu tun haben?«

Porbeck überlegte einen Moment. »Nein«, kam es dumpf, aber entschlossen aus dem Glas. »Ich kann zwar nur für den Tatort selbst sprechen, aber mehrere Täter hätten sich in jeden Fall in irgendeiner Weise auf das Opfer oder die Durchführung der Tat konzentriert. Die Spuren in der Hütte waren aber eindeutig auf zwei Schauplätze ausgerichtet. Einmal den Tatort hinter der Tür. Wo wir es nur mit Täter und Opfer zu tun haben. Und einmal die Werkbank, an der ich die beiden anderen Personen vermute. Warum auch immer. Aber wenn ich mal spekulieren darf ...« Er unterbrach sich selbst und wartete anscheinend auf das entsprechende Einverständnis.

»Gerne«, meinte Inka.

»Der Gesäßabdruck und die Ausrichtung der Fingerabdrücke lassen darauf schließen, dass die beiden Unbekannten eher mit ... äh ... sexuellen Absichten in der Hütte waren als mit einem Mordplan. Fragt sich nur, warum sie sich nicht gemeldet haben.«

»Danke«, sagte Inka. »Das deckt sich mit unseren Einschätzungen.«

Danach informierte sie den Forensiker über den Stand ihrer Ermittlungen und bat ihn, am nächsten Morgen um 10.00 Uhr mit seiner Spurensicherungsausrüstung zu der in Groscheks falschem Personalausweis angegebenen Adresse zu kommen.

Inka beendete das Gespräch und schüttelte ihr Handy aus dem Glas.

»Also«, fasste sie zusammen. »Suchen wir nach einem kräftigen Rechtshänder mit mindestens eins achtzig Körpergröße.«

»Oder einer Rechtshänderin«, meinte Röggen. Allen war sofort klar, auf wen sie anspielte.

»Frau Adams sollten wir trotz aller Betroffenheit nicht aus den Augen verlieren. Auch wenn sie vordergründig kein Motiv hatte.«

Kemperdick blätterte in seinem Notizbuch und verzog das Gesicht.

»Aber ein wasserdichtes Alibi«, meinte er. »Ich habe heute Mittag mit ihrem Sohn und ihrer Schwester in Korbach telefoniert. Die haben beide ihre Aussage bestätigt. Zu Porbecks Tatzeit war Nicole Adams mit ihrem Sohn zu Hause in Attendorn.«

»Die ganze Nacht?«, fragte Inka.

Kemperdick nickte.

»Das weiß er genau, weil sie die Angewohnheit hat, auf der Couch vor dem Fernseher einzuschlafen. Er selbst hat die halbe Nacht ein Computerspiel »gezockt« und ist mehrfach auf dem Weg zum Kühlschrank an ihr vorbeigekommen. Gegen drei hat er gehört, wie sie ins Bett ging.«

»Okay«, sagte Inka. »Und weitere konkrete Verdächtige haben wir erst einmal nicht.« Inka schwieg und überlegte einen Moment.

»Was uns wieder zu den beiden unbekannten Teenies bringt.« Sie sah Kemperdick an. »Wie weit sind Sie da mit Ihren Ermittlungen?«

Kemperdick zog eine zerknitterte Namensliste mit Adressdaten und Telefonnummern hervor, auf der er Markierungen in unterschiedlichen Farben vorgenommen hatte.

»Da habe ich mich beim Abtelefonieren erst mal auf die deutsche Seite der Gäste konzentriert, also die mögliche Familie des Mädchens. Da konnte ich immerhin schon die Hälfte der in Frage kommenden Gäste ausschließen. Den Rest telefoniere ich morgen ab. Alles, was ich in den Niederlanden abfragen muss, geht erst über Heerlen.«

Inka wusste, dass Kemperdick damit das »Euregionale Polizei-Informations-Cooperations-Centrum« mit Sitz im niederländischen Heerlen meinte. Eine Behörde, die die grenzübergreifende Polizeiarbeit zwischen Deutschland und den Niederlanden koordinierte.

»Von denen höre ich aber auch erst morgen.«

»Okay«, nickte Inka. »Das hat absoluten Vorrang. Die beiden sind unsere heißeste Spur.« Sie wandte sich an Röggen.

»Und wir zwei nehmen uns mit Porbeck morgen die Wohnadresse von Groschek vor. Noch Fragen?«

»Ja«, grinste Kemperdick und zauberte ein offenbar gekühltes Sixpack Bier einer nahe gelegenen Großbrauerei unter dem Tisch hervor.

»Trinken wir aus Latte-macchiato-Gläsern oder aus der Flasche?«

14   Dienstag, 09:16 Uhr

Wie Weihnachten in der Kirche, dachte Henne.

Die Turnhalle der St.-Engelbert-Grundschule in Brilon war bis zum Bersten mit Menschen gefüllt. Eltern, Großeltern, Paten und Geschwister der Erstklässler drängelten sich entweder auf Stehplätzen im hinteren Teil der Halle oder auf den Stuhlreihen davor. Ein lautes Stimmengewirr erfüllte den Altbau. Und es war warm. Die angenehm frische Kühle des strahlend sonnigen Augustmorgens draußen hatte keine Chance gegen menschliche Abwärme und den wochenlang aufgebauten Wärmestau der Halle. Der blumige Geruch von Weichspüler hing klebrig in der Luft und mischte sich mit billigem Deodorant, teurem Alt-Damen-Parfum und sonstigen Ausdünstungen der Gäste. Eine Einschulungsveranstaltung, wie sie im Buche stand.

Wie vermutlich jeder Pastor vor der Christmette am Heiligen Abend fragte sich Henne, wo all diese hochinteressierten Menschen waren, wenn es außerhalb von Feiertagen darum ging, Engagement für die Schule zu zeigen. Er hatte immerhin die Stühle aufgestellt. Deren Reihen endeten etwa 15 Meter vor der Bühne. Auf den entstandenen Freiraum hatte Henne in Zusammenarbeit mit Frau Warnke, der Hausmeisterin, vier große Hochsprungmatten aneinandergeschoben. Er nannte sie die »VIP-Lounge« der Veranstaltung, weil sich darauf die eigentlichen Hauptdarsteller der Zeremonie lümmelten. Etwa fünfzig herausgeputzte Erstklässler mit großen Zahnlücken, noch größeren Schulranzen, riesigen Schultüten und vermutlich unermesslichen Erwartungen.

Noch etwas weiter vorne auf der Bühne hing das fertige Begrüßungsbanner über einem altertümlichen Rednerpult. Dahinter standen ausgewählte Mitglieder des Lehrerkollegiums, Frau Warnke und natürlich Annegret Linke, die Schulleiterin. Die hatte gerade die Kinder einzeln aufgerufen, in ihre Klassenverbände verteilt und nahm die Glückwünsche des Kulturdezernenten der Stadt Brilon entgegen. Eine Fotografin der Lokalpresse hielt den Moment für die Ewigkeit fest.

»Und die ›Tom-Cam‹ funktioniert ganz sicher?«

Tom trat ungeduldig von einem Fuß auf den anderen und sah von einem kleinen schwarzen Kunststoffkästchen auf seiner Brust zu seinem Vater.

Henne hatte sich etwas abseits der Turnmatten vor seinem Sohn auf ein Knie niedergelassen und nahm letzte Einstellungen an ihrem gemeinsamen Fotoexperiment vor. Um Toms Hals baumelte eine dunkle, nahezu kreisrunde Plastikbox von etwa sechs Zentimeter Durchmesser. In der Mitte ihres spritzwassergeschützten Gehäuses erkannte man nur bei genauem Hinsehen eine winzige Linse: Böses zur »Tom-Cam« umfunktionierte »Pet-Cam«, die wahlweise Videos oder Fotos schoss. Henne konnte das Gerät entweder über das heimische W-LAN-Netz mit seinem Laptop verbinden und Livebilder ansehen, die Bilder auf einer Karte speichern lassen oder die Kamera auf Aufnahmen in allen gewünschten Zeitintervallen programmieren. Normalerweise baumelte das Gerät frei an einem mitgelieferten Halsband vor Böses Brust und lieferte einen erheblichen Ausschuss an unscharfen oder unansehnlichen Schnappschüssen. Die wenigen brauchbaren Bilder waren dafür umso origineller und beeindruckender. Toms Dokumentation für Inka musste dagegen möglichst lückenlos und präsentabel sein. Henne hatte die Befestigung der Kamera deshalb an die Anatomie und die Bedürfnisse seines Sohnes angepasst. Zusätzlich zum, selbstverständlich gereinigten, Halsband hatte er sie mit zwei Klammern an Toms BVB-Trikot befestigt. Er überprüfte ein letztes Mal den korrekten Sitz, den Ladezustand des eingebauten Akkus und das Speichermedium, eine eingesteckte Mini-SD-Karte, auf der Toms Video aufgezeichnet würde.

»Wenn Böse schon Fotos in *National Geographic*-Qualität schießt«, beruhigte Henne Tom, »können wir dich heute Abend für den Pulitzerpreis vorschlagen.« Toms Fragegrimasse, ein halb offen stehender Mund mit linksseitig hochgezogener Oberlippe, machte Henne klar, dass sein Sohn weder mit Naturdokus noch mit renommierten Auszeichnungen viel anfangen konnte.

»Heißt das, sie geht, oder sie geht nicht?!«, fragte er noch ungeduldiger.

»Sie geht«, versicherte Henne und sah über das kleine Paar Schultern vor ihm zum Ausgang. »Und du besser auch.«

Vor dem Ausgang der Turnhalle versammelte sich gerade Toms Hälfte der Horde aufgeregter Kinder vor einer sympathischen, etwas dürren Endzwanzigerin mit einem Tick für Brillen in grellen Farben: Frau Lokstedt, Toms erste Klassenlehrerin. Und die machte eine Geste, die Henne schon bei der Einschulung von Toms älterer Schwester Mia vor zwei Jahren befremdlich gefunden hatte: der berühmte »Leise-Fuchs«. Was sich in Hennes Ohren zunächst wie eine wenig originelle Yoga-Figur angehört hatte, war nichts weiter als ein zugegeben probates pädagogisches Mittel, um ohne lautstarke Ermahnungen nicht nur für Ruhe unter den Kindern zu sorgen, sondern gleichzeitig ihre Aufmerksamkeit und ihre interne Kommunikation zu schulen. Dazu streckte die Lehrerin einen Arm in die Höhe und legte die Spitzen von Mittel- und Ringfinger einer Hand auf die Daumenspitze, während sie den kleinen und den Zeigefinger nach oben abspreizte. Mit etwas Phantasie ergab sich daraus das stilisierte Bild eines Fuchskopfes. Und noch wichtiger: eines Fuchses, der schwieg, weil sein Maul geschlossen war. Das dauerte so lange, bis die Kinder ebenfalls schwiegen. Die Kinder kannten das Signal bereits aus dem Kindergarten. Kaum hatte Frau Lokstedt den Arm gehoben, sorgte der Leise-Fuchs für Ruhe. Unter den deutlich weniger zurückhaltenden Rufen ihrer Verwandtschaft stellten die Kinder sich in ihrer anrührenden Zwergenroutine zu einer Zweierreihe auf.

»Hau schon ab«, grinste Henne und gab dem stolz grinsenden Tom einen zärtlichen Klaps aufs Hinterteil. Ohne sich zu verabschieden, raste der mit schlingerndem Ranzen in Richtung seiner neuen Klassenkameraden und reihte sich neben ihnen ein, als hätte er nie etwas anderes gemacht. Henne blickte ihm mit einer bittersüßen Mischung aus Stolz und Wehmut hinterher. Einerseits war es herrlich mit anzusehen, dass Tom mit jedem einzelnen Schritt weiter in seine eigene Welt aufbrach. Andererseits schmerzte es Henne fast physisch, dass ihn jeder dieser Schritte weiter von ihm und Inka entfernte.

Henne schluckte den Kloß in seiner Kehle herunter und erhob sich mit knackenden Knien. Dann zückte er seine zweite mitgebrachte Videokamera und filmte, wie Frau Lokstedt lächelnd die Tür öffnete und die Kinder mit ihr die Halle verließen. Applaus, vereinzelte Abschiedsrufe der Verwandtschaft und das synthetische Klicken unzähliger Digitalkameras und Handys begleitete sie, als brächen sie zu einer mehrmonatigen Weltumsegelung auf. In Wahrheit würde die erste Probestunde Unterricht keine 45 Minuten dauern. Trotzdem blieb das Gefühl von Abschied und Verlust in Hennes Magengegend, über das er sich bei seinen Kumpels früher immer lustig gemacht hatte.

»Nimm's tapfer«, sagte plötzlich eine Frauenstimme hinter Henne, »Kindererziehung ist eine lebenslange Kette von kleinen Abschieden.«

Er wandte sich um und sah Bianca Steffens hinter sich stehen.

Wieder trug sie ein schickes Businesskostüm, wieder strahlte sie über das ganze Gesicht. Die hereinfallende Morgensonne verwandelte ihr Haar in eine strahlende Krone aus Licht.

»Wow«, meinte Henne anerkennend. »Von wem ist das denn?«

»Ist mir gerade eingefallen, als Max sich da vorne eingereiht hat.«

Sie schob sich mit einer mädchenhaften Geste eine Strähne aus dem Gesicht und deutete auf die Turnhallentür, vor der nun die zweite Gruppe mit Erstklässlern Aufstellung nahm. Ein neue Klasse, eine neue Lehrerin, derselbe Leise-Fuchs.

»Dann sind Tom und Max Klassenkameraden«, bemerkte Henne.

»Ist das gut oder schlecht?«, lächelte Bianca. Henne zuckte die Schultern.

»Warten wir's ab«, meinte er.

»Übrigens, darf ich dir meinen Mann vorstellen?« Bianca ging zu einem großen, dunkelhaarigen Mann in einem Anzug, der neben einem älteren Paar mit einer obligatorischen Videokamera stand. Henne beobachtete, wie sie ihn ansprach und auf Henne deutete. Der Mann warf Henne einen Blick zu und ließ sich eher widerwillig von Bianca unterhaken und mitziehen.

»Andreas?«, sagte sie, als sie wieder bei Henne angekommen waren. »Das ist Hendrik Luhmann, ein ehemaliger Klassenkamerad. Henne? Andreas Steffens, mein Mann.«

Die Männer musterten sich einen Moment, tauschten einsilbige Höflichkeitsfloskeln aus und schüttelten sich die Hände.

»Henne ist Ex-Bulle in Elternzeit«, erklärte Bianca. Was Andreas Steffens allerdings nicht weiter zu interessieren schien. Er nickte nur, entschuldigte sich und trat wieder zu dem älteren Paar zurück. Was ihm einen tadelnden Blick seiner Frau einbrachte.

»Er kann auch nett sein«, entschuldigte ihn Bianca. »Aber seine Eltern sind extra für Max' Einschulung hergekommen. Und deine Familie?«

»Sitzt da vorne.« Henne deutete auf die zweite der Stuhlreihen, auf denen seine Eltern saßen. Sie überprüften die Aufnahmen ihrer Videokamera auf einem kleinen Display und genossen sichtlich die Tatsache, dass Henne als Aufbauhelfer der Veranstaltung zwei Sitzplätze seiner Wahl hatte reservieren dürfen.

»Ja. Ich erinnere mich«, grinste Bianca. »Haben sich aber super gehalten. Und deine Frau? Inka, oder?«, fragte sie.

Henne nickte.

»Die hat sich auch gut gehalten«, grinste er und wurde dann ernst. »Aber sie kann heute leider nicht. Arbeit.« Besorgnis schob sich über Biancas Strahlen, wie eine Wolke vor die Sonne.

»Sag nicht, diese Sache am Biggesee drüben in Olpe?«, fragte sie ernst.

»Sag du nicht, du hast dieses Video im Internet gesehen?«

Bianca machte ein peinlich berührtes Gesicht.

»Okay, erwischt. Aber wer hat das nicht?«, meinte sie vorsichtig. »Schreckliche Sache.«

Henne nickte.

»Aber Teil des Jobs«, meinte er und fragte sich im selben Moment, ob ihm Inkas Abwesenheit nicht mehr ausmachen müsste. Aber er war selbst Bulle genug, um zu wissen, dass das Privatleben auf dem Spielfeld eines Polizisten nun mal auf der Ersatzbank saß. Er deutete auf seine Videokamera.

»Für die verpassten kleinen Abschiede der nächsten zwölf Jahre gibt's ja moderne Technik.«

»Bianca?« Ein Ruf unterbrach die beiden. Sie wandten sich in Richtung um. Andreas' Vater winkte Bianca zu. Auch er schien kein Freund langer Worte zu sein. Bianca winkte zurück und wandte sich wieder Henne zu.

»Sieht aus, als müsste ich los«, sagte sie. Dann überlegte sie einen Moment, bevor sie zu einer weiteren Frage ansetzte.

»Du, ich weiß, Kleinstadt und so. Und ich weiß auch, verheiratet und so. Aber ich bin auch alte Brilonerin. Deshalb frage ich trotzdem. Gehen wir irgendwann mal zusammen einen Kaffee trinken? Ich meine, wenn es sich sowieso ergibt. Wegen der Kinder?«

Henne überlegte einen Moment.

»Klar, warum nicht?«, sagte er. Und zauberte wieder das Strahlen in Biancas Gesicht.

»Okay«, sagte sie. »Ich melde mich. Deine Handynummer hab' ich ja.«

Sie hauchte einen Abschiedskuss irgendwo neben seine Wange und verschwand mit ihrer Familie, ohne sich noch einmal umzudrehen.

Henne blieb in einer Wolke ihres blumigen Parfums zurück und fragte sich, wann er ihr seine Handynummer verraten hatte.

15 Dienstag, 09:34 Uhr

»Hast du Porbeck schon irgendwo gesehen?«

Inka saß stöhnend auf dem Beifahrersitz ihres Dienstwagens und klappte ihre Sonnenblende herunter. Sie konnte nur mit Mühe verhindern, dass das heftige Schaukeln des Wagens sie entweder nach rechts gegen die Beifahrertür oder nach links gegen die Schulter von Marlies Röggen warf. Draußen schlugen Büsche und niedrig hängende Äste mit unschönen Peitsch- und Kratzgeräuschen gegen Fenster und Karosserie, unterbrochen nur vom blechernen Knallen unterschiedlich großer Steine, die die Reifen in die Radhäuser katapultierten, wie Querschläger bei einer Schießerei.

»Ich wäre schon froh, wenn ich das eine oder andere Schlagloch sehen würde«, ächzte Röggen und verzog unter ihrer Sonnenbrille das Gesicht, als der Wagen durch die nächste kaum auszumachende Untiefe im Weg rumpelte. Auch Röggen hatte ihre Sonnenblende heruntergeklappt. Das Fahren schien das aber eher zu komplizieren statt zu vereinfachen. Dank der kräftigen Morgensonne über ihnen und dem Schatten des dichten Fichtenwaldes zu ihrer Linken wechselten die Sichtverhältnisse ständig zwischen gleißend hell und stockdunkel.

Die beiden krochen einen ungepflegten Forstweg entlang, der vermutlich einem Waldbauern als selten genutzter Zugang zu seinen Holzvorräten diente. Inka hatte die Adresse von Bernd Groschek, bzw. Gerd Grammer noch gestern Abend auf dem Satellitenbild einer Internetsuchmaschine betrachtet. Dabei war ihr zwar schnell klargeworden, dass das alte Bauernhaus recht abgelegen war, nicht aber, dass sie für den Weg dorthin besser einen Trecker beantragt hätten. Anscheinend war der letzte Überflug des Satelliten schon einige Jährchen her.

Wieder ein Rumpeln. Inkas Kopf flog unsanft vor die Scheibe.

»Tschuldigung«, rief Röggen gegen den Schlaglärm der Äste und Steine.

»Keine Sorge«, meinte Inka. »Blaue Flecken kann ich ab, und meine Frisur ist eh hin.«

Zumindest fühlte sich Inka so. Sie hatte ihre Morgentoilette auf dem Campingplatz so kurz wie irgend möglich gehalten. Das Föhnen ihrer Haare eingeschlossen. Schon die Tatsache, dass sie mit ihrem Kulturbeutel ungewaschen und verschlafen in Jogginganzug und Badeschlappen über den halben Platz latschen musste, war eine Zumutung gewesen. Zwar hatten sich die sanitären Anlagen schon gestern Abend als die saubersten herausgestellt, die Inka je gesehen hatte. Doch dafür durfte sie ihre intimsten Momente des Tages akustisch mit einem halben Dutzend anderer Frauen teilen. Frauen, denen das wenig bis gar nichts auszumachen schien. Im Gegenteil. Inka hatte sogar das Gefühl, es gäbe für ihre Campergenossinnen weder Schamgrenzen noch etwas Wichtigeres, als ihre Wasch- und Toilettengeräusche zusammen mit dem neuesten Tratsch über alle Kabinenwände hinauszuposaunen. Das Resultat: Wofür Inka sich zu Hause eine gute halbe Stunde gönnte, hatte sie auf dem Campingplatz in zehn Minuten geschafft. Allerdings zum Preis einer Frisur mit einem gewissen Eigenleben.

Wieder warf sie ein Schlagloch unsanft gegen die Scheibe. Inka fluchte unhörbar.

»Die gute Nachricht ist, wir haben es gleich geschafft.«

Röggen deutete nach vorne. Staubige Lichtstreifen fielen durch die Fichtenreihen, wie Vorhänge aus Nordlichtern. Dahinter öffnete sich plötzlich der Weg vor den beiden Frauen und gab den Blick auf eine wildbewachsene Lichtung frei.

»Die schlechte Nachricht ist, wir müssen auch irgendwie wieder zurück«, entgegnete Inka, war aber erleichtert, als Röggen den Wagen auf die deutlich weniger zerfurchte Lichtung lenkte.

Große Farne, Büsche und Gräser bedeckten den Rand einer Ebene etwa von der Größe eine halben Fußballfeldes. Der Boden war hier fast schwarz und deutlich weicher als auf dem Forstweg. Inka erkannte frische Reifenspuren mit grobem, geländegängigem Profil. Porbeck war also vermutlich schon da. Und hatte anscheinend das Glück einer komfortableren Anreise gehabt. Wie zum Beweis hielt Röggen hinter der offen stehenden Hecktür eines SUVs. Darunter legte Porbeck gerade seinen Ausrüstungstanz hin. In seinem noch geöffneten Tatortoverall balancierte er ungelenk auf einem Bein, während er mit dem zweiten in einen Gummistiefel schlüpfte. Er winkte den Frauen linkisch zu. Inka und Röggen stiegen aus.

»Morgen zusammen«, sagte Porbeck und beendete seine Stiefelaktion.

Inka sah sich um. Gleich neben den beiden Fahrzeugen trennte ein alter Weidezaun etwa ein Viertel der Lichtung von einer leicht abschüssigen Wiese, die irgendwo weiter unten in einer Talsenke in einen Laubwald mündete. Dahinter reihten sich grüne Hügel in unterschiedlichen Farbschattierungen bis zum strahlend blauen Horizont. Den Rest der Lichtung umschloss der dunkle Fichtenwald. Umso unwirklicher wirkte das, was die Ermittler in ihrer Mitte sahen. Eine wilde Ansammlung von üppig bewachsenen, kräftig grünen Sträuchern, niedrigen Laubbäumen und riesigen Farnen leuchtete im morgendlichen Zwielicht wie eine Regenwaldinsel in einem schwarzen Meer.

»Könnte direkt aus Dornröschen stammen«, meinte Röggen treffend.

»Mit dem Unterschied, dass die in einem Schloss geschlafen hat, nicht in einer Ruine«, entgegnete Inka und deutete auf die grüne Insel.

Hinter dem Dickicht aus Blatt- und Astwerk erhob sich ein dunkel verschieferter Schornstein, der aus einem düsteren, verwitterten Dachgiebel ragte. Dachziegel und Schieferplatten waren mit einem dunkelgrünen Moosfilm überzogen, teilweise waren die Platten verrutscht oder fehlten gänzlich. Unter dem Dach erkannte man durch den Wildwuchs Ausschnitte einer ehemals vermutlich weißen Fachwerkfassade, die nun grau und grünlich vor sich hin rottete. Schwarze Schmutzschlieren liefen seitlich an den Bänken der kleinen, schiefen Fenster hinab und erinnerten Inka an die verheulten Mascaraaugen einer verlassenen Kirmesschönheit.

»Ist es das?«, fragte Inka, und machte sich mit Röggen auf den Weg zum Kofferraum.

»Ich nehme es an«, meinte Porbeck und schnappte sich zwei metallene Ausrüstungskoffer, bevor er seine Heckklappe zuschlug und sein Fahrzeug abschloss. »Ich bin auch gerade erst angekommen.«

»Nach gepflegtem Landsitz sieht es jedenfalls nicht aus«, sagte Inka und legte mit Röggen ebenfalls ihre Tatortkleidung an.

»Und es würde erklären, warum Groschek oder Grammer lieber in seiner Dienstwohnung wohnte«, meinte Röggen.

Wenige Minuten später schritten drei weiße Gestalten mit Kapuzen und Gummistiefeln auf den verwitterten Bau zu. Aus der Ferne mussten sie aussehen wie eine Gruppe Schädlingsbekämpfer auf dem Weg zum Auftrag ihres Lebens, dachte Inka. Die Ermittler bahnten sich wortlos einen Weg durch den Wildwuchs im Vorgarten und standen schließlich vor dem Eingang des verlassenen Hauses. Aus der Nähe wirkte dessen Zustand noch verwahrloster. Das hölzerne Fachwerkgerippe wirkte schwammig und verwittert unter seiner Last, die Wände waren übersät mit Rissen und beängstigend großen Löchern im Putz, unter denen man darunterliegende Wandschichten erkennen konnte. Kleine, ehemals weiße, windschiefe Sprossenfenster starrten blind aus verwitterten Rahmen. Inka fröstelte. Es schien, als wäre die Außentemperatur in der Nähe des Hauses mindestens um zehn Grad gefallen.

»Bis gerade eben dachte ich noch, das ist ein Sanierungsfall«, meinte Porbeck unsicher. »Jetzt bin ich mir nicht sicher, ob das nicht einsturzgefährdet ist.«

»Für eine statische Prüfung haben wir leider keine Zeit«, sagte Inka. »Ich schlage vor, wir sind vorsichtig, fassen so wenig wie möglich an und bleiben in Sichtkontakt. Außerdem ...« Sie ließ den Satz unvollendet und hob eine weiße Mundschutzmaske.

»Wenn das schon von außen nach Schimmel riecht, will ich gar nicht wissen, welche Sporen da drin auf uns warten.« Sie legte die Maske an. Röggen und Porbeck folgten ihrem Beispiel. Dann traten die Ermittler an die Haustür, neben der ein verrosteter Briefkasten an nur noch einer Schraube hing. Ein Name war darauf nicht zu erkennen, dafür quollen aufgeweichte graue Werbeprospekte aus seinem Inneren. Inkas Blick fiel auf das Datum eines Werbeblattes mit dem Angebot eines Autohauses.

»Gültig bis März 2013«, las sie. »Würde mich nicht wundern, wenn seitdem niemand mehr hier gewesen wäre.«

»Fragt sich nur, wie das zur Haustür passt«, meinte Röggen. Inka sah, was sie meinte. Das weiß lackierte Holz der sprossenbewährten Tür war lediglich oberflächlich verschmutzt, nicht rissig und verwittert wie die Fensterrahmen. Auch der Rahmen, in dem sie sauber verarbeitet stand, machte einen deutlich besseren Eindruck als der Rest des Hauses. Porbeck untersuchte sie eingehender.

»Die ist relativ neu.« Er deutete auf das Türschloss. »Und es gibt

Spuren von unsachgemäßem Gebrauch. Da hat jemand versucht, sich Zutritt zu verschaffen.«

»Das ist dann wohl mein Stichwort«, meinte Röggen und reichte Inka einen transparenten Beutel für Beweismittel. Darin lag der Schlüsselbund, den sie mit Inka zusammen in der Kassette in der Dienstwohnung von Bernd Groschek gefunden hatte. Inka zog den Bund heraus und schnappte sich den mittleren Schlüssel. »Wenn einer in Frage kommt, dann wohl der.« Sie schob ihn ohne Probleme ins Schloss.

»Das nennt man dann wohl sachgemäßen Gebrauch.« Sie drehte den Schlüssel. Ein sattes Klicken ertönte. Im selben Moment bemerkte Inka, wie die Tür erstaunlich leise und sanft aufschwang. Die drei Ermittler blickten in einen dunklen, niedrigen und völlig leergeräumten Flur. Einige Meter weiter in seinem Inneren verloren sich die Stufen einer engen, steilen Holztreppe in der Dunkelheit des Obergeschosses. Plötzlich ertönte ein diffuses Rascheln aus unterschiedlichen Richtungen aus dem Inneren des Hauses. Gefolgt vom Poltern kleinerer Gegenstände.

»Ratten?«, fragte Röggen wenig begeistert.

»Hoffen wir, dass es nichts Schlimmeres ist«, sagte Inka. »Und, dass das Haus nicht von seiner Tür aufrecht gehalten wird.«

Die Ermittler schalteten ihre Taschenlampen ein und traten vorsichtig in den leeren Flur.

Drinnen empfing sie eine überwältigende Welle feuchten, abgestandenen Modergeruchs gepaart mit einer scharfen Note, die Inka sogar durch ihren Mundschutz als Schimmel identifizierte.

»Kein Strom.« Porbeck betätigte mehrmals vernehmbar einen Lichtschalter neben der Eingangstür. Die Lichtstrahlen der Taschenlampen huschten umher. Die Ermittler sahen sich schweigend um. Ein typisches Fachwerkhaus. Niedrige Zimmerdecken, kleine Räume. Allerdings verrieten unsauber gearbeitete Putzstellen an den Wänden und unorthodoxe elektrische Installationen, dass dieses Haus nicht mehr in seinem Originalzustand war, sondern irgendwann eine wenig fachmännisch ausgeführte Renovierung über sich hatte ergehen lassen müssen. Aber auch das war augenscheinlich lange her. Der Zustand von Wänden, Decken, Fußböden im Inneren war ähnlich verwahrlost wie der der äußeren Gebäudeteile. Die drei sahen sich an.

»Okay«, sagte Inka, »teilen wir uns auf. Marlies, übernimmst du das Obergeschoss? Ich fange hier unten an. Herr Porbeck, Sie machen Ihre Ausrüstung startklar. Das ganze Programm.« Die beiden nickten und verschwanden. Inka hörte Röggens Knarzen auf den alten Treppendielen, während sie sich nach links in die ehemalige Wohnstube wandte. Auch dieser Raum war leergeräumt. Im Schein ihrer Taschenlampe erkannte Inka herunterhängende Tapetenfetzen von Wänden und der Decke und zum Teil zerbrochene Bodendielen. Sie betrachtete die Bruch- bzw. Abrissstellen, und ihr war sofort klar, dass die Zerstörung kein Resultat von Zerfall, sondern von Gewalteinwirkung war. Sie ließ die Taschenlampe weiter durch den Raum wandern und entdeckte eine mögliche Erklärung. Genau hinter ihr lagen verkohlte Holzreste auf dem Boden. Daneben Scherben von Bierflaschen, aber das Auffälligste waren zwei große, schwarze, offenbar mit den Feuerresten gezeichnete Symbole an der Wand. Inka erkannte ein auf dem Kopf stehendes Christuskreuz und etwas, das aussah wie ein handschriftliches kleines »t«, mit dem unten rechts angehängten Bauch des handschriftlich geschriebenen Buchstaben »h«. Inka hörte Porbeck neben sich in den Flur treten.

»Herr Porbeck?«, rief Inka. »Können Sie damit etwas anfangen?«

Porbeck kam in die Stube.

»Das ist ein *Kreuz des Südens*, oder?«, fragte Inka und ließ ihren Lichtkegel über das umgedrehte Christuskreuz fahren.

Porbeck nickte.

»Es symbolisiert die Abneigung oder die Verspottung des christlichen Glaubens«, erklärte er.

»Und das?«, fragte Inka und fuhr mit dem Lichtkegel auf das zweite Symbol.

»Das sogenannte *Saturnzeichen*«, erklärte Porbeck sichtlich unwohl und benutzte nun seinen Lichtkegel wie einen Zeigestift. »Das obere Symbol ist kein Buchstabe, sondern auch das stilisierte Christuskreuz. Und die bauchige Auswölbung an ihrem unteren Ende stellt eine Sichel dar, die das Kreuz abschneidet.«

»Also auch ein Symbol für Christenfeindlichkeit?«

»Und für *Meister Saturn*, den Beherrscher allen dunklen Wissens. Das Symbol wird aber auch in der Astrologie verwendet.«

Porbeck richtete seinen Strahl auf die Feuerreste.

»Ist das mit Asche gezeichnet?«, fragte er.

»Sieht so aus. Wieso?«

Porbeck ließ seinen Lichtkegel weiter über den staubigen Holzboden gleiten. In seinem Schein erkannte Inka weitere Aschespuren, die sich durch den ganzen Raum zogen.

»Deswegen«, meinte Porbeck trocken.

Auch Inka richtete ihren Strahl auf den Boden. Erst jetzt fiel ihr auf, dass das, was sie als Feuerstelle identifiziert hatte, tatsächlich nur Teil eines viel größeren Zeichens war. Unter dem Dreck, dem Staub und der Feuchtigkeit des Holzbodens zeichneten sich weitere Aschelinien ab und komplettierten sich zu einem großen Symbol, das die gesamte Fläche des Raumes einzunehmen schien. Inka und Porbeck standen in der Mitte eines Aschekreises von etwa zwei Metern Durchmesser auf einem Liniengitter in seinem Inneren. Fast erschrocken trat Inka einen Schritt zurück. Porbeck folgte ihr zur Tür. Von dort sahen sie im Licht ihrer Taschenlampen gemeinsam auf das, was vor ihnen lag. Ein Kreis mit einem auf dem Kopf stehenden Stern in der Mitte, dessen Spitze auf Inka und Porbeck wies.

»Ein umgekehrtes Pentagramm«, erklärte Porbeck. »Die beiden obenstehenden Zacken symbolisieren Ziegenkopf-Hörner. Das Zeichen für den Teufel.«

»Sagen Sie nicht, wir haben es mit Satanisten zu tun?«

Porbeck sah sie in der Dunkelheit an.

»Ein Mord mit einem Holzpflock, zwei schwarzgefärbte Haare am Tatort …« Er ließ den Satz unbeendet. »Okay, wir setzen das später mal zusammen. Bitte alles fotografieren.« Inka deutete vage in die ehemalige Wohnstube und wandte sich zum Flur. »Ich sehe mich weiter um.«

Unter dem Blitzen und Klicken von Porbecks Kamera öffnete Inka eine zweite Tür, die der der Stube gegenüberlag. Eine Toilette. Oder besser, das, was von ihr übrig war. Inka erkannte die Reste eines verdreckten, ehemals gelben Fliesenspiegels. Ein winziges abgerissenes Waschbecken lag auf dem Boden vor einer zerstörten Toilettenschüssel ohne Deckel. Die letzten Glieder einer verrosteten abgerissenen Kette führten zu einem Spülkasten unter der Decke.

Inka wandte sich ab und ging den Flur weiter in Richtung der hinteren Gebäudeteile. Als sie die Treppe passierte, hörte sie Schritte von oben und hielt inne. Röggen kam im Schein ihrer Taschenlampe unter lautem Knarzen der Stufen von oben herunter.

»Oben ist nichts Auffälliges«, sagte sie. »Zwei Schlafräume, ein Bad. Alles verwahrlost und leer. Nur das hier habe ich gefunden.«

Inka sah, dass sie einen transparenten Beweismittelbeutel in ihrer behandschuhten Hand hochhielt. Darin erkannte sie die vergilbten Überreste eines abgerissenen Notizzettels.

»Eine handschriftliche Notiz. Hatte sich neben einem ehemaligen Telefonanschluss hinter der Fußbodenleiste verfangen.«

Inka richtete ihre Taschenlampe auf die Zeichen auf dem Zettel.

»*Freitag*, und darunter eine Nummernfolge: 0237... Danach reißt es ab. Könnte ein Datum oder der Anfang einer Telefonnummer sein«, murmelte sie und sah Röggen an. Die hielt ihr Handy hoch und las von ihrem erleuchteten Display ab.

»Ich habe schon mal nachgesehen. Falls 0237 eine Vorwahl ist, könnte es Iserlohn, Hemer, Menden, Balve, Wickede und Fröndenberg sein. Oder Teile davon.«

»Auf jeden Fall alles im Sauerland«, meinte Inka und gab Röggen den Beutel zurück. »Gut, das kann alles Mögliche bedeuten, aber wir nehmen es mal zu den Unterlagen.«

Röggen steckte den Beutel ein und folgte Inka durch eine Tür am Kopfende des Flures. Die beiden Frauen traten in einen weiteren Raum mit einem großen, mehrflügeligen Fenster. Dessen verschlossene, windschiefe Schlagläden ließen Streifen von Sonnenlicht hereinfallen, die im Staub des Raumes eine gleißende Wand aus Licht bildeten. Inka und Röggen blinzelten. »Riechst du das auch?«, fragte Inka.

»Das ist nicht nur Schimmel. Es riecht irgendwie ...«, sie suchte nach dem passenden Vergleich. »Nach Müllkippe.«

»Vielleicht kommt es aus der Küche.« Inka deutete nach links, wo die beiden Frauen durch eine weitere Tür in eine verlassene Küche sahen. Auch hier war alles leergeräumt. Nackte Wände, ein vergilbter einsamer Fliesenspiegel im Dekor der achtziger Jahre, notdürftig versiegelte Wasser- und Elektroanschlüsse. Schwarze Rahmen aus verschmiertem Staub an den Wänden zeigten, dass hier irgendwann einmal eine Einbauküche gestanden haben musste. Inka schnupperte durch ihre Maske.

»Nee. Von hier kommt das auch nicht«, meinte sie und wandte sich wieder dem größeren Raum zu. »Eher von da.«

Sie deutete auf den Bereich hinter der gleißenden Wand aus Sonnenlicht. Die beiden Frauen gingen langsam darauf zu, durchbrachen die Barriere aus wärmenden Strahlen und richteten ihre

Taschenlampen erstaunt auf den Berg, der sich vor ihnen auftürmte.

»Scheiße«, entglitt es Inka.

Die Lichtkegel der beiden Frauen wanderten über eine wahllos gestapelte Ansammlung von zerstörten Möbeln, halb verrottetem Hausrat und feuchtem Abfall. Tische, Türen, Schränke, Regale, aber auch uralte Elektrogeräte, verrostete Metallteile, zerkratzte Armaturen, Bauschrott, Gartenabfälle und alle Arten von häuslichem Müll stapelten sich chaotisch zu einer einzigen, riesigen Müllhalde. Wieder stiegen etliche Fliegen erbost brummend auf, und wieder hörte man panisches Huschen von Kleingetier irgendwo tief unter dem Stapel. Die Frauen zogen sich die Kapuzen tiefer ins Gesicht und waren froh, einen Mundschutz zu tragen.

»Jetzt wissen wir zumindest, wo der ganze Hausrat steckt«, meinte Röggen trocken. Der Müllberg erstreckte sich über die gesamte Breite und Höhe des Raumes. Wie tief er war, konnte Inka nur schätzen, weil die Wand an dessen Ende irgendwo im Dunkel lag und komplett von Müll verdeckt war.

»Herr Por ...«, setzte Inka zu einem Ruf an. Doch als sie sich umwandte, sah sie den Forensiker bereits neben sich stehen.

»Schon da«, sagte er und betrachtete die Stapel mit ähnlich großen Augen wie seine beiden Kolleginnen. »Eine Müllkippe mitten in der guten Stube?«

»Vielleicht wollte unser Opfer einfach das Geld für die Entsorgung sparen«, spekulierte Röggen. »Das Haus hier hätte er jedenfalls ohnehin nicht mehr verkaufen können.«

»Möglich«, meinte Porbeck nachdenklich. »Wenn das wirklich Groschek war und nicht irgendwelche illegalen Entsorger oder Eindringlinge, wie die Satanisten.« Er trat näher an den Haufen. Inka erzählte Marlies Röggen von ihrem Fund in der Stube neben dem Flur.

»Vielleicht hat es aber auch einen ganz anderen Grund«, meinte Inka. Sie leuchtete auf den Boden etwa einen Meter rechts von ihr, kniete nieder und fuhr mit der Hand über die abgenutzten Holzleisten.

»Seht ihr das?«, fragte sie und leuchtete einen Bereich unmittelbar vor dem Stapel ab. »Hier ist der Boden deutlich abgenutzter als auf der umgebenden Fläche.«

Sie ließ ihren Lichtstrahl zu der Stelle wandern, wo der abgenutzte Boden unter dem Stapel verschwand. Eine alte verkratzte Holztür lag schräg darauf, wie die Luke zu einem alten Vorratskeller.

»Ich sehe mal nach«, meinte Porbeck, ging auf die Tür zu und rüttelte vorsichtig daran. Nichts passierte. Dann griff Porbeck nach der Türklinke und zog daran. Viel zu kräftig. Denn plötzlich schwang sie überraschend leichtgängig in seine Richtung auf und landete krachend auf dem Boden! Porbeck ließ sie erschrocken los, taumelte ungelenk drei Schritte zurück und landete auf seinem Rücken wie ein hilfloses Insekt.

»Verdammt«, fluchte er.

»Haben Sie sich verletzt?« Inka war sofort bei ihm und half ihm auf.

»Ich glaube, nicht. Danke«, sagte er leicht beschämt. Er klopfte sich seinen Overall ab und folgte Inka zurück zum Haufen. Röggen stand davor und leuchtete ungläubig an die Stelle, die die Tür eben noch verdeckt hatte.

»Es gibt sicher einige Gründe für einen Sperrmüllhaufen in einer Ruine«, meine sie. »Aber nicht für einen begehbaren Sperrmüllhaufen. Da ist so etwas wie ein Tunnel.«

Inka und Porbeck folgten ihrem Blick in das Innere des Müllhaufens. Akkurat durch geschickt gestapelte Holzpaletten gesichert, tat sich ein enger, niedriger Tunnel vor den Polizisten auf und verschwand zwischen Tischbeinen, einer alten Badewanne und unzähligen Zeitschriftenstapeln irgendwo in der Tiefe des Müllberges.

»Wozu?«, fragte Röggen ebenso ungläubig wie treffend.

»Sicher nicht als Abenteuerspielplatz ...«, überlegte Porbeck.

»Eher als eine Art Versteck«, beendete Inka den Gedanken und löste sich als Erste von dem unerwarteten Anblick.

»Wer kommt schon darauf, dass sich unter dem Müll irgendwas verbergen könnte? Ich schlage vor, einer begleitet mich und einer sichert ab, falls wir Hilfe von außen brauchen.«

»Du willst da reinklettern?«, fragte Röggen entsetzt.

»Angst vor Mäusen?«, fragte Inka zurück.

Aber Röggen war augenscheinlich nicht nach Scherzen zumute.

»Nein, Klaustrophobie«, meinte sie ehrlich und ließ Inka kurz innehalten. Sie hatte gerade den ersten kleinen Makel an dieser ansonsten perfekten Frau gefunden. Doch statt mit Schadenfreude erfüllte Inka das eher mit Respekt. Marlies Röggen hatte es offen zugegeben, statt womöglich sich und einen Kollegen in Gefahr zu bringen. Inka fand, dass sie das menschlich machte. Und noch sympathischer.

»Kein Problem«, sagte sie und sah Porbeck an. »Sieht aus, als würden wir gehen.« Porbeck gab Röggen seine Kameraausrüstung.

»Aber nicht ohne Sicherungsseil«, meinte er und verschwand in Richtung seines Ausrüstungskoffers.

Zwei Minuten später hatte Röggen Porbeck und Inka zu einer Miniseilschaft verknotet und hielt das Ende eines etwa fünf Meter langen Seiles in der Hand. Porbeck kniete vor dem düster drohenden Tunneleingang.

»Okay. Falls es kracht, einfach ziehen«, meinte er und warf einen letzten Blick in die Runde, dann ließ er sich auf Hände und Knie nieder und verschwand ächzend im Tunnel. Inka folgte ihm unter dem besorgten Blick von Röggen.

Die beiden krochen keuchend Zentimeter für Zentimeter durch den finsteren Berg aus Abfall. Der Tunnel schien zwar mit Paletten sauber ausgebaut, war aber gerade hoch genug, dass Porbeck mit eingezogenen Schultern hindurchpasste. Inka schätzte die Breite des Tunnels auf maximal 60 Zentimeter. Es war eng. Sehr eng. Und stickig. Der nun durchdringende Gestank des Abfalls um sie herum mischte sich mit aufgestauter Wärme und ließ die Ermittler sofort ins Schwitzen geraten. Eine merkwürdige Stille schloss sie ein. Als hätte jemand einen imaginären Lautstärkeregler heruntergedreht. Der Müllberg um sie herum schien jedes Ächzen, jeden Rutschlaut auf dem Holzboden dumpf in sich aufzusaugen.

Plötzlich rumpelte Holz auf Metall irgendwo über ihnen. Die Ermittler hielten erschrocken inne. Inka beschlich ein tiefes Unbehagen. Vielleicht war es doch keine so gute Idee gewesen, hier hineinzukriechen. Anders als in einer Höhle machten die Wände alles andere als einen massiven Eindruck. Im Gegenteil. Sie waren durchlässig. Allerdings nicht für Licht von außen. Auch Inkas Taschenlampe warf nur düstere unheimliche Schatten in die Löcher, Höhlen und Zwischenräume des unwirklichen Schachtes. Wer wusste schon, was dahinter lauerte und sie womöglich angriff. Porbeck kroch weiter. Inka folgte ihm. Nicht ohne sich unwohl zu allen Seiten umzusehen. Nach gefühlt einigen Metern hielt der Forensiker vor ihr plötzlich inne.

»Was ist los?«, fragte Inka.

»Wir sind da«, ächzte er und stand zu Inkas Überraschung auf.

»Wo?«, fragte Inka ratlos und kroch ihm nach. Sie sah, wie der Tunnel sich vor ihr zu einer Art Kammer öffnete, die in etwa die Ausmaße einer Telefonzelle hatte, wie sie vor etlichen Jahren noch an jeder Straßenecke gestanden hatten. Inka und Porbeck mussten sich zwar eng aneinanderdrängen, aber immerhin konnten beide aufrecht stehen. Atemlos ließen sie ihre Taschenlampen kreisen. Müll umgab sie. Nicht einmal über ihnen war die Zimmerdecke zu erkennen. Inka fehlte jegliche Orientierung.

»Marlies, kannst du uns irgendwo sehen?«, rief sie in den Raum.

»Euch nicht, aber das Licht der Taschenlampen schimmert leicht durch den Haufen«, kam es dumpf durch den Abfall zurück.

»Kannst du ungefähr sagen in welcher Entfernung?«

»Fünf Meter vielleicht. Geradeaus. Habt ihr was gefunden?«

»Ja, eine Art Kammer.« Inkas Taschenlampenschein fiel auf einen großen glatten Gegenstand hinter Porbeck. Sie schob den Forensiker vorsichtig zur Seite.

»Und noch eine Tür!«, rief sie. Porbeck wandte sich überrascht um und musterte mit Inka eine massive Eichentür, die aus dem Sperrmüll hinter ihm hervorstach.

»Die sieht ja fast neu aus«, bemerkte er und fuhr mit der Hand über die glatte hölzerne Oberfläche.

»Wie die Haustür«, meinte Inka. »Aber sie hat keine Klinke. Nur ein Schloss.« Inka ging vorsichtig in die Hocke, um es zu untersuchen. »Ein etwas seltsames Schloss.«

Inka richtete ihre Taschenlampe auf eine metallen ummantelte Öffnung. Offenbar der Schließzylinder mit einer runden Öffnung am oberen Ende, die sich rechteckig nach unten fortsetzte. Doch anders als bei einem normalen Schloss ging eine weitere rechteckige Öffnung im Neunzig-Grad-Winkel von der runden oberen Öffnung nach rechts ab.

Inka schilderte Marlies, was sie sah, und bekam prompt ihre Antwort.

»Ich bin ja kein Experte, aber es würde mich nicht wundern, wenn ihr den Schlüssel dabeihättet«, meinte sie.

»Klar. Der Durchsteckschlüssel«, sagte Inka. »So ist sichergestellt, dass die Tür immer abgeschlossen ist.«

»Dann bin ich mal gespannt, was so einen Aufwand rechtfertigt«, meinte Porbeck mit unwohlem Blick auf den Müllstapel.

»Wir werden's gleich wissen.«

Inka richtete sich wieder auf und kramte umständlich den Beutel mit den Schlüsseln unter ihrem Overall hervor. Sie zog den Durchsteckschlüssel heraus und führte ihn in den Schließzylinder ein.

»Passt«, sagte sie aufgeregt und sah Porbeck an. »Bereit?«

»So bereit, wie man mit zwei Personen auf zwei Quadratmetern sein kann.«

Inka drehte den Schlüssel im Schloss. Ein sattes Schnappgeräusch ertönte. Die Tür sprang einen kleinen Spalt nach außen auf. Ein schwacher Lichtstrahl fiel in die Müllkammer. Mit ihm machte sich ein bestialischer Gestank breit und ließ Inka und Porbeck den Atem anhalten.

»Jetzt wissen wir auch, wo der Gestank herkommt«, meinte Inka stöhnend. Porbeck nickte. Ihm schien der Geruch weniger auszumachen.

»Ich hatte mich schon gewundert«, meinte er. »Irgendwie passte der Müllkippengeruch nicht ganz zu dem, was hier so herumliegt. Es sind deutlich zu wenig verrottbare Abfälle in dem Haufen.«

Inka stieß die Tür vorsichtig weiter auf. Mit dem Gestank rollte jetzt eine warme Welle von Feuchtigkeit über die beiden Ermittler, als stiegen sie auf dem Flughafen einer Regenwaldinsel aus einem klimatisierten Flugzeug. Porbeck schnupperte unter seinem Mundschutz.

»Aber das ist definitiv nichts Verwesendes oder Sterbendes«, meinte er nachdenklich und schien schon eine Ahnung zu haben. »Eher etwas Lebendiges, Wachsendes.«

Inka trat vorsichtig in den Raum, der sich dahinter öffnete.

Die Ermittler sahen einen kleinen Holzschuppen mit groben Holzlatten an den Wänden, die offenbar jemand zusätzlich mit

Styroporplatten isoliert hatte. Durch kleine Spalten blinzelte Sonnenlicht. Staub tanzte in den Strahlen. Unter die Feuchtigkeit und den Gestank mischte sich ein erdiger Geruch.

Inka und Porbeck ließen ihre Taschenlampen über einen Gang zwischen zwei Regalreihen wandern.

»Was ist das?«, fragte Inka.

»Regale«, sagte Porbeck und wandte sich der Reihe zu seiner Linken zu, während Inka an die rechte trat.

»Schon klar. Ich meinte in den Regalen«, verbesserte sich Inka. Im Schein ihrer Taschenlampe erkannte sie große, flache, weißwandige Kunststoffschalen. In jeder einzelnen lag eine körnige, dunkelbraune Masse in transparenten, bauchigen Plastikbeuteln. Inka sah, dass in dem Beutel kleine graue, für sie undefinierbare Pflanzen sprossen.

»Stehen wir gerade in einer Art Treibhaus?«

Porbeck nickte.

»In einem primitiven, aber sehr effizienten.« Er zog eine der Schalen aus seinem Regal und entnahm ihr einen Beutel, der mit dem von Inkas Seite identisch schien.

»Das sind sogenannte *Growkits*«, meinte Porbeck. »Oder auch *Mushbags*. Zuchtbeutel auf Deutsch.« In Inkas Taschenlampenschein deutete er auf die dunkelbraune Masse in seinem Inneren.

»Ich vermute mit sterilisiertem Roggen und vermutlich Perlit und Vermiculit. Das erlaubt steriles Arbeiten an einem nicht sterilen Ort wie diesem. Gar nicht so dumm.« Er hielt den Beutel hoch und betrachtete ihn fasziniert.

»Gibt's die Ansage auch für Nichtbiologen?«, fragte Inka.

»Diese Zuchtbeutel haben einen sogenannten mikroporösen Filternabel. Damit erreicht man freien Gasaustausch bei konstanter Feuchtigkeit im Inneren des Beutels. Statt täglich muss man den Beutel nur ein einziges Mal bewässern. Und hat die perfekten Wachstumsbedingungen.«

»Wofür?«, fragte Inka ungeduldig.
»Pilze.«
Inka war irritiert.
»Unser Mordopfer stapelt einen Biberbau aus Müll in seinem Esszimmer, um dahinter seine Steinpilzzucht zu verstecken?«
»Keine Steinpilze«, sagte Porbeck und deutete auf unzählige kleine, gräuliche Sprösslinge, die sich wie ein Teppich auf dem bräunlichen Untergrund ausbreiteten. »Magische Pilze. Magic Mushrooms.«

ER   Dienstag, 11:10 Uhr

Was genau *Quarantäne* bedeutete, wusste er noch immer nicht genau. Aber er vermutete, dass es ein anderes Wort für *Gefängnis* sein musste. Seit acht Tagen, seit die Männer seinen Papa im Krankenwagen mitgenommen hatten, durften er und seine Mutter das Haus nicht mehr verlassen. Andererseits war es natürlich besser, zu Hause eingesperrt zu sein als in dem Krankenhaus in Meschede, in dem sie die erste Nacht verbracht hatten. Auf der Isolierstation. Umgeben von vermummten Ärzten, Krankenschwestern und Polizisten. Warum, hatte ihm in der Hektik niemand gesagt. Weshalb er annahm, dass etwas ganz Schlimmes passiert sein musste. Er war so voller Sorge um seinen Papa gewesen und so voller Angst wegen all der vermummten Menschen, dass er gar nicht mehr wusste, welche Untersuchungen er und seine Mutter über sich hatten ergehen lassen müssen. Er wusste nur noch, dass man sie am nächsten Tag mit einem Krankenwagen wieder nach Hause gefahren hatte. Doch seitdem durften sie niemanden mehr besuchen, und niemand hatte sie mehr besucht.

Außer Dr. Martin. Der kam jeden Tag einmal und untersuchte ihn und seine Mutter. Er hatte Dr. Martin nach dem Grund gefragt. Doch der hatte wieder nur unverständliche Wörter benutzt wie *Inkubationszeit*, *Krankheitssymptome* und *Antibiotikum*.

Aber noch andere Männer hatten sie besucht. *Seuchenbekämpfer* hatten sie sich genannt. Und sie waren auch vermummt gewesen. Und sie hatten ihn und seine Mutter dazu gezwungen, fast einen ganzen Tag lang darüber nachzudenken, wo genau sie in den Tagen davor gewesen waren, wen sie dabei getroffen und wen sie vielleicht sogar angefasst hatten. Seine Mutter hatte alle Namen und Orte auf eine Liste geschrieben. Danach waren die Männer verschwunden, und es war still im Haus geworden. Wie in den langen Wochen vor Weihnachten. Und wie vor Weihnachten war sein Papa wieder krank geworden. *Pocken* hieß die Krankheit, hatte man ihm gesagt. Obwohl er jeden Tag gebetet und dem lieben Gott sogar seine Dienste als Messdiener versprochen hatte, hatte der ihn nicht erhört.

Eines Abends hatte seine Mutter ihn zu Bett gebracht und bemerkt, dass er ohne Umweg direkt unter seine Decke geschlüpft war.

»Betest du nicht mehr?«, hatte sie ihn gefragt.

»Wozu?«, hatte er geantwortet. »Es bringt doch nichts. Wochenlang habe ich gebetet. Jeden Abend. Damit Papa gesund wird. Und was macht der liebe Gott? Lässt Papa noch kränker werden.«

Seine Mutter hatte besorgt zu seinem Messdienergewand gesehen, das noch immer unangetastet auf dem Kleiderbügel an seinem Schrank hing.

»Und dein Versprechen, dass du Messdiener werden willst?«, hatte sie gefragt.

»Wenn der liebe Gott seine Versprechen nicht hält, brauche ich meine auch nicht zu halten«, hatte er wütend gesagt und sich umgedreht.

Im Nachhinein wusste er, dass seine Mutter ihn zum Beten hätte zwingen können. Und er wusste auch, dass einige der Mütter seiner Freunde genau das taten. Aber seine Mutter hatte nur leise ausgeatmet, sein Haar gestreichelt und ihm einen liebevollen Gutenachtkuss gegeben.

»Ihr werdet schon einen Weg zueinander finden«, hatte sie gesagt. »Du und der liebe Gott.«

Trotzdem konnte und wollte er nicht mehr beten. Sein Papa würde auch so wieder gesund werden, schließlich bekam er ja etwas, was vielleicht noch viel besser half als Gebete. Dieses Antibiotikum, von dem Dr. Martin immer sprach.

Und zur Ablenkung hatte er sein Radio. Doch das unterbrach die schöne Musik in den folgenden Tagen immer wieder für Nachrichten. Nachrichten, die er nie verstand, weil der Sprecher sie so schnell vorlas. Seine Mutter hatte ihm erklärt, was passiert war. In den letzten acht Tagen hatte sich Angst über das gesamte Sauerland gelegt. Viele Eltern schickten ihre Kinder nicht mehr in die Kindergärten und die Schulen, Hausfrauen gingen nicht mehr zum Einkaufen. Die Menschen blieben zu Hause, wenn sie konnten, auch wenn sie nicht unter dieser Quarantäne standen. Am schlimmsten hatte es Meschede getroffen, sagte seine Mutter. Den Ort, von dem aus die Pockenkrankheit sich ausgebreitet hatte. Das Hennesee-Hotel, das größte mit über fünfzig Betten, hatte vorläufig schließen und acht Mitarbeiter arbeitslos melden müssen, weil die Gäste einfach geflüchtet waren. Und die Mitarbeiter in der Wäscherei hatten sich geweigert, die Bettwäsche zu waschen. Die Bauern und die Marktbeschicker klagten, weil man in den Großmärkten des Ruhrgebietes Lastwagen mit dem Kennzeichen MES von den Parkplätzen jagte, und selbst oben in Winterberg standen viele Fremdenzimmer leer, obwohl der Januar doch der beste Monat zum Rodeln und Skifahren war.

»Ist Papa daran schuld?«, hatte er gefragt.

»Natürlich nicht«, hatte seine Mutter ihn beruhigt. Doch als sie ihn ganz fest in ihre Arme genommen hatte, hatte er bemerkt, wie eine heiße Träne ihre Wange heruntergelaufen und auf seinen Nacken getropft war.

16   Dienstag, 15:11 Uhr

»Zimmermann! Julia Zimmermann!«

Kemperdick bremste seinen Golf GTI in der Autobahnausfahrt von fast zweihundert Sachen auf die vorgeschriebene Höchstgeschwindigkeit und lenkte sportlich scharf rechts ein.

»Sie haben unser Teeniepärchen?!«, kam Inkas Stimme erstaunt aus dem Lautsprecher. Gut so, dachte Kemperdick und grinste stolz. Offenbar hatte er seine Chefin beeindruckt. Auch wenn er seinen Ermittlungserfolg gleich ein wenig relativieren musste.

»Zumindest den weiblichen Teil«, sagte er laut in die Richtung des Mikrophons seiner Freisprechanlage. Der Sound seines Sportauspuffs war leider nicht immer mit den dienstlichen Kommunikationsanforderungen in Einklang zu bringen. Aber beim Thema Auto gab es für Kemperdick keine Kompromisse. Sein Auto, sein Sound. Irgendwo musste Dienstliches auch mal zurückstecken.

Es war keine Hexerei, was ihm seinen Erfolg eingebracht hatte, sondern simple Fleißarbeit. Kemperdick erklärte Inka, dass er dank der Zeugenaussage der Eheleute Spann auf dem Campingplatz die Stellplätze, zu der das Mädchen nachts zurückgelaufen sein konnte, zunächst grob hatte eingrenzen können. Danach hatte er einfach die Anmeldebögen der in Frage kommenden Plätze auf die Daten der darauf angegebenen Kinder überprüft und jede Familie angerufen, die eine Tochter im Alter zwischen 12 und 16 hatte. Zwar war er dabei auf insgesamt drei Mädchen gestoßen, doch nur eines davon hatte laut der besorgten telefonischen Auskunft seiner Eltern schwarzgefärbtes Haar: Julia Zimmermann.

»Sie ist vierzehn, Schülerin an einer Realschule und wohnt mit ihren Eltern in Duisburg-Wedau«, sagte Kemperdick und bremste vor einer roten Ampel, die auf einen zweispurigen Zubringer führte. Er sah auf seine Notizen auf dem Beifahrersitz.

»Reinhold und Sigrid Zimmermann, beide 43. Er Busfahrer, sie Verkäuferin. Keine Vorstrafen, keine besonderen Auffälligkeiten.«

»Sauber«, sagte Inka aus dem Lautsprecher. »Und Julias Niederländer?«

»Da bin ich noch nicht viel weiter«, sagte Kemperdick. »Zum einen, weil dabei viel mehr Stellplätze in Frage kommen, und zum anderen, weil mehrere Jugendgruppen dazugehören. Mit einigen Jungs im fraglichen Alter. Ich habe das alles an Heerlen weitergeleitet. Die telefonieren das auf niederländischer Seite ab und rufen mich zurück.«

»Gut, dann halten Sie mich auf dem Laufenden«, sagte Inka und erzählte Kemperdick im Gegenzug von dem verlassenen Haus, dem Müllberg, der Pilzzucht und den Zeichen, die sie in der Wohnstube gefunden hatte.

»Momentan helfen wir der KTU beim Sichern möglicher weiterer Spuren im Haus. Das kann noch etwas dauern«, sagte Inka. »Wie das alles einzuordnen ist, kann ich noch nicht sagen, aber es wäre zumindest hilfreich, wenn Sie diese Satanistengeschichte bei der Befragung dieser Julia Zimmermann mal im Hinterkopf behalten würden.« Kemperdick wusste, was Inka meinte. Er sollte selbst nicht zu viele Informationen preisgeben, aber wenigstens für ein mögliches Tatmotiv sensibilisiert sein.

»Mache ich«, sagte er. Die Ampel sprang auf Grün, und Kemperdick bog mit quietschenden Reifen nach links auf den Zubringer ab.

»Melden Sie sich, wenn sich irgendetwas ergeben sollte. Ansonsten treffen wir uns heute Abend wieder auf dem Campingplatz«, sagte Inka.

»Over and out«, scherzte Kemperdick, beendete das Telefonat und trat das Gaspedal durch, um zwei Lkw zu überholen.

Wenige Minuten später stand er im zweiten Stock eines Hausflures in einem unauffälligen Mehrfamilienhaus in der Nähe des Masurensees und betätigte eine Klingeltaste mit der Aufschrift »Zimmermann«. In der Wohnung vor ihm hallte der nervige Klingelton. Kemperdick kannte sich mit klassischer Musik nicht aus, tippte aber auf Mozarts »Eine kleine Nachtmusik« und verdrehte die Augen. Er hörte klackende Schritte, vermutlich auf Laminatboden, und sah, wie sich der Türspion in der Wohnungstür verdunkelte. Anscheinend nahm ihn jemand in Augenschein.

»Ja?«, kam es zögerlich von der anderen Seite der Tür. Eine Frauenstimme. Kemperdick hielt seinen Ausweis vor den Spion.

»Kemperdick, Kripo Brilon. Wir hatten telefoniert«, sagte er laut vernehmlich. Er hatte die Erfahrung gemacht, dass man leichter und schneller in Wohnungen eingelassen wurde, wenn die Gefahr bestand, dass neugierige Nachbarn mehr von seinem Besuch mitbekamen, als den Besuchten lieb war. Wieder ertönten Schritte hinter der Tür, diesmal schwerere. Ein Mann öffnete die Tür. Dem Alter nach Reinhold Zimmermann. Er trug Jeans, weiße Socken und ein kariertes Kurzarmhemd, das über seinem deutlich zu runden Bauch spannte.

Statt Kemperdick hereinzubitten, ließ er die Tür offen stehen, fuhr sich durch sein lichter werdendes Haar und trat zurück in den Wohnungsflur.

»Wär nett, wenn Sie die Schuhe ausziehen«, sagte er. »Helles Laminat und so.«

Kemperdick trat ein und schloss die Tür hinter sich. Er stieg rustikal aus seinen Lederstiefeletten und stellte sie unter einer überfüllten Garderobe in einem kleinen Flur ab. Einfache Möbel in Bucheoptik, weiße Raufaserwände ohne Bilder und Buchelaminat. Es roch nach Mittagessen, Weichspüler und Durchschnitt. Im Badezimmer lieferten sich ein Wäschetrockner und eine Waschmaschine ein lautstarkes Duell. Offenbar war vor allem Sigrid Zimmermann noch mit den Nachwehen ihres Campingurlaubs beschäftigt.

»Kommen Sie durch!«, rief Reinhold Zimmermann aus dem Raum, in den er verschwunden war. Kemperdick folgte ihm auf Socken und trat in ein Wohnzimmer wie aus einem Katalog für Billigmöbel. Eine Hochglanzwohnwand in aktuellen Farben, eine dazu passende Sitzlandschaft aus Kunstleder und ein riesiger Flachbildfernseher mit Heimkinoanlage gruppierten sich um einen niedrigen Glastisch auf einem Berberteppich. Darauf standen zwei bunte, halbleere Kaffeetassen und eine Schale mit Discountersüßigkeiten.

Im Hintergrund entdeckte Kemperdick einen großen Glasbehälter, von dem er vermutete, dass es sich um ein Terrarium handelte.

»Sie wollen also mit Jule sprechen?«

Kemperdick blickte zur Sitzlandschaft. Dort hatte sich Reinhold Zimmermann an das rechte Ende der Couch mit einer vorstehenden Ottomane gesetzt. Am linken Rand saß eine ebenfalls leicht untersetzte Frau in Jogginganzug und Hausschuhen mit verschränkten Armen und offensichtlich gefärbter, tiefroter Kurzhaarfrisur. Sie musterte Kemperdick misstrauisch über die Ränder einer Lesebrille. Begrüßungsfloskeln hielt man im Hause Zimmermann wohl für überflüssig.

»So ist es«, meinte Kemperdick. »Ist sie da?«

Die Eheleute Zimmermann wechselten einen kurzen Blick, bevor auch Julias Vater die Arme verschränkte.

»Bevor wir sie rufen, würden wir gerne wissen, was sie angestellt hat«, sagte er mit feindseliger Miene.

»Wenn es irgendwie um diesen schrecklichen Mord am Campingplatz geht, können wir Ihnen jetzt schon sagen, dass sie nichts damit zu tun hat!«, beeilte sich seine Frau hinzuzufügen. Kemperdick deutet auf einen freien Sessel.

»Darf ich?«, fragte er und setzte sich, als die Antwort ausblieb. Er beugte sich vor, um der Situation ein wenig die Spannung zu nehmen. »Wir werfen Ihrer Tochter konkret nichts vor. Ich würde nur gerne ihre Zeugenaussage aufnehmen. Es könnte sein, dass sie wichtige Informationen für uns hat.«

»Sagt wer?«, fragte Zimmermann.

»Eine weitere Zeugin«, antwortete Kemperdick einsilbig. Julias Mutter sah ihren Mann vorwurfsvoll an.

»Was hab' ich gesagt? Sie ist wieder abgehauen. In der Mordnacht! Und irgendeiner auf dem Campingplatz hat sie gesehen.« Ihr Blick wanderte vielsagend zu Kemperdick. Der blieb sachlich.

»Wenn ich dann jetzt mit ihr reden könnte …«

Die Frau seufzte und wandte sich zur Wohnzimmertür neben ihr um, öffnete sie einen Spalt und setzte einen barschen Ruf in den Flur ab.

»Jule!«

Dann verfiel sie wieder in ihre abwehrende Sitzhaltung.

»Viel Spaß«, brummte sie. »Mit uns redet sie nur das Nötigste.«

Keine drei Sekunden später stand ein Mädchen schweigend im Türrahmen, das Kemperdick deutlich älter als vierzehn geschätzt hätte. Julia Zimmermann war das jüngere Abbild ihrer Mutter und eine echte, natürliche Schönheit. Allerdings versteckte sie ihr ausdrucksvolles Gesicht, ihre weibliche Figur und vermutlich auch ihre Unsicherheit hinter aufgesetzter Coolness und Härte. Sie trug enge schwarze Jeans, ein weites schwarzes Top und blasses Make-up mit schwarzem Mascara. Ihr ebenfalls schwarzgefärbtes schulterlanges Haar verdeckte ihr Gesicht eher, als es einzurahmen. Zu Kemperdicks Jugendzeit hätte man Julia Zimmermann vermutlich als eine Mischung aus Punk und Goth bezeichnet. Die heutige Bezeichnung für Julias Look kannte Kemperdick nicht. Aber letztlich kam es wohl nur auf die simple küchenpsychologische Erkenntnis an, dass auch gut zwanzig Jahre nach Kemperdicks Jugendzeit noch dieselben Regeln von pubertärer Auflehnung gegen spießige Eltern galten. Das würde kein leichter Job.

Julias Eltern machten sich nicht die Mühe, ihre Tochter anzusehen.

»Jule, das ist Kommissar ...« Reinhold Zimmermann sah Kemperdick hilflos an.

Kemperdick wusste, dass die Nennung von Dienstgraden bei Jugendlichen häufig Argwohn und Verschlossenheit hervorriefen. Er hoffte, der Weg zu Julias Vertrauen lag eher auf gegenseitiger Augenhöhe.

»Bastian. Bastian Kemperdick«, verbesserte er und reichte Julia die Hand. »Können wir reden?«

Julia verschränkte die Arme und senkte den Blick, bevor sie Kemperdick wieder ansah.

»Klar, aber nicht hier«, sagte sie in Richtung ihrer Eltern und wandte sich in den Flur um. Kemperdick nickte den stoisch dreinschauenden Zimmermanns zu und folgte Julia in ihr Zimmer.

Der einzige Ort in der Wohnung, der farblich etwas zu bieten hatte, wenn auch etwas zu düster. Die Wände waren in tiefem Rot gestrichen. Schwarzweißposter von Bands wie den *Ramones*, *Green Day* und *Blink 182* hätte Kemperdick nicht zuordnen können, aber die Bandnamen standen in aufwendigen Logos darunter. Scheiße, dachte Kemperdick. Er wurde langsam alt. Julias Mobiliar stammte entweder vom Trödelmarkt oder war Marke

Eigenbau. Drei große brennende Kerzen auf einem orientalischen Blechtablett verbreiteten Wärme und einen angenehmen, esoterischen Duft. Im Gegensatz zu dem Schmuddelimage, das Kemperdick mit Punk oder Gothic verband, machte alles einen improvisierten, aber regelrecht gepflegten Eindruck. Punk 2.0, dachte Kemperdick und war nun sicher, dass er alt wurde.

Die einzigen Zeichen einer durchschnittlichen Teenie-Existenz waren ein Tablet-Computer auf einem altertümlichen Schreibtisch und ein Paar WLAN-Boxen, mit dem Julia offenbar über ihr Handy oder das Tablet Musik hörte. Das Mädchen schloss die Tür und hockte sich auf ihr Bett, das aus einer breiten Matratze bestand, die auf sechs unbehandelten Europaletten lag. Sie lehnte sich an die Wand, zog die Knie an ihr Kinn und wartete bis Kemperdick auf ihrem alten Schreibtischstuhl Platz genommen hatte.

»Nett hier. Mal was anderes«, sagte er.

»Hab' ich Ihr Wort, dass nichts an meine Eltern geht?«, fragte Julia ernst. Smalltalk war bei Zimmermanns offenbar nicht üblich. Kemperdick nickte.

»Nicht ein Wort.« Er wusste, dass er das Versprechen im schlimmsten Fall nicht würde halten können, hoffte aber, dass es so weit nicht kam. Julia rollte nervös eine Haarsträhne zwischen ihren Fingern und schien einen Moment abzuwägen, ob ihr das Zugeständnis reichte.

»Okay«, sagte sie schließlich und atmete unwohl durch. »Was wollen Sie wissen?«

Kemperdick erklärte ihr, was die Spurensicherung am Tatort festgestellt hatte und wie er über die Zeugenaussage und die Gästeliste auf Julia gekommen war.

»Ich befrage dich also nicht als Verdächtige, sondern nur als Zeugin«, schloss er. »Wir müssen wissen, ob du und vielleicht noch jemand anderes am Tatort warst und was ihr gesehen habt.

Das könnte sehr wichtig sein, um den Täter zu finden.« Er sah Julia eindringlich an. Wieder dachte das Mädchen angestrengt nach, wieder rollte sie die Strähnen zwischen ihren Fingern.

»Sie finden es eh raus, oder?«

»Es gibt Spuren. Und die gleichen wir natürlich ab.«

»Und wenn ich nichts sage?«

»Ist das dein gutes Recht. Niemand kann dich zwingen. Aber es würde unseren Job einiges schwerer machen.«

Diesmal dauerte Julias Überlegen nur kurz.

»Ja, ich war da«, sagte sie entschlossen. »In der Anglerhütte. Mit ... einem Freund.« Kemperdick merkte, wie Julia Tränen in die Augen steigen. Aber statt sie wegzuwischen oder ihr Gesicht hinter ihrer vorgehaltenen Hand zu verbergen, sah sie Kemperdick ungeniert an.

»Wann?«, fragte er.

»Das war so krass«, sagte sie leise. »Ich meine, wir wollten nur 'n bisschen rummachen, wie in den Nächten davor. Und plötzlich sitzt da der Sheriff! Und überall das Blut ... Ich hab' geschrien, und wir sind sofort rausgerannt. Muss so kurz nach Mitternacht gewesen sein.«

»Habt ihr irgendwas angefasst?«

Julia überlegte wieder.

»Nee. Bis auf das, wo man halt so drankommt. Die Tür, diese Werkbank. Und ich bin mit der Hand in so 'ne komische Masse geraten.« Sie hob ihre rechte Hand, als klebten noch immer Rückstände der Dichtmasse daran. Kemperdick nickte und notierte sich alles.

»Ich weiß, das hört sich vielleicht seltsam an. Aber das Blut. War es noch frisch oder schon getrocknet?«

»Es war total frisch. Ich meine ... noch richtig flüssig und so. Und es hat total gestunken. So nach Eisen. Und der Sheriff saß nur da und starrt so ins Nichts. Und vor ihm dieser beschissene

Holzpflock.« Sie sah Kemperdick an. »Ist er damit … Ich meine …«

Kemperdick nickte.

»Habt ihr jemanden am Tatort gesehen, oder ist euch vorher oder nachher auf dem Campingplatz oder am Seeufer jemand aufgefallen?«

Kopfschütteln bei Julia.

»Nee. Ich meine vorher nicht. Hinterher waren wir viel zu fertig, was zu bemerken. Ich meine, immerhin kannten wir den Typ.«

»Woher?«, fragte Kemperdick.

»Wissen Sie auch schon, oder?«, kam es zurück. Kemperdick nickte.

»Trotzdem würde ich es gerne von dir hören.«

»Als Sheriff vom Campingplatz halt. Hat mich schon 'n paarmal nachts erwischt«, sagte Julia und senkte den Blick. Die Überraschung kam erst danach. »Aber nicht nur das.«

Kemperdick sah auf und hob eine Augenbraue.

»Sondern?« Julia sah wieder auf.

»Echt kein Wort zu meinen Eltern?« Kopfschütteln bei Kemperdick. Julia griff mit ernster Miene zwischen die Europaletten unter ihrer Matratze und zog ein im bunten Stil der sechziger Jahre gebundenes, abgegriffenes Buch heraus. Kemperdick erkannte den Titel, der in Gold auf seinem Rücken prangte: *Früchte des Zorns* von John Steinbeck. Julia setzte ein schräges Lächeln auf.

»Wenn Sie wollen, dass Eltern wie meine von irgendwas die Finger lassen, nehmen Sie 'nen Klassiker. Schreckt ab und fällt nicht auf, wenn er rumliegt.« sagte sie trocken und öffnete das Buch. Kemperdick sah, dass die Seiten im Inneren in Form eines Rechteckes ausgestanzt waren, so dass sich ein kleiner Stauraum ergab. Darin lag ein Gefrierbeutel mit undefinierbarem Inhalt. Julia zog den Beutel heraus und gab ihn Kemperdick.

»Wie gesagt, früher oder später finden Sie's eh raus«, sagte sie resigniert.

Kemperdick betrachtete den Beutel, öffnete ihn und schüttelte eine Handvoll kleiner grauer Pilze auf seine Handfläche.

»Magic Mushrooms?«, fragte er.

»Psilos«, nickte Julia betreten. Eine Träne lief ihr über die Wange. »Ungefähr zehn Trips. Getrocknet. Von frischen muss ich kotzen.«

Kemperdick sah sie an und überlegte einen Moment. Schon der Besitz der Pilze war ein klarer Verstoß gegen das Betäubungsmittelgesetz und strafbar. Andererseits hatte er gerade Julias Vertrauen gewonnen und ihr ein Versprechen gegeben. Und sie hatte ihm noch nicht gesagt, wer ihr geheimnisvoller Freund war. Er steckte die Pilze zurück in den Beutel und gab ihn Julia. Die sah ihn irritiert an.

»Müssen Sie die nicht irgendwie einsacken und mir 'ne Anzeige verpassen?«

»Ich glaube, du weißt selber, dass Pilze scheiße sind und was sie anrichten. Aber ich bin nicht hier, um dir Vorträge zu halten. Und ich ermittle in einem Mordfall, nicht wegen Drogenmissbrauchs.«

»Okay.« Julia zuckte die Schultern und packte den Beutel wieder in das Buch.

Wenn sie beeindruckt war, war sie cool genug, es sich nicht anmerken zu lassen. Sie packte das Buch zurück unters Bett.

»Ist dann wohl so 'ne vertrauensbildende Maßnahme, um mich weiter auszuhorchen oder?« Sie sah ihn offen an. Für ihre Vierzehn war Julia echt mit allen Wassern gewaschen. Kemperdick konnte sich ein Grinsen nicht mehr verkneifen.

»Und wenn?«, gestand er indirekt. »Wirkt's?« Er reichte ihr ein Einwegtaschentuch.

Unter Julias zerlaufenem Mascara trat ein kurzes Lächeln zutage. Sie nahm das Taschentuch und wischte sich die inzwischen fast getrocknete Träne ab.

»Glaub' schon.« Sie sah auf ihr Handy. »Ich hab' noch nix von Mathijn gehört, also nehm' ich an, Sie haben ihn noch nicht gefunden.«

»Dein Freund, mit dem du in der Mordnacht unterwegs warst?«, fragte Kemperdick. Julia nickte und beeilte sich etwas hinzuzufügen.

»Aber er hat genauso wenig mit der Sache zu tun wie ich. Echt. Wir haben uns nur da getroffen und sind zusammen wieder weg.«

»Weißt du denn, wo er vor eurem Treffen gewesen ist?«

Julia stutzte einen Moment und sah Kemperdick groß an. Er nahm ihr ab, dass ihr der Gedanke gerade zum ersten Mal gekommen war.

»Ey, jetzt mal im Ernst. Der bringt doch keinen um«, sagte sie mit entsetzter Miene.

»Und schon gar nicht mit 'nem Pflock und so. Und erst recht geht er danach nicht mir mir dahin. Ich mein', wie krank wär' das denn?« Nachdenklichkeit mischte sich in ihre Fassungslosigkeit. »Gut, er ist älter als ich und was krasser drauf, aber ...«

Sie schwieg. Kemperdick nickte.

»Hast du seinen vollständigen Namen und die Adresse?«

»Nee, nur 'ne E-Mail-Adresse und seine Handynummer. Aber bevor ich sie rausrücke. Sie hätten ihn auch so gefunden, oder?«

»Nur 'ne Frage der Zeit. Und niemand erfährt, dass du mir seine Daten gegeben hast.«

Sie nickte traurig.

»Mathijn. Mathijn van Geerdonk.« Sie sprach es in korrektem Niederländisch aus und buchstabierte es für Kemperdick. »Das ij wird wie ei gesprochen und das G am Wortanfang wie das ch in Rache.«

»Danke«, sagte Kemperdick. »Hast du vielleicht auch ein Foto?«
Julia zückte ihr Handy.

»Haben Sie 'ne Handynummer?«

Wieder kam Kemperdick sich drei Generationen älter vor. Er gab Julia seine Nummer, und wenige Sekunden später vibrierte sein Handy zum Zeichen, dass eine SMS eingegangen war. Kemperdick warf einen letzten Blick auf seine Notizen und stand auf.

»Danke, Julia, du hast uns sehr geholfen. Ich bräuchte nur noch eine DNA-Probe und einen Fingerabdruck von dir. Spurenabgleich und so.«

Julia nickte und griff diesmal unter ihr Kopfkissen. Sie zog einen weiteren Gefrierbeutel hervor und reichte ihn Kemperdick.

»Dachte ich mir schon«, sagte sie. Dann zupfte sie sich mit spitzen Fingern ein Haar aus der Kopfhaut und steckte es zu einem Zettel in dem Beutel.

»Einmal DNA und ein Fingerabdruck auf 'nem Blatt Papier.«
Kemperdick nahm den Beutel kopfschüttelnd entgegen.

»Falls du noch nicht weißt, was du nach der Schule machen willst ...«

»Danke«, sagte sie mit einem vielsagenden Grinsen. »Dafür steh' ich zu sehr auf John Steinbeck.«

Auch Kemperdick konnte sich ein Lächeln nicht verkneifen, reichte ihr die Hand und ging zur Tür.

»Ach so, noch was«, sagte er. »Du sagtest, Mathijn wäre »krasser drauf« als du. Was meintest du damit?« Unsicher überlegte Julia einen Moment. Angesichts all dessen, was sie Kemperdick bereits erzählt hatte, erschien es ihr jedoch wenig sinnvoll, jetzt noch zu schweigen.

»Na ja«, sagte sie. »Er ist halt älter als ich und Holländer.« Sie sah in Kemperdicks Miene und versuchte sofort, einem Missverständnis vorzubeugen.

»Also jetzt nicht wegen harten Drogen und so«, beschwichtigte sie. »Er nimmt nur die Pilze. Gut, und ab und zu auch mal 'ne Pille und bisschen was zu rauchen.« Sie sah ihn an. »Echt krass ist aber diese andere Geschichte. Er steht halt auf schwarze Messen und so'n Zeug.«

17   Dienstag, 19:32 Uhr

»Wow.«

Passender hätte Marlies Röggen nicht zusammenfassen können, was Inka zusammen mit ihrer Kollegin gerade zum zweiten Mal auf dem Display ihres Handys betrachtet hatte.

»Ich wusste ja, dass Henne kreativ sein kann, aber dass er Talent als Regisseur hat ...«

Inka lachte kurz auf und zog den Reißverschluss ihrer frischen Jeans zu.

»Manche Frauen meinen, sie erleben die Überraschung ihres Lebens, wenn sie ihren Mann mal einen Nachmittag mit den Kindern allein lassen. Was glaubst du, was bei uns in zwei Jahren zusammenkommt?«

Röggen lachte, richtete ihrerseits ein jungfräulich gebügeltes T-Shirt und warf ihr Haar über den Kragenausschnitt. Die beiden Frauen standen vor der Küchenzeile ihres engen Wohnwagens und schlüpften erleichtert in ihre vorletzten Garnituren frischer Kleidung. Nach diesem Tag eine fast lebenswichtige Maßnahme. Inka und Röggen hatten mit Porbeck und einem Team der Spurensicherung, das extra aus Brilon angerückt war, das Haus von Bernd Groschek buchstäblich auf den Kopf gestellt. Angesichts dessen, was Inka und ihr Team gefunden hatten, mussten Hunderte von Gegenständen und Spuren fotografiert, kartographiert und zum Teil archiviert werden. Und das nicht nur an einem der heißesten Tage des Sommers, sondern auch noch in wenig atmungsaktiver Tatortbekleidung inklusive Mundschutz und einer fast apokalyptischen Geruchsmischung aus Müll, Schweiß und der modrigen Feuchte einer Mini-Pilzfarm.

Selbst nach einer fast viertelstündigen heißen Dauerdusche unter den Schaumbergen von Unmengen an Shampoo und Duschgel hing Inka noch immer der klebrige Gestank des Verfalls in der Nase. Erst als sie ihr frisches Poloshirt über den Kopf zog und den gewohnten Duft von Hennes Weichspüler einatmete, breitete sich eine Art tröstlicher Entspannung in ihr aus. Daran hatte auch das Video seinen Anteil, das vor gut einer Stunde auf Inkas Handy eingegangen war. Zunächst hatte sie gedacht, Henne hätte ihr lediglich eine Sammlung von Fotos von Toms Einschulung geschickt. Doch als sie die Datei heruntergeladen hatte, überraschte sie ein regelrecht professionell wirkender dreiminütiger Clip. Mit dramatischer Musik aus einem Werbetrailer für einen Hollywoodstreifen und einem dynamisch designten Titelschriftzug: »St. Engelbert – T-Day«. Mit ungläubigem Staunen hatte Inka zugeschaut, wie Tom sie vor einem Spiegel in der Jungentoilette der Schule stolz begrüßt hatte. Dann hatte er ihr erklärt, dass es gar nicht schlimm war, dass Inka nicht live dabei sein konnte, denn sein Papa hatte ihn mit Böses Haustierkamera ausgestattet, und er würde nun extra für Inka ein paar Bilder machen. Eine ziemliche Untertreibung für das, was folgte. Ein einmalig schöner Musikclip mit zum größten Teil verwackelten, aber rührend authentischen Aufnahmen von Schulfluren, Klassenzimmern, Stundenplänen, bekritzelten Schultischen, einer sympathischen Klassenlehrerin, strahlenden Klassenkameraden mit riesigen Schultüten, noch größeren Zahnlücken und stolzen Eltern und Großeltern. Inka war beeindruckt. Nicht nur, weil der Clip filmhandwerklich perfekt gemacht schien, sondern weil ihm die Perspektive eines stolzen und völlig selbstvergessenen Sechsjährigen eine freudige und zugleich unschuldige Kraft gab. Da die Bilder gleichzeitig auch noch passend mit Streichern, Pauken und

Bläsern unterlegt waren, hatte Inka Mühe, die Tränen der Rührung zu unterdrücken. Besonders als der Clip mit einem dramatischen Schnitt- und Musikcrescendo in einer einzelnen Zeile endete: »Für Mama. Zum Dabeisein«. Inka schluckte einen ziemlich dicken Kloß im Hals herunter.

»Können wir dann?«, rief eine ungeduldige Stimme von draußen. Inka und Marlies wechselten einen leicht genervten Blick. Die Stimme gehörte Georg Pfeil, der es sich nach dem Fund in Bernd Groscheks Haus nicht hatte nehmen lassen, höchstpersönlich in Olpe zu erscheinen, um sich von Inka auf den neuesten Stand der Ermittlungen bringen zu lassen. Allerdings war dafür angesichts der Fülle der neuen Spuren und deren Nachbereitung noch nicht einmal auf der kurzen Rückfahrt zum Campingplatz Zeit gewesen. Entsprechend ungehalten wartete Pfeil im Vorzelt.

»Sekunde«, rief Röggen zurück und machte sich keine Mühe, ihre Gereiztheit zu überspielen. Inka beschwichtigte ihre Kollegin.

»Lass mal«, meinte sie. »Das kriege ich schon hin.«

»Kann der nicht warten, bis du ihn anrufst?«, fragte Röggen. »Oder meint der, wir zaubern ihm in zwei Tagen einen abgeschlossenen Fall aus dem Hut?«

Inka zuckte die Schultern.

»Er ist der Chef, wir können jede Hilfe gebrauchen, und ein Recht auf die aktuellen Ermittlungsfortschritte hat er auch. Also geben wir ihm, was wir haben. Auch wenn's noch ein bisschen wenig ist.« Inka wandte sich zum Gehen, doch Röggen hielt sie am Arm fest.

»Inka, Macho-Alarm! Der mischt sich in die Ermittlungen ein.«

»Auch das kriege ich hin.«

»Bastian hat sich nicht mehr gemeldet?«, fragte Röggen.

Inka sah auf ihr Handydisplay und schüttelte den Kopf. Kemperdick hatte Inka bereits am Nachmittag, unmittelbar nach seiner Befragung von Julia Zimmermann, fast euphorisch über deren

Aussage und die satanistische Spur zu Mathijn van Geerdonk unterrichtet. Inka konnte den Zusammenhang auch nicht von der Hand weisen, war aber sachlich geblieben und hatte Kemperdick gebeten, die DNS-Proben von Julia Zimmermann nach Brilon zu schicken und sich mit den niederländischen Kollegen in Heerlen auf die Suche nach Mathijn zu machen.

»Gehen wir erst mal ohne offiziellen Tatverdächtigen«, meinte Inka und trat mit Röggen aus dem Wohnwagen in die abendliche Wärme des Vorzelts.

Pfeil hatte sich in einem Stuhl zurückgelehnt, sein rechtes Bein ungelenk über sein linkes gelegt und zuckte nervös mit dem Fuß, während er auf seinem Handy eingegangene Nachrichten überprüfte. In seinem modischen Anzug wirkte er in der Jogginghosenkulisse des Campingplatzes wie eine Diva auf einer improvisierten Grillparty. Eine Flasche Eistee stand vor ihm neben einem unbenutzten Glas. Er machte sich weder die Mühe, auch die Frauen mit Getränken zu versorgen, noch zu Inka und Röggen aufzusehen.

»Während Sie mit Ihrer Körperpflege beschäftigt waren, habe ich mir erlaubt, dem Kollegen Porbeck ein bisschen Feuer unter dem Hintern zu machen. Er meldet sich gleich.«

Marlies Röggen warf Inka einen Blick zu. Die »Was habe ich gesagt?«-Botschaft darin verstand Inka auch ohne Worte. Nach etlichen Jahren Dienst in der noch immer testosterongeprägten Polizeiwelt kannte Inka die gängigen männlichen Rituale in- und auswendig. Auch wenn sie für die meisten wenig Verständnis hatte, hatte sie eine Lektion früh gelernt: den Respekt männlicher Kollegen oder Vorgesetzten musste man sich als Frau doppelt so hart erarbeiten wie als Mann. Sie seufzte innerlich. Heute schien »Revierverhalten« auf der Tagesordnung zu stehen.

»Herr Pfeil«, sagte sie bemüht geduldig, »Herr Porbeck hat von mir die Anweisung, dass in jedem Fall Sorgfalt vor Schnelligkeit geht.«

Pfeil hob den Blick und wollte etwas erwidern, aber Inka kam ihm zuvor.

»Ich weiß, dass Sie sehr an einem schnellen Abschluss des Falles interessiert sind, aber ich wäre Ihnen sehr verbunden, wenn Sie mich und mein Team einfach unsere Arbeit machen ließen. Auf meine Weise.«

Wieder hob Pfeil zu einem Einwand an. Wieder kam Inka ihm zuvor. Diesmal mit einem süffisanten Lächeln.

»Zumindest so lange ich personell unterbesetzt arbeiten muss, weil Sie das Budget schonen müssen.«

Das hatte gesessen. Pfeil schloss seinen Mund wieder, lehnte sich zurück und nahm einen Schluck Eistee. Inka wusste, was nun kam. Ein Mann, vor allem ein Vorgesetzter, akzeptierte eine Niederlage nur dann, wenn er dabei das letzte Wort haben konnte, um sein Gesicht zu wahren. Auch das war Teil des Rituals.

»Ihr Fall. Ihre Ermittlungen«, meinte Pfeil einsilbig. »Aber, Frau Luhmann. Kostendruck und Effizienz kann sich heutzutage niemand mehr entziehen. Auch Sie nicht. Was haben wir also?«

Inka gönnte sich den anerkennenden Blick von Marlies Röggen und ließ sich auf einen freien Stuhl nieder, bevor sie Pfeil von den Funden in Groscheks Haus und Kemperdicks Spur zu Julia Zimmermann und Mathijn van Geerdonk erzählte.

Pfeil stellte keine Fragen, nickte nur vernehmlich und nahm dankend an, dass Inka ihm die Schlussfolgerung überließ.

»Wir haben also einen Satanisten, Spuren einer schwarzen Messe im Haus eines Mordopfers und einen Toten, dem jemand einen Holzpflock ins Herz gerammt hat?«

Nicken der Frauen.

»Und warum läuft dieser van Geerdonk noch frei rum?« Er sprach den Namen betont deutsch aus.

»Weil es noch keinen dringenden Tatverdacht und also auch

keinen Haftbefehl gegen ihn gibt und Kemperdick ihn mit den niederländischen Kollegen erst finden muss. Und weil ich vorher gerne noch einmal mit Porbeck sprechen würde. Nur um sicher zu sein, dass die Spurenlage da ebenso eindeutige Zusammenhänge sieht wie Sie.« Inkas Telefon klingelte aufs Stichwort. Sie griff nach ihrem improvisierten gläsernen Telefonverstärker.

»Darf ich?«, fragte sie und baute, ohne eine Antwort abzuwarten, ihre improvisierte Verstärkeranlage auf, was ihr einen fragenden Blick von Pfeil einbrachte.

»Sie haben mit den Sparmaßnahmen angefangen«, sagte sie trocken und nahm den Anruf entgegen.

»Herr Porbeck? Luhmann hier. Sie sind auf ›laut‹ gestellt. Was haben Sie für uns?«

»Also erst mal habe ich jede Menge Arbeit«, stöhnte es dumpf aus dem Glas. »Hier gehen ständig neue Proben ein. Ich habe mich deshalb streng an die Reihenfolge gehalten, die Sie mir gegeben haben.«

Inka nickte zufrieden und musterte Pfeil, der sich auf die Ellenbogen gestützt hatte und aufmerksam zuhörte.

»Erstens«, kam es aus dem Glas. »Die Proben von Julia Zimmermann. Eine DNA-Analyse des Haares ist in der Kürze der Zeit natürlich nicht möglich, aber in Arbeit. Was den Fingerabdruck angeht, kann ich Ihnen sagen, dass wir einen Treffer haben. Der Abdruck in der Dichtmasse auf der Werkbank am Tatort stimmt mit dem auf dem Papier überein. Julia Zimmermann war also am Tatort.«

Zufriedenes Nicken der Ermittler, Rascheln von Papier in Brilon.

»Zweitens: Die Probe aus dem Haus von Groschek, bei der Sie um Eile gebeten hatten …«, sagte Porbeck. Pfeil sah Inka fragend an. Inka erklärte ihm, dass sie Porbeck aufgrund des möglichen satanistischen Tathintergrundes gebeten hatte, die Spuren aus der Stube mit den Wandschmierereien vorrangig zu behandeln.

»Da habe ich einen kleinen Knaller«, fuhr Porbeck fort. »Zwar sind auch hier die DNS-Auswertungen noch in Arbeit, aber wir konnten Fingerabdrücke einer Person identifizieren. Und jetzt festhalten: Diese Fingerabdrücke fanden sich auch am Tatort in der Angelhütte.«

»Aber es sind nicht die von Julia Zimmermann?«, fragte Inka.

»Richtig.«

»Dann haben wir also einen großen Unbekannten?!« Pfeil setzte sich kerzengerade auf.

»Zumindest jemanden, der am Tatort und womöglich bei der schwarzen Messe in Groscheks Haus war«, präzisierte Porbeck.

Pfeil sah Inka an.

»Ich will diesen van Geerdonk«, meinte er. »Gestern.«

Inka nickte.

»Wir arbeiten dran.« Sie deutete auf das Handy im Glas. Porbeck war noch nicht am Ende seiner Ausführungen.

»Drittens würde ich den ganzen Müllberg erst einmal außen vor lassen. Das ist wohl eine etwas ungewöhnliche und effektive Tarnungsmaßnahme. Was verständlich wird, wenn wir zu den Pilzen kommen«, meinte er. Man hörte undeutlich das Rascheln von Papier.

»Bei allen gefundenen Exemplaren handelt es sich tatsächlich um das, was man umgangssprachlich als *Magic Mushrooms* bezeichnet. Also sogenannte psychoaktive Pilze, deren Besitz und Konsum unter das Betäubungsmittelgesetz fallen und die deshalb illegal sind.«

»Von welchen Mengen reden wir?«, fragte Pfeil.

»Mindestens zehn Kilogramm«, antwortete Porbeck. Die Ermittler sahen sich mit hochgezogenen Augenbrauen an, während der Forensiker fortfuhr.

»Die Pilzkulturen sind alle in diesem Schuppen gezüchtet worden und waren in unterschiedlichen Wachstumsstadien. Einige erntereif, einige noch nicht, einige andere aber auch schon verwelkt. Der ganze Reiferaum ist übrigens übersät mit Spuren von Bernd Groschek, weshalb wir davon ausgehen, dass er die Zucht regelmäßig überwacht hat.«

»Also hat er gewerbsmäßig mit den Biestern gedealt?«, fragte Pfeil über das Verstärkerglas gebeugt.

»Den angebauten Mengen und der Einrichtung des Reiferaumes nach ja. Wir haben auch eine Waage und Plastiktüten unterschiedlicher Größe gefunden. Aber keine Hinweise auf mögliche Kunden.«

»Wissen wir denn, wo er die Pilzkulturen herhatte?«, fragte Inka.

»Leider nicht. Zunächst mal ist es so, dass alle gefundenen Pilze zur Gattung *Psilocybe cubensis* gehören. Das sind sogenannte Kahlköpfe, wegen ihrer charakteristischen Kopfform. Diese Gattung gliedert sich noch mal in einige Untergattungen, die unterschiedliche Anbaubedingungen und Wirkungsweisen haben. Darauf will ich jetzt aber hier nicht eingehen. Tatsache ist aber, dass alle Pilzarten recht anspruchslos im Anbau waren und in sogenannten Growkits gezüchtet wurden. Das sind fertig bestückte Boxen, denen man unter den richtigen Rahmenbedingungen eigentlich nur beim Wachsen zusehen muss. Woher diese Growkits stammen, ist unklar. Die Boxen selbst tragen keine Kennzeichnung. Ich weiß nur, dass man sie über das Internet beziehen kann. Aber sicher nicht in den Mengen. Außerdem haben wir in dem Müllberg vor dem Reiferaum Verpackungsreste gefunden, die zu den Pilzen passen könnten. Mit kaum lesbaren, niederländischen Aufdrucken.«

Die Ermittler sahen sich an.

»Der nächste Hinweis auf unseren Holländer«, meinte Pfeil und schlug mit der flachen Hand auf den Tisch. »Sind diese Kits denn da frei verkäuflich?«

»Nicht mehr seit 2008«, antwortete Porbeck. Pfeil stand auf und begann im Vorzelt auf und ab zu laufen.

»Also, dieser Mathijn kannte Groschek vom Campingplatz«, sinnierte er. »Er hat laut Aussage von Julia Zimmermann Pilze und was weiß ich noch konsumiert, und er war nachweislich in Groscheks Haus und am Tatort. Entweder war er also Kunde oder Versorger von Groschek. Wahrscheinlich sogar beides. Brauchen wir noch mehr?«

»Ein Motiv wäre nicht schlecht«, wandte Röggen ein.

»Hallo?«, meinte Pfeil in die Runde. »Der Typ ist Satanist und Drogenkonsument. Da reicht ein Streit um 'ne leere Flasche Bier, und der ist zu allem fähig.«

»Aber ein Holzpflock ins Herz?« Inka wandte sich skeptisch dem Glas und damit Porbeck zu. »Können Sie uns etwas zu der Wirkungsweise dieser Pilze sagen?«

»Selbstverständlich«, kam es aus dem Glas. »Hauptwirkstoff ist das sogenannte Psilocybin. Chemisch betrachtet, ist das ein Indolalkaloid und gehört zur Gruppe der Tryptamine.«

»Könnten wir die Chemiestunde vielleicht vertagen?«, unterbrach Pfeil ihn, was zu einer Sekunde irritierten Schweigens am anderen Ende der Leitung führt. Dann fuhr Porbeck fort.

»Natürlich. Also, die Pilze werden im Normalfall oral eingenommen. Entweder getrocknet oder frisch. Allerdings ist der muffige Geschmack nicht jedermanns Sache, so dass die meisten Nutzer die Einnahme der Pilze mit anderen Lebensmitteln verbinden, die den Geschmack überlagern, aber die Wirkung nicht mindern. Meistens sind das Obst, Nüsse oder Energydrinks.«

Inka sah, dass Pfeil ungeduldig die Augen verdrehte. Anscheinend dauerte ihm auch diese Ausführung schon zu lange.

»Herr Porbeck! Die Wirkung!«

Porbeck räusperte sich. »Äh, dazu komme ich jetzt: Im Körper wird das Psilocybin zu Psilocin umgewandelt. Ohne ins Detail zu gehen, kann man sagen, dass beide Stoffe dem Neurotransmitter Serotonin sehr ähnlich sind und entsprechend die Signalübertragung zwischen einzelnen Nervenzellen beeinflussen.«

»Porbeck!«, raunzte Pfeil und beugte sich über das Glas. »Wie wirken die bescheuerten Pilze?!«

»Halluzinogen«, kam es schnell aus dem Glas. »Im Prinzip ist es wie eine Art LSD-Trip.«

Pfeil sah Inka und Röggen an und hob die Augenbrauen.

»So richtig mit Wahnvorstellungen, die einen dazu bringen könnten, jemandem einen Holzpflock ins Herz zu stoßen?«, fragte er.

»Möglich. Allerdings abhängig von der Dosierung. Psilocybin wirkt nämlich weit weniger stark als LSD und auch nicht so lange. Außerdem ist es nicht grundsätzlich stimmungsaufhellend. Vielmehr verstärken die Pilze die jeweilige Stimmung, in der sich der Konsument befindet. Ist jemand in positiver Stimmung, wird er sich vermutlich euphorisiert fühlen, ist er dagegen eher schlecht drauf, geht die Tendenz eher ins Depressive.«

Pfeil nickte zufrieden und sah Inka an.

»Dann frage ich noch mal«, sagte er rhetorisch. »Was brauchen wir noch?« Eine Antwort erwartete er nicht. »Europäischer Haftbefehl, Fahndung, Auslieferungsantrag. Ich will das ganze Programm! Lassen Sie sich was einfallen!«

Pfeils Handy meldete sich. Er nahm das Gespräch an und horchte. Inka sah, dass sich kurz Unglaube auf seiner Miene breitmachte, die sofort von aufkommender Wut verdrängt wurde. Doch als Pfeil sah, dass Inka ihn gespannt musterte, entspannte sich sein Blick plötzlich.

»Sind Sie sicher?«, fragte er in sein Handy. Wieder horchte, dann nickte er. »Wo?«

Er notierte sich etwas auf einem Zettel und knetete nachdenklich seine Unterlippe, während er Inka und Röggen ansah. Dann schien er eine Entscheidung getroffen zu haben.

»Dafür habe ich einen gut bei Ihnen«, raunte er ins Telefon und beendete das Gespräch. Inka und Röggen sahen ihn fragend an.

»Irgendwas Neues wegen Mathijn van Geerdonk?«, fragte Inka.

»Nein«, sagte er nun gefasst und sachlich. »Sie haben einen neuen Auftrag.« Inka und Röggen wechselten einen unwohlen Blick.

»Etwa ein neuer Mord?«

»Nicht ganz«, meinte Pfeil und ein leises Lächeln huschte über seine Lippen. »Schwerer Autounfall in der Nähe von Attendorn«, sagte er und reichte Inka seinen Zettel.

ER Dienstag, 19:46 Uhr

Seine Mutter weinte. Das wusste er. Auch wenn sie für ihn immer ein Lächeln aufsetzte. Er hörte sie schluchzen und schniefen, wenn sie allein war, und ihre Augen waren immer gerötet. So viele Zwiebeln, wie sie behauptete, konnte man gar nicht schneiden.

Er nahm an, das Weinen hatte nicht nur mit den weiterhin schlechten Nachrichten aus dem Krankenhaus zu tun. Sondern auch mit den Anrufen. Denn ab und zu klingelte das Telefon. Und wenn seine Mutter sich meldete, kam entweder gar nichts oder irgendetwas Lautes aus dem Hörer. Seine Mutter brach dann immer in Tränen aus und legte ganz schnell auf.

Das verwirrte ihn. Wie das, was heute Morgen passiert war. Kurz nachdem er aufgestanden war, hatte er ein lautes Klopfen an der Tür gehört. Auch wenn er wusste, dass er nicht rausdurfte, hatte er die Tür geöffnet. Auf dem Holz des Rahmens und dem Boden davor verlief eine schleimige, gelblich-transparente Masse. Und er sah zerstörte Eierschalen. Er war traurig gewesen, weil die Eier nicht mehr zu gebrauchen gewesen waren. Aber er hatte sich auch gefreut. Irgendein Nachbar hatte wohl gewusst, dass ihr Speiseplan seit einigen Tagen nur aus dem Inhalt von Konserven und Einmachgläsern bestanden hatte, weil seine Mutter nicht mehr einkaufen durfte. Bestimmt hatte ihnen jemand eine kleine Freude machen wollen, die leider schiefgegangen war. Aber kaum hatte er seinen Kopf ein wenig weiter nach draußen gereckt, um zu sehen, wer der Wohltäter war, als jemand etwas gerufen hatte:

»Da ist der Bastard!«

Und plötzlich war ein Auto mit quietschenden Reifen am Haus vorbeigerast. Junge Männer hatten sich aus den Fenstern gelehnt. Er hatte noch gedacht, dass das ganz schön leichtsinnig war. Doch plötzlich hatten die Männer Eier in der Hand und warfen sie nach ihm! Seine Mutter hatte ihn in letzter Sekunde ins Haus gezogen, und all die schönen Eier waren an der Hauswand zerplatzt. Und wieder hatte seine Mutter geweint.

Er hatte nie erfahren, warum die Männer ihn Bastard genannt hatten und warum sie die Eier geworfen hatten, statt sie ihm in einem Karton zu geben. Aber er wusste, dass er diese Quarantäne langsam hasste! Weil sein Papa trotz dieses Antibiotikums immer noch krank war, weil er das Haus nicht verlassen durfte, weil seine Mutter so viel weinte und weil er keine eingemachten Birnen und keine Dosenravioli in Tomatensauce mehr sehen konnte. Jetzt weinte auch er. Zum ersten Mal, seit all das passiert war. Doch seine Mutter hatte ihm erklärt, warum die Quarantäne wichtig war. Und, dass auch ganz berühmte Menschen ein bisschen von dem durchmachen mussten, was er gerade durchmachte.

»Weißt du noch? Die Mondlandung im letzten Jahr?«, hatte seine Mutter ihn gefragt. Was für eine Frage! Wie hätte er das vergessen können? Die Bilder von einem fremden Planeten! Auf ihrem Fernseher! Er wusste alles darüber! Wie die Mission genannt wurde, wie die Landfähre hieß, die Namen der Astronauten. Doch seine Mutter wollte auf etwas anderes hinaus.

»Weißt du auch noch, was passiert ist, als die Astronauten wieder auf der Erde waren?« Gut, auch das würde er natürlich nie vergessen. Das waren zwar andere Bilder gewesen, aber genauso interessant. Jubelnde Menschenmassen zwischen riesigen Hochhäusern. Konfetti- und Girlandenregen, riesige Willkommensbanner. Und offene Autos, in denen man die Astronauten durch die

Straßen gefahren hatte. Wie bei einem Karnevalszug. Nur, dass die Astronauten keine Bonbons schmeißen mussten, damit die Menschen ihnen zujubelten. Aber auch das hatte seine Mutter nicht gemeint.

»Auch nicht die Willkommensparade«, hatte sie geduldig gesagt. »Sondern, der Ort, an dem sie davor waren. Dieser große silberne Wohnwagen.« Er dachte nach. Stimmt, da war etwas gewesen. Die Astronauten waren nach der Landung in noch dickere weiße Anzüge gepackt und mit einem Helikopter erst auf ein großes Schiff und später in diesen blitzenden, blinkenden Wohnwagen gebracht worden. Der hatte selbst ausgesehen wie ein Raumschiff. Jedenfalls ganz anders als die, die die Holländer immer hinter ihren Autos nach Winterberg hochzogen. Darin hatten die Astronauten mehrere Tage verbracht. Er erinnerte sich wieder an die Bilder. Die drei saßen in ganz normalen Arbeitsanzügen mit großen Abzeichen stolz lächelnd hinter einem großen Fenster des Wohnwagens und winkten oder telefonierten. Und er hatte sich gefragt, warum man die drei größten Helden der Welt, für die größte Leistung aller Zeiten eingesperrt hatte, statt ihnen zu gratulieren. Und warum sie das anscheinend auch noch gut fanden. Seine Mutter hatte es ihm erklärt.

»Man wusste damals nicht, ob sich die Astronauten auf dem Weg zum Mond oder auf dem Mond selbst nicht mit irgendwelchen Krankheiten angesteckt hatten.«

»So wie Papa?«, hatte er gefragt.

»So wie Papa«, hatte seine Mutter geantwortet. »Nur dass Papa sich mit einer Krankheit angesteckt hat, die man kennt und die man behandeln kann. Bei den Astronauten wusste niemand, ob sie nicht eine Krankheit mitbringen, die niemand kennt und gegen die es vielleicht kein Mittel gibt.«

»Aber wenn man die Krankheit nicht kennt, wie will man dann rausfinden, dass jemand sie hat?«, hatte er gefragt.

»Wie bei uns.« Hatte seine Mutter geantwortet. »Man hat die Astronauten ein paar Tage von allen anderen Menschen ferngehalten, um zu sehen, ob sie krank wurden. Und erst als man sicher war, dass sie ganz gesund waren, ließ man sie aus dem Wohnwagen raus. Das nennt man Quarantäne.«

Er hatte beeindruckt geschwiegen, weil ihm etwas klargeworden war.

»Dann sind wir auch so etwas wie Astronauten?«, hatte er gefragt. Und damit zum ersten Mal in den letzten Tagen ein Lächeln auf das Gesicht seiner Mutter gezaubert.

»Vielleicht ein kleines bisschen«, hatte sie gesagt. Doch ihre Miene war sofort wieder traurig geworden.

»Und Papa? Ist Papa dann auch so was wie ein Astronaut?«

»Ja«, hatte sie gesagt. »Auch wenn er leider doch krank geworden ist. Papa ist auch ein Astronaut. Und weißt du auch, warum? Weil er ganz fest daran glaubt, dass er wieder gesund wird. Alle Astronauten glauben ganz fest an etwas.«

Er war nachdenklich geworden, weil er merkte, worauf seine Mutter hinauswollte.

»An den lieben Gott?«, hatte er gefragt. Seine Mutter hatte kurz überlegt.

»Das weiß ich nicht. Vielleicht an die Wissenschaft, vielleicht an die Technik. Ich weiß nur eins. Zumindest einer der Astronauten hatte eine Bibel mit im Raumschiff. Er hat sogar daraus vorgelesen. Und ich bin ganz sicher, dass er jeden Abend vor dem Schlafen gebetet hat, dass der liebe Gott alles zu einem guten Ende bringt. Und das hat er dann ja auch.«

Jetzt war er skeptisch geworden.

»Aber das ist unfair. In einem Raumschiff ist man dem lieben Gott doch viel näher als im Sauerland.«

Wieder hatte seine Mutter gelächelt.

»Dem lieben Gott ist es egal, von wo du mit ihm sprichst. Ihm ist nur wichtig, dass du an ihn glaubst und dass du ihm vertraust.«

»So wie es der Astronaut getan hat?«

»Genau so«, hatte seine Mutter gesagt. Und er hatte sich etwas gefragt. Wenn der liebe Gott die Erde und alles gemacht hatte, was auf ihr war, dann hatte der liebe Gott ja auch irgendwo dieses Antibiotikum gemacht, das seinen Vater wieder gesund machen sollte. Er war nachdenklich geworden.

Und nachdenklich hatte er sich auf sein Bett gelegt, um Radio zu hören. Er fragte sich, ob der liebe Gott wirklich alles im Leben steuern und überwachen konnte. Wenn ja, hatte er wohl ganz schön zu tun. Vielleicht zu viel, um sich auch noch um die Wünsche eines kleinen Jungen im Sauerland zu kümmern. Doch im selben Moment riss draußen vor seinem Fenster die tiefhängende graue Wolkenmasse auf und die blasse Wintersonne fiel genau auf sein Messdienergewand. Er war noch nachdenklicher geworden. Dann war er aufgestanden, hatte sich neben sein Bett gekniet und die Hände gefaltet.

»Also gut«, hatte er zu dem illuminierten Messdienergewand gesagt. »Tut mir leid, dass ich nicht an dich geglaubt habe. Jetzt tu ich's wieder. Aber dafür musst du Papa bitte bitte ganz gesund machen.«

Das hatte er gebetet. Und dann war der nächste Anruf gekommen. Diesmal hatte seine Mutter nicht weinend aufgelegt. Sie hatte den Hörer fallen lassen und geschrien. Sein Vater war im Krankenhaus in Meschede gestorben.

18   Dienstag, 20:51 Uhr

»Was für ein Arsch!«

Inka sah noch immer fassungslos aus dem Beifahrerfenster, während draußen die Straßen von Attendorn an ihr vorbeirasten. Gewerbehallen und Bäume. Zwei der Grundfesten, auf denen der Wohlstand des Sauerlandes gebaut war: ein gesunder Mittelstand und eine intakte Natur. Der abendliche Verkehr war mäßig, und Röggen setzte das Martinshorn auf dem Dach des Dienstwagens nur an unübersichtlichen Straßenabzweigungen und roten Ampeln ein. Inka nahm das kaum wahr. Zu sehr war sie mit ihrer Wut auf Pfeil beschäftigt.

»Vielleicht können wir in Zukunft neben 'ner kleinen Mordermittlung ja auch noch Kindergärten auf Martinszügen begleiten und Einbruchsprävention für Milchbauern betreiben«, ätzte sie. »Ach ja, und auf dem Rückweg Donuts für alle mitbringen.«

Röggen schwieg, bremste das Auto ab und wuchtete es mit quietschenden Reifen auf eine Ausfahrtstraße Richtung Lennestadt.

»Stehst du nicht auf Donuts, oder warum sagst du nichts?« Inka sah ihre Kollegin an.

»Versprichst du, dass du nicht während der Fahrt aussteigst?«, fragte Röggen zurück und erntete einen ungläubigen Blick ihrer Vorgesetzten.

»Ja. Aber nicht, dass *du* nicht während der Fahrt aussteigst!«

Röggen grinste kurz und nahm Inkas Bemerkung gelassen.

»Ich finde es genauso scheiße wie du, bei einer Mordermittlung unterbrochen zu werden«, meinte sie und schaltete das Martinshorn ein, um einen Bus zu überholen.

»Aber?«, fragte Inka.

»Erstens ist es ja nur für die Unfallaufnahme und zweitens auch vielleicht nicht ganz so unangemessen, wie es dir gerade erscheint.«

Inka atmete durch und dachte nach. Sie wusste, was Röggen meinte. Bei dem Unfall, zu dem Pfeil sie gerade schickte, hatte es offenbar einen Toten gegeben. Also musste in jedem Fall die Polizei ermitteln, ob es sich dabei gegebenenfalls um mehr als einen Unfall handelte. Und wenn die Mordkommission schon in Olpe wortwörtlich ihre Zelte aufgeschlagen hatte, bot sich die Idee ja an. Außerdem musste Inka einräumen, dass sie selbst für ihre umfangreichen Zeugenbefragungen und Sicherungsaufgaben auf dem Campingplatz die Hilfe der uniformierten Kollegen in Olpe erbeten und völlig unbürokratisch erhalten hatte. Damit hatte sie für Unmengen an Überstunden gesorgt, die die ohnehin angespannte Kosten- und Personalsituation der Kollegen noch weiter belastet hatte. Mit ihrer Unterstützung bei dem Verkehrsunfall konnte sie wenigstens einen Teil davon zurückzahlen.

Inka entspannte sich ein wenig und wandte ihren Blick wieder der Straße zu.

»Ist das nicht richtig scheiße, wenn man immer recht hat?«, fragte sie Röggen mit einem zaghaften Lächeln.

»Geht so«, meinte Röggen. »Aber da ist noch was.« Sie griff scherzhaft nach ihrem Gurtschloss, um es vor Inkas Zugriff zu schützen. »Aber das sage ich nur, wenn du versprichst, nicht meinen Schleudersitz zu betätigen.«

»Pfeil?«, fragte Inka wissend. Röggen nickte.

»Hast ihn im Vorzelt ganz schön zurechtgestutzt. Gut, ich hätte dir dafür einen Orden an deinen Polo geheftet, aber ein Alpha-Männchen wie er lässt sich das halt nicht so gern gefallen.« Sie deutete auf die Straße vor sich. »Und so eine Unfallaufnahme ist halt seine Art, dir das zu sagen.«

»Was soll ich machen? Mir alles gefallen lassen?«, fragte Inka. »Wenn ich bei der ersten Mordermittlung unter seiner Führung zulasse, dass er sich einmischt, kann ich mich auch gleich an den Schreibtisch ketten lassen und nur noch unterschreiben, was er anordnet.«

Röggen sah Inka an und lächelte versöhnlich, bevor sie die Schulter zuckte.

»Das ist das Schöne daran, wenn man nicht Leiterin der Abteilung Kapitalverbrechen ist. Wenn's eng wird, sagt man einfach: keine Ahnung.«

Inka sah wieder aus dem Fenster. Diesmal nachdenklich. Draußen verwandelte das tiefe Rot des Sonnenuntergangs das Grün der Wälder und Hügel in ein schmutziges Anthrazit. Obwohl die Anzeige auf dem Armaturenbrett noch immer entspannte 21 Grad zeigte, fröstelte Inka. War es ihre zunehmende Müdigkeit? Sie wusste es nicht. Nur eines war ihr klar. Wenn Machtspielchen und Grabenkämpfe mit Pfeil ab sofort Bestandteil ihrer Jobbeschreibung sein würden, war das nicht der Job, den sie in den nächsten Jahren machen wollte.

Röggen bremste den Wagen scharf ab, als sie sich einer Kreuzung näherten, deren Ausfahrt Richtung Lennestadt von einem querstehenden Streifenwagen der Polizei mit eingeschaltetem Blaulicht blockiert war. Ein Schild wies auf eine Umleitung wegen eines Unfalls hin.

»Ein paar Streifenkollegen scheinen noch verfügbar zu sein«, meinte Röggen und fuhr langsam auf den Streifenwagen zu. Als ein uniformierter Beamter an sie herantrat, ließ sie das Fenster herunter und zeigte ihm ihren Dienstausweis. Offenbar war der

Mann vorbereitet. Er tippte sich an die Dienstmütze und wies die gesperrte Straße hinab.

»Etwa ein Kilometer. Verfehlen können Sie's nicht.« Röggen bedankte sich, fuhr das Fenster wieder hoch und beschleunigte. Keine Minute später markierten weitere blinkende Warnleuchten den nahen Unfallort. Inka und Röggen rollten um eine Biegung der Straße und sahen auf eine wilde Wagenburg aus unterschiedlichsten Einsatzfahrzeugen, die sich um ein gleißend hell erleuchtetes Zentrum gruppierten wie Planeten um den Fixstern ihres Sonnensystems. Hektische Warnleuchtenblitze zuckten in den dunkler werdenden Wald rechts und links der Straße. Röggen brachte den Wagen zum Stehen und schaltete den Warnblinker ein. Die Ermittlerinnen stiegen aus und standen sofort im Dunst von Dieselabgasen, Befehlsrufen und dem dröhnenden Lärm von Lkw-Motoren und Generatoren. Der Blick auf den eigentlichen Unfallort wurde von zwei Einsatzfahrzeugen der Freiwilligen Feuerwehr, einem Notarztwagen und dem Streifenwagen versperrt. Erst jetzt erkannte Inka, dass in der Mitte der Wagenburg ein weiteres Fahrzeug stand. Ein geländefähiges Bergungsfahrzeug mit Seilwinde und absenkbarer Ladefläche. Ein junger, uniformierter Beamter bemerkte Inka und Röggen erst, als sie schon an ihm vorbei waren.

»Hey, Sie können nicht …«, hob er an. Inka hielt ihm ihren Dienstausweis hin.

»Wir müssen sogar«, sagte sie und ging weiter. Vorbei an Feuerwehrmännern und zwei Sanitätern, die auf ihren unerfreulichen Einsatz warteten. Noch immer ließ sich die Unfallszenerie nicht erkennen. Die Frauen stiegen über Schläuche und Leitungen hinweg und zwängten sich an den Feuerwehrfahrzeugen vorbei. Nun erkannte Inka den Grund, warum sie kein Unfallfahrzeug hatte erkennen können. Es gab keins. Stattdessen lief ein fast armdickes Stahlseil von der Winde des Bergungsfahrzeugs in das dichte Unterholz unmittelbar neben der Fahrbahn. An der Winde stand ein grobschlächtiger Kerl in einer grauen Latzhose mit grellen gelben Reflektoren und Zigarette im Mundwinkel. Neben ihm stand ein weiterer Feuerwehrmann, der den Aufdruck »Einsatzleiter« auf seinem Schutzmantel trug. Er war mindestens einen Kopf größer als Inka, breitschultrig und wirkte in seiner Ausrüstung mit Helm, langem reflektierendem Mantel und Stiefeln wie ein postmoderner Samurai. Inka trat an ihn heran, hielt ihm ihren Ausweis entgegen und streckte sich in Richtung seines Ohres.

»Können Sie mir was zu dem Unfall sagen?«, rief sie gegen den Lärm der Generatoren. Der Mann beugte sich zu ihr herunter.

»Nicht viel«, rief er zurück in Inkas Ohr. »Gibt kaum Spuren. Vor zwei Stunden ging ein Notruf von einem Zeugen ein, der ein verunfalltes Fahrzeug da vorne im Wald gefunden hatte.« Er deutete auf den Bereich vor ihnen, wo das Seil der Winde im dichten Grün des Waldes verschwand.

»Ein Autofahrer?«, fragte Inka.

»Ein Wanderer«, antwortete der Einsatzleiter. »Das Unfallfahrzeug war von der Straße aus gar nicht zu sehen. Wir haben fast fünf Minuten gebraucht, bis wir es gefunden haben. Aber wir kamen ohnehin zu spät.«

»Weil das Opfer schon tot war?«, rief Inka. Der Mann nickte.

»Danke.«

Inka wollte sich gerade an Röggen wenden, als der Einsatzleiter noch etwas hinzufügte.

»Übrigens schon mindestens 48 Stunden.« Inka sah ihn irritiert an.

»Äh, für diese Einschätzung warten wir lieber auf den Arzt. Ist der unterwegs?«

»Steht vor Ihnen«, sagte der Mann und hielt ihr seine Pranke hin. »Dr. Martin Lammert. Freiwillige Feuerwehr Attendorn und nebenbei Allgemeinmediziner in Olpe. Wir regeln so was hier in Personalunion, wenn möglich.«

»Verstehe«, meinte Inka, war aber zu überrascht für eine Entschuldigung.

»Sie sagten, mindestens 48 Stunden tot. Dann ist der Unfall gar nicht frisch?!«,

Auch Röggen trat zu den beiden. Sie trug eine Spiegelreflexkamera mit aufgesetztem Blitzgerät um den Hals. Lammert schüttelte den Kopf.

»Auch mindestens 48 Stunden her. Und bevor Sie fragen, wie er unbemerkt bleiben konnte ...«

Lammert trat zurück und deutete auf die Straße um sie herum.

»Keine Bremsspuren, keine Trümmerteile, nur ein paar zerknickte Äste. Im Vorbeifahren sieht man die Unfallstelle nicht.«

Inka betrachtete die Szenerie und musste ihm recht geben. Sie trat mit Röggen näher an das Waldstück und erkannte erst jetzt, dass es etwa zehn Meter hinter der Straße stark abfiel. Röggen fotografierte. Hinter dem Abhang sah sie zuckende Taschenlampenkegel und das Aufblitzen von Reflektorstreifen weiterer Feuerwehrmänner, die wie leuchtende Skelette in der zunehmenden Dunkelheit tanzten.

»Jetzt«, brüllte plötzlich einer der Männer aus dem Wald. Der zweite Feuerwehrmann neben Inka hob den behandschuhten Zeigefinger und ließ ihn in der Luft kreisen, woraufhin der Mann an der Winde einen Hebel betätigte. Das Dröhnen des Lkw-Motors schwoll an, das Stahlseil hob sich langsam unter lautem Knirschen aus dem Wald, bis es unter Vollspannung stand.

»Ladys, zurücktreten!«, rief der Feuerwehrmann. Inka und Röggen traten zur Seite.

»Langsam!«, kam es aus dem Unterholz. Das Stahlseil spannte sich noch ein wenig straffer, aus dem Wald ertönte ein dumpfes Knirschen. Wenige Sekunden später sah Inka das nahezu intakte

Heck eines roten Autowracks über den Abhang hinaufkriechen. Wie ein untotes Rieseninsekt bahnte es sich in Zeitlupe seinen Weg durch das dichte Grün von Ästen, Zweigen und Büschen auf die Straße.

»Ein Subaru«, meinte Röggen.

»Ohne Kennzeichen«, sagte Inka. »Zumindest hinten. Vielleicht wurde es beim Unfall abgerissen.«

Als der Wagen unter Quietschen und Rumpeln vor Inka und Röggen zum Stehen kam und das Dieseldröhnen abebbte, trat Lammert erneut zu Inka und Röggen.

»Ihr Wagen«, sagte er. »Ich muss aber sagen, dass wir die Fahrertür schon mit dem Hydraulikspreizer bearbeitet haben. Hätte ja sein können, dass drinnen noch was zu retten war. Aber ... kein schöner Anblick«, meinte er. »Männlicher Toter. Ein Ast ist durch die Windschutzscheibe eingedrungen und hat seinen Kopf getroffen. Meiner Einschätzung nach war er sofort tot.«

»Sonst haben Sie und Ihre Leute aber nichts angefasst?«, Inka zog sich Latexhandschuhe über.

»Nur was zur Vorbereitung der Rettung und Bergung nötig war. Wenn Sie keine Einwände haben, würde ich ihn nachher noch mal eingehend untersuchen und dann den Totenschein ausstellen.«

»Wir sehen mal nach und sagen Ihnen gleich Bescheid«, meinte Inka und gab Röggen ein Zeichen. Die beiden Frauen zückten ihre Taschenlampen und schritten gemeinsam das Auto ab. Immer wieder zuckte der Blitz von Röggens Kamera, begleitet von einem mechanischen Klicken. Die Heckpartie des Subaru Impreza war tatsächlich fast vollständig unversehrt. Die längere Standzeit im seit Tagen trockenen Wald hatte für eine deutliche Staubschicht auf dem gesamten Fahrzeug gesorgt, die aber fast überall verwischt war. Vermutlich Spuren der Bergung durch die Feuerwehr, dachte Inka. Auch die hinteren Türen und die Hinterachse waren intakt. Die Frauen arbeiteten sich langsam weiter nach vorne. Erst ab Höhe der vorderen Türen wurde klar, dass es sich um ein Wrack handelte. Verbogenes Blech und scharfkantige Plastikteile ragten aus einer völlig verzogenen und verbeulten Karosserie. Es roch streng nach Benzin, Öl und sonstigen Betriebsmitteln und überall knirschten die körnigen Splitter von zerborstenem Verbundglas. Inka konnte unmöglich sagen, welche Beschädigungen durch den Unfall entstanden waren und welche die Feuerwehr mit dem Rettungsversuch verursacht hatte. Inka betrachtete die Front des Fahrzeugs. Röggen trat zu ihr.

»Die Beifahrerseite ist bis zur Vordertür intakt«, meinte sie. »Danach wird es unschön. Muss ein heftiger Aufprall gewesen sein.« Inka nickte nur, als die Frauen die Reste der ehemaligen Frontpartie des Autos betrachteten. Die Motorhaube war regelrecht aufgefaltet, der Motorblock und die Frontverkleidung weit in Richtung Fahrgastzelle verschoben. Erde, Laub, heraushängende Kabel, Schläuche und deformierte Metallteile ließen das Auto aussehen wie den ausgeweideten Kadaver eines mechanischen Tieres. Die Räder der Vorderachse waren in unnatürliche Winkel abgeknickt, die Reifen platt.

»Gut, hier brauchen wir nach einem Kennzeichen vermutlich gar nicht erst zu suchen«, sagte Röggen. »Keine Spuren auf der Straße, starker Aufprall, vermutlich ist er ungebremst den Hang runtergerast. Was meinst du?« Sie sah Inka an.

»Dass wir auf jeden Fall einen Kfz-Sachverständigen brauchen. Vielleicht war es ja ein Bremsdefekt oder sogar Manipulation.«

Die Frauen wandten sich der Frontscheibe zu. Darin klaffte genau in Kopfhöhe des Fahrers ein armdickes, kreisrundes Loch, um das sich ein Netz aus brüchigem Verbundglas in unterschiedlich langen Rissen über die gesamte Scheibe gesponnen hatte. Dahinter erkannte Inka Blut. Röggen fotografierte.

Die Frauen gingen zur Fahrerseite und öffneten die von der

Feuerwehr zerstörte Tür. Auf dem Fahrersitz saß die zurückgelehnte und übel mitgenommene Leiche eines Mannes, den Inka auf Mitte vierzig schätzte. Der halbgeöffnete Mund war halb zum Fahrzeughimmel gewandt. Die Augen- und Nasenpartie bis zur Unkenntlichkeit deformiert. Mitten im Schädel des Mannes steckten die Reste des inzwischen abgebrochenen Astes, der durch das Loch in der Scheibe gedrungen war. Inka und Röggen sahen auf eine unschöne Mischung aus Blut, Hirnmasse, Holzsplittern und kleinen Glasklümpchen. Inka hielt sich sofort ein Taschentuch vor den Mund. Der strenge Geruch nach Ammoniak, menschlichen Ausscheidungen und Verwesung mischte sich unter die beißenden Ölgerüche. Inka sah sich um und wandte sich an Dr. Lammert.

»Irgendeine Ahnung, wer das ist?«, fragte sie und erntete Kopfschütteln.

»Äußerlich schwer zu sagen. Und Ausweispapiere oder einen Führerschein haben wir bisher nicht gefunden.«

Inka drehte sich wieder in das Fahrzeug und sah sich weiter um.

»Beide Airbags wurden ausgelöst«, bemerkte Röggen.

»Aber anscheinend erst Sekundenbruchteile nachdem der Ast den Mann getötet hat.« Inka deutete auf das Lenkrad, in dessen Mitte ein erschlaffter, ehemals weißer Airbag leblos nach unten hing. Auf seiner Prallfläche sah man Spuren von aufgedrücktem Blut und Reste von Holz, die in Röggens Blitzlichtgewitter noch dramatischer wirkten.

»Vermutlich ist er den Abhang runter, hat noch die Hand zum Schutz gehoben, dann hat ihn der Ast am Kopf erwischt, er wurde nach hinten geworfen, Zehntelsekunden später prallt das Auto auf den Wall, er wird samt Ast nach vorne gerissen, der Ast bricht, die Airbags lösen aus, und er wird wieder nach hinten geworfen.«

Inka wandte sich an Röggen.

»Fertig?«

Als ihre Kollegin ihr den hochgereckten Daumen zeigte, gab Inka Dr. Lammert ein Zeichen und trat mit Röggen zurück.

»Dann können Sie ihn rausholen.«

Nachdem die Feuerwehrmänner den Sitzgurt durchtrennt und den Toten auf eine Plane neben dem Auto abgelegt hatten, untersuchte Röggen den Leichnam, während Inka sich weiter um das Innere des Autos kümmerte. Ihr Taschentuch noch immer vor dem Mund, stieg sie mit dem rechten Knie vorsichtig zwischen Blutspritzer und abertausend Glasbrocken auf die Sitzfläche des Fahrersitzes und sah sich um. Das Armaturenbrett war deutlich in die Fahrgastzelle verschoben, aber größtenteils intakt.

»Die Tachonadel zeigt 82 Stundenkilometer«, sagte Inka nach draußen.

»Erlaubt sind hier 50, wegen der Kurven«, antwortete Röggen und beendete die Durchsuchung der Taschen des Toten. »Übrigens: keine Brieftasche oder Ausweise!« Sie wechselte den Akku ihres Blitzlichtgerätes und fotografierte.

»Hier bisher auch nicht.« Inka strich über einen aufgeklebten Gegenstand in der Mitte des Armaturenbrettes.

»Auf jeden Fall scheint er gläubig gewesen zu sein. Wenn es sein Wagen war. Hier klebt eine Christophorusplakette.« Ihr Blick wanderte nach oben zum Rückspiegel, an dem die Reste einer Art Kette baumelten. »Und das hier war vermutlich eine Art Rosenkranz. Soweit ich als protestantischer Laie sagen kann.«

Inka krabbelte weiter auf die Beifahrerseite, dabei fiel ihr auf, dass der Schalthebel des Getriebes im vierten Gang steckte. Sie beugte sich zum Handschuhfach, das vom zweiten Airbag verdeckt wurde. Sie ruckelte erfolglos am Öffnungsmechanismus. Vermutlich hatte sich das Armaturenbrett beim Aufprall zu stark deformiert. Inka ließ sich von einem Feuerwehrmann ein Stemmeisen reichen, setzte es an und brach das Schloss des Faches auf. Darin lagen zwei leere CD-Hüllen irgendeines Countrysängers, ein Paket Einwegtaschentücher, ein Lackstift in Wagenfarbe, ein grünes Einwegfeuerzeug und eine rechteckige, etwa zwanzig Zentimeter lange, dunkelgraue Pappverpackung mit kreisrunden Aussparungen in der Deckelplatte. In zwei der Aussparungen steckten kleine rote Kunststoffkelche mit rundem Fuß, die Inka auf den ersten Blick an Eierbecher erinnerten. Sie nahm sie heraus und sah, dass der Kopf des Kelches mit weißem Kerzenwachs gefüllt war, aus dessen Mitte ein kleiner Docht ragte.

»Ein Teelicht?«, fragte Inka und reichte Röggen den Gegenstand nach draußen.

»Nicht ganz«, meinte Röggen von draußen und fotografierte Inkas Entdeckungen. »Ein Opferlicht. Zünden wir professionellen Katholiken gerne mal an, wenn wir was ausgefressen haben oder jemandes gedenken.«

»Immerhin steht keine Flasche Weihwasser im Getränkehalter«, meinte Inka. »Aber weiter bringt uns das auch erst mal nicht.« Inka leuchtete die Ablagen des Armaturenbrettes und der Türen ab. Auch hier nur Alltagskram wie eine Kaugummipackung, ein alter Parkschein und einige Münzen Kleingeld. Inka klappte die leicht verdrehte Sonnenblende herunter und erschrak, als ein flacher dunkler Gegenstand vor ihr in den Fußraum fiel.

»Aber das hier vielleicht.«

Inka hob ein kunstledernes Etui hoch. Darauf prangte das Logo und die Adresse eines Autohauses. Vermutlich ein Werbegeschenk. Inka klappte das Etui auf und sah hinein.

»Bingo. Ich habe den Fahrzeugschein«, rief sie nach draußen und zog das gefaltete Briefchen aus dem Etui.

»Der Wagen ist zugelassen auf einen Karsten Dorbrecht. Wohnhaft in Lennestadt«, sagte sie und kletterte aus dem Wrack. »Wenn es denn sein Auto ist.« Sie sah Röggen an. »Irgendeine Ahnung, wo man bei dem Typ die Fahrgestellnummer findet?«

Röggen zückte ihr Handy und sah auf den Aufdruck auf dem Etui. »Der Laden hat sicher schon zu. Aber ich kenne einen Subaru-Händler bei mir um die Ecke.« Sie verschwand hinter dem Bergungsfahrzeug. Inka wandte sich an den uniformierten Polizeibeamten, der konsterniert auf die Leiche zu Inkas Füßen sah.

»Könnten Sie bitte mal den Namen Karsten Dorbrecht überprüfen? Adresse, eventuelle Vorstrafen und so?« Der Polizist notierte sich die Adresse und verschwand in Richtung seines Streifenwagens, wo er sich an das Funkgerät setzte. Im selben Moment trat Röggen aus dem Schatten hinter dem Bergungsfahrzeug.

»Dann lass uns mal hoffen, dass das Ding wirklich ungefähr fünf Jahre alt ist, wie der Fahrzeugschein sagt. Und dass noch genug vom Motorraum für die Fahrgestellnummer übrig ist.« Sie ging voran auf die Beifahrerseite und sah zu den Überresten der Motorhaube.

»Herr Schmittke vom Autohaus meines Vertrauens sagte, die Plakette mit der Fahrzeugidentifikationsnummer ist von vorne gesehen auf der linken hinteren Seite unter der Motorhaube am Rahmen befestigt.« Da an ein normales Aufklappen nicht zu denken war, half Inka Röggen die Haube an der fraglichen Stelle mit dem Stemmeisen und roher Gewalt anzuheben. Das Auto knarzte vernehmlich, und Glasstücke rieselten, als die Frauen daran zogen und ruckelten. Schließlich war ein Spalt entstanden, der groß genug war, dass Röggen einen Blick an die Stelle werfen konnte, an der sie die Plakette vermuteten.

»Und?«, fragte Inka ächzend, während Röggen ihre Taschenlampe in den dunklen Spalt hielt.

»Da ist tatsächlich was.« Sie versuchte aus verschiedensten Winkeln etwas zu erkennen.

»Scheiße, die Plakette ist da, aber so stark deformiert, dass ich sie nicht lesen kann.«

Inka ließ von der Haube ab.

»Egal, kann ja der Kfz-Sachverständige klären«, meinte sie.

»Vielleicht haben wir ja was Besseres für Sie.« Inka und Röggen sahen auf. Die Feuerwehrleute winkten die beiden Frauen vom Heck des Fahrzeugs heran. Sie hatten die Heckklappe des Autos geöffnet und sahen wortlos in den Kofferraum. Inka und Röggen traten zu ihnen und folgten ihren Blicken. Erstaunter hätten sie nicht sein können. Im Schein ihrer Taschenlampen reflektierten zwei unversehrte weiße Aluminiumplatten ein weißes »D« auf blauem Grund und die Ziffern »HSK – KD 411« vom Teppich des Kofferraumbodens.

»Die Kennzeichen«, meinte Inka ratlos. »Wie kommen die denn da rein?«

Röggen zuckte die Schultern.

»Jemand muss sie vor dem Unfall abmontiert und da reingelegt haben«, meinte Röggen. »Jedenfalls ist das die Zulassung, die im Fahrzeugschein vermerkt ist.«

Inka nickte.

»Aber warum in aller Welt fährt jemand ohne Kennzeichen durchs Sauerland?«

Im selben Moment klingelte ihr Handy. Sie beantwortete den Anruf, ohne auf das Display zu sehen.

»Ist gerade sehr ungünstig.«

»Auch wenn es um Mathijn van Geerdonk geht?«, fragte Kemperdick. Inka war sofort bei der Sache.

»Sagen Sie nicht, Sie haben ihn?!«

»Wollen Sie 'ne Horrorstory über Verfolgungsjagden durch Grachten, Coffeeshops und Tulpenfelder?«

»Kemperdick ...«, ermahnte Inka ihn. Sein breites Grinsen war förmlich zu hören.

»Okay. Die niederländischen Kollegen waren sehr kooperativ. Wir sind mit dem Haftbefehl zu seiner Adresse, haben geklingelt, und da war er. Hätte ich mir auch komplizierter vorgestellt.«

»Und jetzt?«

»Wenn Sie wollen, bringen wir ihn morgen früh nach Brilon.«

19   Dienstag, 23:31 Uhr

Inka zog den Schlüssel aus dem Zündschloss und genoss für einen Moment die Stille. Draußen hatte sich die sauerlandtypische tiefe Dunkelheit über Brilon gelegt. Nur die Straßenlaternen warfen fahle Lichtpunkte auf Inkas Wohnstraße und die Fassaden der Häuser. Inka lehnte sich in ihrem Fahrersitz zurück und gähnte. Kaum löste sich ihre seit Tagen andauernde Anspannung, schlug die Erschöpfung gnadenlos zu. Hinzu kam die Wetterlage. Trotz des klaren Himmels und der vorgerückten Stunde lag noch immer eine ungewöhnliche Wärme über der Stadt. Inka hatte ihre neue Heimat unter anderem dafür schätzen gelernt, dass man selbst nach den heißesten Sommertagen fast immer erholsamen Schlaf fand, weil es sich nachts deutlich abkühlte. Doch anscheinend machte der Klimawandel auch vor dem Sauerland nicht halt. Inka blendete den Gedanken aus. Heute Nacht würde sie selbst unter tropischen Bedingungen schlafen wie ein Stein. Die morgige Vernehmung von Mathijn van Geerdonk bescherte Inka nicht nur womöglich einen wichtigen Schritt bei ihren Ermittlungen, sondern auch die Segnungen einer Nacht in einem echten Bett.

Inka griff nach ihrer Tasche auf dem Beifahrersitz und suchte ihren Haustürschlüssel. In ihrer Wohnung würde, bis auf Böse, vermutlich niemand mehr wach sein. Bei den Kindern konnte sie das nur hoffen, bei Henne fand sie es ein wenig schade. Inka nahm den Schlüssel heraus und überprüfte ihr Handy auf eingegangene Nachrichten. Nichts. Wie nicht anders zu erwarten. Zwar hatte sie Dr. Lammert ihre Telefonnummer gegeben und ihn um Rückmeldung gebeten, sobald er die Untersuchung der Unfallleiche beendet hatte. Aber zum einen hatte Inka keinen Zweifel, dass es sich bei dem Toten tatsächlich um Karsten Dorbrecht handelte. Zum anderen war mit Ergebnissen nicht vor morgen Mittag zu rechnen. Genauso wenig wie mit Erkenntnissen über den Unfallhergang. Hier sah Inka schon eher Klärungsbedarf, weshalb sie auch dem angeforderten Kfz-Sachverständigen ihre Visitenkarte überreicht hatte. Die fehlenden Brems- oder Ausweichspuren auf der Fahrbahn und die abmontierten Kennzeichen im Kofferraum verlangten zumindest nach einer plausiblen Erklärung. Inka hatte beschlossen, ihre eigene Bewertung des Unfalles von den Erkenntnissen der beiden Experten abhängig zu machen und den Vorfall schnellstmöglich nach Olpe zurückzugeben, bevor für sie ein weiterer Fall daraus wurde. Mit ihrem Mord und Mathijn van Geerdonk hatte sie mehr als genug zu tun. Das würde sogar Pfeil einsehen müssen. Allerdings auch erst morgen. Und bis dahin würden ein paar Stunden Schlaf sicher Wunder wirken.

Inka schnappte sich ihre Tasche und langte nach dem Türgriff, als ein Fahrzeug an ihr vorbeifuhr. Ein japanischer Sportkombi, dessen Bremsleuchten etwa fünfzig Meter weiter plötzlich grell aufleuchteten. Der Wagen hielt unmittelbar vor Inkas Haus. Inka kannte weder das Fahrzeug noch dessen Sauerländer Kennzeichen. Dafür denjenigen, der wenige Sekunden später aus der geöffneten Beifahrertür stieg. Henne.

Er warf die Tür zu, winkte dem davonbrausenden Sportwagen kurz nach und ging in Richtung Hauseingang davon. Inka stieg irritiert aus und eilte Henne hinterher. Sie erreichte ihn, als er gerade dabei war, seinen Schlüssel in das Schloss der Haustür zu stecken.

»N'Abend, Fremder«, sagte sie.

Henne fuhr erschrocken herum. Seinen Schlüssel wie ein Taschenmesser auf Inka gerichtet, starrte er sie mit aufgerissenen Augen an.

»Ich hoffe, Sie haben einen Waffenschein für das Ding«, scherzte Inka mit Blick auf den Schlüssel. »Warum so schreckhaft?«

»Inka?!«, fragte er überrascht.

»Immerhin direkt wiedererkannt«, entgegnete sie. »Wo kommst du her?«

»Wollte ich dich gerade fragen«, wich Henne aus. Er atmete durch und wandte sich wieder dem Schloss zu. »Mann, kannst du einen erschrecken. Fall gelöst oder keine Lust mehr auf Camping?«

»Kleiner ermittlungstechnischer Umweg mit Heimaturlaub«, sagte Inka. »Aber ich habe zuerst gefragt.«

»Ich war aus. Altstadttreff«, kam es wie aus der Pistole geschossen. Der Altstadttreff mitten in Brilon war Hennes Stammkneipe. Wenn es seine Haus- und Ehemannspflichten irgendwie ermöglichten, war normalerweise der späte Samstagabend Hennes heilige Freizeit. Auch wenn Inka ihn damit regelmäßig am Wochenende entbehren musste, gönnte sie ihm sein traditionelles Bier mit seinen Kumpels und dem »Aktuellen Sportstudio«. Unter der Woche waren solche Ausflüge allerdings nicht die Regel.

Henne öffnete die Tür und trat in den dunklen Hausflur, dessen Licht er ausgeschaltet ließ.

»Mitten in der Woche? Einfach so? Und die Kinder?«, fragte Inka und folgte ihm. Henne wartete bis sie im Flur war und schloss die Tür leise wieder.

»Um die hat Frau Lugner sich gekümmert«, sagte er mit deutlich gesenkter Stimme und deutete unnötigerweise mit dem Kopf in Richtung der einzigen Wohnungstür im Erdgeschoss. Inka sah, wie sich prompt ein Lichtschein unter der Wohnungstür und hinter dem winzigen Türspion ihrer Nachbarin ausbreitete. Anscheinend hatte Frau Lugner bereits gehört, dass die Luhmanns nach Hause gekommen waren. Und gesehen. Denn im selben Moment verdunkelte sich der Türspion.

»Und wer hat dich gerade nach Hause gebracht?«, fragte Inka und deutete ihrerseits in Richtung Straße. »Das war doch keiner von deinen Jungs.« Diesmal war der zeitliche Abstand bis zu Hennes Antwort deutlich länger.

»Eine alte Bekannte.«

Inka zog die Augenbrauen hoch.

»Also weiblich«, stellte Inka fest. »Und so alt schien die mir gar nicht. Zumindest noch im sportwagenfähigen Alter.«

Henne verzog das Gesicht und sah seine Frau an.

»Mann, Inka. Bianca Steffens. Die mit dem Sohn in Toms Klasse. Eine Schulfreundin, die seit kurzem wieder im Lande ist. Übrigens mit Mann und Kind.«

Er wandte sich nach links, wo eine Treppe ins Obergeschoss zu ihrer Wohnung führte.

»Und da hat sie nichts Besseres zu tun, als dich gleich mal anzurufen, um mit dir auszugehen?«

Henne atmete genervt aus.

»Wir haben uns zufällig getroffen. Bei Toms Einschulung.«

»Wie schön. Dann seht ihr euch ja jetzt öfters«, meinte Inka patziger, als ihr selbst lieb war, und stapfte an ihm vorbei die Treppe hinauf. Hennes kleiner Ausflug hatte ihre Müdigkeit schlagartig verscheucht. Stattdessen kochte Wut in Inka auf. Sie wusste nicht einmal genau, worüber. Darüber, dass der Abend einen deutlich unharmonischeren Verlauf nahm als erhofft? Darüber, dass Henne Dinge hinter ihrem Rücken tat, von denen sie keine Ahnung hatte? Oder darüber, dass sie vielleicht gerade wegen einer völligen Belanglosigkeit zur zickigen Furie mutierte? Vermutlich war es eine Mischung aus allem. Befeuert von ihrem Stresspegel und ihrer Müdigkeit. Verdammt, dachte Inka. Waren sie nicht erst vor drei Tagen aus dem Urlaub zurückgekommen? Wo war eigentlich das, was man Erholungseffekt nannte?

Henne seufzte und sah Inka nach.

»Nacht, Frau Lugner«, hörte Inka ihn ein wenig lauter in Richtung der Wohnungstür sagen. »Und danke.«

»Gerne. Nacht«, kam es gedämpft aus der Wohnung. Dann hellte sich der Türspion wieder auf, bevor das Licht unter der Tür erlosch.

Ein Stockwerk darüber hörte Inka vorfreudiges Schnaufen und das Klicken von tanzenden Hundepfoten auf Laminat hinter ihrer eigenen Wohnungstür. Böse hatte natürlich längst gehört, dass Frauchen und Herrchen im Anmarsch waren. Inka zwang sich zur Ruhe. Was war denn schon passiert? Henne war aus gewesen. Und? Das war sein gutes Recht. Außerdem kannte sie ihren Mann lange genug, um zu wissen, dass er sie nicht betrügen würde. Doch war es nicht genau diese trügerische Sicherheit, in der sich Hunderttausende andere Ehepartner wiegten, bevor ihnen der Boden unter den Füßen weggezogen wurde? Scheiße, wer so dachte, musste echt gestresst sein. Inka atmete durch.

»Jetzt mal im Ernst, Henne«, sagte sie ruhig. »Wieso gehst du mitten in der Woche ohne mir was zu sagen mit 'ner Frau aus, die ich nicht kenne?«

»Mann, Inka«, beschwerte sich Henne. »Bist du etwa eifersüchtig?«

Inka verschränkte mühsam beherrscht die Arme. Er machte es ihr aber auch nicht gerade leicht.

»Nur wenn ich einen Grund dazu habe.«

Sie sah ihn auffordernd an. Henne antwortete nicht. Schlimmer noch, er wich ihrem Blick aus.

»Henne!«, sagte sie unwohl. »Habe ich einen Grund?!«

»Hast du nicht«, sagte er ruhig und öffnete die Wohnungstür. »Können wir das vielleicht drinnen besprechen?« Er ging hinein.

Zehn Minuten später saßen Inka und Henne auf dem Sofa. Böse lag zwischen ihnen, ließ sich den Bauch kraulen und genoss mit verdrehten Augen die unerwartete späte Zuwendung. Ein Glas Weißwein und Hennes ausführlicher Bericht der letzten Stunden, inklusive ein paar alter Schulfotos, hatten Inkas Wut zerstreut. Geblieben war ihre Erkenntnis, dass sie überreagiert hatte. Offenbar hatte Bianca Steffens Henne nach ihrem Treffen in der Schule noch einmal angerufen, und die beiden hatten sich einfach spontan auf ein Bier getroffen und über alte Zeiten geplaudert. Inka gefiel zwar nicht, mit welcher Selbstverständlichkeit sich die Frau an einen verheirateten Mann heranmachte, aber so war es nun mal. Und wenn es Hennes gutes Recht war, sich ohne Absprache mit jemandem zu treffen, war es Inkas gutes Recht, eine Begründung zu verlangen, wenn er ohne ihr Wissen nachts von einer im Sportwagen nach Hause gebracht wurde.

»Und außerdem«, schloss Henne seine Erklärungen. »Mal angenommen, ich hätte echt was mit jemandem, würde ich sie dann ausgerechnet mit in den ›Altstadttreff‹ schleppen?« Inka sah ihn an und nippte an ihrem Wein. Sie wusste, was er meinte: die Buschtrommeln des Sauerlandes. Eine kleine Bemerkung an der Bäckertheke, der Bank oder beim Metzger, und jedes Gerücht fraß sich im Eiltempo durch die Stadt. Noch schneller ging es nur an einem Stammtisch im »Altstadttreff«. Inka sah ein, dass Henne sich keinen ungeeigneteren Ort für ein geheimes Treffen hätte suchen können.

»Und wird das jetzt 'ne regelmäßige Sache zwischen Bianca und dir?«, fragte Inka.

Wieder dieses kurze Zögern bei Henne. Wieder wich er ihrem Blick aus. Doch dann sah er ihr entschlossen in die Augen.

»Natürlich nicht«, sagte er. »War nett, sie mal wiederzusehen, aber ich will doch persönlich nichts von ihr.« Inka nickte und atmete durch.

»Tut mir leid«, sagte sie. »Keine Ahnung warum, aber ich war tatsächlich so was wie …« Sie suchte nach dem passenden Begriff.

»Eifersüchtig«, sagte Henne.

»Angegriffen«, verbesserte Inka lächelnd.

»Selber schuld, wenn du 'ne Sahneschnitte wie mich heiratest.« Aber noch bevor sie ihm in die Rippen knuffen konnte, war Henne schon wieder ernst geworden.

»Mir tut's leid, Inka«, meinte er. »Ich hätte ja echt mal simsen können. Versuchen wir's noch mal von vorne?«

»Okay.« Inka nickte, stellte ihr Weinglas ab und räusperte sich gekünstelt.

»N' Abend, Fremder«, sagte sie lächelnd.

»Inka?!«, meinte Henne überrascht. Aber so wenig überzeugend, dass beide in prustendes Lachen ausbrachen. Dann zog Inka ihn versöhnlich zu sich heran.

»Lass uns die Kurzversion nehmen. Ist schon spät.«

»Und die wäre?«, fragte Henne.

Inka küsste ihn auf den Mund.

»Ich wüsste, wie du alles wiedergutmachen könntest.«

»Und ich wüsste, wofür ich tatsächlich einen Waffenschein brauche«, grinste Henne.

Diesmal knuffte Inka ihm in die Rippen. Dann küssten sie sich erneut. Doch eine unbeschwerte Leidenschaft wollte sich dabei nicht einstellen. Irgendwo tief in Inkas Eingeweiden glühte ein winziger roter Schmerzpunkt auf. Ohne dass sie einen Grund hätte nennen können, hatte sich ein kleiner Rest Zweifel in Inkas Gedanken eingenistet. Wie ein Sandkorn in einer Auster.

ER   Mittwoch, 8:05 Uhr

Das Rot war stark in ihm. Das wusste er. Auch wenn er nicht wusste, woher es kam. Er wusste nur, dass es da war, seit sein Vater gestorben war. Und er wusste, wann es kam. Denn es kündigte sich an. Mit einem leisen Kribbeln in der Mitte seines Hinterkopfs. Genau da, wo er den kreisrunden Haarwirbel hatte. Er hatte schon oft mit Hilfe von zwei Spiegeln versucht herauszufinden, ob es irgendein äußerliches Zeichen an seinem Kopf gab, das einen Hinweis auf das Rot gab. Eine Schwellung vielleicht, ein Mal, ein Pulsieren ... Aber da war nichts. Nur das leise Kribbeln. Erst zaghaft, wie ein sanftes Jucken. Nur nicht auf der Haut. Auch nicht unter ihr. Sondern tiefer. Viel tiefer. Irgendwo unter dem Schädelknochen schien es zu kochen wie Lava im Erdinneren. Im Erdkundeunterricht hatte er einmal eine Dokumentation über den Ausbruch eines Vulkans gesehen und fand, einen besseren Vergleich konnte es nicht geben. Die Lava kochte in ihm. Vermutlich ständig, wie unter dem Erdmantel. Genau wusste er das nicht. Er wusste nur, dass die Lava da war. Dass sie in ihm aufstieg, wenn der Druck zu groß wurde, und dass sie sich unaufhaltsam den Weg aus seinem Innersten bahnte. Direkt in sein Gehirn. Und dort eruptierte sie in einem pyroklastischen Strom aus Hitze, tödlichen Gasen und Lava. Wie ein Vulkan, der sich von einem Augenblick auf den nächsten von einem friedlichen steinernen Giganten in einen feuerspeienden Dämon verwandelte, der alles in seiner Umgebung ins Verderben riss. Genau so war das Rot in ihm. Und es kündigte sich genau so an. Mit winzig kleinen Erdbeben. Dem leisen Kribbeln.

Und genau wie kleine Erdbeben sich zu größeren Stößen ausweiteten, so wurde das Kribbeln zu einer Art Brennen. Wie das Gefühl, das er manchmal in seinem Arm hatte, wenn er nachts aufwachte und merkte, dass er eine ganze Weile seltsam verrenkt darauf gelegen hatte. In dem halbdunklen Nebel zwischen Schlaf und Erwachen träumte er dann oft, sein Arm stecke unbeweglich in einem dieser riesigen Ameisenhügel zwischen Niederbergheim und Hirschberg, wo Hunderttausende gieriger Waldameisen ihn bei lebendigem Leib auffraßen. So fühlte sich sein Gehirn an, wenn das Rot sich ankündigte. Gefühllos, vor Schmerzen taub, nicht mehr kontrollierbar und lichterloh in Flammen. Und das Brennen breitete sich aus. Kreisrund. Wie die Welle, die ein Stein verursacht, den jemand in einen ruhigen Bergsee wirft. Nur war sein Bergsee ein mit Lava gefüllter Krater und sein Stein ein Meteorit mit Schallgeschwindigkeit. Ohne dass er auch nur in Reichweite irgendeiner Art von »Not-Aus«-Knopf gelangen konnte, stand sein Gehirn in Flammen. Und dann kam das Rot. Es senkte sich vor seine Augen. Nicht wie ein Vorhang. Eher wie ein Visier für den bevorstehenden Gewaltausbruch. Unbarmherzig, gnadenlos und blutig für alles, was dumm genug war, sich ihm in den Weg zu stellen.

Doch das Rot dauerte meist nur wenige Sekunden. Dann verlief es in ihm zu Schlieren. Sein Blick klarte auf, und der Schmerz in seinem Kopf zerrieselte zu Staub. Eine meterdicke Schicht aus Vulkanasche, die sich auf seine Gedanken legte. Nie hatte er auch nur die kleinste Erinnerung an das, was er tat, während das Rot in ihm loderte. Die Folgen dagegen waren umso offensichtlicher. Seine Opfer kamen nie mit weniger als einer notärztlichen Behandlung davon. Seine Mutter war nach jahrelangem Kampf gegen die Verzweiflung und mit der Sühne für die Schuld ihres

Sohnes nur noch eine graue Hülle aus Haut, Sehnen und unerschütterlichem Glauben. Seiner Schulakte fehlte nur noch der finale Eintrag für seinen endgültigen Abstieg aus der Mitte der Gesellschaft: Dem Verweis auf eine Sonderschule für Schwererziehbare.

Er saß auf einem der drei harten Besucherstühle des Schulsekretariats und tat das, was er immer tat, wenn er hier saß. Er ignorierte die vorwurfsvollen Blicke der Sekretärin hinter ihrem mächtigen hölzernen Tresen und starrte verächtlich auf das Christuskreuz über der Tür zum Büro des Rektors. Wie es sich für eine katholische Hauptschule im Sauerland gehörte, hingen die Dinger in jedem Raum. Und jedes einzelne rief nichts als Verachtung in ihm hervor. Der Typ, den die Römer da ans Kreuz genagelt hatten, war schließlich selber schuld. Statt sich gegen seine Feinde und seinen Verräter zu wehren, hatte er was getan? Ihnen auch noch die andere Wange hingehalten. Er lächelte spöttisch. Angeblich war Jesus der Erlöser der Menschheit. Für ihn war er nur ein naiver Trottel. Ein Typ, der, als Erwachsener, wohlgemerkt, den gleichen Fehler begangen hatte, den er als kleiner Junge gemacht hatte. Er hatte Gott vertraut. An ihn geglaubt. Und genau wie ihn hatte Gott, Jesus einfach hängenlassen. Im wahrsten Sinne des Wortes. Seinen eigenen Sohn!

Ein Gedanke, der fast eine Welle Mitgefühl in ihm heraufbeschworen hätte. Wenn er zu Mitgefühl fähig gewesen wäre. Immerhin musste er zugeben, dass es für Jesus sicher auch nicht so einfach gewesen war. Wenn der eigene Vater einem einen Rat gibt, nimmt man ja nicht an, dass man als Dank für seine Gehorsamkeit am Kreuz landet. Aber einen Vater hatte er ja dank Gott nicht mehr. Also würde ihm auch nie passieren, dass er am Kreuz landete. Weil er garantiert nie wieder auf Gott hören würde. Und weil das Rot stark in ihm war.

Draußen auf dem Flur hörte man hektische Schritte und Stimmen. Durch den Türspalt konnte er sehen, wie Kai Bungert von seiner Mutter und einem Sanitäter in einem Rollstuhl den Gang hinuntergeschoben wurde. Vermutlich brachten sie ihn ins Krankenhaus. Bungerts Angst war unter dem fetten, blutgetränkten Verband um seinen Kopf zwar nicht erkennbar, aber er konnte sie riechen. Wenn die Asche nach dem Rot langsam von seinen Gedanken wehte, waren seine Sinne schärfer als vorher. Bungert heulte am rechten Arm seiner Mutter, während sein eigener linker in einer Schlinge lag, sein Fruit-of-the-Loom-Sweatshirt war verdreckt, seine Vaniliahose hatte er sich bepisst und seine neuen Adidas Marathon TR vollgeblutet. Was für ein Kontrast zu dem Kai Bungert von vor einer halben Stunde. Da war der Kerl gerade frisch aus dem weißen Golf-Cabrio seiner Schwester gestiegen, um vor seinen Kumpels mit seinem neuen Walkman zu prahlen. Natürlich genau an der Stelle, wo er aus dem überfüllten Bus stieg und von der Schülermenge gegen Bungert gedrückt wurde. Bungert hatte sich umgedreht und sich prompt über seine C&A-Klamotten, seine Replika-Tennisschuhe und den uralten Schulranzen lustig gemacht. Das war sogar noch okay. Und egal. Es stimmte ja. Warum also sollte er sich darüber aufregen? Doch eben weil er genau das nicht tat, konnte Bungert nicht aufhören:

»Ey, Dorbrecht, du Schwuchtel!«, hatte er gejohlt. »Wie wär's, wenn ich mal meinen Bruder bei euch vorbeischicke, damit du's nicht immer deiner Mutter besorgen musst?!« Bungert hatte sich beifallheischend unter seinen Jungs umgesehen. »Wenn sie gut ist, lässt er ihr vielleicht 'nen Zwanziger da. Dann kommt ihr wieder 'n Monat über die Runden.«

Bungert hatte nicht mal gemerkt, dass er der Einzige war, der gelacht hatte. Die anderen wussten, was passieren würde. Das Kribbeln hatte eingesetzt …

Es gab nichts, was man gegen das Rot tun konnte. Seit sein Vater vor einigen Jahren an den Pocken gestorben war, hielten er und seine Mutter sich eher schlecht als recht über Wasser. Das Haus hatten sie zwar dank einer Lebensversicherung seines Vaters behalten können, aber seine Mutter musste Vollzeit in einer Bäckerei arbeiten. Dinge wie ein Urlaub, Markenklamotten oder gar so etwas wie die neue Atari-Spielekonsole waren illusorisch. Ein halbwegs geregeltes Familienleben auch. Sosehr seine Mutter auch darum kämpfte. Sein grenzenloser, pubertierender Hass war größer. Er hasste sich für sein orientierungsloses Leben, er hasste Gott für den Verlust seines Vaters. Und er hasste seine Mutter dafür, dass sie ihn und Gott aus denselben Gründen umso mehr liebte.

Er sah an sich herab. Seine Hemd war blutbespritzt, seine Knöchel waren wundgeschlagen und seine Replika-Turnschuhe ein Fall für die Waschmaschine. Neue würde es nicht geben. Dann wanderte sein Blick auf die große Uhr neben dem Fenster zum Schulhof. Zehn Minuten war seine Mutter jetzt schon beim Direx. Er glaubte nicht, dass es viel länger dauern würde. Nach den letzten Malen Rot hatte der Mann seine Mutter in seinem Beisein über seine Taten aufgeklärt. Wahrscheinlich eine pädagogische Maßnahme, die auf Besserung abzielte und jedes Mal mit der Ermahnung für eine »letzte Chance« geendet hatte. Eine allerletzte würde es nicht geben. Besonders, weil es um Kai Bungert ging. Dessen Eltern waren Hauptsponsor der Handballmannschaft. Er brauchte also keine Kristallkugel, um zu wissen, was der Rektor seiner Mutter sagen würde.

»Ihr Sohn ist auf dem besten Weg, sein Leben wegzuschmeißen, Frau Dorbrecht«, würde er sagen. Natürlich immer unter dem Mantel der katholischen Nächstenliebe und der Fürsorge. Dann würde er darauf verweisen, dass er und Gott niemanden so schnell aufgeben würden, dass er aber ein besonders uneinsichtiger Fall wäre und dass es ein Ende geben muss, wenn andere Schafe seiner Herde dauerhaft gefährdet seien.

Sein Blick wanderte wieder zum Kreuz über der Tür. Sonderschule. Und wenn schon, dachte er.

»Danke für nichts«, sagte er.

Plötzlich hörte man hinter der Tür zum Büro des Rektors ungewohnt hektisches Stühlerücken und einen gedämpften Ruf.

»Frau Dorbrecht!« Dann wieder Schritte und noch einmal einen Ruf. Diesmal nach der Sekretärin.

»Frau Strenger! Sind die Sanitäter noch da?!«

Die Sekretärin sprang erschrocken auf, stöckelte umständlich um ihren Tresen und riss die Tür zum Büro ihres Chefs auf.

»Um Gottes willen!«, schrie sie. Natürlich.

An der Sekretärin vorbei konnte er einen Blick in das Büro werfen. Vor dem einschüchternd großen Eichenschreibtisch des Direktors lag der Besucherstuhl seiner Mutter umgestoßen auf der Rückenlehne. Vor dem Schreibtisch kniete der bleiche Direktor hilflos über seiner noch bleicheren Mutter. Sie atmete flach und sah zerbrechlicher aus, als er es je für möglich gehalten hätte. Als der Direktor seinen Blick auffing, verfinsterte blanker Zorn seine Miene.

»Das hast du ja toll hingekriegt, Dorbrecht!«, schrie er.

Er stand auf.

»Was ist los?«, fragte er seltsam taub.

»Das siehst du doch!«, fauchte der Direktor zurück, während Frau Strenger auf den Flur stöckelte und panisch nach dem Sanitäter rief, der gerade eben noch Kai Bungert versorgt hatte.

»Was weiß ich! Vermutlich ein Herzinfarkt!«, rief der Direktor. »Bete lieber, dass es was Harmloseres ist!«

Sein Blick wanderte von seiner Mutter auf dem staubigen Boden des Direktorbüros zum Christuskreuz über der Tür. Doch es war kein Gebet, was er an Gott richtete.

»Das wagst du nicht«, drohte er grimmig.

20   Mittwoch, 08:31 Uhr

»Bah, kalt!«

Inka verzog angewidert das Gesicht und stellte den Kaffeebecher auf ihrem Schreibtisch ab. Über das Schreiben ihres Berichts zu dem Verkehrsunfall in der Nähe von Attendorn hatte sie das Automatengebräu völlig vergessen. Egal, dachte sie. Das Zeug schmeckte weder heiß noch kalt. Wichtiger war das Koffein. Und das konnte sie nach einer kurzen Nacht gebrauchen. Sie kippte den Kaffee herunter, verzog abermals das Gesicht und sah auf die Uhr.

In etwa einer halben Stunde würde Kemperdick mit Mathijn und dessen Anwalt in Brilon eintreffen. Zumindest hatte Kemperdick das in seiner E-Mail aus einem niederländischen Hotel gestern Abend angekündigt. Er hatte außerdem seinen Bericht über die Befragung von Julia Zimmermann angehängt und mitgeteilt, dass er Porbeck noch in der letzten Nacht Fingerabdrücke von Mathijn van Geerdonk geschickt hatte. Porbeck konnte so noch vor der heutigen Vernehmung klären, ob Mathijn, wie Julia Zimmermann behauptet hatte, tatsächlich mit ihr in der Hütte und damit zur vermutlichen Tatzeit am Tatort gewesen war.

Inka hatte beschlossen, die Zeit bis zur Vernehmung des jungen Niederländers für ihren noch ausstehenden Unfallbericht zu nutzen. Ganz wohl war ihr bei der Sache nicht. Um sich später voll und ganz auf ihren Mordfall konzentrieren zu können, hatte sie eine Art Vorabversion verfasst. Sie enthielt sämtliche Fakten, inklusive aller im Auto gefundener Gegenstände. Lediglich die

Ergebnisse der Untersuchungen der Leiche und des Fahrzeugs fehlten noch. Da Inka bisher keinen Hinweis auf Fremdverschulden hatte feststellen können, hatte sie ihr vermutetes Ermittlungsergebnis schon vorläufig eingearbeitet und die Geschehnisse auf der Landstraße als Unfall klassifiziert. Natürlich würde sie den Bericht erst herausgeben, wenn sich ihre Ansicht mit den noch ausstehenden Untersuchungsergebnissen von Dr. Lammert und des Kfz-Sachverständigen deckte. Sollten die, wie vermutet, ihre Unfalltheorie stützen, könnte sie die beiden Gutachten in wenigen Sätzen einarbeiten und den Bericht an Pfeil übermitteln, der den Fall nach Olpe zurückgab. Im unwahrscheinlichen Fall, dass es Hinweise auf Fremdverschulden gab, hatte Inka ohnehin ein Problem. Denn mit einem mutmaßlichen Tötungsdelikt hätte sie offiziell einen zweiten Fall auf dem Tisch. Inka überflog ihren Bericht noch einmal. Dabei fielen ihr einmal mehr die Kennzeichen im Kofferraum des Unfallfahrzeugs auf. Das war in jedem Fall ein klärungsbedürftiger Punkt. Aber wenn es tatsächlich ein Unfall war, konnten sich die Kollegen in Olpe auch darum kümmern. Inka hatte schließlich einen Mord zu klären.

Sie speicherte die Datei und nahm sich Teil zwei ihrer Morgenaufgabe vor. Kemperdicks Bericht über die Vernehmung Julia Zimmermanns. Das Dokument umfasste lediglich drei Seiten und legte den Schluss nahe, dass Julia Zimmermann sehr kooperativ und bemüht gewesen war, ihrem Freund Mathijn keine Schwierigkeiten zu bereiten. Immerhin hatte sie ein Drogengeständnis abgelegt und entsprechende Beweise ausgehändigt. Oder sie war eine verdammt gute Lügnerin, dachte Inka. Doch sie glaubte nicht, dass Julia aktiv am Mord an Bernd Groschek beteiligt war. Ihr fehlten ein Motiv und die körperlichen Voraussetzungen dafür. Für Mathijn galt das allerdings nicht. Sein Körperbau schien zu passen. Und da Julia nichts über Mathijns Aufenthalt vor ihrem nächtlichen Treffen sagen konnte, kam er als Täter durchaus in

Frage. Auch wenn es für Inka wenig plausibel war, dass er nach einem möglichen Mord mit Julia noch einmal an den Tatort gekommen war. Andererseits gab es noch den möglichen Pilzkonsum. Und zu welchen unfassbaren Handlungen Menschen unter Drogeneinfluss imstande waren, wusste Inka nur zu gut. Vielleicht lag Pfeil mit seinem Haftbefehl gar nicht so falsch. In jedem Fall gab es Stoff genug für die Vernehmung.

Es klopfte in einem von Inkas beiden Türrahmen. Dem, der zum Flur führte.

»Hier übernachtet oder aus dem Bett gefallen?«

Inka sah von ihrem Bericht auf. Porbeck stand im Türrahmen, lächelte sie etwas linkisch an und winkte mit einer Aktenmappe.

»Morgen«, sagte er. »Darf ich?«

Inka verdrehte nachsichtig die Augen. Porbeck war der einzige Kollege im gesamten Revier, der sich beharrlich weigerte, Inkas prinzipiell offenstehende Bürotüren als das zu verstehen, was sie waren. Nicht nur klischeehafte Symbole für offene Kommunikation, sondern reale Einladungen dazu.

»Morgen«, sagte Inka. »Sie dürfen. Und bevor Sie noch mal fragen: Das gilt auch fürs Hinsetzen.« Sie deutete auf die beiden Besucherstühle vor ihrem Schreibtisch.

»Danke, aber das lohnt sich wohl nicht.« Porbeck trat hinter einen der Stühle und reichte Inka einen DIN-A4-Ausdruck aus seiner Mappe. Inka musterte das Schreiben.

»Die Auswertung der Fingerabdrücke von Mathijn van Geerdonk?«, fragte sie.

Porbeck nickte.

»Der Fingerabdruck auf der Tatwaffe stammt nicht von ihm. Dafür mehrere in der Umgebung, unter anderem an der Werkbank und der Tür.«

»Also war Mathijn van Geerdonk tatsächlich am Tatort, ist aber vermutlich nicht der Täter«, folgerte Inka.

»Oder er ist so kaltblütig, dass er die Spuren manipuliert hat.«

»Gute Arbeit. Danke«, meinte Inka zufrieden und legte das Schreiben in die Akte vor ihr. »Das deckt sich dann mit der Aussage von Julia Zimmermann.«

Es klopfte erneut an Inkas Türrahmen. Diesmal an dem, der zum Nebenbüro führte, das sich Inkas Ermittler als Teambüro teilten. Kemperdick trat unaufgefordert und breit grinsend ein.

»Dag«, meinte er im breiten niederländischen Akzent. »Ich hätte gerne Vla und Frikandeln mitgebracht, aber fürs Erste muss es ein Verdächtiger tun. Mathijn und sein Anwalt warten im Vernehmungsraum.«

Fünf Minuten später schritt Inka mit Kemperdick und Röggen, die inzwischen eingetroffen war, den Flur zum Vernehmungsraum entlang.

»Marlies, ich würde die Vernehmung gerne mit Kemperdick allein machen«, sagte sie zu ihrer Kollegin. »Drei sind einer zu viel, und Bastian hat schon Julia Zimmermann befragt, ist also im Thema.«

Röggen nickte.

»Klar, kein Problem.«

Inka wandte sich an Kemperdick.

»Der europäische Haftbefehl gegen Mathijn lautet auf Verstoß gegen das Betäubungsmittelgesetz«, sagte Inka. »Mit anderen Worten: Wir haben nicht viel gegen ihn in der Hand außer dem dringenden Verdacht auf Drogenmissbrauch. Mir geht es aber nur um den Mord.«

»Dünnes Eis«, kommentierte Kemperdick.

»Ich weiß«, sagte Inka. »Aber ich sehe keine andere Möglichkeit rauszufinden, was Mathijn vor dem Treffen mit Julia gemacht hat und ob er vielleicht in den Mord verstrickt ist.« Sie machte eine Pause. »Allerdings hat er mit seiner Freundin eine Leiche entdeckt und nicht gemeldet. Insofern wird ihm klar sein, dass wir ihn nicht nur zu ein paar Pilzen befragen.«

»Leuchtet ein«, meinte Kemperdick.

»Und bietet Blamierungspotential. Hat er auf der Fahrt hierher irgendwas gesagt?«

»Nur ›guten Morgen‹. Und dass er kurz hinter Aachen mal aufs Klo musste.«

»Okay. Hinzu kommt, dass er einen Anwalt hat. Allzu viel werden wir vermutlich nicht aus ihm herausholen. Ich würde sagen, wir fangen mit dem an, was wir haben, nageln ihn auf die Drogengeschichte fest und erzeugen damit ein bisschen Druck hinsichtlich eines Tatmotives. Noch Fragen?«

Sie sah ihre Kollegen an und erntete Kopfschütteln.

»Dann los.« Inka legte gerade ihre Hand auf die Türklinke zum Vernehmungsraum, als hektische Schritte und ein Ruf sie innehalten ließen.

»Frau Luhmann?!« Pfeil kam den Gang entlang auf sie zugeeilt und blieb keuchend vor den drei Ermittlern stehen.

»Wieso muss ich über den Flurfunk von der Verhaftung erfahren, statt von meiner leitenden Kommissarin?«, fragte er.

»Weil ich Ihnen Ergebnisse statt Wasserstandsanzeigen liefern wollte«, meinte Inka. »Mathijn van Geerdonk ist erst mal nur wegen eines Drogendeliktes hier. Sollte es Hinweise auf eine Verwicklung in den Mord geben, sind Sie selbstverständlich der Erste, der es erfährt«, lächelte sie.

Auch Pfeil setzte ein Lächeln auf.

»Gut, dass Sie das sagen. Ich wollte nämlich gerade anmerken, dass mir unsere gegenseitige Kommunikation ein wenig ... ausbaufähig erscheint.«

Inkas Lächeln erstarb.

»Das wiederum könnte daran liegen, dass mein Team unterbesetzt ist und ich mich neben einem Mord noch mit Verkehrsangelegenheiten herumschlagen darf.«

»Ach ja«, tat Pfeil überrascht. »Der Unfall. Was ist damit?«

Inka atmete bemüht geduldig durch.

»Dazu habe ich einen vorläufigen Bericht geschrieben, den ich Ihnen allerdings erst geben kann, wenn mir die Ergebnisse einer Obduktion und eines Kfz-Sachverständigen vorliegen. Und danach, Herr Pfeil, wäre ich Ihnen sehr dankbar, wenn Sie mich endlich meinen Job machen ließen.«

Ohne sich um eine Antwort zu kümmern, trat Inka mit Kemperdick in den Vernehmungsraum.

Der Vernehmungsraum war der einzige im gesamten Gebäude, den man bei der umfangreichen Sanierung vor einigen Jahren ausgespart hatte. Inka wusste bis heute nicht, ob das an mangelnder Budgetplanung oder plumper Psychologie lag. Sie empfand den kargen, dunklen und künstlich beleuchteten Raum mit seiner abgenutzten Möblierung als sehr deprimierend. Was für ihre Arbeit aber durchaus von Vorteil sein konnte. Wenn diejenigen, die hier befragt wurden, das auch so sahen, vermittelte das Ambiente zumindest die unmissverständliche Botschaft, dass ab hier der Spaß vorbei war.

Inka und Kemperdick traten an den einfachen Resopaltisch mit seinen unzähligen Kerben und verkohlten Brandflecken aus der Zeit, als hier noch geraucht werden durfte. Zwei freie, am Boden fest verschraubte Kunststoffstühle warteten auf sie. Auf der andern Tischseite erhoben sich unter dem Knarzen zweier weiterer Stühle zwei Männer.

Inka hatte keine klare Vorstellung von einem mutmaßlichen Satanisten. Laut einschlägigen Klischees trugen solche Typen bevorzugt schwarze Kleidung zu abenteuerlich gefärbten Frisuren und waren übersät mit Tattoos und Piercings. Der junge Mann, der Inka höflich die Hand zum Gruß hinhielt, hatte nichts davon. Er war groß, schlank, trug blaue Jeans zu einem grauen Hoodie und machte einen allgemein gepflegt modischen Eindruck. Keine abgefeilten Zähne, keine weißen Kontaktlinsen, keine implantierten Teufelshörner auf der Stirn. Inka war vorsichtig optimistisch, mit dem jungen Mann reden zu können.

»Joris Lichtenbusch. Fachanwalt für Strafrecht.« Inkas Blick wanderte zu dem zweiten, kleineren Mann, der ihr gelangweilt und schlaff seine Karte und eine teigige Hand reichte. Mathijns Anwalt trug einen schlechtsitzenden Anzug, der seinen Bauch kaum verdeckte. Eine viel zu große Brille suchte Halt auf seinem aufgequollenen Gesicht. Sein Kopf schien ohne Hals direkt aus seinem runden Oberkörper zu entspringen. Inka schüttelte Hände und stellte sich vor, während Kemperdick ein Aufnahmegerät auf den Tisch stellte. Dann bat Inka die Herren, Platz zu nehmen, und begann den protokollarischen Teil, den sie mit der Frage nach einem Dolmetscher beendete. Lichtenbusch verzichtete für Mathijn darauf.

»Es wäre nett, wenn wir diese Angelegenheit so schnell wie möglich als das hinter uns bringen können, was sie ist«, sagte er. »Eine kleine Dummheit meines Mandanten.«

Inka und Kemperdick wechselten einen Blick. Es war Zeit für Teil eins ihrer Strategie. Druckaufbau mit den Drogenvorwürfen.

»Mehrere Verstöße gegen das Betäubungsmittelgesetz und gewerbsmäßiger Drogenhandel sind in Deutschland keine Bagatellen, Herr Lichtenbusch«, entgegnete Inka.

»Selbstverständlich nicht«, sagte Lichtenbusch. Er beugte sich ächzend zu einer Aktentasche, die neben seinem Stuhl stand, und zog eine lederne Mappe daraus hervor, die er vor sich auf den Tisch legte.

»Deshalb habe ich hier eine Erklärung meines Mandanten.« Er

reichte Inka und Kemperdick je eine identische Version einer Erklärung, die eine unleserliche Unterschrift trug. Vermutlich die von Mathijn. Inka hatte nicht den leisesten Zweifel, dass sich die Erklärung mit der Aussage von Julia Zimmermann deckte.

»Darin gibt mein Mandant zu, den verstorbenen Herrn Groschek als – ich nenne es mal Hausmeister – des Campingplatzes ›Vier Jahreszeiten‹ gekannt zu haben, auf dem Herr van Geerdonk mit seinen Eltern regelmäßig Urlaub machte«, erklärte Lichtenbusch und schob sich seine Brille auf die Nasenspitze. »Herr van Geerdonk gibt ferner zu, Herrn Groschek in einem Fall in dessen – ich nenne es mal ›Haus‹ – besucht zu haben, um ihn, das nenne ich jetzt mal ›unentgeltlich botanisch zu beraten‹. Außerdem gibt er zu, und das müsste er gar nicht, Herrn Groschek einmal ein sogenanntes Growkit aus den Niederlanden mitgebracht zu haben, das zur Aufzucht von sogenannten Magic Mushrooms genutzt werden kann. Ich betone den Konjunktiv. Dass Herr Groschek daraus womöglich eine ganze Zucht dieser unsäglichen Pflanzen angelegt hat, ist nicht das Verschulden meines Mandanten. Ich betone außerdem, dass dieses Growkit ein Geschenk meines Mandanten war. Eine unentgeltliche Gefälligkeit, für die sich Herr Groschek bei einer anderen Gelegenheit bedankt hat, indem er Herrn van Geerdonk ebenfalls ein Geschenk gemacht hat. Leider ein sehr verwerfliches.«

»Lassen Sie mich raten«, sagte Inka. »Frische Pilze?«

»Genau genommen getrocknete«, führte Lichtenbusch weiter aus. »Diese Pilze hat Herr van Geerdonk dann dummerweise nicht nur angenommen, sondern in einem Fall auch konsumiert.« Er sah auf und lächelte nachsichtig. »Jugendliche Neugier. Außerdem gesteht er zu seinem größten Bedauern, dass einige der Pilze aus dem Geschenk letztendlich und ohne sein Wissen in den Besitz von Frau Julia Zimmermann gelangt sind.« Jetzt wurde sein Blick ernster. »Vor allem angesichts der Minderjährigkeit von

Frau Zimmermann. Herr van Geerdonk wird sich dafür umgehend und in aller Form bei ihr und ihrer Familie entschuldigen. Das war's.« Lichtenbusch sah Inka und Kemperdick an. Mathijn senkte pflichtschuldig den Blick. Ein kurzer Moment des Schweigens trat ein.

»Sie erwarten hoffentlich keinen Applaus«, sagte Inka schließlich gefasster, als sie tatsächlich war. Lichtenbusch hatte natürlich gewusst, dass sie die Drogendelikte nutzen wollte, um Mathijn hinsichtlich einer Aussage zum Mord unter Druck zu setzen, und ihr vorsorglich den Wind aus den Segeln genommen. Inka blieb nur Improvisation.

»Ihre – ich nenne es mal ›Erklärung‹ – erspart uns in der Tat eine Menge Arbeit«, sagte sie. »Leider stimmen wir mit Ihnen in einigen entscheidenden Punkten alles andere als überein. Sonst hätte die Staatsanwaltschaft wohl kaum einen Haftbefehl erlassen. Sollten wir Ihrem Mandanten nämlich weiteren Drogenkonsum oder Handel nachweisen, sieht Ihre ›Erklärung‹ sehr schnell ganz schön alt aus.«

Kemperdick übernahm.

»Wir könnten Ihren Mandanten zum Beispiel um Haar- oder Urinproben bitten. Was die über regelmäßigen Drogenkonsum verraten, dürfte Ihnen bekannt sein. Dazu könnten wir noch im Bekanntenkreis ein bisschen herumfragen, und schon hätten wir vermutlich ein paar unangenehme Fakten.«

»Werden Sie aber nicht«, meinte Lichtenbusch zuversichtlich und beugte sich so weit nach vorne, wie es sein Bauch gestattete. Seine Stimme wurde fast verschwörerisch. »Weil mir irgendetwas sagt, dass Sie meinen Mandanten angesichts einer parallelen Mordermittlung unmöglich um die Aufklärung eines unbedeutenden Drogendeliktes bitten.« Inka und Kemperdick musterten den Mann. Er war gut, dachte Inka. So gut, dass er nun sie in Bedrängnis brachte.

»Und nur für den Fall, dass das Ihre Strategie wäre …«, sagte Lichtenbusch und öffnete seine lederne Aktenmappe ein zweites Mal. Wieder zog er ein Schriftstück daraus hervor, das dem ersten glich, allerdings deutlich weniger umfangreich war. Auch dieses Schriftstück trug die Unterschrift des ersten. Wieder verteilte Lichtenbusch ein Exemplar an Inka und eines an Kemperdick. Dann räusperte er sich.

»Mein Mandant gibt zu, zusammen mit Frau Julia Zimmermann, den leblosen Körper von Herrn Bernd Groschek in der Anglerhütte gefunden zu haben, ohne dies zu melden. Allerdings gingen beide angesichts des Zustandes des Opfers davon aus, dass er bereits tot war. Unterlassene Hilfeleistung kommt also nicht in Frage. Und eine Anzeigepflicht gibt es meines Wissens nur für geplante Straftaten, nicht für ausgeführte.« Lichtenbusch machte eine melodramatische Pause, deutete auf das Dokument und beugte sich wieder nach vorne. Sein Ton wurde nun freundlicher. »Ich bitte Sie. Eine Sommernacht, zwei verliebte junge Menschen, die Hormone spielen verrückt, und plötzlich liegt da ein Toter. Ich kann natürlich nur für meinen Mandanten sprechen. Herr van Geerdonk war in einer Extremsituation einfach emotional überfordert. Einen Schock möchte ich es mal nennen. Und ich glaube kaum, dass irgendein Staatsanwalt da anderer Ansicht sein kann.«

Inka sah Kemperdick an. So viel zum Thema Druckaufbau. Lichtenbuschs Stuhl knarzte vernehmlich, als der Anwalt sich zufrieden zurücklehnte und seine Hände pathetisch ausbreitete, als wolle er eine Segnung empfangen.

»Wenn das dann alles ist, würde ich Sie bitten, mir einen konkreten Vorwurf gegen meinen Mandanten zu nennen oder mir zu gestatten, ihn wieder mit nach Hause zu nehmen«, schloss er.

Inka überlegt einen Moment und beschloss nach einem weiteren Blick zu Kemperdick einen Strategiewechsel.

»Okay«, sagte sie. »Vergessen wir das hier mal.« Sie ignorierte den jovialen Blick von Lichtenbusch und schob ihre Unterlagen beiseite. Dann zog sie ihrerseits eine Mappe aus einer am Boden bereitstehenden Tasche und holte einen Stapel großformatiger Fotos daraus hervor, die sie vor Mathijn auf dem Tisch ausbreitete. Sie zeigten den Tatort und Bernd Groschek in allen unerfreulichen Details. Inka sah Mathijn an.

»Mathijn«, sagte sie und ersparte sich alle weiteren Höflichkeitsfloskeln. Nur Augenhöhe würde sie hier weiterbringen. »Ein Mann ist brutal ermordet worden. Ein Mann, den du gut kanntest. An einem Ort, den du gut kanntest. Fast vor den Augen von einem Mädchen, das du sehr magst.«

Mathijn sah schweigend auf die Fotos vor ihm und schluckte fast unmerklich. Ein gutes Zeichen.

»Vergessen wir mal die Pilze. Vergessen wir mal deine Anwesenheit am Tatort, und vergessen wir mal den Haftbefehl. Es stimmt, wir können dir nichts nachweisen. Tatsache ist aber, dass wir nicht wissen, was du vor dem Treffen mit Julia gemacht hast und ob du an dem Abend nicht irgendwas genommen hast. Aus unserer Sicht könntest du genauso gut Bernd Groscheks Mörder sein.«

Mathijn sah die Ermittler düster an. Lichtenbusch atmete vernehmlich ein, doch Inka unterbrach ihn mit einer Geste und fuhr fort.

»Und wenn nicht, kannst du dich jetzt und hier entlasten.«

Lichtenbusch ging entschieden dazwischen.

»Ich glaube nicht, dass mein Mandant das nötig hat. Der Haftbefehl lautet auf Verstoß gegen das Betäubungsmittelgesetz. Dazu haben wir uns entsprechend geäußert. Von einem Mordverdacht war nie die Rede!«

Inka tippte Kemperdick unter dem Tisch an. Der verstand, setzte sich auf und übernahm seine ihm scheinbar zugedachte Rolle. Er blieb beim offiziellen »Sie« und wurde ernst.

»Ist es auch jetzt nicht. Noch nicht. Aber ich sage Ihnen mal, wie man die Sache auslegen könnte, wenn man wollte: Urlaubsfeeling am Biggesee. Da ist 'ne coole Sau aus Holland. Mit Drogen, wie Psilos, nicht ganz unerfahren. Dummerweise wirken die halluzinogen. Wie LSD.« Er sah Mathijn unverwandt an. »Mal angenommen, Sie haben welche eingeworfen, um ein bisschen in Stimmung zu kommen, wegen Julia und so, und bereiten schon mal das Anglerhäuschen vor. Bisschen Platz machen auf der Werkbank. Doch plötzlich: Klick! Scheiße, ein echt übler Trip! Sie fangen an Gespenster zu sehen. Der Anglerschuppen ist plötzlich Ihre Bat-Höhle, der Biggesee irgendein regenbogenfarbenes Meer auf dem Einhörner Jetski fahren, und plötzlich steht ein Vampir vor Ihnen, der Ihnen den Abend vermiesen und die holde Jungfrau klauen will: Bernd Groschek, der in Wahrheit glaubt, 'nen Einbrecher zu überraschen. Sie drehen durch, schnappen sich den erstbesten Holzpflock und machen, was man mit Vampiren macht, wenn man gerade keine Silberkugel hat. Dann bemerken Sie die Scheiße, die Sie angerichtet haben, waschen sich, wechseln die Klamotten und spielen vor Julia den Unschuldigen, um nicht in Verdacht zu geraten. Für mich klingt das nicht unplausibel.«

Kemperdick beugte sich noch weiter nach vorne. Lichtenbusch lehnte sich schwerfällig zum regungslosen Mathijn herüber und flüsterte ihm etwas ins Ohr. Mathijn horchte und nickte, ohne eine Miene zu verziehen. Dann atmete er durch.

»Okay, ich habe kapiert, dass ich nichts sagen muss«, sagte er mit breitem niederländischem Akzent. »Und ich habe kapiert, dass Sie – wie nennt man das? – ›Guter Bulle, böser Bulle‹ spielen.« Inka vernahm ein seltsames Lispeln in der Aussprache des jungen Mannes, konnte allerdings nicht sagen, ob es zum Akzent gehörte oder ein Sprachfehler war. Mathijn schien den Augenblick sehr genau geplant zu haben, denn im selben Moment lächelte er humorlos und fuhr sich fast unmerklich mit der Zunge über die Lippen. Und jetzt wurde Inka klar, warum seine Aussprache nicht ganz deutlich war. Die Spitze seiner Zunge war gespalten, wie die einer Schlange. Offenbar ein chirurgischer Eingriff, um seine Gesinnung zu verdeutlichen. Er schien den Eindruck seiner kleinen Einlage mit routinierter Zufriedenheit zu genießen.

»Frau Luhmann«, sagte er höflich und wählte seine Worte sehr sorgfältig. »Ich bin es gewohnt, dass ich anecke. Okay, ich mag es irgendwo.« Er wandte den Blick ernst zu Kemperdick. Inka bemerkte nicht unbeeindruckt, dass darin eine viel tiefere Bedrohung zu liegen schien, als man bei einem nicht einmal Zwanzigjährigen annehmen konnte.

»Was ich weniger mag, ist für einen armseligen Junkie gehalten zu werden.«

Kemperdick schien die Provokation gerne anzunehmen. Er hielt Mathijns Blick herausfordernd stand.

»Dann sagen Sie uns doch, wofür Sie sich selbst halten«, meinte er.

»Ich bin eine Art Priester«, sagte Mathijn sachlich und betonte das Wort »bin«. Er entspannte sich wieder. »Ich helfe Leuten, Zugang zu meiner Religion zu finden. Genau das, was Ihre Priester auch tun. Nur für den falschen Gott.«

Kemperdick grinste provokativ.

»Aber Blutopfer nimmt Ihr Gott gerne an, oder?«

»Nicht weniger und nicht mehr als der Christengott während der Zeit der Kreuzzüge oder Allah im Dschihad.« Mathijn hob beschwichtigend die Hände. »Aber ich will niemanden bekehren. Das würde sowieso nichts bringen. Ich versuche nur, Ihnen klarzumachen, dass ich, nur weil ich einen anderen Glauben habe, nicht gleich einem Mann einen Holzpflock ins Herz ramme.«

»Wofür mein Mandant im Übrigen auch kein Motiv hatte«, ergänzte Lichtenbusch.

»Gut, dann machen wir es doch mal konkret«, sagte Inka. »Wo warst du in der Nacht von Samstag auf Sonntag unmittelbar vor dem Treffen mit Julia zwischen 23.00 Uhr und Mitternacht?«

Mathijn wechselte einen Blick mit seinem Anwalt, der nur mit den Schultern zuckte, was angesichts seiner Körperfülle aussah, als zöge eine Schildkröte ihren Kopf in den Panzer.

»Am Strand«, sagte Mathijn und sah Kemperdick herausfordernd kühl an. »Ich wollte rauchen.« Kemperdick sah Lichtenbusch an.

»Wahrscheinlich nur Substanzen, die nicht unter das Betäubungsmittelgesetz fallen, oder?«, fragte er.

»Nein. Gras«, sagte Mathijn trocken. »Ich bin so gegen halb elf aus meinem Zelt, weil ich zu Hause kein Gras rauchen kann. Stinkt. Meine Eltern ... Sie verstehen?«

Inka und Kemperdick unterdrückten ihre Überraschung.

»Sie geben also zu, zum Zeitpunkt des Mordes unter Einfluss von Marihuana gestanden zu haben?«, fragte Inka sachlich.

»Nein«, verbesserte Mathijn. »Ich sagte, ich wollte rauchen. Aber ich habe gemerkt, dass ich kein Feuer hatte. Kein Witz.«

Kemperdick warf Inka ein triefend ironisches Lächeln zu.

»Muss man sich mal vorstellen«, sagt er. »Der halbe Campingplatz grillt oder sitzt an irgendeiner Art Feuer, und der Herr der Hölle hat nichts zum Anzünden.«

Mathijn ging darüber hinweg.

»Offenes Feuer ist auf dem Platz nur in bestimmten Bereichen erlaubt«, sagte er. »Was hätte ich machen sollen? Bei den Dauercampern nachfragen, ob ich mir unter ihrer Bratwurst mal eben 'nen Joint anzünden kann?«

»Was hast du also gemacht?«, fragte Inka.

»Mir ist eingefallen, dass unten am Steg dieses gemauerte Teil steht, wo die Leute ab und zu 'ne Kerze anzünden.«

Inka erinnerte sich.

»Der Opferstock«, sagte sie und setzte sich auf. Mathijn nickte.

»Da bin ich hin.«

»Aber ist das nicht irgendwie verwerflich?«, fragte Kemperdick wieder provozierend. »Eine christliche Opfergabe als Zündflamme eines satanischen Joints?«

»Feuer kennt keine Konfession«, meinte Mathijn. »Egal, das Ding war eh leer. Kein Feuer, kein Joint.«

Inka sah auf.

»Aber der Opferstock steht unmittelbar neben der Anglerhütte!«, sagte sie. »Du warst also zur ungefähren Tatzeit in der Nähe des Tatortes!« Mathijn zuckte die Schultern.

»Sieht so aus.«

»Wann genau war das?«, fragte Inka.

Der junge Mann überlegte kurz.

»Keine Ahnung. So gegen halb zwölf?«

»Und da haben Sie nichts bemerkt?«, mischte Kemperdick sich wieder ein. »Keine Personen, keine Geräusche, kein Auto, kein Boot? Nichts?«

Mathijn schüttelte den Kopf.

»Nur, dass dieser ...« Er sah Inka hilfesuchend an.

»Opferstock«, ergänzte sie.

»Opferstock leer war«, fuhr Mathijn fort. »Also bin ich doch zurück zum Wohnwagen, hab mir ein Feuerzeug geholt und bin dann wieder runter, um Julia zu treffen.« Er senkte seinen Blick. »Den Rest kennen Sie ja.«

»Kann irgendjemand davon irgendwas bezeugen?«

Kopfschütteln bei Mathijn.

»Nee, nur Julia.« Er sah Inka an. »Ich habe Herrn Groschek nicht getötet.«

Ein Moment der Stille trat ein. Lichtenbusch nutzte ihn.

»Gut, damit hätten wir dann deutlich mehr Auskunft gegeben

als nötig. Ich kann nur hoffen, dass Sie unser Entgegenkommen zu schätzen wissen.« Er tippte auf seine Kopie des Haftbefehls. »Und ich nehme an, das hier dürfte damit endgültig vom Tisch sein.«

Inka nickte nach kurzer Überlegung.

»Psilocybin beziehungsweise dessen Abbauprodukte sind bis zu drei Tage nach dem Konsum nachweisbar«, sagte Inka zu Mathijn. »Wenn du einem Urintest darauf, und nur darauf zustimmst, werde ich der Staatsanwaltschaft mitteilen, dass der Haftbefehl sich aus meiner Sicht erledigt hat. Was den Mord angeht, nehme ich die Aussage zur Kenntnis. Garantieren kann ich gar nichts.«

Zehn Minuten später standen Röggen und Kemperdick mit Automatenkaffee um Inkas Schreibtisch und schwiegen. Inka beendete gerade ein Telefonat mit der zuständigen Staatsanwältin, die zugestimmt hatte, den Haftbefehl gegen Mathijn van Geerdonk aufzuheben. Sie hatte ohnehin gewusst, dass eine Anklage wegen Verstoßes gegen das Betäubungsmittelgesetz aufgrund der Beweislage auf tönernen Füßen gestanden hätte, unterstützte aber Inkas Haltung, dass es der einzige Weg war, mehr über Mathijns mögliche Beteiligung am Mord zu erfahren. Inka bedankte sich für das Entgegenkommen und legte auf.

»Ehrlich?«, fragte Röggen. »Als Täter kommt Mathijn für mich nicht in Frage«, sagte sie in die Runde. Kemperdick hatte Inkas Telefonat genutzt, um Röggen über die Vernehmung von Mathijn zu informieren. »Das Manipulieren der Spuren ist mir zu vage. Außerdem kann ich kein Motiv erkennen. Und wenn der Junge nicht unter Drogen stand, kann ich mir nicht erklären, woher so viel Brutalität und Grausamkeit kommen soll, einen Bekannten mit einem Holzpflock zu töten.«

»Er ist Satanist«, zuckte Kemperdick die Schultern. »Tschuldigung, Priester. Und er gibt zu, geraucht zu haben. Ausschließen können wir da gar nichts. Außerdem kann er von der Geschichte, die er uns da erzählt hat, nichts belegen.«

»Wir ihm aber auch nicht das Gegenteil. Für 'ne Mordanklage reicht das definitiv nicht«, meinte Röggen und sah Inka an. »Was meinst du?«

Inka sah gedankenversunken zurück und knetete ihre Unterlippe.

»Stimmt was nicht?«, fragte Kemperdick.

»Irgendwas an Mathijns Aussage«, grübelte Inka. »Ich weiß nur nicht, was. Wie, wenn du einen Songtitel auf der Zunge hast, aber du kannst ihn einfach nicht fassen!«

Röggen stand auf.

»Sag Bescheid, wenn du ihn findest. Trotzdem war es 'ne gute Idee Mathijn zu verhaften. Blamage abgewendet«, lächelte sie tröstend. »Ich denke, wir sollten uns noch mal alle Zeugenaussagen auf dem Campingplatz vornehmen.«

Statt einer Antwort sah Inka Röggen nur mit großen Augen an.

»Oder ist das gerade eine bessere Idee?«, fragte die leicht verunsichert.

»Das isses!«, sagte Inka elektrisiert. Sie riss die Tastatur ihres Computers an sich und tippte hektisch darauf herum.

»Habe ich was verpasst?«, fragte Kemperdick ratlos und trat mit Röggen um den Schreibtisch herum.

»Blamage! Sekunde.« Inka rief fieberhaft die Seite des Videoportals auf, das ihren peinlichen Auftritt am Tatort gezeigt hatte. Dann tippte sie die Begriffe »Kommissarin«, »peinlich« und »Tatort« in die Suchmaske, fand ihr Video und ließ es ablaufen. Kemperdick und Röggen wechselten einen fragenden Blick.

»Moment noch«, bat Inka um Geduld.

Die Ermittler betrachteten die verwackelten Aufnahmen der

Reihen von Schaulustigen und der Anglerhütte im Tageslicht des vergangenen Montags. Unmittelbar bevor die Video-Inka auf dem Bildschirm mit Porbeck aus der Anglerhütte trat, drückte die echte Inka mit einem Mausklick die Pausentaste. Das Bild fror ein.

»Mathijn hat gesagt, dass er vor dem Treffen mit Julia Feuer gesucht hat«, sagte Inka aufgeregt und deutete auf das unscharfe Bild, das mitten in einem erneuten Schwenk über die Gaffer zum Stillstand gekommen war. »Seht ihr das im Hintergrund?« Röggen und Kemperdick beugten sich so nah an Inkas Monitor, wie sie halbwegs klare Bilder erkennen konnten.

»Du meinst den Opferstock?«, fragte Röggen ratlos.

»Eher das, was drinsteht«, antwortete Inka und fuhr mit dem Mauszeiger einen Kreis um ein schlankes, etwa mannsgroßes Gebilde aus Ziegelstein mit einem hölzernen Giebeldach und einem weißen Gitter, das die offene Frontseite verschloss.

»Ist das ein Kerzenlicht?«, fragte Röggen und deutete auf einen Bildschirmausschnitt in dem undeutlich ein kleiner heller Punkt hinter dem Gitter loderte. Inka vergrößerte das Bild.

»Unscharf, aber eindeutig«, sagte sie.

»Und was ist daran so sensationell?«, fragte Kemperdick.

Die Frauen sahen ihn an.

»Mathijn sagte doch, dass er in der Mordnacht kein Feuer gefunden hat. Das Ding war leer«, erklärte Inka. »Aber am Morgen der Entdeckung des Mordes brennt da eine Kerze.«

Kemperdick dachte nach.

»Okay, dann hat also jemand zwischen etwa 00.00 Uhr am frühen Sonntagmorgen und dem Entstehen dieses Videos am Montagmorgen eine angezündet. Vielleicht ein Gaffer oder ein anderer Camper. Da ist jemand ermordet worden. Überlegt doch mal, was die Leute schon alles an Unfallorten ablegen.«

»Möglich«, sagte Inka. »Es sei denn, das Ding brannte schon, bevor die Leiche entdeckt wurde.«

Inka griff nach dem Telefonhörer und rollte mit ihrem Stuhl zur Seite.

»Ihr schickt bitte Porbeck das Video. Vielleicht kann er ein bisschen an der Auflösung herumspielen und mehr Details freilegen.«

Röggen übernahm das, während Inka eine Nummer in ihr Telefon tippte.

»Frau Adams? Luhmann hier«, sagte sie einige Sekunden zur Geschäftsführerin des Campingplatzes. »Als Sie am Montag mit diesem älteren Herrn Schleiden zur Angelhütte gekommen sind … Können Sie sich erinnern, ob in dem Opferstock ganz in der Nähe eine Kerze brannte?«

Röggen drückte den Absendeknopf des Mailprogrammes und musterte Inka zusammen mit Kemperdick. Inka hob die Brauen und sah ihre Kollegen an.

»Und Herr Schleiden hat sie nicht angezündet?« Sie horchte und nickte.

»Danke, Frau Adams. Wir kommen später wieder rüber.« Inka legte auf.

»Die Kerze brannte schon?«, fragte Röggen. Inka nickte.

»Frau Adams kann sich deshalb daran erinnern, weil ihr das an einem warmen Augustmorgen irgendwie unpassend vorkam. Trotz des Mordes. Und dass Schleiden es war, ist unwahrscheinlich, weil er Nichtraucher ist und alles andere als religiös. Aber da haken wir noch mal nach.«

»Mal angenommen, er war's nicht«, meinte Kemperdick. »Was heißt das dann?«

»Dass jemand die Kerze zwischen dem Mord am frühen Sonntagmorgen und der offiziellen Entdeckung der Leiche angezündet hat«, folgerte Inka.

»Also war mindestens eine weitere Person in der Nähe des Tatortes«, schloss Röggen. »Entweder ohne den Mord zu bemerken oder ohne ihn zu melden.«

»Oder unser niederländischer Aushilfspriester hat uns fett angelogen«, bemerkte Kemperdick trocken.

Inka sah in die übersichtliche Runde ihrer Ermittler.

»Ich denke, das sollten wir in Olpe klären.«

21   Mittwoch, 10:42 Uhr

Henne wartete auf null. Das grün hinterleuchtete Display der Küchenmaschine zählte die letzten zehn Sekunden herunter. Gleich würde das inzwischen vertraute Signal aus Pieptönen Henne verkünden, dass »Ecki« Hennes Hausmannsarbeit wieder ein kleines Stück einfacher gemacht hatte. Ecki war Hennes neustes Gadget. Und teuer, wie er zugeben musste.

»Sauteuer«, hatte Inka das Ding sogar genannt. »Besonders vorm Urlaub.« »Preiswert«, hatte die Verkaufsberaterin dagegengehalten, »wenn man berücksichtigt, was man für sein Geld bekommt.« Hennes Urteil hatte sich auf ein einziges Wort beschränkt: »Geil.« Seinem glasigen Blick hatten sowohl Inka als auch die Verkäuferin angesehen, dass die Entscheidung längst gefallen und der Kauf besiegelte Sache war. Ecki piepte. Henne drehte vergnügt summend einen Regler ab, entriegelte den Kunststoffdeckel eines Edelstahltopfes und schnupperte andächtig hinein. Gedünstete Zwiebel ohne Heulen und dreckige Messer. Herrlich. Noch besser war nur die Aussicht auf das, was folgte. Henne musste nur noch die vorbereitete Brühe in den Topf füllen, den Risottoreis und die restlichen Zutaten hinzugeben, die Uhr und die Gartemperatur einstellen und mit dem nächsten Piepen hätten er und die Kinder ein Mittagessen, für das man sonst Stunden am Herd verbrachte.

»Danke, Ecki«, flüsterte er gutgelaunt und meinte damit nicht nur das Gerät, sondern auch denjenigen, nach dem er es benannt hatte. Den Wirt des »Altstadttreffs«. Als Henne vor einigen Wochen über einem Berg Pommes bemerkt hatte, dass Eckis Jägersauce irgendwie frischer zu schmecken schien, stellte er seinen Wirt zur Rede. Der fragte zwar zurück, was mit Henne nicht stimme, weil der sich zunehmend für Weiberthemen interessierte, führte ihn aber nach beharrlichem Zureden in die Kneipenküche, wo Henne dieselbe Maschine vorfand, die nun auch Hennes Reich zierte. Dass er von seinen Kumpels aufgezogen worden war, weil er mehr Zeit in Eckis Küche verbracht hatte als mit ihnen vor dem »Aktuellen Sportstudio«, hatte er überhört. Das Verhältnis zu den Jungs hatte sich in den letzten Monaten ohnehin ein wenig abgekühlt. Seit Henne vor inzwischen mehr als drei Jahren mit Inka die Rollen getauscht hatte und sich um »Aufzucht und Pflege« kümmerte, wie er seine Aufgabe zusammenfasste, hatten sich seine und die Interessen seiner Kumpels auseinanderentwickelt. Wenn die samstagabendlichen Kneipenthemen wie üblich um Arbeit, Sport, Politik, Hubraum- und Körbchengrößen kreisten, ertappte er sich immer öfter dabei, wie er die Terminpläne der Kinder sortierte, Kochrezepte so abwandelte, dass Tom und Mia sie mochten, und versuchte, Haushaltsabläufe zu optimieren. Niemand entkam seinem Job.

Henne hörte zufrieden, wie Eckis Rotationswerkzeug seine Risottoaufgabe anging, wischte seine Hand an einem Küchentuch ab und ging seine imaginäre Checkliste für Mittwochvormittag durch. Die Kinder würden erst in einer Dreiviertelstunde aus der Schule kommen, ihre Zimmer waren aufgeräumt, die Wohnung gesaugt, die Wäsche lief, Böse musste erst nach dem Essen zu seiner Mittagsrunde. Henne stellte erfreut fest, dass genug Zeit für sein aktuelles zweites Projekt blieb. Er ging zu seiner Jacke in den Flur und fischte mit dem Anflug eines schlechten Gewissens das hervor, was er Inka von seinem gestrigen Treffen mit Bianca Steffen vorenthalten hatte. Einen hektisch gefalteten mitteldicken Hochglanzprospekt, den er auf dem Küchentisch glattstrich. Es zeigte eine glücklich lächelnde, attraktive Frau, die einen ebenso attraktiven Mann dankbar umarmte. Aus jeder Pore seines zufriedenen Gesichtes troff das Bewusstsein, gerade die richtige Entscheidung getroffen zu haben. Die Entscheidung für das, was auf einem eingerückten Photoshopbild formatfüllend darunter prangte. Ein nagelneues Einfamilienhaus mit Balkonen, einer Terrasse, einer Einfahrt mit Familienkutsche und einem perfekten Garten inmitten grüner Natur. Ein Spießertraum, hätte Henne noch vor vier Jahren gesagt. Ein nettes Häuschen, wie er heute sagte. Wenn man viel Zeit mit Hausarbeit und den Kindern verbrachte, hatte man auch viel Zeit für seine Gedanken. Warum zum Beispiel musste man immer erst umständlich ein Weidenkörbchen an einer Leine vom Balkon in den Garten herunterlassen, wenn die Kinder beim Spielen Durst bekamen? Warum schleppte man körbeweise schwere Wäsche durch ein hellhöriges Treppenhaus? Warum ärgerte man sich jedes Jahr über steigende Nebenkostenabrechnungen. Die Antwort war einfach: weil man Mieter war. Klar, Henne hatte sich schon immer ein Haus gewünscht. Im Sauerland war das einfach so. Die meisten Kinder wurden in einem Eigenheim groß, das Bauland war billig, und mit der Hilfe vieler Freunde, die Dachdecker, Schreiner oder Maurer waren, ließen sich mit vergleichsweise geringem finanziellem Aufwand Dinge schaffen, die in Ballungsgebieten wie dem Ruhrgebiet ein Vermögen kosteten. Doch Henne und Inka hatten das Thema nie konkret besprochen. Vielleicht wollten sie unterbewusst beide erst einmal sehen, ob ihr ambitionierter Rollenverteilungsplan tatsächlich funktionierte, überlegte Henne. Jedenfalls hatte Henne das Thema »Haus« Jahr für Jahr auf eine unsichtbare Wiedervorlage gesetzt. Bis Bianca gestern beim Bier an Eckis Tresen erwähnt hatte, dass sie nicht nur freie Architektin, sondern auch Verkaufsrepräsentantin einer mittelständigen Hausbaufirma war. Im Nachhinein fragte Henne sich, wie zufällig es wohl gewesen war, dass sie natürlich auch einen Verkaufsprospekt dabeigehabt hatte. Andererseits war sie charmant genug gewesen, genau das zu erwähnen. Und der Abend war keineswegs eine Verkaufsveranstaltung gewesen. Sie hatten viel über die alten Grundschulzeiten gequatscht. Über die Kinder, den Job, die Partner. Sie hatten viel gelacht, alles war angenehm unkompliziert. Henne war es gewesen, der das Gespräch immer wieder auf das Thema Eigenheim gebracht hatte. Nach dem zweiten Bier erschien es ihm wie die Lösung aller Ärgernisse und Alltagsproblemchen. So ein Haus konnte man ganz nach seinen Bedürfnissen planen, hochmoderne Heiz- und Dämmsysteme hielten die Nebenkosten gering. Man füllte nicht monatlich das Konto des Vermieters, sondern schaffte eigene Werte. Argumente, die einem jede Bausparkasse vorbetete. Aber Henne fand noch einige mehr. Die Zinsen waren historisch niedrig, und Inka und er waren beide Beamte. Ein Umstand, der eine Finanzierung sogar noch günstiger machen könnte. Außerdem verfügten sie über einen Vorteil, den Henne bisher noch gar nicht in sein Kalkül einbezogen hatte. Das Grundstück seiner Eltern Brigitte und Alfons Luhmann hier in Brilon hatte nicht nur die Größe für eine Bebauung mit einem zweiten Haus, sondern auch die Genehmigung. So kam es, dass Henne nach Bier Nummer drei den Haustyp »Berlin 140« zu seinem Favoriten erkoren hatte.

Er schlug den Verkaufsprospekt auf und blätterte ihn ein weiteres Mal durch. Das Ding schien wirklich perfekt für ihre Ansprüche. 140 Quadratmeter Wohnfläche, moderne und trotzdem klassische Architektur, der Preis eine Frage der Ausstattung. Es fehlte nur der Name Luhmann auf dem Klingelschild, dachte Henne und fasste einen Entschluss. Jeder Weg begann mit dem ersten Schritt, und Herumspinnen war ja wohl erlaubt. Warum also nicht mal alles durchkalkulieren? Er fuhr gerade seinen Laptop hoch, um seine Suchmaschine mit einschlägigen Begriffen zu füttern, als sein Handy klingelte. Er war wenig überrascht, dass sich Bianca meldete.

»Ich hoffe, unser Date hat gestern Abend nicht zu Problemen geführt«, sagte sie.

»Quatsch«, meinte Henne spontan und freute sich, ihre Stimme zu hören. »Inka hätte sich nur gewünscht, ich hätte ihr vorher Bescheid gesagt.«

»Verstehe«, kam es aus dem Telefon. »War jedenfalls ein schöner Abend.«

»Fand ich auch«, meinte Henne ehrlich und überlegte, ob sein nächster Satz ihn in Biancas Augen von einem coolen Typen zum Pantoffelhelden mutieren lassen könnte. Egal. Er nahm es in Kauf.

»Alles, was wir eventuell in Zukunft unternehmen, sollte ich ihr aber vielleicht ein paar Tage vorher erklären.« Es entstand eine kurze Pause.

»Hm, schade«, hörte Henne sie sagen.

»Wieso?«, fragte er irritiert.

»Na ja«, druckste sie. »Du hattest dich doch gestern so auf Haustyp »Berlin 140« eingeschossen. Ich meine, nur falls das immer noch ein Thema ist und keine »Was-wäre-wenn-Spinnerei« nach ein paar Pils.«

Henne betrachtete die Unterlagen vor sich und fragte sich, ob er tatsächlich so leicht zu lesen war.

»Nee, nee. Das ist schon ein Thema.« Er schwieg kurz und überlegte, wie viele private Details er Bianca anvertrauen sollte.

»Es ist so«, holte er aus. »Entscheidungen wie einen Hauskauf trifft man halt nur zu zweit. Inka weiß noch gar nichts von meiner Idee. Und ich kenne sie. Inka ist …« Er suchte nach den richtigen Worten. »Inka braucht immer etwas Zeit, um sich an meine Ideen ranzutasten. Ich habe halt zu viel Zeit zum Nachdenken und bin ihr oft zu spontan.«

»Kenne ich irgendwoher«, lachte Bianca.

»Ihr Job lässt ihr wenig Zeit. Gerade im Moment mit diesem Mord. Wenn ich Inka also mit so einer Idee komme, dann sollte alles so durchdacht sein, dass ich zumindest Antworten auf die meisten ihrer Fragen hätte.«

»Das hört sich dann doch schon wieder besser an«, meinte Bianca fröhlich und schien die Tatsache zu genießen, dass sie es spannend machen konnte.

»Also erst mal biete ich natürlich auch Unterstützung bei Kalkulationen und Finanzierungen an. Aber das ist noch nicht alles: Meine Firma hat drüben in Warstein letztes Jahr ein Haus Typ Berlin gebaut. Zwar die Variante mit 160 Quadratmetern, aber im Prinzip dein Favorit.«

»Und das könnte man sich angucken?«, fragte Henne interessiert.

»Sollte man sogar. Ich könnte für heute Abend, sagen wir, 20.00 Uhr einen exklusiven kleinen Rundgang organisieren«, meinte Bianca.

Henne zögerte eine Sekunde.

»Hey, ist 'ne reine Verkaufsveranstaltung«, lachte Bianca.

Das reichte.

»Geht klar«, meinte Henne elektrisiert. »Um acht.«

Bianca versprach, ihm die Adresse zu schicken, und legte auf. Henne lehnte sich in seinem Stuhl zurück und klappte den Prospekt vor sich zu. Auf der Rückseite strahlte ihm Biancas Lächeln aus dem Infokasten »Ihre Verkaufsberaterin« entgegen. Er schmunzelte beeindruckt. Irgendwie schien die Frau zu wissen, welche Tasten sie bei ihm drücken musste.

ER   Mittwoch, 11:02 Uhr

Die Aussicht war cool. Aus dem Schatten alter Laubbäume, deren Namen er nicht kannte, sah man einen leicht abfallenden Hang hinunter über Weidezäune, die vereinzelten Flecken schwarzbunter Holstein-Kühe und das schmale Asphaltband einer Landstraße. Dahinter bildete eine dichte Linie dunkelgrünen Fichtenwalds den Horizont. Eine Aussicht fast wie aus ihrem Esszimmer, dachte er taub. Sein Blick kehrte aus der Ferne zurück. Dank der Bäume, der unbefestigten Wege und dem umlaufenden schmiedeeisernen Zaun sah die kleine, gepflegte Anlage eher wie ein Park aus. Nicht wie der Friedhof, der sie war.

Wenn er sich einen Ort hätte aussuchen müssen, wo er den Rest seines irdischen Daseins verbringen musste, er hätte keinen besseren gefunden. Oder redete er sich das nur ein, um diese Stimme in seinem Kopf zum Schweigen zu bringen? Die Stimme, die ihn seit zwei Tagen nicht mehr in Ruhe ließ.

»Du bist schuld«, flüsterte die Stimme in einem unerträglichen, sadistischen Singsang und bohrte ihre salzigen Finger mit jedem Wort tief in sein wundes Gewissen. »Du hast sie umgebracht. Mit jedem Rot ein kleines bisschen ...«

Er presste die Hände an die Schläfen, und die Stimme verschwand. Zumindest für ein paar Minuten. Aber sie ließ ihm nicht etwa eine Pause. Sondern nur genug Zeit, um ihre Saat aufgehen zu lassen. Denn langsam fing er an, der Stimme zu glauben.

Zum einen war dies nämlich nicht der beste Ort, den er gefunden hatte. Scheiße, er hatte ihn nicht mal gefunden. Die Friedhofsverwaltung hatte ihn zusammen mit Ferdi Kämmerer, dem Bestatter, ausgesucht. Wer fragte im Sauerland schon den siebzehnjährigen einzigen Bastard-Hinterbliebenen einer alleinstehenden Frau nach seiner Meinung? Noch dazu einer im Dorf geächteten Frau, deren karges Leben nach dem Tod ihres Mannes nur darin bestanden hatte, die immer unkontrollierter auftretenden Gewaltausbrüche ihres Sohnes zu rechtfertigen, zu erklären und wiedergutzumachen.

»Du hast sie umgebracht«, flüsterte die Stimme. »Mit jedem Rot ein bisschen ...«

Er kniff die Augen zu. Als er sie wieder öffnete starrte ihn die gähnende Grube vor ihm an. Unverhohlen, anklagend. Damit jeder sehen konnte, was er angerichtet hatte. In der modrigen Feuchte stand darin mit leichter Schlagseite ein schmuckloser, unbehandelter Kasten aus Fichtenholz, der Sarg seiner Mutter. Aber selbst wenn er das Geld für etwas mehr Luxus gehabt hätte, er hätte gar nicht gewusst, was sie hätte haben wollen. Verdammt, er wusste nicht mal, ob seine Mutter überhaupt hatte beerdigt werden wollen oder nicht vielleicht verbrannt!

Ferdi Kämmerer hatte ihm die Entscheidung abgenommen. Wie alle anderen Entscheidungen auch.

»Ein Urnengrab kommt sicher nicht in Frage. Deine Mutter war sehr gläubig«, hatte er kalt und bestimmt gesagt, während er schon das Sargmodell ausgesucht hatte. Den Vorwurf »im Gegensatz zu dir«, hatte Kämmerer sich zwar verkniffen, gehört hatte er ihn aber sehr wohl. Ferdis Anteilnahme hielt sich in professionellen Grenzen. Wie die des ganzen Dorfes. Keine Karten, keine Blumen ... Kein Wunder.

Vor einigen Monaten hatte Kämmerers Patenkind Olaf hinter dem Schützenhaus drei Zähne verloren, als Olaf den Fehler gemacht hatte, ihn wegen seiner abgetragenen Klamotten aufzuziehen. Sein Rot hatte ihm nicht viele Freunde gelassen.

Dafür hatte Kämmerer viel über seine Mutter gewusst. Erstaunlich viel. Zum Beispiel, dass sie eine Sterbeversicherung gehabt hatte. Und er hatte gewusst, wie hoch sie war. Vermutlich war das auf dem Dorf so. Und vermutlich konnte er sogar froh sein, dass wenigstens einer wusste, was zu tun war, und es auch tat. Auch wenn es nur Ferdis Job war und er sich sicher sein konnte, dass der Bestatter die Kohle der Sterbeversicherung nicht nur bis zur letzten Mark ausnutzen, sondern mit seiner Rechnung mindestens ein paar schmerzhafte Hunderter darüberliegen würde. Einfach weil er es konnte, weil niemand es überprüfen würde und weil immer noch eine Rechnung für drei ausgeschlagene Zähne offen war. Der Preis für sein Rot.

Ein einfaches Holzkreuz steckte im Boden neben dem Grab. Darauf stand der Name seiner Mutter, das Jahr ihrer Geburt und das ihres Todes. Verbunden mit einem schmalen Strich, als wäre ihr Leben nichts als eine banale Matheaufgabe für Grundschüler gewesen: »Doris Dorbrecht 1941–1986«.

»Du bist schuld! Du hast sie umgebracht. Mit jedem Rot ein bisschen ...« Die Stimme war wieder da. Aber diesmal war sie nicht allein. Sie hatte sich Verstärkung mitgebracht. Die Stimme des Priesters fiel in die Vorwürfe mit ein. Denn nichts anderes war die Grabrede gewesen, die er vor wenigen Minuten gehalten hatte und jetzt hohl und spöttisch in seinem Kopf nachhallte.

»Liebe Trauergemeinde«, hatte er angesetzt und damit schon seinen ersten Stich gesetzt. Denn vor dem Grab stand keine schwarzgekleidete Gruppe aus Familie, Freunden und Bekannten, sondern nur eine einzige verlorene Person. Er. Alleine. Ein Umstand, der den Priester nicht zu stören schien. Im Gegenteil. Es war, als genieße der Mann den Augenblick, in dem sein oberster Boss ihm die einmalige Gelegenheit schenkte, dem schwärzesten Schaf seiner Herde endlich einmal ungestört die Leviten zu lesen. Der Priester nutzte sie. Natürlich so verlogen und verklausuliert, wie nur die katholische Kirche es konnte, aber deutlich genug, dass selbst ein zukünftiger Sonderschüler mit Aggressionsproblem es verstehen konnte. Viel zu jung habe der Herr seine Mutter aus dem Leben gerufen, meinte der Priester. Der nächste Stich. Aus einem Leben, das in den viel zu wenigen Jahren schon viel zu viele Prüfungen für sie bereitgehalten hatte. Noch ein Stich, diesmal tiefer. Aber noch nicht tief genug, denn der Priester drückte das Messer noch einmal kräftig nach und drehte die Klinge genüsslich in der Wunde. Denn für die Kirche war es kein Herzinfarkt, der seine Mutter getötet hatte, sondern ein gebrochenes Herz. Er hatte schlucken müssen. Jedes Wort war eine religiös vernebelte, aber nicht weniger schallende Ohrfeige gewesen.

Dann hatte das Kribbeln eingesetzt. Und diesmal hatte er es sogar willkommen geheißen. Er war eingetaucht in die ohnmächtige Erlösung, wie in ein heißes Bad.

Es war, als hätte diesmal sein oberster Boss dem Priester eine mächtige zweite Armee gegenübergestellt. Endlich. Ein fairer Kampf. Gut gegen Böse. Nur, dass niemand wusste, wer auf welcher Seite stand. Das Kribbeln ging langsam in das Brennen über. Gleich würde es sich kreisförmig ausbreiten und …

Nichts.

Das Brennen verebbte. Keine Lava, kein Rauch, kein … Rot! Er sah verblüfft auf. Zum ersten Mal seit dem Tod seines Vaters war der Ausbruch seines Vulkans in einem Schwall heißer Luft verpufft. Er konnte es kaum fassen.

Der Priester schien den Ausdruck in seinem Gesicht offenbar als Sieg auf ganzer Linie verbucht zu haben, denn er hatte seine Rede beendet, seine Mutter gesegnet und ihm mit nur schlecht verborgener Zufriedenheit die Hand gedrückt. Sein »Mein Beileid« klang nicht wie ein Trost für den Verlust seines letzten Familienmitglieds, sondern wie eine düstere Prophezeiung für ein Leben in Dunkelheit.

Eine einzelne rote Rose fiel lautlos in die Grube mit seiner Mutter und landete dumpf auf dem Sarg. Er war allein. Der Priester hatte ihn stehenlassen. Alle hatten ihn stehenlassen. Einerseits ein Zustand, an den er sich als Außenseiter in den letzten Jahren gewöhnt hatte. Andererseits gab es diesmal einen Unterschied. Denn diesmal fühlte er sich allein. Natürlich wog der Verlust seiner Eltern schwer. Genau wie sein Leben an der Schwelle zur Kriminalität, seine sich abzeichnende Sonderschulkarriere inklusive entsprechenden Berufschancen und seine Aussicht auf einen gesetzlichen Vormund, weil er noch minderjährig war. Trotzdem hatte er sich bisher nie allein gefühlt. Weil ihm in aller vordergründiger Einsamkeit immer noch etwas kompromisslos zur Seite gestanden hatte. Das Rot. Hatte es ihn verlassen? Und wenn ja, wie sollte er ohne das Rot weiterleben?

Er erschrak, als sich eine Hand auf seine Schulter legte. Er fuhr herum und sah den Priester vor sich stehen. Die Bibel unter den Arm geklemmt, stand er vor ihm und wippte lehrerhaft auf seinen Absätzen, bevor er den Blick hob und ihn ansah.
»Wenn du zur Beichte kommen möchtest, bin ich immer für dich da, Karsten«, sagte er. »Gott wird dir vergeben. Aber dafür musst du vor ihm und vor dir deine Schuld anerkennen und aufrichtig bereuen, was du getan hast.«
Die Gedanken schossen wie Blitze in seinem Gehirn. Gott?! Der Gott, der für den Tod seines Vaters verantwortlich war. Der sein Leben in einen Spießrutenlauf aus Gewalt und Scheitern verwandelt hatte und der jetzt auch noch seine Mutter »zu sich geholt« hatte, sollte ihm seine Schuld vergeben?! So arrogant konnte wirklich nur dieses Arschloch von Pfaffe sein! Diesmal kam das

Kribbeln nicht. Es war einfach da! Wie das Brennen, das sich kreisrund ausbreitete, das Abschalten seiner Gedanken, das Aufsteigen der Lava und ... das Rot. Die Metamorphose vom Schüler zur Kampfmaschine durchlief keine Phasen mehr, sie war eher das Umlegen eines Schalters. Kurz und effektiv. Seine Hand schoss mit Urgewalt an die Kehle des Priesters und schloss sich mit der Urgewalt einer Raubvogelklaue. Das Letzte, was er durch den roten Schleier sah, war der überraschte Blick in den Augen des Geistlichen.

Wenige Sekunden später schien alles wie immer zu sein. Das Rot verlief, sein Blick klarte auf, die Asche legte sich wie ein kühlendes Wundpulver auf seine Gedanken. Seine Sinne waren geschärft. Er roch Erde, viel Erde. Und noch etwas anderes. Etwas Vertrautes. Den Metallgeruch von Blut. Blut, das an seinen Händen klebte. Und nicht nur da. An seinem Hemd, seiner Hose und seinen Schuhen. Und auf der Bibel, die vor ihm lag. Aufgeschlagen wehten die dünnen Blätter im sanften Wind, wie eine stumme Anklage. Die Leiche des Priesters daneben bot ein Bild des Grauens. Das Gesicht des Mannes war eine unkenntliche rote Maske aus Fleisch, Blut und vermutlich Hirnmasse. Seine Nase war in den Schädel gedrückt, sein Kiefer stand wie zu einem stummen Schrei unnatürlich weit auf und entblößte etliche Zahnlücken, eines seiner Augen hing an seinem Sehnerv aus einer dunklen Höhle. Doch am verstörendsten wirkte der Gegenstand, der über dem halb abgetrennten linken Ohr des Pfarrers aus seinem Schädel ragte. Das Holzkreuz mit dem Namen seiner Mutter.

Er atmete schwer, das Adrenalin pumpte durch seine Venen, ein befreiendes Hochgefühl durchdrang ihn. Das Rot! Es hatte ihn nicht im Stich gelassen! Im Gegenteil. Es wirkte stärker als je zuvor. Aber das Bemerkenswerteste war etwas anderes: Er schien es in irgendeiner Form selbst herbeigeführt zu haben.

Auf das Hochgefühl folgte die Angst. Er hatte einen Menschen getötet! Einfach so! Panik stieg in ihm auf. Plötzlich zitterte er am ganzen Körper. Ihm wurde kalt und übel gleichzeitig. Doch seine Sinne ließen ihn nicht im Stich. Er sah sich um. Alles war ruhig. Der Friedhof war verlassen. Ferdi Kämmerer und seine beiden Sargträger waren vermutlich längst auf dem Heimweg, und andere Besucher waren nicht da gewesen. Keine Zeugen. Er war mit dem Priester alleine. Doch dann ließ ein leises Knacken sein Blut gefrieren. Sein Kopf fuhr herum. In etwa hundert Meter Entfernung stand ein junger Mann, etwa in seinem Alter, auf dem Weg. Er trug die grüne Arbeitslatzhose eines Landschaftsgärtners und eine Schaufel und starrte ihn unbeweglich mit offenem Mund an. Vermutlich der Totengräber, der das Grab seiner Mutter zuschaufeln sollte.

Scheiße, dachte er, unfähig, sich zu bewegen. Doch statt wegzurennen und Hilfe zu holen, kam der junge Mann näher. Vorsichtig, die Schaufel griffbereit, um sie notfalls zu seiner Verteidigung einsetzen zu können, trat er zu ihm und starrte auf die Leiche am Boden

»Ist der ... tot?«, fragte der Typ und sah ihn ungläubig an. Mehr als ein Nicken brachte er nicht zustande. Wieder die Panik. Und jetzt?! Er konnte den Typen doch unmöglich auch noch umbringen. Doch das brauchte er nicht.

»Worauf wartest du dann noch?«, fragte der Typ cool, warf die Schaufel mit einem gekonnten Wurf in den Erdhaufen und nahm die Beine des Priesters auf.

»Hilfst du mir jetzt, oder soll ich alles alleine machen?«

Noch immer wie betäubt und fassungslos über die Absurdität der Situation, nahm er den Priester bei den Schultern und wusste, was der Typ vorhatte. Die ersten Fliegen ließen sich summend auf der Leiche nieder, und es roch nach Scheiße und Pisse, als die beiden den toten Geistlichen mit einem dumpfen Knall auf den Sarg seiner Mutter fallen ließen und das Grab zuschaufelten.

»Und sein Auto?«, fragte er, als ihm etwas später die ersten halbwegs logischen Gedankengänge gelangen.

»Fahren wir später auf irgendeinen Wanderparkplatz. Leute verschwinden schon mal. Übrigens«, sagte der Typ, wischte sich den Schweiß von der Stirn und reichte ihm mit einem Grinsen die Hand.

»Ich heiße Bernd. Bernd Groschek. Und ich glaube, ich hab einen gut bei dir, oder?!«

Ihm schwanden die Sinne. Er wusste nicht mehr, was er entsetzlicher finden sollte. Dass er gerade mit bloßer Hand einen Menschen getötet hatte, dass ihm ein wildfremder Typ dabei geholfen hatte, die Leiche im Grab seiner eigenen Mutter zu beseitigen, oder dass die Stimme des Typen denselben unheilvollen Verführerton hatte wie die Stimme in seinem Kopf, die er danach nie wieder hörte. Er schlug ein.

»Dorbrecht«, sagte er. »Karsten Dorbrecht.«

22   Mittwoch, 11:14 Uhr

»Opferstock ist ein seltsamer Begriff. Wir nennen es Heiligenhäuschen.«

Nicole Adams bahnte sich mit Inka, Röggen und Kemperdick den Weg zum Strand unterhalb des Campingplatzes. Eilig und möglichst ohne viel Aufsehen zu erregen, schritten die vier durch Gruppen von Seglern und sonstigen Wassersportlern, die mit ihrer zum Teil sperrigen Ausrüstung entweder vorfreudig und trocken zum flachen Seeufer pilgerten oder deutlich nasser, aber entspannter von dort zurückkamen. Inka und Kemperdick hatten ihre Fahrzeuge auf direktem Weg an der Haupteinfahrt des Platzes vorbei auf einen kleinen Wendehammer unterhalb der Verwaltungsgebäude gelenkt. Direkt vor die sogenannten Landliegeplätze: Ein von einem hohen Metallgatter umzäuntes naturbelassenes Areal bot eine gesicherte Abstellfläche für Surfbretter, Segel und einfache, kleinere Boote. Das dahinterliegende Seeufer wurde von dichtem Grün verdeckt. In Richtung Süden erstreckte sich der weitläufige, grasgrüne Strandbereich des Campingplatzes. Im Norden führte ein weiterer asphaltierter Weg zum Anlegesteg für größere Segelboote. Und zur Anglerhütte, vor der mitfühlende Gäste oder Angestellte, trotz einer Sperre aus rot-weißem Absperrband, Blumen, Fotos und Kerzen aufgestellt hatten. Im lauen, vormittäglichen Wind erzeugte das Band ein leises, mahnendes Rattern, das Inka irgendwie an die Drohgeräusche einer Klapperschlange erinnerte. Im allgemeinen Freizeittrubel der Badestelle ging es jedoch unter. Als achtete eine höhere Instanz sorgsam darauf, dass man am Sonderner Kopf möglichst rasch wieder zur lukrativeren Tagesordnung aus Vergnügen und Erholung überging. Man hörte das Platschen von Wasser, gelegentliches ausgelassenes Kreischen und das akustische Grundflirren ausgelassener Freibadatmosphäre.

Inka bog mit ihrer kleinen Prozession um die umzäunten Landliegeplätze und sah auf die leicht gekräuselte Wasserlinie des Biggesees. Auch an diesem sonnigen Vormittag war sie weiter draußen übersät mit weißen Segeln und schlanken Bootskörpern. In Ufernähe planschten die weniger mobilen Badegäste. Es schien, als hätte der grausame Mord an Bernd Groschek die Tourismusindustrie tatsächlich nur für einen Moment innehalten lassen.

»Ich bin auch nicht sehr religiös. Aber wenn ich das richtig in Erinnerung habe, war das Heiligenhäuschen früher eine Segensstation bei der Flurprozession«, erklärte Nicole Adams. Röggen wandte sich an Inka.

»Eine sehr verbreitete Tradition bei Kirchengemeinden, aber auch bei Schützenbruderschaften. So eine Art feierlicher religiöser Umzug mit dem üblichen Ziel.«

»Eine gute Ernte oder Schutz vor allem Bösen?«, fragte Inka lächelnd zurück. »Natürlich beides«, schmunzelte Röggen überrascht. »Ganz so atheistisch scheinst du ja doch nicht zu sein.«

»Ein bisschen was kriegt man auch als Protestant mit«, meinte Inka.

»Da wären wir«, meinte Nicole Adams. Einer der Streifenbeamten, die auf dem Campingplatz noch die letzten Zeugenbefragungen durchführten, stand vor ihnen, weil Inka darum gebeten hatte, das Häuschen bis zu ihrem Eintreffen zu sichern. Als bescheidenes religiöses Symbol stach der kleine Bau aus dem umgebenden weltlichen Amüsierwahn hervor.

Inka bedankte sich bei dem Streifenbeamten und trat mit ihren Kollegen auf das Häuschen zu. Auf einem glatten, rechteckigen

Sockel vermutlich aus Beton oder Granit stand ein etwa mannshoher rechteckiger Bau aus rohen, rötlichen Ziegeln. Inka schätzte den etwas schmaleren Unterbau auf eine Seitenlänge von etwa einem Meter. In der Mitte erweiterte er sich und bot Raum für eine Art kleinen Altar, der von einem Ziegelbogen eingefasst war und von einem kunstvoll geschmiedeten Eisentörchen würdevoll verschlossen wurde. Ein hölzernes Giebeldach schützte das Häuschen vor Wind und Wetter.

»Im Innern ist das Bildnis einer sogenannten dreiarmigen Madonna. Fragen Sie mich nicht nach Details. Ich weiß nur, dass das Häuschen aus Ziegeln gebaut wurde, die aus einem der drei überfluteten Dörfer stammen.«

Kemperdick beantwortete Inkas fragenden Blick.

»Sondern, Listernohl und Eichhagen«, erklärte er. »Wurden alle drei um 1960 rum geflutet und weiter oben neu aufgebaut. Wie oft beim Bau von Talsperren im Sauerland.« Er deutete vage auf die umgebenden waldigen Hügel. »Bei extremem Niedrigwasser sieht man noch die Grundmauern einiger alter Gebäude.«

»Danke für die Geschichtsstunde«, meinte Inka. »Kümmern wir uns mal um die Gegenwart.« Inka warf einen Blick durch das weiße Metallgitter vor der Öffnung des Heiligenhäuschens. Im gleißend hellen Augustsonnenschein über dem Biggesee war im Inneren nur vage ein rötlich glänzender Gegenstand zu erkennen. Inka zog sich Einweghandschuhe über und überprüfte das Gitter. Es war verschlossen und linksseitig mit einem kleinen Vorhängeschloss gesichert.

»Entweder jemand hatte einen Schlüssel für das Schloss«, meinte Inka und deutete auf zwei größere Öffnungen im unteren Bereich des Gitters. »Oder er hat die Kerze hier durchgeschoben.« Inka betrachtete das Vorhängeschloss eingehender.

»Die Witterungsspuren lassen jedenfalls vermuten, dass es seit längerem nicht mehr benutzt wurde. Herr Kemperdick?«

Kemperdick trat mit einem bereits gezückten Dietrich zu Inka. »Wie unheimlich«, grinste er. »Als hätte ich's geahnt.«

Er setzte den Dietrich an. »Ich hoffe nur, das bringt nicht irgendwie Unglück. Von wegen Heiligenschändung und so.«

»Ist für 'n guten Zweck«, tröstete Inka ihn.

Kemperdick nestelte einige Sekunden an dem Schloss und trat zurück.

»Wenn mich der Fluch der dreiarmigen Madonna trifft, erfahren Sie's als Erste. Bitte sehr.«

Inka trat an das Gitter und wollte es gerade öffnen, als ihr Telefon klingelte. Sie sah auf das Display. Eine unbekannte Mobilnummer.

»Perfektes Timing. Vielleicht Dr. Lammert oder der Kfz-Sachverständige«, sagte sie zu Kemperdick und Röggen und drückte die grüne Annahmetaste.

»Luhmann?«

»Tag, Frau Hauptkommissarin«, sagte eine tiefe Stimme scherzhaft offiziell. Inka brauchte einen Moment, um sie zu erkennen. Was ihr Gesprächspartner zu bemerken schien.

»Okay, ich erspar' dir die peinliche Raterei. Birkholtz hier.«

»Andreas«, meinte Inka und erinnerte sich. Ihr Treffen in Werl war gerade einmal zwei Tage her. Und schien Ewigkeiten zurückzuliegen. »Sorry, ich stecke mitten in diesen Mordermittlungen. Gibt's was Neues von Sven Wittmann?«

»Ja. Aber erst mal nur, dass dein alter Kollege sein Versprechen und dich auf dem Laufenden hält.«

»Nett von dir. Können wir es vielleicht trotzdem kurz machen?«, fragte sie mit schlechtem Gewissen.

»Können wir, Princess Charming«, lachte Birkholtz. »Wittmann hat nämlich seine Drohung wahr gemacht und auf Spießer geschaltet.«

»Er züchtet echt Wellensittiche?«, grinste Inka.

»Nymphensittiche«, verbesserte Birkholtz. »Hat als Erstes groß im Raiffeisenmarkt eingekauft. Futter, Sand und was weiß ich alles. Außerdem hat er einen Job in 'ner Bäckerei in Menden und wohnt bei seiner neuen Freundin. Nicht zu glauben, so 'ne Psychotante. Alles so bieder, dass es fast stinkt. Außerdem weiß der Arsch natürlich, dass ich an ihm dranhänge. Geht nicht mal bei Rot über die Straße. Geschweige denn, dass ich ihn mit den Fingern im Honigtopf erwische.«

»Wäre nach zwei Tagen draußen aber auch extrem dämlich.«

Man hörte ein heiseres Lachen aus dem Telefon.

»Selbst für Wittmann«, hustete Birkholtz. »Er spielt auf Zeit und versucht mich einzulullen. Und, Scheiße, vermutlich kommt er damit sogar durch. Ich hab' schließlich echt noch andere Fälle.«

»Trotzdem bleibst du vermutlich dran.«

Wieder das Lachen, diesmal verschwörerisch.

»Geht morgen die Sonne auf?«, fragte Birkholtz rhetorisch. »Aber ich muss etwas zurückfahren. Stichprobenartig, ihn in Sicherheit wiegen, nebenbei 'n paar andere Vögel hochnehmen. Wunder' dich also nicht, wenn du erst in ein paar Wochen wieder von mir hörst.«

»Mach ich nicht«, meinte Inka nicht ganz undankbar. »Hauptsache, ich höre überhaupt wieder was.«

»Okay, dann viel Spaß mit deinem Mord. Muss Schluss machen. Bis die Tage.« Er wartete Inkas Verabschiedungsfloskel gar nicht erst ab und beendete das Telefonat. Inka steckte ihr Telefon ein.

»Ein alter Kollege aus Dortmund«, sagte Inka entschuldigend in die Runde. »Wo waren wir?«

Kemperdick deutete auf das Gitter.

»Ich habe Ihnen gerade den Zugang zu Fort Knox verschafft.«

Inka straffte ihre Latexhandschuhe.

»Hoffen wir mal, dass es sich lohnt.«

Es quietschte vernehmlich, als sie das Metallgitter aufzog und ins Innere des Heiligenhäuschens sah. Ihre Augen brauchten einige Sekunden, um sich auf die Dunkelheit darin einzustellen. Auf der Rückwand einer kleinen gemauerten Kammer konnte Inka vage das verwitterte Bild einer Madonna in sakraler Optik und verblassenden Farben sehen. Auf einer Art Sims davor stand die mittlerweile erloschene Leuchte, dessen Licht Inka im Video gesehen hatte. Doch statt der erwarteten Überreste einer Kerze sah Inka auf eine kleine teelichtförmige Kunststoffschale in kräftigem Rot, in deren leerem Brennraum sich ein schwarzer Docht krümmte. Bevor sie die Schale aufnahm, betrachtete Inka den Untergrund vor der Leuchte.

»Leichte Schleifspuren im Staub«, murmelte sie. »Sieht tatsächlich aus, als hätte unser Spender das Ding durch die Gitteröffnung geschoben«, sagte sie. Dann nahm sie die Schale auf und betrachtete sie im Sonnenlicht.

»Porbeck freut sich sicher über Arbeit«, meinte Röggen und hielt Inka einen Beweisbeutel hin. Inka runzelte die Stirn.

»Zwei tiefe Kratzer auf beiden Seiten des oberen Randes. In einer Linie. Und eine eingestanzte Nummer im Boden. Vielleicht eine Artikelnummer oder so«, sagte sie nachdenklich und wandte sich nachdenklich an Röggen. »Kommt dir das Ding auch irgendwie bekannt vor?«

Röggen streifte sich ebenfalls Handschuhe über und betrachtete die Schale von allen Seiten.

»Irgendwie schon«, sagte sie und sah Inka an, als es ihr im selben Moment einfiel. »Das müsste aber ein ziemlicher Zufall sein. Waren nicht in dem Unfallfahrzeug von diesem Karsten Dorbrecht so ähnliche?«, fragte sie irritiert.

Inka nickte.

»Meine ich auch. Nur so ähnliche oder die gleichen?«

Röggen zuckte die Schultern. Inka griff nach ihrem Handy und wählte Porbecks Handynummer. Sie bat ihn, sich in ihrem Büro vor ihren Rechner zu setzen und sie dann zurückzurufen.

Inzwischen hatte Kemperdick das Kunststoffteil in ebenfalls behandschuhten Händen.

»Opferleuchten gibt es im Sauerland in allen möglichen Formen. In fast jedem gut sortierten Supermarkt«, meinte er skeptisch.

»Stimmt«, sagte Inka. »Aber ich bin lange genug Bulle, um nicht an Zufälle zu glauben.« Sie nahm das Licht wieder an sich und sah sich im Trubel der Badegäste um. »Gehen wir zum Auto, hier ist es zu laut.«

Die Ermittler hatten kaum ihre Fahrzeuge erreicht, als Inkas Handy klingelte. Ihre Büronummer.

»Danke, dass Sie so schnell sind, Herr Porbeck«, sagte sie ins Mikrophon. Sie lotste den Forensiker durch die Dateipfade ihres Rechners zu ihrem vorläufigen Unfallbericht. »Ich stelle Sie auf Lautsprecher.« Inka legte das Handy auf ihrer Motorhaube ab. Röggen und Kemperdick traten einen Schritt näher heran.

»Gefunden und geöffnet«, bestätigte Porbeck. »Der Unfall, den Sie aufgenommen haben.«

»Sehr gut«, sagte Inka und beugte sich zum Handy hinunter. »Und jetzt öffnen Sie bitte den Fotoanhang.«

Sie hörte ein kaum wahrnehmbares leises Rattern. Vermutlich das Scrollrädchen ihrer Computermaus.

»Sind aber einige Bilder«, meinte Porbeck. Inka lächelte Röggen an.

»Wir hatten eine gewissenhafte Fotografin«, sagte sie und beugte sich wieder über das Handy. »Suchen Sie mal nach den Innenaufnahmen des Fahrzeugs. Speziell nach denen des Handschuhfaches. Müssten nach dem Armaturenbrett kommen.«

Wieder ratterte das Scrollrädchen ihrer Computermaus. Wieder vergingen einige Sekunden.

»Mal sehen«, murmelte Porbeck. »Christophorusplakette, Reste einer Art Kette. Aha, hier. Das Handschuhfach. Wie haben Sie das geöffnet? Mit 'nem Stemmeisen?!«

Inka verdrehte die Augen. »Später. Haben Sie den Inhalt?«

»Habe ich. Zwei CD-Hüllen, Einwegtaschentücher, ein Lackstift, ein Feuerzeug und eine graue Pappschachtel mit zwei ...«, er schien das Foto eingehender zu betrachten. »... vermutlich Opferkerzen.«

Die Ermittler sahen sich an.

»Würden Sie mir das Foto schicken und uns die mal beschreiben?«, fragte Inka ins Handy und hielt die kleine Kunststoffschale in ihren Händen in die Mitte der Ermittlerrunde.

»Nicht so einfach auf dem Foto. Die stecken noch in der Verpackung«, kam es blechern aus dem Handy. »Wenn ich das richtig sehe, sind das kreisrunde rote Kunststoffkelche mit rundem Fuß. Durchmesser etwa zehn Zentimeter, Höhe ebenfalls. Erinnern mich von der Form entfernt an einen Eierbecher.«

Inka sah in die erstaunten Gesichter von Kemperdick und Röggen. Porbecks Beschreibung entsprach exakt dem Gegenstand, den Inka in Händen hielt.

»Glaubst du, unser Unfallopfer war derjenige, der die Kerze im Heiligenhäuschen angezündet hat?«, fragte Röggen ungläubig.

»Finden wir's raus«, sagte Inka. Sie nahm ihr Handy wieder auf. »Herr Porbeck, rufen Sie bitte den Hersteller der Opferlichte an und fragen, ob und wie man nachweisen kann, dass bestimmte Kerzen aus einer Packung stammen. Und wir brauchen die Brenndauer einer Kerze. Vielleicht lässt sich irgendwie errechnen, wann sie angezündet wurde. Danke.«

Im selben Moment warf Kemperdick Inka einen entschlossenen Blick zu. Er hob einen Zeigefinger und trat etwas abseits. Inka und Röggen sahen, wie er sein Handy zückte.

»Wenn wir klären wollen, ob die Kerzen zusammengehören,

brauchen wir die beiden anderen«, meinte Inka zu Röggen und stieg in den Dienstwagen. »Der Unfallwagen ist bei diesem Kfz-Sachverständigen, oder?«

Röggen nickte. »Ich habe die Adresse. Was ist mit Kemperdick?«

Inka ahnte, was er vorhatte, und lächelte zufrieden.

»Ich glaube, er bewirbt sich gerade als Mitarbeiter des Monats und fragt Mathijn und Julia Zimmermann, ob sie nach der Entdeckung des Mordes eine brennende Kerze im Heiligenhäuschen bemerkt haben.«

Röggen setzte eine anerkennende Miene auf.

»Ich wusste, dass er gut ist.« Im selben Moment beendete Kemperdick sein Telefonat und kam mit undurchdringlicher Miene zu den Frauen zurück.

»Mathijn meinte, er hätte vor ihrem Leichenfund nicht auf das Heiligenhäuschen geachtet, weil er ja jetzt kein Feuer mehr brauchte. Nach dem Leichenfund war er zu aufgeregt«, meinte Kemperdick etwas enttäuscht. Doch dann legte sich eine Mischung aus Stolz und frisch erwachtem Jagdinstinkt auf seine Miene.

»Aber Julia«, sagte er. »Julia ist sich sicher, dass sie eine gesehen hat!«

Inka und Röggen sahen sich ungläubig an.

»Was?! Trotz des Schocks und der Panik?!«, fragte Röggen.

»Gerade deswegen«, nickte Kemperdick. »Sie meinte, dass ihr die absurdesten Gedanken durch den Kopf gegangen sind. Und eine Kerze am Tatort eines Mordes schien ihr irgendwie …«, er machte mit den Fingern Gänsefüßchen in der Luft, »… total krass passend.«

Inka schluckte.

»Das bedeutet«, überlegte sie fieberhaft. »Jemand muss in der Zeit zwischen Mathijns Gang zum Wohnwagen, um Feuer zu holen, und Mathijns und Julias Entdeckung des Mordes das Ding angezündet haben!«

»Aber wohl kaum der Täter?!«, wandte Röggen irritiert ein. »Wer bringt denn jemanden um und zündet dann 'ne Opferkerze für ihn an?«

»Ist ein Punkt«, stimmte Kemperdick zu.

»Okay«, meinte Inka. »Bezeichnen wir ihn zunächst mal als Zeugen. Aber wie lange hätte es denn gedauert, bis Mathijn mit Julia wieder an der Hütte war?«

»Ein schneller Weg von hier zu Mathijns Parzelle und ein langsamerer mit Julia wieder zurück ... Fünfzehn Minuten?«, schätzte Kemperdick. Inka sah ihre Kollegen durchdringend an. Sie konnte förmlich spüren, wie irgendein Ventil in ihrem Körper eine volle Ladung Adrenalin in ihre Blutbahnen schickte.

»Dann kann das Opferlicht nur um den Zeitraum herum angezündet worden sein, in dem der Mord verübt wurde!«, sagte sie. »Wir brauchen unbedingt die Kerzen aus dem Auto zum Abgleich.«

ER   Mittwoch, 13:40 Uhr

Er wusste nicht, ob er lachen oder heulen sollte. Er saß bei weit geöffneter Tür auf dem Fahrersitz seines Fluchtwagens und wippte nervös mit dem linken Bein. Lachen und Heulen gleichzeitig würde seine Gefühlslage am besten beschreiben, dachte er. Doch in seiner Verfassung brachte er nicht einmal eines davon zustande. Verdammt, er konnte nicht einmal einen klaren Gedanken fassen. Genau wie Bernd vorausgesagt hatte. Er stützte die Ellenbogen auf seine Knie, während er sich mit lehmverschmierten Händen die Schläfen massierte und sich fragte, wie lange das Adrenalin in seinen Blutbahnen sein Gehirn wohl noch auf Autopilot halten würde. Er spürte nicht einmal die Kälte auf dem abgelegenen Parkplatz.

Irgendwo rauschten Autoreifen über Asphalt! Er horchte alarmiert auf. Doch das Rauschen verhallte in der Ferne. Und noch wichtiger: Es mischten sich keine Martinshörner darunter. Dann war es wieder still. Nur der Wind pfiff über die frostigen Hügel um ihn herum. Gut so, dachte er erleichtert. Zumindest was ihn anging, schien alles glattgegangen zu sein. Was die anderen betraf, konnte er nur hoffen. Bernds Plan war jedenfalls gescheitert. Und das nur wegen eines einzigen Idioten!

Dabei hatten sie nur dem Zufall überlassen, was absolut nicht planbar gewesen war. Das Wetter zum Beispiel oder zufällige, kurzfristige Umstände, die immer auftreten konnten. Wie die beschissene Sache, die jetzt dafür verantwortlich war, dass er sich ernsthaft Sorgen um Bernd und Sven machen musste. Die Sache mit diesem bescheuerten Filialleiter. Eine lähmende Übelkeit überkam ihn bei dem Gedanken daran. Sein Stimmungspendel bewegte sich schlagartig in Richtung Heulen.

Dabei hatte zunächst alles geklappt. Kein Wunder. Über ein Jahr hatten sie geplant und die Bankfiliale in Aplerbeck immer wieder beobachtet. Nach weniger als drei Monaten hatten sie alles über die Mitarbeiter gewusst. Wie sie hießen, wo sie wohnten, welche Funktionen sie in der Bank hatten, sogar, was sie bevorzugt zu Mittag aßen. Sie kannten die Abläufe, die Hierarchien und das, was Bernd einen weiteren Schlüssel zum Erfolg genannt hatte. Persönliche Umstände der Mitarbeiter, die Rückschlüsse auf ihr Verhalten ermöglichten. Zum Beispiel der Umstand, dass Filialleiter Hentschke kurz vor der Pensionierung stand und deshalb keine Gegenwehr zu erwarten war.

Svens Job war der Fluchtwagen gewesen. Ein Fahrzeug, das in der Umgebung der Bank mit Apotheken und einem hohen Seniorenanteil in der Bevölkerung kaum auffiel. Ausgestattet mit gestohlenen Kennzeichen und einem gefälschten Behindertenausweis.

Sven sollte das Auto aber nicht vor der Bank vorfahren. Dann hätten alle gewusst, dass mindestens drei Täter am Werk waren. Bernd wollte den Bullen so wenig Fahndungsansätze wie möglich bieten. Also hatte Sven das Auto pünktlich auf die Sekunde fünf Minuten vor Öffnung der Bank auf einem nahen Behindertenparkplatz gestellt, der von keiner Kamera erfasst wurde, und sich unsichtbar auf den Rücksitz zurückgezogen.

Er und Bernd hatten einen zweiten Wagen, seinen Wagen, in einer ruhigen Nebenstraße geparkt und ihre Wartezeit zu einem Anruf mit einem mitgebrachten Prepaidhandy genutzt. Bei der Polizei. Um die Einsatzkräfte der viel zu nahen Wache Aplerbeck mit einem angeblichen größeren Einsatz etwas weiter südlich zu beschäftigen. Auf der Fahrt zur Bank hatten sie sich vorher versichert, dass nur zwei Einsatzfahrzeuge vor der Wache standen. Die Personalknappheit der Polizei hatte auch ihre Vorteile. Als nach ihrem Anruf zwei Martinshornsignale in der Ferne verklungen waren und die Bank Sekunden später geöffnet hatte, hatten sie ihre mitgebrachten Stoppuhren aktiviert und genau fünf Minuten Zeit. Denn mindestens sieben Minuten würde es dauern, bis das Auslösen des stillen Alarms in der Bank dazu führte, dass die Bullen die Lage begriffen und bei der Bank eintreffen würden. Alles gestoppt und recherchiert.

Er und Bernd waren mit ihren Stoppuhren in den kleinen Vorraum der Bank getreten, hatten sich ihre Skimasken über die Gesichter gezogen und den Laden unter ihre Kontrolle gebracht. Alles war glattgelaufen. Es war kein Held unter den beiden frühen Kunden, und Stefanie Brinke, die Kassiererin, machte keine Zicken. Nach einer Minute und elf Sekunden hatte sie Bernd den ersten kleinen Teil des Bargeldes aus der Kasse in die Tasche gepackt. Er hatte die wenigen Kunden und übrigen Mitarbeiter in Schach gehalten. Einzig der alte Sack, Filialleiter Hentschke, war nicht zu sehen gewesen. Sein gläsernes Büro war dunkel und leer. Bernd verschwand mit Aishe Günoglu, der zuständigen Mitarbeiterin für den Tresor, im Keller. Auch sie würde kooperativ sein. Sie war im fünften Monat schwanger. Während er Bernd im Keller hatte rumoren hören, hielt er seine Spielzeugwaffe auf die Kunden und Mitarbeiter. Scheiße, wo war der Filialleiter, hatte er nervös gedacht und den Schalterraum gescannt. Sonst war der Mann überpünktlich. Und irgendetwas an dessen Büro stimmte nicht. Während ihrer Recherche war es nie so aufgeräumt gewesen. Aber das war jetzt egal, er zwang sich zur Konzentration. Nach vier Minuten und vierundzwanzig Sekunden hörte er Bernds Stimme und Schritte auf der Treppe. Weitere fünf Sekunden später war sein Komplize im Schalterraum. Mit prallgefüllter Tasche! Die Kohle, die die Einzelhändler der Umgebung gestern im Vorweihnachtsgeschäft gemacht und brav zur Bank gebracht hatten und die erst im Laufe des Vormittags von einem Werttransportdienst abgeholt werden sollte. Bernd hatte ihm zugenickt und war ohne Hektik, aber entschlossen Richtung Ausgang geschritten. Er hatte den Rückzug gesichert. Noch zehn Meter, und sie hatten es geschafft. Konnte das wirklich so einfach sein?!

Natürlich nicht. Denn gerade als Bernd die Außentür des Vorraumes geöffnet hatte, stand ein Mann in Anzug, Mantel und Aktentasche an der rechten Hand vor ihnen. Sein gepflegtes Äußeres und seine fast professionell wirkende Überraschung hatten ihn sofort als Banker verraten. Doch das, was der Mann auf der linken Hand wie ein Kellner balanciert hatte, stand im krassen Gegensatz zu seinem geschniegelten Gesamteindruck. Ein Backblech mit etlichen, offenbar selbstgebackenen Muffins in den Firmenfarben der Bank! Bernd und er hielten ebenso verdutzt inne wie der Geschniegelte. Er musterte den Mann für Sekundenbruchteile. Das Gesicht kam ihm irgendwie bekannt vor. Im selben Moment fiel ihm ein, was an Filialleiter Hentschkes Büro nicht stimmte. Sein Namensschild war entfernt worden. Der Kerl arbeitete gar nicht mehr hier. Vermutlich hatte er seinen Ruhestand ein paar Tage vorgezogen! Ein Blick aus den Augenwinkeln nach rechts erklärte alles. Über dem Kontoauszugsdrucker hatte eine Infotafel für die Kunden der Bank gehangen. Auf einer angehefteten Mitteilung prangte das Foto des Geschniegelten unter der Überschrift »Thomas Schwiers, Ihr neuer Filialleiter, tritt seinen Dienst eine Woche früher an«. Den Einstands-Muffins nach zu urteilen ausgerechnet heute! Scheiße! Bernd überwand die allgemeine Überraschung als Erster und hielt dem Mann seine Waffe an den Kopf, während er selbst sich an ihm vorbei durch die Tür nach draußen drückte und Richtung Fluchtwagen rannte. Bernd folgte ihm. Doch nicht nur er! Der Geschniegelte hatte seine Aktentasche fallen lassen, die Muffins über den gesamten

Gehweg vor der Bank verteilt und hastete Bernd mit wutverzerrtem Gesicht hinterher.

»Nicht an meinem ersten Tag, ihr Schweine!«, hatte er gebrüllt. »Nicht an meinem ersten Tag!« Inzwischen hatte der Typ wohl auch erkannt, dass Bernds Waffe eine Attrappe war. Er erreichte das Auto als Erster, riss die hintere Schiebetür auf und sprang auf den Rücksitz. Vereinbart war, dass Sven den Motor erst anließ, wenn sie alle im Auto waren, damit eventuelle Zeugen nur zwei Personen als Täter beschreiben konnten und dadurch Verwirrung gestiftet wurde. Sekundenbruchteile später warf Bernd ihm die Tasche zu und landete auf dem Sitz neben ihm. Doch bevor er die Tür zuziehen konnte, setzte der Geschniegelte mit verbissener Fratze zu einem Hechtsprung an und erreichte tatsächlich das Auto, wo er sich an der Schiebetür und Bernds Bein festkrallte.

»Ich bring euch in den Knast, ihr Schweine!«, wütete er. »Ich ...« Im selben Moment verstummte er, denn Bernd hatte ihm den Griff seiner Spielzeugpistole wuchtig über den Schädel gezogen. Der Mann war sofort bewusstlos und verwandelte sich augenblicklich in einen nadelgestreiften Sack Ballast. Dessen größerer Teil bereits im Wagen lag. Sie hatten die Wahl: Entweder ihn umständlich hinausbefördern oder ihn in einer Bewegung hereinziehen.

»Hilf mir mal!«, rief Bernd ächzend, während er den Geschniegelten an seiner Hose packte. »Und du fahr los!«, schrie er Sven zu. Gemeinsam zogen sie den bewusstlosen Banker vollständig ins Auto und legten ihn unsanft im engen Fußraum vor dem Rücksitz ab, während Sven mit quietschenden Reifen losraste. Draußen rauschten die Häuser vorbei. Durch das Fenster der sich schließenden Schiebetür konnte er gerade noch sehen, wie Kunden und Mitarbeiter der Bank mit Handys am Ohr zwischen die bunten Muffins auf die Straße traten und ihnen fassungslos nachstarrten.

»Scheiße, von Geiselnahme hat keiner was gesagt!«, hatte Sven von vorne geschrien, während er das Auto durch die engen Straßen navigiert hatte. Man konnte die aufkommende Panik in seiner schrillen Stimme hören.

»Ist auch keine«, erwiderte Bernd cool. »Unser Plan bleibt bestehen.«

Was bedeutete, dass sie in der ruhigen Nebenstraße ein paar hundert Meter weiter anhielten. Draußen parkte sein Wagen, und es war kein Mensch zu sehen. Er öffnete die Schiebetür und stieg mit der Tasche aus. Bernd sah ihn ein letztes Mal eindringlich an.

»Denk dran: Tasche ins Depot!«, sagte er streng. »Wir melden uns in drei Tagen!«

Er hatte genickt. Dann war er in Richtung seines geparkten Wagens gelaufen. Zielstrebig, aber nicht zu eilig. Er hatte die Fahrertür geöffnet, die Tasche auf den Beifahrersitz geworfen und war auf den Platz hinter dem Steuer geglitten. Die Tür fiel zu. Stille! Endlich! Aber es war noch nicht vorbei. Er steckte zitternd den Zündschlüssel ins Schloss und beobachtete aus sicherer Entfernung, wie Bernd erneut versuchte, den Geschniegelten aus dem Auto zu befördern. Erfolglos. Der Mann war zu schwer, die Zeit zu knapp. Denn gleichzeitig näherte sich ein Wagen mit quietschenden Reifen. Er duckte sich reflexartig hinter das Armaturenbrett. Im Vorbeifahren erkannte er eine junge Frau auf dem Beifahrersitz und einen älteren Typen mit Glatze am Steuer. Zivilbullen! Wo waren die so schnell hergekommen?! Weiter vorne erkannte auch Bernd die Lage. Er sprang sofort zurück in den Wagen, und Sven raste los. Mit Bernd, mit dem Geschniegelten, aber ohne ihn und die Beute. Dafür mit der Polizei im Schlepptau. Scheiße!, dachte er. Er schloss die Augen und atmete durch.

Der Rest war planmäßig verlaufen. Zumindest von seiner Seite. Er hatte den Tatoverall und alle anderen Ausrüstungsgegenstände entsorgt und war in Zivilkleidung über einen weiten Umweg aus

Dortmund herausgefahren. Immer vorsichtig, immer im Rahmen der zulässigen Höchstgeschwindigkeit, immer bereit, beim leisesten Anzeichen einer Polizeikontrolle loszujagen. Aber nichts war passiert. Die Radionachrichten meldeten den Überfall, aber keine Details.

Erst als er über eine Stunde später die Tasche im vereinbarten Depot versteckt hatte und gerade wieder ins Auto stieg, ertönte das Jingle für eine Eilmeldung.

»Wie die Polizei soeben mitteilt, ist die Geiselnahme im Sauerland beendet«, hörte er den Sprecher sagen. »Spezialeinsatzkräfte haben in der Nähe von Menden einen von zwei Tätern auf der Flucht gefasst und die Geisel, offenbar den Filialleiter der Bank, leicht verletzt befreit. Die noch unbekannten Täter hatten am Vormittag in Dortmund-Aplerbeck eine Genossenschaftsbank überfallen und waren mit der Beute und ihrer Geisel zunächst entkommen. Einem Ermittlerteam der Kriminalpolizei Dortmund, das in der Nähe des Tatortes war, hatte die Verfolgung der Täter aufgenommen, die nun zur Festnahme eines der beiden Männer führte. Der mutmaßliche zweite Täter konnte erneut flüchten. Die Polizei sucht mit einem Großaufgebot von Einsatzkräften nach ihm und rät allen Einwohnern im Raum Menden zu erhöhter Vorsicht. Laut Zeugenaussagen ist der Mann etwa 35–45 Jahre alt, circa eins achtzig groß, mit sportlich-kräftiger Statur. Der Mann ist bewaffnet und gewaltbereit. Hinweise nehmen alle Polizeidienststellen oder der Notruf unter der Rufnummer 110 entgegen. Wir halten Sie selbstverständlich auf dem Laufenden.«

Er hatte etliche Sekunden fassungslos auf das Radio gestarrt, unfähig, das Chaos in seinem Kopf zu sortieren. Scheiße, hatte er gedacht. Scheiße, Scheiße, Scheiße! Entweder Bernd oder Sven hatte es erwischt! Würde der andere entkommen? Und noch schlimmer: Würden einer oder beide sich an ihren gemeinsamen Plan halten und schweigen?! Oder würden sie ihn dranhängen?!

Blanke Panik überrollte ihn wie eine Lawine. Dann würde es keine 24 Stunden dauern, und auch er wäre geliefert. Und das Geld wäre weg. Sein Fluchtinstinkt setzte ein. Warum nahm er die beschissene Tasche nicht einfach aus dem verdammten Depot und setzte sich in irgendeine Bananenrepublik ab? Weil das nicht funktionieren würde, sagte ihm sein langsam wieder einsetzender Verstand. Die Scheine waren so gut wie sicher in irgendeiner Weise markiert. Deshalb hatte Bernd ja einen Hehler aufgetan, der ihnen die Kohle zu einem unverschämten Kurs abkaufen würde. In drei Tagen. Und bis dahin galt: Ohne Hehler kein Geld und ohne Geld keine Flucht. Er konnte nichts tun, als zu warten und sich darauf zu verlassen, dass sich alle an den Plan hielten.

Doch, sagte sein Verstand. Etwas konnte er tun. Nein, er musste es sogar! Nur für den Fall, dass sich einer der beiden anderen nicht an das Versprechen hielt und doch auspackte, konnte er wenigstens das Geld retten! Indem er in einem einzigen Punkt vom Plan abwich und es eben nicht im vereinbarten Depot ablegte. Sondern in einem anderen Versteck. Seinem Versteck! Wenn Bernd oder Sven sich in drei Tagen melden würden, könnten sie das Geld immer noch aufteilen, egal wo es lag. Wenn nicht, wäre es im schlimmsten Fall zumindest vor den Bullen sicher. Auch wenn er im Knast landen würde, wäre er der Einzige, der wusste, wo es war.

Er hatte das einzig Richtige getan, die Tasche wieder aus dem Depot geborgen und sie hierhergebracht. Jetzt konnte er wirklich nichts mehr tun als warten. Aus dem Radio plärrte ihm leise der Rentierschlittenrhythmus von »Last Christmas« entgegen. Er streckte sich zum Lautstärkeregler, um es abzuschalten. Dabei bemerkte er, dass er sich beim Vergraben der Tasche offenbar verletzt hatte. Ein tiefer blutender Riss zog sich durch die Reste von Lehm und Dreck an seinem Handgelenk. Vermutlich hatte die

Kälte sein Schmerzempfinden nahezu ausgeschaltet. Langsam ebbte der Adrenalinpegel in seinem Blut ab und machte einer tiefen Müdigkeit Platz. Er sah an sich herunter. Was für eine Scheiße, dachte er und spürte plötzlich etwas Warmes die Kälte seiner Gesichtshaut durchschneiden. Eine Träne lief seine Wange herunter. Er heulte! Auch das noch!

»Alles in Ordnung?« Eine sanfte weibliche Stimme ließ ihn vor Schreck erstarren. Er fuhr zur Fahrertür herum. Sein verschwommener Blick sah eine weiße Gestalt neben seinem Auto stehen. Fast wie ... ein Engel?

»Was?«, stammelte er verwirrt und wischte sich verschämt die Tränen aus den Augen. Was dazu führte, dass er stattdessen Lehm und Blut auf seiner Wange verteilte.

»Sie weinen«, sagte eine junge Frau mit schulterlangem blondem Haar und einer weißen Jacke. Sie deutete auf sein Gesicht. »Und Sie bluten. Ist alles in Ordnung?«

»Ja, ja. Alles bestens. Danke«, sagte er schroffer als beabsichtigt und bemerkte erleichtert, dass sie sicher kein Engel war und er offenbar noch alle Sinne beisammenhatte. Trotzdem hatte ihm eine Zeugin gerade noch gefehlt!

»Mir geht es gut«, sagte er ruhiger, als er sich fühlte. »Danke und Wiedersehen.« Er wollte die Tür schließen, aber die Frau hielt sie mit ihrer Hand auf. Erst jetzt bemerkte er, dass sie einen schwarzen Kfz-Verbandskasten unter ihren Arm geklemmt hatte, den sie öffnete. Verdammt, er hatte nicht einmal bemerkt, dass ein zweites Auto auf den Parkplatz gefahren war!

»Ich bin ausgebildete Krankenschwester«, sagte die Frau und deutete auf seine Wunde. »Und das müsste genäht werden. Lassen Sie es mich wenigstens säubern.«

»Können Sie mich nicht einfach in Ruhe lassen?!«, fuhr er sie an. Aber die Frau schien auch das nicht zu beeindrucken.

»Könnte ich«, sagte die Frau bestimmt. »Hören Sie, ich weiß

auch, dass Sie bei der Kälte nicht zum Vergnügen hier draußen stehen und mit blutenden Händen heulend vor einer eigentlich erfreulichen Radiomeldung sitzen.« sagte sie. »Warum, interessiert mich nicht. Ich möchte nur nicht, dass Sie sich so etwas wie eine Sepsis holen. Also?« Ohne eine Antwort abzuwarten, ging sie in die Hocke, griff mit sanfter Gewalt nach seinem Unterarm und begann ihre Arbeit. Er entschied, dass es vermutlich einfacher war, der Frau ihren Willen zu lassen. Außerdem war ihre Gesellschaft seltsam angenehm. Ja, vertraut. Sie wirkte so warm und so rein. Ihr Haar duftete in der kühlen Luft. Was ihn aber am meisten beeindruckte, war etwas anderes: ihre vertrauensvolle Hingabe. Wie viele Idioten draußen auf den Straßen schossen lieber Handyfotos von schweren Autounfällen, anstatt den Opfern zu helfen? Und diese Frau verarztete einen wildfremden Typen auf einem abgelegenen Parkplatz? Er konnte wer weiß wer sein. Die Erkenntnis traf ihn tief. Er war wer weiß wer: ein Gewalttäter, ein Mörder und ein Bankräuber.

Scheiße, was sollte das eigentlich, fragte er sich und ertappte sich bei dem Gedanken an eine göttliche Prüfung. Sofort fegte er den Gedanken wieder beiseite wie ein lästiges Insekt. Es gab keinen Gott, also auch keine Prüfungen!

»Warum machen Sie das?«, fragte er ungeduldig und sah, wie sie fast in Zeitlupe lächelnd zu ihm aufsah. Wie in diesen kitschigen Kinomomenten, wenn die Geigen einsetzten und irgendein warmer Sommerwind mit wallendem Haar spielte. Nur ohne Geigen, dafür mit einem scheißkalten Spätherbstwind. Und einem kleinen goldenen Anhänger, der warm glänzend um den weißen Rollkragen ihres Wollpullis spielte: ein Christuskreuz.

»Das weiß nur der liebe Gott«, sagte sie und lachte.

Er erstarrte. Die Worte seiner Mutter! Nur hatte die seit Jahren niemand mehr zu ihm gesagt. Er spürte, wie eine Welle wohliger Wärme ihn durchspülte.

»Übrigens, ich heiße Kerstin.« Sie unterbrach ihre Arbeit und hielt ihm ihre latexbehandschuhte Hand hin, bevor sie merkte, dass er nicht einschlagen konnte, und erneut lachte.

»Karsten«, stammelte er und hielt ihr seine Linke hin.

»Kerstin und Karsten«, kicherte sie, während sie die Hand unorthodox schüttelte. »Fast schon zu kitschig für einen Zufall, was?«

Alles, was er zustande brachte, war ein stummes, staunendes Nicken.

23   Mittwoch, 13:49 Uhr

Das Ingenieurbüro Günter Malkowski lag in einem schmucklosen Attendorner Gewerbegebiet. Inmitten des gesichtslosen architektonischen Leichtbaueinerleis von Autohändlern, Tankstellen, einer Badezimmerausstellung und diversen Produktions- und Lagerhallen mittelständischer Unternehmen versteckte es sich hinter der Haltebucht einer Buslinie. Lediglich ein unauffälliges, aber seriöses Schild wies mit stilisiertem Logo, Leistungsauflistung, Firmendaten und einem Pfeil auf einen Parkplatz mit einem von der Straße zurückversetzten Gebäude. Wenig überraschend, dachte Inka. Auf Laufkundschaft waren die Dienste eines Kfz-Sachverständigen nicht ausgerichtet.

Röggen bog auf den besenrein gepflegten und eingezäunten Bereich vor einer Fahrzeughalle und hatte Mühe, einen Parkplatz zu finden. Zwar gab es insgesamt zehn Parknischen, aber nicht weniger als acht davon waren von Kundenfahrzeugen belegt. Allerdings nicht von vorübergehend abgestellten, fahrbereiten Autos, sondern von Unfallwagen in unterschiedlichen Stadien der Zerstörung. Harmlose, aber vermutlich umso teurere Lackschäden an stattlichen Limousinen reihten sich wahllos an völlig deformierte Wracks, deren Marke und Typ nur noch auf den zweiten Blick zu erraten waren. Die einzigen beiden intakten Fahrzeuge waren das Abschleppfahrzeug, das Inka und Röggen bereits am Unfallort gesehen hatten, und ein geländegängiger Pick-up-Truck mit der Werbeaufschrift des Ingenieurbüros.

»Unser Subaru ist nicht dabei«, stellte Inka mit einem kurzen

Blick auf die verunfallten Fahrzeuge fest. »Vielleicht arbeitet er schon dran.«

Die beiden Frauen stiegen in einer der letzten verfügbaren Parknischen aus dem Dienstwagen und gingen auf das Gebäude zu. Ein modernes, etwa fünf Meter hohes Sektionaltor aus Glas und Aluminium verschloss eine Fahrzeughalle, deren Fassade in gewellten Aluminiumprofilen eher an einen Flugzeughangar erinnerte als an eine Schrauberhalle. »Ich hoffe mal, unser Deo hält das aus«, sagte Röggen und deutete auf die Halle. Inka wusste, was sie meinte. Metall, Glas und geschlossene Hallentore ließen in der mittäglichen Sommerhitze nicht gerade auf angenehme Arbeitsbedingungen im Inneren hoffen. Aber das war im Moment zweitrangig. Inka trat zu einer Aluminiumtür unmittelbar neben dem Tor und zog sie auf. Doch statt Hitze, Mechanikerflüchen und einem Geruchsmix aus Öl, Benzin und Schweiß empfing sie eine gepflegte Autohausatmosphäre. Angenehme zwanzig Grad wehten den Ermittlerinnen aus einer monströsen Lüftungsanlage an der Hallendecke entgegen, leise Radiomusik sorgte für Hintergrundunterhaltung, und es roch fast klinisch rein nach Linoleum. Die Frauen wechselten einen überraschten Blick und traten in eine freundlich gefliese Halle mit gelblich abgetönten Wänden.

»Entwarnung«, lächelte Inka und sah sich um.

Die gesamte linke Hallenseite wurde von einer küchenähnlichen Edelstahlzeile dominiert, die allen erdenklichen Werkzeugen Platz bot. Unmittelbar vor ihnen stand eine bequeme Sitzgruppe um einen Tisch mit Illustrierten. Anscheinend ein Wartebereich. Weiter geradeaus trennten zwei große, gesunde Ficus-Bäumchen einen Arbeitsbereich mit einem Schreibtisch von der Werkhalle ab. Die Frauen waren beeindruckt. Statt im erwarteten automobilen Schlachthof waren Inka und Röggen in einer Art orthopädischen Praxis für Kraftfahrzeuge gelandet. Ein Umstand, der Inka Hoffnung gab. Sie hatte schon oft genug erlebt, dass polizeilich zunächst nicht sichergestellte Gegenstände sich später als wichtige Indizien erwiesen hatten. Allerdings waren sie verlorengegangen, weil achtlose Dritte wie Bestatter, Angehörige oder Sachverständige sie übereilt entsorgt hatten. Wer aber seinen Laden so penibel führte, wie Günter Malkowski es offenbar tat, der sorgte auch dafür, dass der Inhalt eines Unfallfahrzeugs komplett auffindbar blieb.

Inka wandte sich zur Mitte der Halle, die von einer imposanten Hebebühne dominiert wurde. In zwei Metern Höhe stand darauf ein Taxi, dessen gesamter Vorbau, inklusive Motorblock, fehlte. Unter dem Taxi stand ein etwa dreißigjähriger Mann in Jeans und grauem Kittel zwischen diversen fahrbaren Diagnosegeräten. Er hatte eine breite LED-Arbeitsleuchte in die Eingeweide des Taxifahrwerks gehängt, während er mit einem Schraubenschlüssel den Sitz irgendeiner Leitung untersuchte. Inka und Röggen traten zu ihm.

»Herr Malkowski?«, fragte Inka und hielt dem Mann ihren Ausweis hin. Er sah kurz auf und deutete mit seinem Schlüssel am Taxireifen vorbei an die Kopfseite der Halle.

»Oben«, sagte er.

Inka und Röggen folgten seinem Schlüsselzeig zu einer Metalltreppe, die wie eine Hühnerleiter an der Wand entlang zu einer weißen Kunststofftür im Obergeschoss führte. Neben der Tür waren Fenster in die Wand eingelassen. Ein Schild neben der Tür erklärte das Offensichtliche: Büro.

Inka und Röggen klopften und traten in einen Vorraum, in dem eine untersetzte Sekretärin mittleren Alters gerade einen Computer mit Daten fütterte, während sie über ein Headset telefonierte.

»Luhmann, Kripo Brilon«, sagte Inka. »Wir würden gerne mit Herrn Malkowski sprechen. Es geht um den Unfall von gestern.«

Eine männliche Stimme antwortete anstelle der Sekretärin.

»Gutes Timing. Da wollte ich mich gerade dranmachen.« Inka und Röggen wandten sich um und standen einem gepflegten glatzköpfigen Mann gegenüber, der sie über eine Lesebrille auf seiner Nasenspitze aufmerksam musterte. Er trug ein blaues Polohemd zu einer Jeans und schlüpfte gerade in den anscheinend obligatorischen grauen Kittel.

»Malkowski«, stellte der Mann sich vor. »Tut mir leid, wenn Sie Ergebnisse wollen, muss ich sie mindestens auf heute Abend vertrösten. Und das auch nur, wenn es keine Probleme gibt.«

Ohne ihr Anliegen abzuwarten, trat er zur Tür hinaus und bedeutete Inka und Röggen, ihm zu folgen.

»Keine Sorge«, meinte Inka. »Wir sind nicht wegen des Gutachtens hier, sondern weil wir einen Gegenstand aus dem Unfallwagen für unsere Ermittlungen benötigen.«

Die Frauen folgten Malkowski durch die Werkhalle in den Durchgang, der sich als Lagerraum für Arbeitsmaterialien entpuppte. Zwei lange Regalreihen beherbergten fein säuberlich sortiert vermutlich jede erdenkliche Art von Ersatzteilen.

»Kein Problem«, sagte Malkowski. »Bedienen Sie sich.«

Er bog nach links, und Inka und Röggen standen in einer weiteren Halle, die der ersten glich. Allerdings war sie nur eingeschossig und verfügte weder über einen Schreibtisch noch einen Wartebereich. In ihrer Mitte standen die Überreste des zerstörten Subarus. Im gleißenden Licht der Hallenscheinwerfer wirkte das Auto in all seinen zerstörten Details wie ein lebloser Körper auf einem Obduktionstisch. Inkas Handy klingelte. Porbeck. Sie nahm das Gespräch an.

»Haben Sie mit der Herstellerfirma der Opferlichter gesprochen?«, fragte Inka den Forensiker.

»Opferlichte«, verbesserte Porbeck aus dem Telefon. »Musste

ich mir auch gerade anhören. So heißen sie jedenfalls offiziell, auch wenn der Duden beide Formen …«

»Bitte nur die Fakten, Herr Porbeck«, unterbrach Inka ihn.

»Tschuldigung«, kam es aus dem Hörer. »Ja, äh gute Neuigkeiten. Die Herstellerfirma ist eine kleine Manufaktur in der Nähe von Bielefeld. Die machen viel in Handarbeit und arbeiten mit Behinderten. Das bedeutet, die Produktion ist keine Massenware, sondern übersichtlich. Gut für uns. Es werden pro Tag nur etwa 400 Opferlichte hergestellt. Jede Tagesproduktion ist eine sogenannte Charge. Macht fünf Chargen in der Woche.«

»Sagen Sie mir nur, ob und wie ich nachweisen kann, ob die Lichte aus derselben Packung stammen.«

»Dieselbe Packung wird schwierig. Man kann sie produktionstechnisch nur derselben Charge zuordnen.«

»Okay, ich höre«, sagte Inka und gab Röggen ein Zeichen, ihr den Beweisbeutel mit dem sichergestellten Opferlicht aus dem Heiligenhäuschen zu reichen.

»Um bei Reklamationen oder Ähnlichem später nachvollziehen zu können, welche Chargen betroffen sind, gibt es einen Mitarbeiter mit Downsyndrom in der Qualitätssicherung, der ausschließlich dafür zuständig ist, mit einer Maschine eine Zahlenkombination in den Boden jedes fertig produzierten Opferlichtes zu stanzen.«

Inka nahm den Beutel von Röggen und drehte das Kunststoffschälchen darin. Da war die Zahl 8541.

»Die Nummern sind fortlaufend«, fuhr Porbeck fort. »Jede Charge hat ihre eigene.«

»Wenn die Chargennummern auf den einzelnen Lichten also identisch sind, können wir davon ausgehen, dass sie aus derselben Charge stammen, also am selben Tag hergestellt wurden«, fasste Inka zusammen. »Aber das heißt nicht, dass sie aus derselben Packung kommen, oder?«

»Leider nicht. Aber ausgeschlossen ist es wegen der kleinen Produktionsmenge jeder Charge und dem engen örtlichen Zusammenhang auch nicht«, meinte Porbeck.

»Okay, danke«, sagte Inka leicht enttäuscht. »Was ist mit der Brenndauer?«

Man hörte undeutliches Papierrascheln.

»Moment. Also, das ist ein hochwertiges Ölkompositionslicht«, sagte Porbeck. »Unsere Größe brennt etwa 48 Stunden. Das kann man wegen der Handarbeit im Herstellungsprozess und unterschiedlichen Abbrennbedingungen nie ganz exakt sagen.«

»Danke«, sagte Inka. »Ich melde mich wieder.« Sie legte auf und erklärte Röggen den Sachverhalt, während sie zur Beifahrertür des Autowracks ging.

»Rechnen wir mal kurz nach, ob unsere Hypothese und Julias Beobachtung überhaupt stimmen können«, meinte Inka. »Bernd Groschek wurde am Samstag gegen Mitternacht getötet. Angenommen, das Licht wurde – warum auch immer – dabei angezündet, dann würde es bei 48 Stunden Brenndauer bis etwa 00.00 Uhr in der Nacht von Montag auf Dienstag gebrannt haben können. Also auch auf meinem glorreichen Video. Kann hinkommen.«

Sie öffnete die Beifahrertür des Wracks quietschend und schwergängig und sah in das offenstehende Handschuhfach.

»Mist, leer!«, entfuhr es ihr. Sie sah hilfesuchend von Röggen zu Malkowski. Doch der stellte im selben Moment milde lächelnd eine weiße Plastikbox vor ihr ab. Darin lagen unter anderem die von Porbeck erwähnten Gegenstände und die beiden Kennzeichen aus dem Kofferraum.

»Ich dachte, Sie suchen einen eingebauten Gegenstand«, sagte Malkowski. »Alles, was lose im Inneren war, habe ich gestern noch herausgeholt und hier reingelegt.« Dann deutete er auf eine Skizze neben den Gegenständen, die einen vorgedruckten, neutralen Autoinnenraum von oben zeigte. Auf der Skizze waren Zahlen von 1–29 über den gesamten Plan verteilt.

»Ich habe jeden Gegenstand handschriftlich mit einer Zahl versehen. Die Zahlen auf dem Plan markieren den Fundort im Wageninneren.«

Inka war beeindruckt. Doch nur, bis die nächste Frage in ihr aufstieg.

»Mit oder ohne Handschuhe?«, fragte sie unwohl.

Auch diesmal lächelte Malkowski.

»Ist nicht mein erster Auftrag für die Polizei«, sagte er und deutete auf ein paar Einweghandschuhe, die er ebenfalls mit in die Kiste gelegt hatte.

»Und ganz bestimmt nicht Ihr letzter«, meinte Inka erleichtert. Sie suchte in der Plastikbox nach dem Papphalter mit den beiden Opferlichtern, nahm sie erleichtert heraus und deutete fragend in Richtung der Arbeitsfläche auf der Werkbank an der Wand.

»Dürfen wir die mal benutzen?«

Ohne eine Antwort abzuwarten, eilten die Frauen zur Werkzeugzeile und legten den Papphalter mit den unverbrauchten Opferlichten vorsichtig kopfüber auf der Arbeitsfläche ab. Inka legte das rote Kunststoffschälchen aus dem Beweismittelbeutel daneben. Die Frauen verglichen die eingestanzten Nummern im Boden.

»8541«, sagte Inka. »Auf allen Schälchen.«

»Sie stammen aus derselben Charge«, folgerte Röggen. »Vielleicht kann man irgendwie chemisch nachweisen, ob sie auch aus derselben Packung kommen.«

Inka dachte fieberhaft nach. Dann fiel ihr etwas ein.

»Moment, vielleicht auch anders!« Sie nahm das Kunststoffschälchen aus dem Beweisbeutel und stellte es diesmal aufrecht auf die Arbeitsfläche. Dann fuhr sie mit dem behandschuhten Zeigefinger über den oberen Rand.

»Diese beiden Kratzer in gerader Linie. Vielleicht helfen die uns weiter!«

Röggen ahnte, was ihre Chefin meinte, drehte die Packung mit den unverbrauchten Lichten herum und betrachtete deren Ränder.

»Tatsächlich«, sagte sie aufgeregt. »Da sind auch Kratzer! Zwei auf den Rändern des mittleren Lichts, einer auf dem des äußeren.«

»Und wenn wir die zusammenpacken?«, fragte Inka. Sie steckte ihr verbrauchtes Licht in den leeren Platz in der Packung. Die beiden Frauen drehten die Kunststoffschälchen. Es dauerte keine drei Sekunden, und alle fünf Kratzernarben in den Rändern der Lichte bildeten eine gerade Linie

»Haben wir den Beweis, dass alle aus dieser Packung stammen!«, kombinierte Röggen. »Und das heißt?«

»Dass derjenige, der ein Licht rausgenommen hat, am Tatort war. Zur Mordzeit!«, sagte Inka. Sie wandte sich zu Malkowski um, der im Hintergrund eine Checkliste durchging.

»Können Sie schon sagen, ob das Auto tatsächlich der Wagen von Karsten Dorbrecht ist?«, fragte sie.

»Können wir«, meinte Malkowski. »Die Fahrgestellnummer stimmt mit der im Fahrzeugschein überein.«

»Dann sollten wir als Nächstes klären, ob unser Unfallopfer tatsächlich Karsten Dorbrecht ist. Und wenn ja, ob er am Tatort war. Und was er da wollte.«

Wieder griff Inka nach ihrem Telefon und wählte.

»Dr. Lammert?«, sagte sie nach einem kurzen Moment des Wartens. »Luhmann hier. Wissen Sie schon etwas über unseren Toten?«

»Ich hätte Sie in fünf Minuten angerufen«, kam es aus dem Handy zurück. »Wir haben die Leiche zweifelsfrei als Karsten Dorbrecht identifiziert.«

»Danke«, meinte Inka entschlossen und sah Röggen an. »Sie rühren bitte nichts mehr an. Die Leiche ist beschlagnahmt. Ich übernehme den Fall.« Sie legte auf und wandte sich zur Halle um. »Das Gleiche gilt für Sie, Herr Malkowski.«

ER   Mittwoch, 14:59 Uhr

»Ver...!«

Der Schmerz kam mit der Verzögerung von drei Sekunden nach dem Stoß vor die Heckklappe seines Autos. Dafür umso heftiger. Doch sofort wich er einer noch größeren Pein. Dem Schrecken darüber, dass er sich von seiner Wut beinahe zu einem Fluch hatte hinreißen lassen. Gut, genau genommen hatte er geflucht. Die Absicht war so gut wie die Tat selber. Das sah er ein und entschuldigte sich. Die letzten fünf Jahre hatten ihn vieles gelehrt. Einsicht, Glaube, Liebe, Hoffnung ... Und dass man Dinge, die geschehen waren, nicht mehr ungeschehen machen konnte. Niemand wusste das besser als er. Trotzdem fand er, dass er sich gut machte auf seinem rechten Weg. Auch wenn er steinig war. In vielen Momenten. Wie diesem.

Er tastete vorsichtig nach der entstehenden Beule auf seiner Stirn und verzog das Gesicht. Wenigstens blutete nichts. Mit einem kurzen Blick zum imposanten Glockenturm des »Sauerlanddomes«, wie die prächtige Kirche St. Johannes Baptist im Zentrum von Attendorn genannt wurde, akzeptierte er die Beule als gerechte Strafe für den Fluch.

Er legte seine Einkaufstüten mit dem neuen Hemd, dem Kummerbund und der passenden Fliege in den Kofferraum. Dabei achtete er sorgfältig darauf, dass auch bei holpriger Fahrt nichts an sein Heiligtum geraten konnte, das frisch gereinigt und eingehüllt in die Jungfräulichkeit einer transparenten Folie an einem Bügel hing: sein Hochzeitsanzug. Versonnen betrachtete er den eleganten dunklen Stoff und lächelte bei dem Gedanken, wie er darin neben Kerstin vor dem Altar von St. Johannes Baptist stehen würde. Nächste Woche Freitag. Keine zweihundert Meter von hier. Getraut von ihrem Onkel. Ein ganz besonderer rechter Weg, den jemand Höheres da für ihn vorgesehen hatte. Ein Weg, dessen strahlendes Licht alles, was vor Kerstin gewesen war im trüben, schlickigen Zwielicht verschwinden ließ. Wie eine Kiste mit dunklen Geheimnissen, die man in einem See versenkt. Ein Weg, den er sich aber auch selbst verdient hatte, wie er fand. Gott half denjenigen, die sich selbst halfen. Mit Kerstin an seiner Seite hatte er seinen Realschulabschluss nachgeholt und einen Job gefunden. Einen Job, der ihn reich gemacht hatte. Nicht in finanzieller Hinsicht natürlich. Als Lagerist verdiente er gerade so viel, dass er über die Runden kam. Reich im übertragenen Sinn. Sein regelmäßiges Einkommen war der Schlüssel zu einer kleinen Wohnung in Lennestadt, zu einem Leben mit Struktur und Halt. Und zu einer Zukunft mit Kerstin.

Sein Blick fiel stolz auf den letzten Gegenstand in seiner Einkaufstasche. Auf das Symbol all dessen, was er dank Gott und Kerstin aufgebaut hatte. Auf eine kleine graue Pappschachtel, aus deren Deckel drei rote Opferlichte ragten. Die teuren mit langer Brenndauer, kein Discountermüll. Er lächelte, als er sich an ihren ersten Einsatz erinnerte.

Anlässlich ihres dritten Jahrestages hatte er Kerstin letztes Jahr im Sommer zu ihrem ersten gemeinsamen Urlaub eingeladen. Natürlich kein Hawaii, keine Karibik, nicht mal Mallorca hatte sein Budget hergegeben. Aber das wollte er auch gar nicht. Das Sauerland passte viel besser. Der Biggesee. Und Camping.

Weil er damals vier Jahre lang hart an sich gearbeitet und endlich eine Existenz aufgebaut hatte, war es Zeit für den nächsten Schritt gewesen. Kerstin und er liebten sich. Er fand, er hatte es endlich verdient, aus ihr das zu machen, was sie sich schon lange gewünscht hatte. Seine Frau.

Am Mittag vor ihrem offiziellen Jahrestag hatte er Kerstin vor ihrem gemeinsamen Zelt ein simples Einweg-Feuerzeug geschenkt. »Aus zwei mach eins«, hatte er ihr kryptisch gesagt und für dieselbe Nacht ein kleines Paddelboot von einem Zeltnachbarn geliehen. Kurz vor Mitternacht hatte er Kerstin feierlich auf den stockdunklen See hinausgerudert und Punkt Mitternacht an ihrem Jahrestag eines dieser herrlichen roten Opferlichte hervorgezaubert und sie um das Feuerzeug gebeten. Er konnte sich noch an die Tränen in ihren Augen im Licht der warmen Flamme erinnern, als er das Licht entzündet hatte und die Worte wiederholt hatte, die nun Sinn ergaben. »Aus zwei mach eins.« Feuer und Kerze verschmolzen zu einem Licht. Ein Symbol für ihre Liebe, als er sie gefragt hatte, ob sie seine Frau werden wolle.

Sie hatten sich lange geküsst. Dann hatten sie das Licht feierlich zum Ufer zurückgerudert und in dem kleinen Heiligenhäuschen unweit der Anglerhütte aufgestellt. Dort würde es brennen. Wie lange, wusste nur der liebe Gott.

Er lächelte versonnen, legte die Schachtel zurück in seine Tasche und atmete durch. Seine Wiedergeburt würde erst mit dem Jawort vor dem Altar vollzogen.

Danach erst würde sein Leben ein anderes werden. Endlich. Auf den Tag genau ein Jahr nachdem er Kerstin den Heiratsantrag gemacht hatte. Er sah auf seine Liste und die noch offenen Erledigungspunkte darauf. Ein Friseurtermin, letzte Besprechungen mit dem Caterer, das Ausarbeiten einer Sitzordnung, und neue Schuhe brauchte er auch noch. Und dann war doch noch ein Punkt, der nicht auf der Liste stand. Das Treffen am Sonntag. Ausgerechnet. Aber das Treffen war wichtig. Weil er mit ihm seine Vergangenheit für immer abschließen und hinter sich lassen würde. Er schluckte, als die Erinnerungen nach ihm griffen wie eiskalte Hände aus einem Grab …

In den Tagen nach dem Überfall damals hatte er aus der Presse erfahren, dass es Sven Wittmann gewesen war, den man festgenommen hatte. Und dass sich Sven zu seiner unendlichen Erleichterung an den Plan hielt und schwieg! Bernd Groschek hatte die Polizei nie gefunden. Doch er hatte sich drei Tage später bei ihm gemeldet. Wie vereinbart. Der Plan schien auch nach der Tat einwandfrei zu funktionieren. Bernd hatte ihm erzählt, wie er um Haaresbreite den Bullen entkommen war und wie Sven gefasst worden war. Wie vereinbart hatte er die Tasche aus dem Versteck geholt, mit Bernd das Geld bei einem ukrainischen Hehler getauscht und die Beute durch drei geteilt. Bernd Groschek hatte seinen Teil bekommen und sich für immer aus seinem Leben verabschiedet. Den Teil für Sven Wittmann hatte er bis zu dessen Entlassung wieder mit der Tasche in sein Versteck gelegt. Auch er hielt sich an den Plan. Seinen eigenen Teil der Beute hatte er nie angerührt, sondern ebenfalls in der Tasche belassen. Schließlich hatte der Überfall ihm etwas viel Wertvolleres beschert als Geld: eine Zukunft mit Gott und Kerstin.

Er schüttelte die Schatten der Vergangenheit ab und war froh, dass er Wittmanns Anteil endlich loswerden würde. Vor fast vier Wochen hatte er diesen Anruf bekommen und erfahren, dass Wittmann am kommenden Montag vorzeitig aus der Haft entlassen wurde. Klar, seine Nummer stand im Telefonbuch. Klar, Wittmann wollte seinen Anteil. Und klar, er sollte ihn bekommen. Ein besseres Timing hätte es gar nicht geben können. Am Sonntag würde er ein letztes Mal die Tasche aus dem Versteck holen, warten, wie Wittmann sich die Übergabe vorstellte, und noch vor der Hochzeit die Vergangenheit für immer hinter sich lassen!

Ja, bis zur Hochzeit war noch einiges zu tun. Und ausgerechnet heute musste ihm diese Verabredung dazwischenkommen. Gut, andererseits gehörte auch die wohl zu den Vorbereitungen auf die Hochzeit. Zumindest vermutete er das. Wie anders könnte man eine verschwörerische SMS von einer unbekannten Rufnummer kurz vor der eigenen Hochzeit interpretieren:

Pattchens, Mittwoch, 15.00

Er grinste gerührt. »Pattchens« war eine stadtbekannte Gaststätte direkt am Marktplatz. Und der konspirative Anlass des Treffens ließ sich ebenso leicht durchschauen. Vermutlich planten Kerstins Freundinnen ihren Junggesellinnenabschied und wollten ihn in Dinge einweihen, von denen er offiziell nichts wissen sollte. Er freute sich für Kerstin. Sein eigener Junggesellenabschied würde dagegen ausfallen. Freunde hatte er nicht. Höchstens Kollegen. Aber denen stand er nicht nahe genug, wie ihm mit einer gewissen Enttäuschung klarwurde. Andererseits blieb ihm damit eine vermutlich entwürdigende Veranstaltung erspart, bei der er an noch entwürdigenderen Orten wie dem »Sauerlandstern« in lächerlicher Verkleidung noch lächerlichere Gegenstände an wildfremde Menschen verkaufen musste, um einer Horde besoffener Typen die Getränke bezahlen zu können.

Er zog seinen Kopf aus dem Kofferraum, schlug die Heckklappe zu und eilte trotz der nachmittäglichen Hitze zur nahen Gaststätte. Den Blick respektvoll auf den Kirchturm von St. Johannes Baptist gerichtet. Er konnte es kaum erwarten, das Geläut der acht Glocken zu hören. Sein Startsignal für ein Leben mit Kerstin. Dabei fiel ihm die Geschichte ein, die sie ihm einmal über die Glocken erzählt hatte. Angeblich hatte das Geläut seinen einmaligen Klang dadurch erhalten, dass ein Glockengießergeselle beim Gießen einer der Glocken versehentlich eine Platte reinen Goldes für den Guss mit eingeschmolzen hatte. Dummerweise hatte sein Meister das Gold zur Seite schaffen wollen. Als der nach dem Gießen am Klang der Glocke erkannte, was passiert war, erschoss er den Gesellen.

Vermutlich hatte der Mann auch das Rot in sich gehabt, dachte er. Wie er. Früher. Der Gedanke daran erschien ihm wie ein Radiosignal von einem anderen Stern. Kalt, aus den Tiefen der Dunkelheit und Lichtjahre alt. Aus einer anderen Welt. Aus einem anderen Leben. Einem Leben vor Kerstin, das ihm komplett sinnlos erschien.

Umso erleichterter kehrten seine Gedanken in die Gegenwart zurück. In sein neues Leben. Seit Kerstin und ihr Onkel ihn erlöst und auf den rechten Weg gebracht hatten, hatte er das Kribbeln und das Rot nicht ein einziges Mal mehr gespürt.

Er erreichte den Außenbereich der Gaststätte, beschattete seine Augen mit der rechten Hand und sah sich an etlichen gut besuchten Tischen um, an denen sich Touristengrüppchen unter riesigen Sonnenschirmen eine Pause gönnten. Ein bekanntes Gesicht war nicht dabei. Wie auch, fragte er im selben Moment. Für die Verabredung zu einem konspirativen Plan gab es wohl keinen ungeeigneteren Ort als den Marktplatz einer sauerländischen Kleinstadt.

Er betrat das Innere der Gaststätte und war froh um die angenehme Kühle des alten Gebäudes. Das »Pattchens« war vor einigen Jahren bei einem Besitzerwechsel komplett renoviert worden und strahlte eine moderne, klassische Eleganz aus. Wengefarbene Bodendielen und passende Wandfarben in abgetöntem Weiß und kräftigem Dunkelbraun ergänzten sich mit moderner Möblierung in dunklen Holztönen und modernen Edelstahlelementen. Geschmackvoll gemusterte Lampenschirme über den Tischen rundeten den Gesamteindruck ab. Allerdings war der Laden leer. Lediglich ein einzelner männlicher Gast saß auf einem der rechteckigen Holzhocker an der Bar und beugte sich über ein Glas Tonicwater.

Er ging irritiert um die Bar in den hinteren Bereich des Gastraums. Doch auch hier waren alle Tische verlassen. Er sah auf die Uhr. Kurz nach drei. Er war schon ein wenig über der vereinbarten Zeit. Er überprüfte noch einmal die SMS auf seinem Handy und zuckte die Schultern. Pünktlichkeit war eine aussterbende Tugend, und Frauengrüppchen, noch dazu in aufgeregter Vorfreude, neigten vielleicht dazu, sich ein wenig zu verspäten. Er beschloss, den Damen noch einige Minuten zu geben, und setzte sich an einen gut einsehbaren Tisch. Dabei blieb sein umherschweifender Blick an dem Mann an der Bar hängen. Täuschte er sich, oder kam ihm der irgendwie bekannt vor?

Als dessen Blick seinen traf, stutzte er erschrocken. Nein, sagte er sich. Unmöglich. Das konnte nicht der Mann sein, an den er gerade dachte. Erstens hatte er ihn das letzte Mal vor knapp fünf Jahren gesehen, und zum anderen war die Welt ja wohl groß genug, dass sie sich, wie vereinbart, für den Rest ihres Lebens aus dem Weg gehen konnten. Doch zu seinem Entsetzen griff der Mann nach seinem Glas auf dem Tresen, stand auf und kam direkt auf ihn zu. Ein unsichtbarer Schweißbrenner schien ein Loch in seinen Magen zu brennen, als er ihn erkannte! Bernd Groschek! Und es war zu spät, ihm aus dem Weg zu gehen. Was Groschek nicht im Geringsten zu stören schien. Seelenruhig, als hätten sie sich zum Fußballabend verabredet, stellte Groschek sein Glas auf seinem Tisch ab und rutschte auf den Stuhl neben ihm.

»Lange nicht gesehen«, sagte er, ohne ihn anzusehen. Ihm wurde übel. Der Schweißbrenner hatte nicht viel von seinem Magen übriggelassen.

»Das ist nicht nur das Allerletzte, was ich gerade brauche«, stöhnte er. »Sondern auch sehr ungünstig!« Ängstlich sah er zum Eingang und hoffte inständig, dass die Frauen nicht ausgerechnet jetzt das Lokal betreten würden. Groschek schien auch das nicht aus der Ruhe zu bringen.

»Wieso?«, fragte Groschek und grinste breit. »Verabredung?« Er sah Groschek an und wollte gerade etwas erwidern, als dessen Grinsen noch breiter wurde. Dann wurde ihm alles klar.

»Die SMS«, sagte er entsetzt. »Das warst du!« Zusätzlich zu seiner Übelkeit breitete sich ein stechender Kopfschmerz aus, der sich von der Beule an seiner Stirn in Richtung seines Hinterkopfes fraß.

»Wärst du gekommen, wenn ich dir 'n Strauß Blumen und 'ne Einladung geschickt hätte?«, fragte Groschek und nippte an seinem Tonicwater.

»Natürlich nicht!«, schrie er beinahe und fragte sich panisch, wie er aus dieser Nummer wieder herauskam. Erst einmal musste er ruhig bleiben.

»Woher hast du überhaupt meine Handynummer?«

»Campingplatz?«, meinte Groschek trocken. »Vier Jahreszeiten? Letztes Jahr?« Er grinste wieder. »Aber du hattest vermutlich nur Augen für deine Kleine, was?« Groschek lachte humorlos. »Wie heißt sie noch? Kristin, Kirsten?«

Er schluckte, als die Angst seine Beine heraufkroch, wie eisige Winterkälte aus dem Keller. Er wusste nicht, was unangenehmer war. Dass Groschek Kerstin ins Spiel brachte oder dass er keinen Zweifel hatte, dass Groschek die Antwort sehr wohl kannte?

»Weder noch«, antwortete er alarmiert und zwang sich erneut zur Ruhe.

»Was willst du? Wir hatten eine Absprache. Kein Kontakt.«

Groschek lehnte sich auf seinem Stuhl zurück.

»Man wird ja wohl noch zur bevorstehenden Hochzeit gratulieren dürfen«, meinte er.

Jetzt reichte es ihm. Er hatte sich ohnehin schon viel zu lange mit dem Kerl abgegeben. Zeit für einen Schlussstrich.

»Wenn das alles war …«, sagte er mutiger, als er sich fühlte. »Angenommen, Danke, Wiedersehen.« Er schob seinen Stuhl zurück und stand auf.

»Das war noch nicht alles«, sagte Groschek, dessen Hand sich plötzlich wie ein Schraubstock um seinen Unterarm geschlossen hatte. Sein Griff ließ keine Zweifel an seiner Entschlossenheit. »Setzen.«

Er setzte sich eingeschüchtert. Die Kopf- und Magenschmerzen waren plötzlich wie weggeblasen, stattdessen schien sein gesamter Schädel zu pulsieren. Ohne ihn loszulassen, schob Groschek sein Tonicwater beiseite und beugte sich so nahe an ihn heran, dass er den säuerlichen Atem seines ehemaligen Komplizen riechen konnte.

»Wir haben vor fünf Jahren dieselbe Summe kassiert«, sagte er. »Aber irgendwie habe ich das Gefühl, du bist ein bisschen sorgsamer damit umgegangen.«

Er sah Groschek ungläubig an.

»Du willst Geld von mir?!«

»Hatte 'ne kleine Pechsträhne. Das falsche Haus gekauft, den falschen Frauen vertraut und 'n paar schlechte Investments gemacht.«

»Wie viel?«

»Redest noch immer nicht gern um den heißen Brei, was?« Groschek lachte zufrieden. »Ich will den Anteil von Sven Wittmann«, sagt er ohne sichtliche Regung und bemerkte, wie sich die Augen seines Gegenübers ungläubig weiteten. »Du hast das Geld versteckt, also weißt nur du, wo es ist.« Worte, die so neutral und selbstverständlich daherkamen, als bestelle Groschek ein zweites Glas Tonicwater.

»Ein kleiner Fehler in meinem Plan«, meinte er lächelnd.

Wäre sein pulsierender Kopf nicht kurz vor dem Platzen, hätte er sich in einem Albtraum gewähnt.

»Und du weißt, dass wir einen Plan haben, an den sich bisher alle gehalten haben!«, zischte er fassungslos. »Sven kommt am Montag raus! Ist doch wohl klar, dass er seinen Anteil selber will!«

»Deswegen komme ich ja heute«, meinte Groschek. Seine betroffene Miene triefte vor Heuchelei. »Tja, ich hatte fast befürchtet, dass du nein sagst.« Groschek zuckte unschuldig die Achseln. »Kennst mich ja. Ich rede auch nicht gern um den heißen Brei.« Groschek sah ihm nun direkt in die Augen. »Ich würde einfach gerne verhindern, dass jemand deiner Zukünftigen und ihrem hochwürdigen Onkel …« Wieder tat er, als überlege er. Dann schnipste er mit den Fingern. »Kerstin heißt sie, jetzt fällt's mir wieder ein. Also ich frage mich, was passiert, wenn Hochwürden und Kerstin-Schatzi durch einen dummen Zufall nicht nur erfahren, was ihr Zukünftiger vor-, vor-, vor-, vorletzten Sommer getan hat. Sondern auch etliche Jährchen davor. Mit einem anderen Hochwürden. Wenn du weißt, was ich meine.« Die Worte schlugen in seinem Kopf ein wie eine Kanonenkugel. Eine Kugel, die das sorgfältig verschlossene Tor zu der anderen Welt plötzlich wieder sperrangelweit aufgesprengt hatte. Groschek schien höchst zufrieden mit dem Effekt.

Er schloss die Augen und atmete durch. Spürte er da ein leichtes Kribbeln im Hinterkopf? Entsetzt atmete er dagegen an.

»Da hängst du genauso mit drin!«, giftete er verzweifelt. Wieder grinste Groschek nur.

»Ich denke, die Bullen können auch heute noch verdammt gut feststellen, wer damals der Mörder war und wer nur mit aufgeräumt hat. Schlimmstenfalls gehe ich wie Sven ein paar Jahre für den Banküberfall und irgendeine beschissene Beihilfe.« Groschek schien zu bemerken, dass er den Bogen nicht überspannen durfte. Er stand auf.

»Lass dir besser keine neue Handynummer geben«, meinte Groschek. »Ich melde mich am Freitag wieder. Und dann quatschen wir ein bisschen konkreter übers Wochenende.«

Groschek stürzte den Rest seines Tonicwaters herunter. Dann stieß er ein übertrieben erfrischtes Geräusch aus und stelle das Glas auf dem Tisch ab.

»Hab bei der Kellnerin übrigens einen Deckel auf deinen Namen machen lassen. Gib ihr 'n nettes Trinkgeld.« Er zwinkerte mit dem rechten Auge. »Hat sie verdient mit den Titten.« Damit ging er.

Er sah Groschek ungläubig und taub nach. Seine Vorfreude, seine Pläne, sein neues Leben mit Kerstin. Alles schmolz binnen Sekunden vor seinen Augen wie eine Eisskulptur auf dem Büfett einer Sommerparty. Weil dieser Mistkerl das Tor zur Hölle wieder aufgestoßen hatte. Er horchte ängstlich in sich hinein. Das Kribbeln. Tatsächlich! Da war es wieder. Zwar noch undeutlich und verschwommen, wie aus einem tiefen Schlaf gerissen. Aber unverkennbar. So schnell er konnte, kramte er einen Fünfeuroschein aus seiner Brieftasche, ließ ihn auf dem Tisch liegen und eilte benommen auf den Marktplatz.

Als die Autotür hinter ihm satt ins Schloss gefallen war, breitete sich das Kribbeln aus. Das Rot. Es war wieder da! Er stieß einen lauten Schrei aus und hieb in rasender Wut auf das Lenkrad ein. Dann verschwamm sein Blick.

Eine Minute später sah er in besorgte Gesichter irgendwelcher Touristen, die ihn durch das Seitenfenster anglotzten. Wieder roch es nach Blut. Doch diesmal war es nur seine Hand, die er sich am Lenkrad aufgerissen zu haben schien. Alles andere war auf den ersten Blick wie immer.

»Alles in Ordnung bei Ihnen?«, fragte eine gedämpfte Stimme mit rheinländischem Akzent. Völlig außer Atem nickte er und winkte nach draußen. Die Touristen verzogen sich mit Kopfschütteln und einem Thema für ihr Nachmittagsbier. Er musste nachdenken. Bernd Groschek, dieser miese Wichser, hatte sich gerade zwischen ihn und sein neues Leben gestellt! Ja, jetzt hatte er geflucht! Aber er hatte auch verdammt nochmal einen Grund! Verzweifelt sah er durch das gläserne Schiebedach über sich auf das strahlende Blau des Himmels und den Glockenturm der Kirche. Doch noch wichtiger als ein Ventil für seine Wut war eine Lösung. Was bitte sollte er gegen eine Erpressung machen?! Er dachte fieberhaft nach. Gut, dass das Rot langsam nachließ. Möglichkeit 1: nachgeben und Groschek die Beute aushändigen. Wenn er das tat, würde er ein Problem mit Wittmann bekommen. Und Groschek würde keine Woche später bei ihm und Kerstin vor der Haustür stehen und mehr Geld verlangen. Möglichkeit 2: nachgeben und Groschek nur seinen eigenen, unangetasteten Teil der Beute abtreten. Auch dann würde Groschek mehr wollen. Möglichkeit 3: nicht nachgeben. Aber wie konnte er dann verhindern, dass die Wahrheit herauskam? Ein weiterer Blick auf den Glockenturm von St. Johannes Baptist brachte ihm die Erkenntnis. Half Gott nicht denjenigen, die sich selbst halfen? Mit schmerzender Hand ließ er den Motor an und setzte aus seiner Parklücke.

24 Mittwoch, 16:27 Uhr

Tiefe, tote Augenhöhlen und ein voll entblößtes Gebiss grinsten Inka mit stoischer Verachtung an. Ein irritierend hypnotischer Anblick. Inka konnte den Blick nicht von dem strahlend weißen Schädel abwenden. Allerdings war dafür weniger der nicht ganz ungewohnte Anblick menschlicher Knochen verantwortlich, sondern das, was seitlich auf dem Schädel sichtbar war. In leuchtendem Rot oder Blau zogen sich unterschiedlich große Flecken wie eine ungelenke Kriegsbemalung von der linken Stirnseite des Schädels über den Kieferknochen bis in die Wangen- und Nasenpartie. Die roten markierten die Muskelursprünge, die blauen Flecken die Muskelansätze, wie Marlies Röggen Inka erklärt hatte. Weil ihr eigener Mann Arzt gewesen war, war Röggen nicht nur mit Anblick und Zweck eines lebensgroßen Modellskeletts bestens vertraut, sondern auch mit seiner Funktionsweise. Mit wenigen Handgriffen hatte sie Inka die Funktionsweise einzelner mit elastischen Gummibändern versehener Gelenke erklärt, einzelne Knochen abgenommen und wieder angesetzt und weitere verstörende Details über täuschend echte Zahnmodelle, Kieferknochen und Schädeldecken geliefert, die Inka sich lieber erspart hätte.

»Hier könnte ich anatomische Hilfe besser brauchen«, sagte sie. Die beiden Frauen standen im Sprechzimmer der Praxis von Dr. Martin Lammert in Olpe. Der dezente Geruch nach Desinfektionsmitteln, strahlend weiße Wände, weißes Arztmobiliar und gleißend helles Arbeitslicht aus einer LED-Leuchtröhre an der Decke verliehen dem Raum eine antiseptische Aura, in der jeder

Krankheitserreger vor Angst erstarrte. Die einzigen Farbtupfer bildeten die Muskelpunkte und Gelenkgummis des Skeletts, die bunten Buchrücken einschlägiger Fachliteratur und das satte Braun des dominierenden Möbelstücks im Raum. Der massive, wuchtige Eichenschreibtisch, an dem die Frauen standen. Ein sorgfältig erhaltenes Erbstück, wie Inka vermutete, während sie vorsichtig einen Terminkalender, den Monitor eines PCs und eine Designleuchte beiseiteschob.

»Was hast du vor?«, fragte Röggen und übernahm drei gerahmte Fotos einer strahlenden vierköpfigen Arztfamilie vor dem malerischen Panorama des Biggesees.

»Ich blick' nicht mehr durch«, sagte Inka geschäftig und wühlte in ihrer Handtasche. »Also muss ich mir dringend 'ne Übersicht verschaffen.« Sie förderte zu Röggens Überraschung zwei kleine runde Metalldosen hervor, die sie auf dem Tisch abstellte und deren Inhalt laut klapperte. Eine war knallgelb und zeigte das Logo eines bekannten Dortmunder Fußballclubs, die andere strahlte im satten Grün der anderen Borussia aus Mönchengladbach.

»Schalke war aus«, sagte Inka nicht ganz ernst, öffnete beide Dosen und steckte sich je ein kleines rundes Hustenbonbon in Gelb und Grün in den Mund. »Zitrone und Eukalyptus. Auch eins?«

»Eine Erklärung wäre mir lieber«, meinte Röggen ratlos. Stattdessen zog Inka einen weiteren Gegenstand aus ihrer Tasche. Eine Straßenkarte der Umgebung von Olpe und des Biggesees, deren komplizierte Faltung sie auf dem Tisch ausbreitete.

»Und ich dachte schon, unser Tankstopp hat so lange gedauert, weil du dir 'n Mittagessen gegönnt hast, ohne mir was mitzubringen«, meinte Röggen und nahm sich ebenfalls zwei Drops. Auf dem Weg vom Ingenieurbüro in die Praxis von Dr. Lammert hatten die Frauen an einer Tankstelle haltgemacht. Inkas Bezahlvorgang war Röggen auffällig lang vorgekommen. Jetzt sah sie die Gründe vor sich.

»Würde ich nie machen«, beteuert Inka geschäftig und strich die Karte mit der Handinnenfläche glatt, während Röggen an ihre Seite trat, um nicht alles auf dem Kopf stehend betrachten zu müssen.

»Und jetzt?«, fragte sie. »Hilft dir Vitamindoping bei der Denkarbeit?«

»Nee«, sagte Inka und griff in die gelbe Dose. »Aber eine grafische Übersicht. Nehmen wir mal Gelb für unseren Mordfall.« Sie setzte ein gelbes Bonbon auf den Campingplatz.

»Hier wäre unser Tatort und hier das Haus von Bernd Groschek.« Ein weiteres Bonbon wanderte auf die entsprechende Stelle außerhalb von Olpe.

»Da sag' noch einer, du hast beim Camping nicht das Improvisieren gelernt«, meinte Röggen amüsiert. Inka blieb bei der Sache.

»Mehr Orte haben wir nicht, weil Groscheks Dienstwohnung und sein Arbeitsplatz ebenfalls auf dem Campingplatz lagen.«

Röggen nickte. »Stimmt. Und die grünen sind für den Unfall?«

»Genau.« Inka griff in die grüne Dose. »Da haben wir den Unfallort ...« Ein Bonbon wanderte an die Stelle, an der Inka und Röggen Zeuginnen der Bergung von Karsten Dorbrechts Subaru waren.

»Und wir haben den Wohnort von Karsten Dorbrecht. Viel mehr wissen wir über den Mann noch nicht.«

Sie setzte ein weiteres grünes Bonbon auf die Wohnadresse von Karsten Dorbrecht in Lennestadt.

»Viel mehr war ja bisher auch nicht nötig«, sagte Röggen.

»Auch richtig«, stimmte Inka zu. »Mit Betonung auf bisher.« Sie sah Röggen an. »Die Opferlichte im Handschuhfach von Dorbrechts Auto belegen ...«

»... dass die Fälle möglicherweise zusammenhängen«, beendete Röggen Inkas Überlegung. Anstelle einer Antwort nahm Inka die beiden grünen Bonbons von der Karte und ersetzte sie durch gelbe.

»Fragt sich nur, wie«, meinte Röggen und betrachtete die Karte mit den Punkten. Inka griff nach dem Telefonhörer neben sich, tippte Kemperdicks Nummer ein und schaltete den Lautsprecher des Gerätes ein, bevor sie den Hörer ablegte.

Sekunden später tönten dumpf die Hintergrundgeräusche einer Autofahrt zu Kemperdicks Stimme aus dem Gerät.

»Ich bin jetzt bei diesem Malkowski«, sagte Kemperdick und stellte im selben Moment den Motor ab.

»Sehr gut«, meinte Inka zufrieden. Weil mit den Opferlichten aus dem Handschuhfach auch Karsten Dorbrechts Subaru in den Fokus ihrer Mordermittlungen geraten war, hatte Inka Kemperdick beauftragt, das Fahrzeug bis zum Eintreffen von Porbeck und seinem Team zu sichern. Bis dahin würde es allerdings noch etwas dauern, weil der Forensiker gerade beschäftigt war. Genau ein Stockwerk unter Inka, im Keller der Arztpraxis. Mit der Untersuchung von Karsten Dorbrechts Leiche.

Auf dem Parkplatz in Attendorn schlug eine Autotür zu, und Inka und Röggen hörten Kemperdicks rhythmisches Schnaufen, begleitet von Schritten auf Asphalt. »Irgendwas Neues vom Campingplatz?«, fragte Inka ohne große Hoffnung. Bevor sie Kemperdick nach Attendorn geschickt hatte, hatte sie ihn gebeten, die Zeugenaussagen auf dem Campingplatz noch einmal auf einen Hinweis auf Dorbrecht oder den Subaru zu überprüfen. Manchmal fand man Dinge nun einmal erst, wenn man wusste, wonach man suchen musste.

»Leider negativ«, schnaufte Kemperdick. »Ganz durch bin ich noch nicht, aber bisher hat weder ein Zeuge noch irgendeine Überwachungskamera den Subaru Samstagnacht am Campingplatz oder in der Umgebung gesichtet. Dorbrecht übrigens auch nicht.«

»Wäre wohl auch etwas zu einfach gewesen«, kommentierte Inka.

»Aber er muss da gewesen sein«, meinte Röggen. »Oder gibt es eine andere Erklärung dafür, wie ein Opferlicht aus einer Packung in seinem Handschuhfach zur fraglichen Zeit in die Nähe des Tatortes kommt?«

Inka sah ihre Kollegin nachdenklich an, zupfte an ihrer Unterlippe und deutete auf die Karte vor ihnen beiden.

»Und wenn wir einfach mal vom Naheliegendsten ausgehen?«, fragte sie.

»Was meinst du?«, fragte Röggen irritiert.

Inka stützte ihre Handballen auf den Schreibtisch und betrachtete die gelben Bonbons auf der Landkarte wie eine Feldherrin einen Schlachtplan.

»Wir haben einen Unfalltoten, der – nach ersten Erkenntnissen – relativ kurz nach unserem Mordopfer Bernd Groschek in der Nacht von Samstag auf Sonntag starb.«

Inka legte ihren Finger an das Bonbon auf dem Campingplatz.

»Auf einer Straße, die vom Tatort in direkter Verbindung zum Unfallort führt ...« Inkas Finger fuhr auf der kürzestmöglichen Route eine Straßenlinie zum zweiten Bonbon am Unfallort ab.

»... Von wo es ebenfalls nicht mehr weit zum dritten Drops ist«, fuhr sie fort und endete beim letzten Bonbon in Lennestadt.

»Karsten Dorbrechts Wohnort«, schloss sie ihre Ausführung. »Das ist quasi ein direkter Heimweg.«

Röggen sah sie mit gerunzelter Stirn an, während Inka die weiteren Fakten an den Fingern ihrer Hand abzählte.

»Wir haben außerdem eine Kerzenpackung, die beweist, dass Dorbrecht irgendwie zur Tatzeit am Tatort gewesen sein muss. Und wir haben zwei Kennzeichen im Kofferraum, die danach aussehen, als hätte jemand auf zugegeben amateurhafte Art und Weise versucht, seine Identität zu verschleiern. Wonach hört sich das an? Ich meine, wenn wir die Frage nach dem Anzünden des Opferlichtes mal auslassen?«

»Dass Karsten Dorbrecht der Mörder von Bernd Groschek ist«, schloss Röggen. Stille breitete sich aus. Für Inka ein seltsam unbefriedigender Moment des Schweigens. Normalerweise führten gedankliche Durchbrüche in einem Fall zu einem Moment, in dem Inka die eine Sekunde förmlich greifen konnte, in der ihr die Zusammenhänge eines Falles plötzlich klarwurden. Inkas »Tusch-Moment«, wenn mit einem großen Knall, alle sprichwörtlichen Becken, Pauken und Trompeten zusammenklangen, die Ballons von der Decke fielen und das Konfetti aus der Kanone flog. In der Stille der Arztpraxis in Olpe kullerte lediglich ein gelbes Bonbon klackend gegen den stummen Telefonhörer. Inka wurde klar, ihre Theorie war vielleicht ein Schritt auf dem Weg zur Lösung des Falles. Aber nicht mehr. Zu viele Fragen waren noch offen. In Attendorn schien Kemperdick stehen geblieben zu sein, um über Inkas Worte nachzudenken.

»Möglich«, kam es schließlich aus dem Telefonhörer. »Das hätte zumindest den Vorteil, dass uns der Täter nicht mehr wegläuft. Andererseits dürfte 'ne Befragung ziemlich einseitig sein.«

»Außerdem haben wir kein Motiv«, wandte Röggen ein.

»Und noch keine endgültigen Beweise«, räumte Inka ein. »Nur Indizien. Aber immerhin auch mal eine Hypothese, an der wir arbeiten können.« Inka beschloss das Positive aus ihrer Vermutung für die weitere Arbeit zu nutzen.

»Herr Kemperdick, Sie halten die Stellung in Attendorn und werten weiter Zeugenmaterial aus.«

»Hab' mir Arbeit auf meinem Laptop mitgebracht. Noch ein paar weitere Zeugenaussagen und Videos der Überwachungskameras von dem Segelclub, der nördlich des Campingplatzes liegt. Wer weiß, die Hoffnung stirbt zuletzt.«

»Gut«, meinte Inka. »Sobald Porbeck hier mit seiner Untersuchung fertig ist, schicke ich ihn rüber.« Sie legte den Hörer auf die Gabel und sah Röggen an. »Und wir durchleuchten mal die Vita von Karsten Dorbrecht.«

Inka steckte sich die restlichen Bonbons von der Karte in den Mund und faltete die Karte zusammen. Wann hatte sie eigentlich zuletzt etwas Richtiges gegessen? Sie wollte gerade Marlies Röggen nach einem Imbiss fragen, als es an der Tür klopfte und Dr. Lammert den Kopf in sein eigenes Sprechzimmer steckte.

»Jemand Kaffee und Kuchen?«

Wenige Minuten später standen Inka und Röggen in einer schmalen, länglichen Teeküche, an deren Ende ein bodentiefes Fenster auf eine Terrasse führte. Sie hielten dankbar je eine Tasse Kaffee in Händen. Vor ihnen auf der Arbeitsfläche standen zwei leere Teller. Auf einem lagen zwei Kirschkerne auf dem anderen Blätterteigkrümel. Die Reste von Kirschplundern.

Dr. Lammert trat durch das Fenster von draußen zu ihnen. Inka roch frischen Kaffee und eine Restfahne Zigarettenrauches, die der Arzt hinter sich herzog. Anscheinend lebte er ein wenig ungesünder, als er seinen Patienten empfahl.

»Wie man Leben rettet, wissen Sie jedenfalls«, sagte Inka dankbar und deutete auf die leeren Teller vor ihnen. »Danke für den Kuchen.«

Lammert winkte ab.

»Keine Ursache. Mittwochs hole ich immer welchen. Für die Angestellten. Wenn die Praxis nachmittags geschlossen ist, kommt man hier mal zu den Dingen, die während der anderen Tage liegenbleiben.

»Tut mir leid, dass wir Ihnen da ein bisschen in die Quere kommen.«

Wieder winkte Lammert ab.

»Sie haben allen Grund dazu. Wenn Sie mich dann entschuldigen.« Er machte Anstalten, an Inka vorbei in den Flur zu gehen. »Falls ich Ihnen sonst noch irgendwie helfen kann ...«

»Können Sie tatsächlich«, sagte Inka. Der Arzt sah sie geduldig an.

»Sie sagten, Sie hätten Karsten Dorbrecht zweifelsfrei identifiziert«, sagte Inka auf Lammerts Nicken. »Wie genau haben Sie das gemacht? Sein Gesicht war ja nicht gerade passbildgeeignet, wenn ich das so sagen darf.«

Lammert ging über die Bemerkung hinweg.

»Zum einen haben wir unten im Labor die Möglichkeit, Blutgruppen zu bestimmen. Herrn Dorbrechts Blutgruppe stimmt mit der in seinem Organspenderausweis überein. Und er hat ein ziemlich charakteristisches Muttermal auf der linken Halshälfte.« Lammert tupfte auf die entsprechende Stelle seines eigenen Halses. »In seinem Ausweisfoto ist das deutlich zu erkennen. Warum?«

»Ich wollte nur sichergehen, dass seine Angehörigen noch nicht informiert sind. Es gab keine persönliche Identifikation oder so?«, fragte Röggen.

Lammert sah Inka an und schüttelte den Kopf.

»Und Sie haben auch nichts an die örtliche Polizei weitergegeben oder vielleicht mit einem Feuerwehr-Kollegen gesprochen?« Inka räusperte sich, ein wenig unwohl bei dem Gedanken, dem Arzt indirekt Unprofessionalität vorzuwerfen. »Ich meine, Sie wissen ja, wie sich das in Kleinstädten herumspricht.«

Lammerts Blick verdunkelte sich.

»Ich bin Arzt, Frau Luhmann. Zwar nur die Landausführung, aber serienmäßig mit Schweigepflicht.« Er ließ die beiden Frauen stehen. Inka sah Röggen an und trank ihren Kaffee aus.

»Gut, die Angehörigen übernehmen wir dann.«

Die Frauen stellten gerade ihr Geschirr in die Spülmaschine, als

Inkas Handy summte. Sie las eine eingegangene SMS und sah Röggen an.

»Nachdem wir mit Porbeck gesprochen haben. Scheint dringend zu sein.«

Ein Stockwerk tiefer betraten Inka und Röggen einen Kellerraum, der wohl üblicherweise als Kombination aus Ausweichlabor und ärztlichem Vorrats- und Lagerraum diente. Das Labor, von dem Dr. Lammert gesprochen hatte. Sie schauderten. Der Raum war kalt. In der Hitze des Sommers draußen sogar regelrecht eisig. Ein langes Regal voller Verbrauchsmaterialen stand direkt hinter der Tür. Eine breite Arbeitsfläche zog sich an der Seitenwand bis zu zwei Lichtschächten in der Außenwand. Zahlreiche Laborgeräte blinkten unter unzähligen kleinen, säuberlich beschrifteten Kunststoffschubladen an einer Lochwand. Vor der Arbeitsfläche fuhr Porbeck in einem weißen Kittel, Handschuhen und Mundschutz geschäftig und geräuschvoll auf einem rollbaren Hocker herum und betrachtete verschiedene Gegenstände abwechselnd unter einer großen Lupe mit Teleskoparm und eingebauter Rundleuchte und einem kleinen Mikroskop, das mit einem Laptop verbunden war.

»Frisch haben Sie's hier«, meinte Inka, als sie mit Röggen eintrat. »Und danke, dass das mit den Ergebnissen so schnell ging.«

Porbeck nickte, ohne von seiner Arbeit aufzusehen.

»Ist ja auch alles nur vorläufig«, sagte er unter seinem Mundschutz und deutete über die Schulter nach hinten. »Ich kann die Leiche erst in Brilon offiziell obduzieren. Deshalb habe ich mich zunächst mal nur versichert, ob es sich tatsächlich um Karsten Dorbrecht handelt.«

Inka und Röggen folgten seinem Blick hinter die Regalwand. Erst jetzt wurde ihnen klar, dass der Raum dort noch weiterging. In einem vollständig gefliesten Bereich stand ein fahrbarer Metallwagen unter einer flachen flexiblen Deckenleuchte. Darauf lag ein menschlicher Körper unter einem vor allem im Kopfbereich blutgetränkten weißen Tuch. Porbeck stand auf und ging zu dem Toten.

»Keine schlechte Ausstattung für einen Allgemeinmediziner auf dem Lande, was?«, fragte er. »Der Kollege Lammert macht wohl des Öfteren die ein oder andere Obduktion.« Porbeck deutete auf die Leiche unter dem Tuch. »Das hier ist übrigens ohne jeden Zweifel Karsten Dorbrecht.«

Er trat zum Kopfbereich der Leiche und hob das weiße Tuch genau so weit an, dass Inka und Röggen ein dunkles Muttermal von der Größe eines Euros an seinem Hals erkennen konnten.

»Danke«, sagte Röggen. »Dr. Lammert hat uns den Rest schon erklärt. Bis auf den genauen Todeszeitpunkt und die Ursache.«

»Gut«, sagte Porbeck. »Also die Todesursache kann ich natürlich erst mal nur vermuten. Aber aufgrund der massiven Kopfverletzungen und ...« Er sah Inka an. »... Und Ihres Unfallberichtes gehe ich davon aus, dass der Ast ihn getötet hat. Frontaler Aufprall auf das Gesicht. Wenn Sie ...« Er machte Anstalten, den Rest des Tuches anzuheben, aber Inka und Röggen bremsten ihn gestisch.

»Wir hatten gerade Kirschplunder«, sagten beide nahezu synchron.

»Sie Glückliche.« Porbeck ließ das Tuch wieder sinken. »Jedenfalls war Dorbrecht sofort tot«, fuhr er fort. »Und das müsste dem Zustand der Leiche nach ebenfalls in der Nacht von Samstag auf Sonntag gewesen sein. Tatsächlich sogar ziemlich nah am Todeszeitpunkt von Bernd Groschek. Ein Zufall?«

Inka überging seine Frage.

»Starb er vor oder nach Bernd Groschek?«

»Kann ich hier noch nicht sagen. Vielleicht kann ich es auch gar nicht sagen, aber ...« Er lächelte und ging zurück zur Arbeitsfläche, wo er einen Gegenstand in einer Beweismitteltüte aus einer Plastikwanne holte.

»Der Tote trug eine Armbanduhr, die um 1.12 Uhr stehengeblieben ist. Wenn wir davon ausgehen können, dass sie beim Unfall ausfiel, haben wir einen ziemlich exakten Todeszeitpunkt.«

»Aber nur deswegen haben Sie uns nicht gerufen?«

»Nein«, sagte Porbeck, setzte sich wieder auf den Hocker und rollte in Richtung der Lupe, unter der Inka jetzt ein Tuch erkannte, das zwei Gegenstände verhüllte. Offenbar hatte Porbeck heute ein Händchen fürs Dramatische.

»Deswegen habe ich Sie gerufen.« Er zog das Tuch von den beiden Gegenständen wie ein Illusionist von der zersägten Jungfrau. Unter dem hellen Schein der beleuchteten Teleskoplupe erkannten Inka und Röggen sowohl das einzelne Opferlicht aus dem Heiligenhäuschen am Campingplatz als auch seine beiden Chargengeschwister in der grauen Pappverpackung aus dem Handschuhfach von Karsten Dorbrechts Auto. An allen Gegenständen klebte ein feiner dunkler Staub, der verschiedenartigste Muster bildete.

»Sie haben die Lichte auf Fingerabdrücke untersucht?«, fragte Röggen.

Porbeck rollte zu den Frauen neben die Lupe.

»Zuerst habe ich Karsten Dorbrechts Fingerabdrücke genommen, sie eingescannt und durch den Computer laufen lassen.« Er deutete auf seinen Laptop und ein dünneres kleines Gerät daneben, vermutlich sein Scanner.

»Und?«, fragte Inka.

»Ohne Ergebnis. Herr Dorbrecht ist weder vorbestraft noch in sonst einer Weise erkennungsdienstlich in Erscheinung getreten.«

»Aber?«, fragte Röggen geduldiger, als sie tatsächlich war.

Porbeck klickte auf der Bedienoberfläche eines Programms im Laptop herum. Vor den Augen der Ermittler öffnete sich ein Fenster, das die Personendaten von Karsten Dorbrecht auflistete und die Fingerabdrücke des Toten zeigte. Fünf der linken und fünf der rechten Hand, fein säuberlich in Feldern mit entsprechender Fingerbezeichnung sortiert.

»Achten Sie bitte zunächst einmal auf Zeige-, Mittel- und Ringfinger der rechten Hand.« Porbeck vergrößerte das Fenster, so dass die Abdrücke der drei Finger nebeneinander nun nahezu den gesamten Bildschirm einnahmen. Inka und Röggen sahen das bekannte labyrinthartige Muster menschlicher Fingerabdrücke. Kurvig umeinander verlaufende Linien in unterschiedlichen Breiten und Radien, die sich wie eine turbulente Isobarenfront auf einer Wetterkarte um das Auge eines Sturmes zogen.

»Sehen Sie die Unterbrechungen der Papillarlinien?« Porbeck rief einen Finger nach dem anderen auf und kreiste mit dem Mauszeiger um die entsprechenden Stellen. Inka und Röggen sahen auf jedem Scan eine markante längliche, horizontal verlaufende Unterbrechung der Linien, als hätte jemand einen winzigen Papierschnipsel auf den Scan gelegt. Auf dem des Zeigefingers begann sie im oberen Bereich etwa in der Mitte des Fingers und zog sich nach rechts. Auf dem Mittelfinger erschien sie im unteren Drittel des Abdrucks und verlief einmal quer über das gesamte Profil. Auf dem Bild des Ringfingers wiederum erschien sie am oberen Rand und endete etwa in dessen Mitte.

»Sind das Narben?«, fragte Röggen.

»Schon nicht schlecht«, lobte Porbeck. »Aber noch nicht ganz der Punkt.« Er schloss die Einzelansicht der Abdrücke und öffnete die der Gesamtansicht aller fünf Fingerabdrücke. Dann schob er die von Zeige-, Mittel- und Ringfinger nebeneinander.

»Sie stammen nämlich nicht von verschiedenen Verletzungen, sondern von einer einzigen. Wenn man nämlich die unterschiedliche Länge der Finger berücksichtigt ...« Er verschob die Abdrücke so, dass sich daraus ihre tatsächliche Lage im Gesamtbild der Hand ergab.

»Dorbrechts Zeigefinger ist minimal länger als der Ringfinger und der Mittelfinger wiederum länger als der Zeigefinger. Mit anderen Worten, drei Narben in scheinbar unterschiedlicher Höhe ...«

»Ergeben eine saubere Linie«, sagte Inka. Auf dem Bild erkannte man, wie sie die weiße Unterbrechung der Linien einmal quer über alle drei Finger zog.

»Richtig«, meinte Porbeck. »Vermutlich hat sich Dorbrecht irgendwann einmal recht tief über alle drei Finger geschnitten.«

»Okay«, sagte Inka. »Und das müssen wir wissen, weil ...?«

»Ich das hier gefunden habe.« Porbeck rief drei weitere Bilder auf dem Laptop auf. Alle drei zeigten Fingerabdrücke in unterschiedlichen Qualitäten und Ausschnitten.

»Das sind alles Abdrücke von Dorbrechts rechtem Zeigefinger unter anderem von dem Opferlicht im Heiligenhäuschen und den Lichten im Handschuhfach«, sagte er und umfuhr mit dem Mauszeiger die markanten Unterbrechungen der Papillarlinien der ersten beiden von ihm geöffneten Bilder.

»Ich habe leider nicht die tolle ›100%-Übereinstimmung-Graphik‹ aus dem Fernsehen, aber sie sind alle identisch.«

»Wunderbar. Dann haben Sie also nachgewiesen, dass Dorbrecht das Licht im Heiligenhäuschen aufgestellt hat«, fasste Inka zusammen und wechselte einen Blick mit Röggen. »Wir haben mittlerweile aber eine Theorie, die noch etwas weitergeht.«

Porbeck sah die beiden an.

»Dass Dorbrecht der Mörder von Bernd Groschek ist?«, fragte er trocken.

Inka und Röggen blickten erstaunt zurück.

»Ist das so naheliegend?«, fragte Inka irritiert.

Porbeck wandte sich wieder dem Laptop zu und fuhr mit dem Mauszeiger auf den dritten Abdruck.

»Es ist sogar bewiesen«, sagte er. »Der Daumenabdruck stammt nämlich von der Tatwaffe, unserem Holzpflock!«

25   Mittwoch, 18:53 Uhr

»Jawoll!«

Pfeils Jubelschrei hallte überlaut und dröhnend aus den Lautsprechern von Inkas Dienstwagen. Das gleichzeitige dumpfe Poltern im Hintergrund ließ vermuten, dass der Mann entweder von seinem ergonomisch geprüften Stuhl aufgesprungen oder mitsamt dem Ding umgefallen war. Statt in den Jubel ihres Vorgesetzten einzufallen, verzog Inka das Gesicht, als hätte sie einen kräftigen Schluck Sauerkrautsaft aus einer Flasche genommen, in der sie Limonade vermutet hatte.

»Ich wusste es!!«, kam es aus den Lautsprechern. »Sie sind …« Eine Pause entstand, als suche Pfeil nach Worten. »Ach, erzählen Sie erst mal! Ich will alles wissen!« Inka seufzte unhörbar und sah über die halbverzehrte Falafeltasche auf dem Armaturenbrett vor ihr durch die Windschutzscheibe zu Röggen. Inkas Kollegin schlenderte in der Wärme des frühen Abends vor einer Parkbank auf und ab. Ihr Handy ans linke Ohr gedrückt, steckte sie alle paar Meter ihre untere Gesichtshälfte möglichst damenhaft in eine pralle Dönertasche in ihrer rechten Hand, während sie nähere Auskünfte zu Karsten Dorbrecht einholte. Es war Zeit für die Hausaufgaben, wie Inka es nannte. Wobei ihr selbst der unangenehmere Teil der Arbeit blieb. Inka brachte ihren Vorgesetzten Georg Pfeil in Brilon auf den letzten Stand der Ermittlungen.

Nach Porbecks Bestätigung der Täterschaft von Karsten Dorbrecht waren die beiden Frauen von Olpe in Richtung Lennestadt aufgebrochen. Zur Wohnadresse des Mörders von Bernd

Groschek. Ein Weg, der versprach unangenehm zu werden. Zwar war der Mann laut Röggens erster Recherche als alleiniger Mieter einer Wohnung im Nordwesten der Kleinstadt gemeldet, aber es würde nicht lange dauern, bis Inka und Röggen irgendwelchen Angehörigen mitteilen mussten, dass ihr vermutlich geliebter Sohn, Neffe, Cousin oder vielleicht sogar Vater nicht nur nicht mehr lebte, sondern kurz vor seinem mehr als unschönen Ableben auch noch zum Mörder geworden war. Der zweite unangenehme Aspekt war, dass Inka und Röggen durchaus berechtigte Fragen nach dem Wie und dem Warum nicht beantworten konnten, weil sie, außer dem, was sich aufgrund der Spurenlage rekonstruieren ließ, schlicht zu wenig wussten.

Alles in Inka schrie nach einer Pause. Inklusive ihres Magens. Also hatten die Ermittlerinnen auf halbem Weg zwischen Olpe und Lennestadt haltgemacht, um sich in Bilstein die erste feste Mahlzeit nach dem Frühstück und dem Kirschplunder zu gönnen und ihre Hausaufgaben zu erledigen.

Trotz der noch immer beachtlichen Wärme saß Inka bei geschlossenen Fenstern im Auto. Röggen hatte es am Rande der B55 auf dem Parkplatz des Naturbades Veischedetal abgestellt. Sie kannte das Bad und hatte versucht, Inkas Laune mit einer kurzen Geschichte des einzigen ökologischen Naturerlebnisbades des Sauerlandes zu heben. Erfolglos. Denn an ungestörtes Essen war ebenso wenig zu denken wie an ungestörtes Telefonieren. Sie waren mitten in die Freizeit-Rushhour geraten. Das Bad schloss um 19.00 Uhr, weshalb sich unzählige tiefenentspannte, rotgebräunte und ausgelassene Menschen mit Luftmatratzen, Umhängetaschen und einem Dauergrinsen auf dem Weg zu ihren Autos, Fahrrädern oder Bussen an ihnen vorbeidrängten.

Immerhin war das Essen nicht schlecht. Auch wenn Inka ihre Falafel schon schwer im Magen lag, kaum, dass sie sie heruntergeschluckt hatte. Ironischerweise war es der Imbiss, der ihre

Stimmung auf den Punkt brachte. Genauer gesagt seine Speisekarte, die der Bestellung beilag. Unter dem Logo des Imbisses zeigte sie das prächtige Motiv eines karibischen Palmenstrandes mit sonnenklarem Himmel, perfektem Sand und kristallklarem Meer. Das Paradies. Allerdings war das gesamte Motiv, aus welchen Gründen auch immer, ausschließlich in so kräftigen Blautönen gehalten, dass es den optischen Anschein hatte, als wäre das Paradies über Nacht eingefroren. Erstarrt zu einer eisigen Kulisse, wie Inkas Freude über einen gelösten, aber noch immer unvollständigen Fall.

Draußen kaute Röggen einen weiteren Bissen Döner, während Inka ihren Bericht an Pfeil beendete. Wieder rumpelte es aus den Lautsprechern. Vermutlich hatte der Mann sich und seinen Stuhl wieder gefangen. Trotzdem klang er noch immer euphorisch.

»Frau Luhmann?! Das ist der Wahnsinn! Und das in nicht mal drei Tagen!« Inka wartete mit einem Kommentar. Nach ihrer Erfahrung mit ihrem neuen Vorgesetzten konnte es nicht lange dauern, bis auf ein Lob der nächste »Pfeil'sche Klopper« kam.

»Und mit genau der Personaldecke, die Sie als »unterbesetzt« bezeichnet haben. Sehen Sie? Ich wusste doch, dass es sich auch etwas kostengünstiger ermitteln lässt.« Da war er, der Klopper. Inka schloss die Augen und gratulierte sich. Na, super. Sie hatte nicht nur den Fall höchst unbefriedigend gelöst, sondern vermutlich auch gleich mal ihr eigenes Ermittlungsbudget für alle Zeiten auf Sparflamme gesetzt.

»Da fällt mir ein«, meinte Pfeil. »Eigentlich war ich es ja sogar, der Sie zur Lösung des Falles gebracht hat. Ich habe Sie auf den Unfall angesetzt!« Er lachte laut auf. Als er sich wieder gefangen hatte, schien der Nachweis der eigenen Genialität in einen Anfall spontaner Großzügigkeit zu münden. »Aber egal«, sagte er getragen und räusperte sich. »Teamleistung ist Teamleistung.

Wir müssen jetzt eh überlegen, wie es weitergeht. Wissen Sie was?! Sie kommen auf der Stelle zurück nach Brilon, wir machen noch heute Abend eine Pressekonferenz, und danach gebe ich einen aus!«

Inka sah erschrocken auf.

»Äh, ich weiß nicht, ob das eine gute Idee ist«, wandte sie ein.

Pfeil schien zu stutzen.

»Wieso nicht? Ach, Sie meinen, für die überregionale Presse ist das ein bisschen kurzfristig? Hm, vielleicht haben Sie recht«, murmelte er, war aber direkt wieder auf der Überholspur. »Gut, Sie kommen zurück, setzen eine Pressemitteilung auf, und ich lade für morgen Vormittag zur Pressekonferenz.« Inka verdrehte die Augen und musste sich zur Geduld zwingen.

»Und ich frage mich, was Sie dort verkünden wollen.«

»Hallo?!«, kam es aus den Lautsprechern zurück. »Meinen ... unseren Erfolg?! Den müssen wir nämlich nicht nur feiern, solange er frisch ist, Frau Luhmann. Sondern vor allem verkaufen.«

Inka schüttelte innerlich den Kopf. Noch vor einem Jahr war »PR« für Georg Pfeil bestenfalls ein verhasster Anglizismus gewesen. Heute konnte er »seinen« ersten spektakulären Erfolg gar nicht früh genug in alle Medien tragen. Klar, als »der Neue« musste er das wohl auch. Aber wenn eine Beförderung einen Ermittler in einen Kamerajunkie verwandelte, war Inka froh, dass dieser Kelch an ihr vorbeigegangen war.

»Ich weiß, Sie sind nicht der größte Freund von Öffentlichkeitsarbeit«, fuhr Pfeil fort. »Aber im Internetzeitalter ist Image fünfzig Prozent unserer Arbeit. Und ganz nebenbei: Nach Ihrem kleinen Online-Videodesaster könnte Ihres auch 'ne kleine Politur vertragen.«

Inka sparte sich einen Kommentar.

»Okay, was außer dem Mörder haben wir denn zu vermelden?«, fragte Inka stattdessen sachlich.

Es entstand eine kurze Pause.

»Na ja, die Detailfragen ... müsste dann schon jemand beantworten, der enger am Fall ist als der Chef. Um alles kann ich mich in der Kürze der Zeit ja auch nicht kümmern.«

»Eben«, baute Inka ihm eine goldene Brücke. »Das Problem ist, unser mutmaßlicher Mörder ist tot. Es wird also kein Geständnis geben und damit auch keine Erklärung der Tatumstände und vor allem des Motivs. Wenn also ich diejenige sein sollte, der näher am Fall ist, kann ich nur sagen, dass ich nichts sagen kann. Wir sind gerade erst dabei, die Details zu klären.«

Schweigen am anderen Ende. Inka legte nach.

»Wenn wir jetzt eine Pressekonferenz abhalten, werden Sie in den Nachrichten später mit nichts als Konjunktiven zitiert. Nicht gerade das, worauf die Presse steht. Und wie sich das dann auf Ihr Image auswirkt, wissen Sie wahrscheinlich am besten. Der Täter ist das Einzige, was wir haben.«

Wieder entstand eine Pause. Mit einem hörbaren Seufzer in Brilon. Inka sah aus dem Fenster. Draußen war der Himmel noch immer wolkenlos. Die Sonne schien für das Finale des Mittwochs eine Orgie in atemberaubendem Rot zu planen.

»Passen Sie auf«, kam es nun deutlich ungehaltener aus dem Lautsprecher. »Das ist mein ... also unser Ermittlungserfolg. Und den wird niemand anders verkünden als wir. Das hier ist immer noch das verdammte Sauerland! Was glauben Sie, wie lange es dauert, bis irgendein unterbelichteter Lokaljournalist bei irgendeinem Stammtisch vom Mann der Arzthelferin, dem Schwager des Postboten oder dem bekloppten Sohn des Gärtners dieses Arztes in Olpe von der Sache erfährt? Der braucht nur eins und eins zusammenzuzählen und direkt hier gegenüber anzurufen.«

Inka konnte Pfeil förmlich sehen, wie er vor seinem Fenster auf und ab tigerte und über die Dächer von Brilon zur unweit gelegenen Lokalredaktion der »Westdeutschen Zeitung« blickte.

»Glauben Sie, ich lasse mir meinen größten Erfolg von irgendwelchen Schmierfinken wegspekulieren, nur weil Sie Bedenken haben?!«

Inka senkte den Kopf und dachte nach. Ganz unrecht hatte Pfeil natürlich nicht. Auch wenn er mal wieder deutlich über das Ziel hinausschoss. Wenn Hennes Buschtrommeln in Brilon schon mit Lichtgeschwindigkeit arbeiteten, dauerte die Verbreitung eines aufgeklärten Mordes in lokalen Journalistennetzwerken vermutlich nicht viel länger. Und dann hatte Pfeil nichts mehr selbst in der Hand als aufgewärmte Gerüchte.

»Wie wäre es dann mit einem Kompromiss?«, fragte Inka. »Sie geben jetzt eine Pressemitteilung raus und laden gleichzeitig zu einer Pressekonferenz für morgen Nachmittag ein. In der Zwischenzeit versuche ich so viele Hintergründe wie möglich aufzuklären, so dass wir den Fall tatsächlich abschließen können.«

»Genau das wollte ich Ihnen gerade vorschlagen. Mit dem Unterschied, dass die Konferenz morgen Vormittag stattfindet!«, sagte Pfeil.

Nun war es Inka, die seufzte. Der Kerl machte es ihr aber auch nicht leicht.

»Morgen Mittag?«, versuchte sie es.

»Schlag eins. Hier in Brilon! Und jetzt sehen Sie lieber zu, dass Sie Ihren verdammten Job machen!« Wieder eine kurze Pause. »Übrigens, gute Arbeit«, knurrte er und legte auf.

Inka steckte ihr Handy ein und sah auf die Uhr im Armaturenbrett des Dienstwagens. Offenbar ein Signal, auf das Röggen draußen nur gewartet hatte. »Und?«, fragte sie und setzte sich auf den Fahrersitz.

»Wir haben achtzehn Stunden, um aus nichts mit 'nem Mord einen abgeschlossenen Fall zu machen«, antwortete Inka ironisch.

»Dann los. Also: Ich hab' mich gefragt, wenn Dorbrecht seit Samstagnacht tot ist, warum hat den noch niemand als vermisst gemeldet? Freundin, Verwandte, Arbeitskollegen?«

»Und?«, fragte Inka.

»Verwandte konnte ich noch keine ausfindig machen. Unter seinem Anschluss meldet sich nur der Anrufbeantworter, also habe ich seine Arbeitsstelle recherchiert. Er hat als Lagerist bei einem Hersteller von Verpackungsmaterial gearbeitet. Nach einigem Hin und Her habe ich seinen Chef an die Strippe bekommen. Und jetzt halt dich fest. Dorbrecht hat Urlaub.«

Inka sah Röggen irritiert an.

»Soll vorkommen«, meinte sie.

»Aber der Grund ist nicht ganz alltäglich. Er wollte heiraten. Übermorgen.«

Inka schwieg und dachte nach.

»O Mann«, sagte sie nach einigen Augenblicken. »Keine Ahnung, was das für unseren Fall heißt, aber es sollte auf jeden Fall so etwas wie eine Freundin geben. Haben wir einen Namen?«

Röggen schüttelte den Kopf.

»Sein Chef meint, Dorbrecht war so was wie ein Einzelgänger, sehr zurückgezogen. Hat nicht viel erzählt.«

Als die beiden Frauen sich wenig später auf der B 55 Richtung Lennestadt eingefädelt hatten, klingelte Inkas Telefon. Eine unbekannte Nummer mit der Vorwahl von Olpe. Inka horchte, bevor sie überrascht aufsah.

»Was?!«, fragte sie. »Wer?« Sie machte sich hektisch Notizen, bedankte sich und beendete das Gespräch.

»Was ist los?«, fragte Röggen.

»Die Kollegen von der Wache in Olpe. Eine Frau hat gerade einen Einbruch gemeldet. Rate mal, wo.«

26   Mittwoch, 19:21 Uhr

Die Marderstraße läuft im Nordwesten von Lennestadt in Form eines Fragezeichens durch ein gemischtes Wohngebiet im Ortsteil Maumke. Ein bunter Mix aus Einfamilien- und Reihenhäusern im Stil der sechziger Jahre wechselte mit Mehrfamilienhäusern und kernsanierten Altbauten, moderne Neubauten schlossen entstandene Baulücken. Eine ruhige, aber dennoch lebendige Nachbarschaft. Einzig das Wohnhaus von Karsten Dorbrecht fiel aus dem Rahmen. Es entpuppte sich als einer von vier schmucklosen, kastenförmigen Wohnblöcken mit Mietwohnungen, die schon bessere Zeiten gesehen hatten. Eingerahmt von einem Seniorenwohnheim der Arbeiterwohlfahrt zu seiner Rechten und dem katholischen Friedhof Maumke zu seiner Linken, hätte auch der kreativste Immobilienmakler die Vorzüge der Lage allenfalls als »sehr ruhig mit grandiosem Ausblick« beschreiben können. Trotz Tod und Gebrechen in unmittelbarer Nachbarschaft blickte man in südlicher Richtung auf die umgebenden sanften Hügel und die sich abwechselnden Acker-, Weide- und Waldflächen.

Röggen brachte den Dienstwagen auf einem breiten Parkstreifen vor den Wohnblöcken zum Stehen. Inka sah sofort den Streifenwagen der Polizei Olpe, der zwischen etlichen feierabendlich abgestellten Privat-Pkw herausstach. Allerdings nicht so stark wie der dahinterstehende Rettungswagen der örtlichen Feuerwehr.

»Scheint doch noch etwas mehr passiert zu sein«, mutmaßte Inka und stieg aus. Doch weder blitzte Blaulicht auf, noch verbreiteten hektische Rufe oder umherlaufende Sicherheitskräfte die Hektik eines akuten Notfalls. Die Lage schien unter Kontrolle, war aber angespannter, als es ein klassischer Einbruch erwarten ließ. Inka bemerkte keinerlei Schaulustige. Weder direkt an den Einsatzfahrzeugen noch im sicheren Abstand der Anonymität. Wenn man in unmittelbarer Nähe eines Seniorenheims wohnte, gehörten Einsätze von Rettungsdiensten vermutlich zum Alltag. Trotzdem war Inka sicher, dass sie und ihre Kollegen hinter Vorhängen und Gardinen sehr genau beobachtet wurden.

Die hinteren Türen des Rettungswagens standen ebenso offen wie die Haustür des rechten Wohnblocks. Inka wollte sich gerade mit Röggen auf den Weg zum Rettungswagen machen, als ein uniformierter Beamter aus dem Eingang des Hauses trat und auf die Frauen zuging. Inka kam er bekannt vor. Dann erinnerte sie sich. Er war einer der Beamten gewesen, die sie bei ihren Ermittlungen auf dem Campingplatz in Olpe unterstützt hatten. Allerdings war er Inka weniger als herausragender Schutzpolizist denn als optisches Relikt der achtziger Jahre aufgefallen. Er trug Mittelscheitel, Oberlippenbart mit Nikotinverfärbung und einen deutlichen Bauchansatz unter einem viel zu engen Kurzarmhemd. Inka schätzte den Mann auf Ende dreißig. »Frau Luhmann?«, fragte er und schob sich eine zu große Dienstbrille auf der Nase zurecht, durch die er die Frauen mit wachen Augen musterte.

»Wir kennen uns vom Campingplatz, oder?«, fragte Inka zurück und hielt ihm ihren Ausweis entgegen.

Der Mann nickte und schüttelte Inka und Röggen die Hand.

»POM Fahlenbach«, stellte er sich vor.

»Freut mich. Was haben Sie denn für uns?«, fragte Inka.

»Meine Einsatzleitstelle wurde vor etwa dreißig Minuten von einer ...« Er sah auf einen Notizblock, den er aus seiner Brusttasche zog und sich vor die Brillengläser hielt. »... Kerstin Schütte alarmiert. Die Frau hat einen Einbruch im ersten Stock bei einem

Karsten Dorbrecht gemeldet.« Er senkte den Kopf vertraulich in Inkas Richtung. »Ihr Unfalltoter, oder?«

Inka sah ihn mit einem Gesichtsausdruck an, der keinerlei Verbrüderung duldete.

»Ich hoffe, Sie haben das niemandem gegenüber erwähnt«, sagte sie mit strengem Blick. Der Beamte sah betreten zu Boden und schluckte.

»Äh, zumindest nicht absichtlich«, druckste er fast unhörbar.

Inka und Röggen sahen ihn fassungslos an.

»Wie bitte?! Wem?«

Er sah pflichtschuldig zu dem Rettungswagen.

»Etwa Frau Schütte?!« Inka fasste sich an den Kopf und hatte größte Mühe, ihre aufkommende Wut zu unterdrücken. POM Fahlenbach war längst in den Verteidigungsmodus übergegangen.

»Ich dachte, sie wusste es schon, als wir hier eintrafen, und da ist es mir halt rausgerutscht.«

»Und?«, fragte Röggen streng, während sie sich einhändig die Schläfen massierte. »Wie hat sie reagiert?«

»Na ja, gar nicht ... Sie ist blass geworden ... und in Ohnmacht gefallen«, stotterte Fahlenbach unwohl. »Ich hab sie aufgefangen«, fügte er schnell hinzu und sah gleich eine Chance, sich zu verteidigen. »Und sofort die Sanis und den RTW angefordert.« Ein Blick in die verärgerten Mienen der Ermittlerinnen ließ keinen Zweifel, dass er damit gescheitert war.

»Es ... äh ... tut mir leid«, sagte er kläglich.

»Großartig«, stöhnte Inka und fragte sich, wie viele Informationen sie von Kerstin Schütte noch würde bekommen können. Doch weitere Vorwürfe an den Kollegen verbesserten die Situation auch nicht mehr. Als ihr Telefon klingelte, erkannte sie eine Nummer, die ihr bekannt vorkam, aber erst nach einigen Sekunden einordnen konnte. Es war Andreas Birkholtz. Schon wieder. Wollte der sich nicht erst in ein paar Wochen wieder melden?

Inka atmete tief ein. Einen neuen Lagebericht über die Banalitäten eines Altfalls konnte sie gerade wirklich nicht gebrauchen. Sie drückte den Anruf weg und sah Fahlenbach an.

»Und der Einbruch?«, fragte sie den Kollegen gereizt. »Haben Sie wenigstens schon …?« Sie deutete mit dem Daumen in Richtung des Wohnblocks.

»Den Tatort besichtigt?«, fragte er nun fast militärisch eifrig. »Haben wir. Also meine Kollegin und ich.« Dass er kein amerikanisches »Sir« oder »Madam« anfügte, war alles. Stattdessen konsultierte er erneut seinen Block.

»Das Wohnzimmerfenster an der Gebäuderückseite wurde aufgehebelt. Vermutlich mit einem Kuhfuß. Einfache Verriegelungen, keine Einbruchsicherung. Hat sicher nur Sekunden gedauert. Spuren Fehlanzeige. Außer dem ausgehebelten Fenster und jeder Menge Unordnung.«

»Wissen Sie, ob irgendetwas gestohlen wurde?«, fragte Röggen.

»Kann man unmöglich sagen. Wir wissen nicht, was genau Herr Dorbrecht an Inventar besessen hat. Da müssten wir jemanden fragen, der ihn besser kannte.«

Wieder wanderten die Blicke aller zum Rettungswagen.

»Möglichst bevor wir ihn in Ohnmacht versetzen«, tadelte Röggen. »Irgendwelche Zeugen?«

»Wir sind mitten in den Befragungen der Nachbarn. Bis jetzt hat niemand was gehört oder gesehen. Aber ehrlich?« Wieder der vertrauliche Blick an Inka. »Wird schwer. Wir wissen nicht mal, wann der Einbruch verübt wurde, weil Dorbrecht die letzten Tage nicht gesehen wurde. Kann also auch schon was her sein.«

»Danke«, sagte Inka und wandte sich zum Rettungswagen. »Frau Schütte ist da drin?«

Fahlenbach senkte den Blick erneut unwohl.

»Aber ich kann mir nicht vorstellen, dass sie vernehmungsfähig ist.«

Die beiden Ermittlerinnen beauftragten ihn, die Nachbarn weiter zu befragen, und gingen in Richtung des Rettungswagens, dessen neonfarben lackierter kastenförmiger Aufbau leicht schaukelte. Anscheinend wurde darin gearbeitet.

»Vielleicht ist es ja nicht ganz so schlimm«, hoffte Röggen. Die Ermittlerinnen näherten sich dem Rettungswagen, als plötzlich ein großer, schlanker grauhaariger Mann in schwarzer Kleidung herausstieg. Er schien sich unbeobachtet zu fühlen, schüttelte besorgt den Kopf und setzte sich erschöpft auf eine hydraulische Treppenstufe vor dem Einstieg. Inka und Röggen sahen sich alarmiert an, denn beiden war gleichzeitig aufgefallen, dass unter dem hervorstehenden Adamsapfel des Mannes im Schwarz eines Rundkragenhemdes das strahlende Weiß eines Kollars leuchtete. Der Mann war Priester!

»Vielleicht ist es sogar noch schlimmer!«, meinte Inka alarmiert und beschleunigte ihren Schritt.

»Sagen Sie nicht, Frau Schütte ist tot?!«, sprach sie den Mann an. Er sah überrascht auf.

»Luhmann, Kripo Brilon«, sagte Inka, während sie in das Innere des Rettungswagens starrte. »Meine Kollegin Röggen.« Auf der Behandlungsliege im Inneren des Fahrzeugs lag eine leicht übergewichtige blonde Frau mittleren Alters auf einer Transportliege. Inka bemerkte erleichtert, dass zwei Sanitäter in sommerlicher Arbeitskleidung mit dem Legen einer Infusion und Transportvorbereitungen beschäftigt waren. Kerstin Schütte. Die Frau lebte. Inka schätzte sie auf Ende vierzig. Und sie sah keinen Tag jünger aus. Das wenig schmeichelhafte Licht einer Behandlungsleuchte offenbarte schonungslos Schweißflecken auf ihrer modischen Kleidung, die in Bauchhöhe verrutscht war und ihre bleiche, wächserne Haut entblößte. Ihr leerer Blick verlor sich matt in einer imaginären Ferne. Sie atmete schwer unter einer Sauerstoffmaske. Inka erschien sie wie ein farbloser dreidimensionaler

Schatten. Als habe jemand mit einer Fernbedienung ihre Farbwerte komplett auf null heruntergedimmt und sie dann in eine schreiend bunte Umwelt gesetzt. Umso verstörender wirkten ihre auffallend geröteten Augen, die noch von dunklen Augenringen hervorgehoben wurden und ihr ein vampirähnliches Aussehen verliehen.

»Keine Sorge«, sagte der Mann in Schwarz und hob beschwichtigend die Hände. »Es hat sie hart getroffen, aber nicht lebensbedrohlich.«

Offenbar hatte auch er sich wieder gefangen und hielt Inka und Röggen die Hand hin.

»Konrad Gerstfeld«, stellte er sich vor, als die Ermittlerinnen nacheinander seine Hand schüttelten. »Ich bin katholischer Priester in Olpe.«

»Und Sie sind zufällig hier?«, fragte Röggen skeptisch. Immerhin schien das in der Nachbarschaft von Toten und Senioren nicht unwahrscheinlich.

»Nein«, sagte Gerstfeld. »Rein privat. Kerstin Schütte ist meine Nichte.«

Einer der Sanitäter stieg aus dem Rettungswagen. Inka zeigte ihm ihren Ausweis.

»Ich müsste kurz mit ihr sprechen«, sagte Inka und nickte in Richtung der Frau auf der Liege. »Es wäre wichtig.« Der Mann hob abwehrend die Hände.

»Machen wir's kurz?«, sagte er trocken. »Ich sage nein, weil sie unter Schock steht. Sie sagen, Sie brauchen nur fünf Minuten, und ich sage, ich gebe Ihnen drei?«

Inka nickte.

»Danke, ich brauche wirklich nicht lange.«

»Und ich bin nur für ihren Transport zuständig. Wenn Frau Schütte sich danach fühlt, kann sie tun und lassen, was sie will.«

»Kommen Sie«, kam es schwach aus der Behandlungskabine.

Kerstin Schütte hatte die Sauerstoffmaske abgenommen und stützte sich unter hörbarer Mühe auf einen Ellenbogen. Der Sanitäter zuckte die Schultern, bevor er sich noch einmal an Inka wandte.

»Trotzdem haben Sie nur so lange, wie ich für die Formalitäten brauche. In drei Minuten fahren wir«, sagte er und verschwand in Richtung Fahrerkabine.

Inka stieg zu Kerstin Schütte in den Wagen und stellte sich vor, während der zweite Sanitäter diskret die Kabine verließ und die Türen schloss. Die Frauen waren alleine. Inka musterte Kerstin Schütte mitfühlend. Ihr rechter Zeigefinger steckte in einem rot leuchtenden Fingerclip, der mit einem Kabel an einem Überwachungsgerät verbunden war. Mit der freien Hand spielte sie nervös mit einem Kruzifix, das an einer goldenen Kette um ihren Hals hing.

»Es tut mir leid, dass Sie es auf diese Weise erfahren mussten«, sagte Inka zu der Frau. Kerstin Schütte winkte schwach ab.

»Gibt keinen guten Zeitpunkt für schlechte Nachrichten«, keuchte sie und musste sich für ihre folgende Frage sichtbar sammeln.

»Wie ist Karsten …? Und wann?«, fragte sie mühsam gefasst.

»Autounfall. Samstagnacht.«

Die Frau schluckte und rang um Fassung.

»Hat er … Hat er gelitten?«

Inka schüttelte den Kopf und ersparte der Frau weitere Details. Sie reichte Kerstin Schütte ein Taschentuch, das die dankbar annahm. Gerade noch rechtzeitig, bevor ein Weinkrampf sie schüttelte. Inka legte ihr behutsam eine Hand auf die Schulter und wartete einige Sekunden, bevor die Trauerwelle abgeebbt war.

»Wir wollten übermorgen heiraten. Am Freitag«, sagte Kerstin Schütte tieftraurig, und Inka sah, wie ihr erneut Tränen in die Augen stiegen, die sie diesmal niederkämpfte. »Irgendwie hab ich geahnt, dass was nicht stimmt.«

»Warum haben Sie ihn nicht schon früher als vermisst gemeldet?«, fragte Inka.

»Weil wir letzte Woche vereinbart hatten, uns erst heute Nachmittag wieder zu treffen. Jeder von uns hatte vor der Hochzeit zu tun. Vorbereitungen, dann noch sein Umzug. Wissen Sie ... Er wollte nach der Hochzeit zu mir ziehen.« Wieder brach ihre Stimme. Und diesmal verlor sie den Kampf gegen die Tränen. Ein neuerlicher Weinkrampf schüttelte sie. Inka sah unmerklich und verschämt auf ihre Uhr.

»Und als er sich heute Nachmittag trotz meiner Anrufe nicht gemeldet hat, hatte ich gleich ein ungutes Gefühl«, schluchzte Kerstin Schütte. »Als Frau hat man das.«

Inka nickte unbestimmt.

»Deswegen haben Sie Ihren Onkel mit hergebracht?« Ein Nicken.

»Er ist so etwas wie ein Vater für mich. Ich wollte nachsehen, ob bei Karsten alles in Ordnung ist. Und dann entdecken wir diesen Einbruch ...« Sie sah Inka fassungslos an. »Er hatte doch nun wirklich keine Reichtümer. Und dann bricht auch noch jemand bei ihm ein?«

»Hatte Herr Dorbrecht irgendwelche Feinde?«, fragte Inka.

Es dauerte ein wenig zu lange, bis Kerstin Schütte antwortete.

»Das weiß ich nicht«, sagte die Frau tapfer. »Aber ich vermute es. Es gab da einen sehr dunklen Teil seines Lebens. Bevor wir uns kennengelernt haben.« Inka sah auf.

»Was meinen Sie mit dunkel?«

Kerstin schüttelte vorsichtig den Kopf.

»Das weiß ich nicht genau. Nur, dass er Dinge getan hat, die nicht recht waren.« Sie sah Inka nun direkt an. »Aber das wollte ich nie wissen. Und das brauchte ich auch nicht zu wissen. Weil er mit mir ein neues Leben anfangen wollte. Es ist nicht wichtig, was ein Mensch getan hat. Wichtig ist nur, dass er es bereut und ihm jemand vergeben kann.«

Kerstin Schütte erzählte Inka in kurzen Sätzen, wie sie Karsten Dorbrecht auf einem Parkplatz kennengelernt und ihn »erlöst« hatte, wie sie sich ausdrückte.

»Ich bin sehr gläubig, müssen Sie wissen«, schloss sie ihre Ausführungen. Wie zum Beweis knetete sie das Kruzifix um ihren Hals zwischen Daumen und Zeigefinger. »Deshalb hat Gott mir die Kraft gegeben, ihn wieder auf den rechten Weg zu führen. Weder Karsten noch mich hat seine Vergangenheit interessiert. Nur unsere ... unsere Zukunft.« Sie brach erneut in Tränen aus, als ihr klarwurde, wie grausam die Realität ihre Pläne durchkreuzt hatte.

»War Herr Dorbrecht denn in letzter Zeit irgendwie verändert?«, versuchte Inka das Gespräch wieder auf die Fakten zu lenken. »Vielleicht irgendwie gereizt, nervös? Verhielt er sich auffallend anders?« Kerstin Schütte dachte angestrengt nach.

»Na ja, die Hochzeit stand bevor. Ich denke, wir waren beide ein wenig nervöser als sonst.« Wieder verfiel sie in kurzes Grübeln. Dann sah sie Inka an.

»Ich kann mich nur an eine Sache erinnern, die ich seltsam fand«, sagte sie.

»Vor ungefähr vier Wochen hat er beim Abendessen einen Anruf auf seinem Handy bekommen. Er ging mit dem Telefon in die Küche. Als ich fragte, wer das war, reagierte er sehr verschlossen und meinte, er müsse eine alte Sache zu Ende bringen. Danach war er vielleicht noch etwas nervöser.«

»Wissen Sie, von wem der Anruf kam?«

Wieder dachte Kerstin Schütte nach. Diesmal schien sie allerdings eher zu überlegen, ob sie Inka die Information anvertrauen wollte.

»Ich habe in seinem Handy nachgesehen und die Nummer gefunden«, sagte sie ein wenig beschämt. »Am nächsten Tag habe ich sie von einem Festnetztelefon angerufen.«

Inka unterdrückte ihre Überraschung. Ganz so grenzenlos schien Kerstins Vertrauen in ihren Karsten also doch nicht gewesen zu sein.

»Und wer hat sich gemeldet?«, fragte sie.

»Eine Frau Freitag«, sagte sie. »Sibylle Freitag.«

Irgendwo tief in ihren Hirnwindungen hörte Inka ein kleines helles Glöckchen klingeln. Doch der Klang war zu leise, als dass sie ihn hätte lokalisieren oder mit irgendetwas in Verbindung hätte bringen können. Stattdessen nickte sie und notierte sich den Namen.

»Ich muss das fragen«, entschuldigte Inka sich vorab. »Hatte Herr Dorbrecht eine Affäre?«

»Natürlich nicht«, sagte Kerstin Schütte und brachte fast ein zärtliches Lächeln zustande. Allerdings bezahlte sie es im nächsten Moment mit einer neuen Welle von Tränen.

»Sie ist Psychotherapeutin. In Menden«, sagte sie und weinte wieder. »Ich glaube, Karsten wollte für mich eine Therapie anfangen. Wegen seiner Vergangenheit. Aber er wollte mir nichts davon sagen. Ist das nicht rührend?«, schluchzte die Frau.

Inka nickte und reichte ihr auch noch ihr letztes Taschentuch.

»Haben Sie das überprüft? Oder hat er Ihnen das gesagt?«, fragte sie vorsichtig.

»Das hat er mir gesagt«, weinte sie entschlossen. »Und hätte ich einen Grund, ihm nicht zu glauben?«

Einen Grund, sein Handy zu durchsuchen, hatte sie offenbar, dachte Inka und verkniff sich einen Kommentar. Sie notierte »Therapie« hinter dem Namen Freitag in ihrem Notizbuch.

»Jetzt zu dem Einbruch. Sie wissen nicht zufällig, ob irgendetwas aus der Wohnung gestohlen wurde und wenn ja, was?«

»Nein«, sagte Kerstin Schütte. »Bevor wir das prüfen konnten, hatte dieser Polizist mir schon gesagt, dass Karsten bei dem Unfall ...« Sie schwieg traurig und schnäuzte sich schwach die Nase.

»Ich weiß nicht, warum, aber Gott scheint für mich nach dem Tod meiner Eltern noch eine Prüfung vorgesehen zu haben.« Ein zarter Hauch von Entschlossenheit durchdrang ihre Worte. »Aber auch die werde ich bestehen. Mit Gottes und Konrads Hilfe.«

Inka lächelte aufmunternd, als Kerstin Schütte sie wieder ansah. Jetzt hatte sich Argwohn in ihren Blick gelegt. »Aber warum fragen Sie das alles?«, fragte sie vorsichtig. »Es war doch ein Unfall, bei dem er gestorben ist, oder?«

Inka bemerkte, wie die Frau sich mit beiden Händen an ihr Kruzifix klammerte. Ihre rote Augen hatten sich bereits wieder halb mit Tränen gefüllt. Inka wusste, dass sie Kerstin Schütte auch die nächste Hiobsbotschaft nicht ersparen konnte. Sie hatte leider recht. Für schlechte Nachrichten gab es keinen guten Zeitpunkt.

»Ich frage«, sagte Inka so einfühlsam wie möglich, »weil wir annehmen müssen, dass Ihr Verlobter der Mörder eines Mannes namens Bernd Groschek ist«, sagte sie.

Kerstin Schüttes Augen flackerten kurz, dann sank sie abrupt zurück auf die Liege, was einen dumpfen Schlag und das Piepen irgendeines Gerätes verursachte. Sofort sprang der zweite Sanitäter herein. Sein Kollege erschien drei Sekunden später mit einem Klemmbrett und vorwurfsvoller Miene.

»Wir bringen sie jetzt rüber ins Sankt-Josephs-Hospital«, sagte er entschieden. »Alles Weitere klären Sie bitte mit den Ärzten dort.«

Inka stieg aus dem Wagen zu Marlies Röggen und dem inzwischen noch blasseren Gerstfeld. Ein Blick zu ihrer Kollegin bestätigte Inka, dass Röggen den Priester in der Zwischenzeit ebenfalls mit der bitteren Wahrheit konfrontiert hatte.

»Richten Sie ihr bitte aus, dass ich komme, sobald ich hier fertig bin«, sagte Gerstfeld ernst zu dem Sanitäter. Der Mann nickte, schloss die Hecktüren und fuhr los. Als der Wagen um die Biegung der Straße verschwunden war, sah Gerstfeld in die Gesichter der Ermittlerinnen.

»Brauchen Sie mich noch?«, fragte er.

»Ja. Es wäre nett, wenn Sie uns noch mit in die Wohnung begleiten könnten«, sagte Inka.

Wenig später saß Konrad Gerstfeld mit gesenktem Kopf auf Karsten Dorbrechts Sofa und blickte fassungslos auf das Chaos vor ihm. Über einen grauen, dezent gemusterten Wohnzimmerteppich verteilte sich in bunten Schichten der gesamte Inhalt eines alten Bauernschrankes. Seine Türen standen sperrangelweit auf. Es schien, als habe er seinen Inhalt aus Tassen, Tellern und Schüsseln eines alten Kaffeeservices und etliche Messer, Gabeln und Löffel eines angelaufenen Silberbestecks regelrecht ausgespien. Kerzen in unterschiedlichen Größen und Farben mischten sich mit CDs, Büchern, Bildbänden und Zeitschriften in wilder Unordnung. Inka hatte Röggen über Kerstin Schüttes Aussage informiert, bevor die Frauen die Wohnung in Augenschein nahmen.

»Wie sind Sie und Ihre Nichte hereingekommen?«, fragte Inka aus einem winzigen Flur, dessen kahle, fensterlose Wände nur von einer nackten Glühbirne erleuchtet wurden. Sie untersuchte das Schloss der Wohnungstür. »Stand die Tür offen?«

»Kerstin hat einen Zweitschlüssel«, sagte Gerstfeld kaum hörbar. »Als Karsten nach dem dritten Klingeln und mehrfachem Klopfen nicht geöffnet hat, hat sie aufgeschlossen.« Inka deutete auf das Schloss. »Unbeschädigt«, sagte sie zu Röggen, die dem Geistlichen gerade ein Glas Wasser reichte, das sie in der kleinen Küche gefüllt hatte.

»Okay, Sie also rein und sahen die Einbruchsspuren«, fuhr Inka fort und deutete vage auf das Chaos, das sich vor den dreien auf dem Wohnzimmerboden ausbreitete.

»Haben Sie hier irgendetwas verändert?«, fragte Inka und nahm einen Bildband auf. Er zeigte prachtvolle Aufnahmen der Attahöhle in Attendorn. Gerstfeld schüttelte den Kopf. Inka nickte und sah sich weiter um. Das Sofa, auf dem Gerstfeld saß, war ein einfacher Zweisitzer in robuster Bauweise, der schon mehrfach neu gepolstert worden sein musste und möglicherweise aus den siebziger Jahren stammte. Die einzigen weiteren Einrichtungsgegenstände waren ein niedriger Tisch und eine kleine Liege mit einer altertümlichen Federkernmatratze. Ein »Schäselong«, wie Röggen Inka erklärt hatte. Dunkle Farben und strenge Einfachheit dominierten. Auch im Schlafzimmer. Darin standen ein zwar schmales, aber ungemein wuchtiges Bett aus kunstvoll verzierter, massiver Eiche in schwarzem Anstrich und ein einfacher Eichenschrank. Entweder Flohmarktkäufe oder Familienerbstücke, vermutete Inka und ging ins Wohnzimmer zurück. Sie konnte nicht sagen, ob Gerstfeld ein stummes Gebet an seinen obersten Dienstherren schickte, aber es hätte sie nicht verwundert. Er war sichtlich getroffen. Das Schwarz seiner Kleidung hob die käsige Blässe seines Gesichts geisterhaft hervor.

»Und weiter?«, fragte Inka.

»Kerstin war geschockt und ist sofort weiter ins Schlafzimmer gelaufen, um nach Karsten zu suchen. Ich habe die Polizei über den Notruf verständigt.«

»Ist Ihnen irgendetwas aufgefallen? Außer der Unordnung. Haben Sie etwas gehört oder gesehen?

»Nur, dass das Fenster auf stand«, sagte er und deutete mit dem Kinn in Richtung des Fensters, durch das der oder die Täter hereingekommen waren.

»Fahlenbach hatte recht«, sagte Röggen und betrachtete zwei stattliche Bruchstellen im Rahmen des großen Kunststofffensters. »Vermutlich ein geübter Täter. Einmal angesetzt und drin. Draußen sind übrigens keine Spuren zu entdecken, weder im Rasen noch am Haus.«

»Und hier drinnen wüsste ich nicht, wonach wir suchen sollen«, sagte Inka resigniert mit einem Blick über das Chaos. Dabei trat sie vor einen offen herumliegenden Aktenordner mit der Aufschrift »Mutter«. Sie hob ihn hilflos auf und blätterte darin. Er enthielt Belege über Grabpflege und die Korrespondenz mit der Friedhofsverwaltung in Warstein.

»Karstens Eltern sind früh gestorben«, erklärte Gerstfeld, der Inkas fragenden Blick bemerkt haben musste. Sein Vater, als er ungefähr sechs oder sieben war. Seine Mutter Doris, als er siebzehn war. Er hat mir mal gesagt, dass er als Jugendlicher aufgrund des Todes seines Vaters sehr aggressiv war und seiner Mutter kein leichtes Leben bereitet hat. Er pflegt ihr Grab sehr hingebungsvoll. Ich glaube, das ist eine Art Wiedergutmachung für ihn.«

»Offensichtlich«, bemerkte Inka mit Blick in den Ordner. »Er hat es vorzeitig für weitere 30 Jahre gekauft.«

»Die Nutzungsrechte«, verbesserte Gerstfeld. »Man erwirbt nur die Nutzungsrechte. Nicht das Grab. Ja, sie hat ihm viel bedeutet.«

Inka legte den Ordner beiseite und sah Gerstfeld interessiert an.

»Sie sagten, er sei in seiner Jugend aggressiv gewesen. Wissen Sie mehr darüber?«

»Nur, dass er deshalb mehrfach auffällig geworden ist. Allerdings nicht polizeilich, soviel ich weiß. Er war ein Außenseiter und hat mehrfach die Schulen gewechselt. Bis er schließlich auf einer Sonderschule gelandet ist. Aber der Herr hat ihm den rechten Weg gewiesen.«

Inka nickte. »Und dieser Kontakt zu der Psychotherapeutin? Könnte das was mit Aggressionen zu tun haben?«

»Ich weiß es nicht«, sagte Gerstfeld. »Das ist lange her. Aus einem anderen Leben. Ich kannte Karsten nur als einen pflichtbewussten, dankbaren und mitfühlenden Menschen.«

Bei dem erneuten Gedanken an den Tod schien der Geistliche noch ein wenig mehr in sich zusammenzusinken. Er griff fahrig in seine Tasche und holte sein Mobiltelefon hervor.

»Da fällt mir ein ... Ich muss noch das Gemeindebüro in Attendorn anrufen und die Hochzeit absagen«, sagte er mit belegter Stimme und erhob sich schwerfällig. »Brauchen Sie mich noch?«

»Danke. Nein. Wir melden uns, falls wir noch Fragen haben.« Inka sah ihm nach, wie er gebeugt und langsamen Schrittes die Wohnung verließ.

»Und wir übergeben den Einbruch an Porbeck oder den Kollegen Fahlenbach?«, fragte Röggen. Inka warf einen letzten Blick in die Küche.

»Solange es keine Anhaltspunkte für eine Verbindung zu unserem Mordfall gibt ...« Ihr Blick wanderte zu der Wand über einer kleinen Essecke und blieb daran hängen.

»Moment.«

Sie ging auf den Essplatz zu und deutete auf einen Monatskalender der Caritas an der Wand. Ein kirchliches Fotomotiv prangte über einem Blatt, auf dem der aktuelle Monat in Tage und Wochen eingeteilt war.

»Guck mal hier«, sagte Inka nachdenklich.

»Schon tragisch«, meinte Röggen und betrachtete das Datum des kommenden Freitags, das jemand überschwänglich mit kitschigen Herz- und Liebesmotiven versehen hatte.

»Nicht die Hochzeit«, sagte Inka. »Das hier.« Röggen folgte Inkas Fingerzeig in der Spalte nach links. »Lies mal, was bei letztem Sonntag steht.«

»Freitag«, las Röggen den handschriftlichen Vermerk.

»Irgendwie kommt mir die Kombination Wochentag und Nachname bekannt vor«, meinte Inka grüblerisch. Röggen ahnte, was ihre Chefin meinte. »Das muss Dorbrechts Therapeutin sein, von der Kerstin Schütte gesprochen hat.« Röggen zückte ihr Handy, öffnete ihren Internetbrowser und gab den Namen in ihre Suchmaschine ein.

»Ja. Sibylle Freitag«, sagte sie. »Betreibt in Menden eine Praxis für Psychotherapie. Wohnadresse ist dieselbe. Hier.«

»Menden«, dachte Inka laut nach. Irgendein Mosaiksteinchen rutschte in ihrem Kopf mit leisem Klicken an die Stelle, an die es gehörte. »Welche Vorwahl hat Menden?«, fragte sie. Röggen hielt Inka ihr Display hin. Hinter dem Namen der Frau stand eine fünfstellige Nummer.

»02373.« Inka stutzte. Wieder klickte es. Diesmal ein wenig lauter. »Der Schnipsel. Diese Notiz, die du in Bernd Groscheks Haus gefunden hast!«, sagte Inka fieberhaft. Röggen überlegte angestrengt.

»Hinter der Fußbodenleiste neben dem Telefonanschluss?!«
»Genau der«, nickte Inka. »Was stand da drauf?!«
Röggen sah sie mit großen Augen an, als es ihr einfiel.

»Freitag«, sagte sie mit trockenem Mund. »Und dahinter zwei Ziffern. Null und zwei.« Adrenalin schoss durch Inkas Blutbahn. Sie hielt Röggen aufgeregt das Display hin und deutete auf die Vorwahl von Menden.

»Wir dachten, das wäre irgendein Freitag, der zweite oder so«, sagte sie. »Also ein Termin. Aber was ist, wenn es ein Name mit einer Telefonnummer ist?!«

»Dann hätten Groschek und Dorbrecht mit derselben Psychotherapeutin zu tun gehabt?!«, sagte Röggen überrascht.

»Und wir haben eine Verbindung zwischen den beiden!«
Inka sah auf ihre Armbanduhr.

»Uns bleiben noch siebzehn Stunden.«

27   Mittwoch, 20:01 Uhr

Henne stellte den Wagen ab und überprüfte die Adresse ein letztes Mal. Eigentlich unnötig, denn das Haus erkannte er sofort wieder. Auch wenn es farblich anders gestaltet und ein wenig größer war als auf den Bildern im Prospekt. Der Grundriss und die architektonischen Strukturen waren identisch. Im Abendrot eines spektakulären Sonnenuntergangs stand »Berlin 160« strahlend hell erleuchtet in einer Neubausiedlung am Rande von Warstein. Beeindruckend, wie Henne zugeben musste. Und vermutlich genau so beabsichtigt. Er schmunzelte. Aber er musste heute ja keinen Vertrag unterschreiben, sondern sich lediglich einen ersten realen Eindruck von dem verschaffen, was momentan noch die rein hypothetische Zukunft seiner Familie sein könnte. Bei dem Gedanken an Inka meldete sich sein schlechtes Gewissen mit einem flauen Gefühl in der Magengegend. Nach Biancas Anruf hatte Henne lange überlegt und beschlossen, Inka, trotz gegenteiligem Versprechen, nichts von seinem Ausflug nach Warstein zu sagen. Die Buschtrommeln hatten ihm mitgeteilt, dass Bewegung in ihren Mordfall gekommen war. Sie mittendrin aus dem Nichts mit einer irrwitzigen Kombination aus den Themen »Bianca Steffens« und »Hausbau« zu überfordern, erschien ihm absurd und unfair. Außerdem war dies keine weitere private Verabredung mit einer alten Schulfreundin, sondern eine Art Geschäftstermin. Genau das hatte er auch Frau Lugner gesagt, als er sie gefragt hatte, ob sie sich noch einmal kurzfristig um Tom, Mia und Böse würde kümmern können. Die alte Dame war begeistert gewesen, die Kinder zunächst weniger. Tom und Mia hatten versucht, einen Deal heraushandeln. Als Gegenleistung für ihr Einverständnis wollten sie Böses Pet-Cam nutzen, um ein neues Video mit Frau Lugner zu drehen. Henne fand die Idee im Grunde toll, sah aber Schwierigkeiten darin, Inka die Herkunft des Videos zu erklären, weshalb er den Kindern stattdessen einen Kinoabend mit Video-DVD zugestanden hatte. Natürlich würde Inka auch davon erfahren, aber Hennes Plan war ohnehin nicht, Inka alles zu verheimlichen, sondern ihr bei ihrem Wiedereinzug zu Hause ein Art fertiges Konzept für das Hausprojekt mit den entsprechenden Erklärungen abzuliefern. Ein Gedanke, der auch Hennes schlechtes Gewissen nachhaltig beruhigte.

Er überprüfte seine mitgebrachte Digitalkamera und bog in einen modern gepflasterten, breiten Weg durch einen pflegeleichten Vorgarten zum imposanten, leicht nach innen versetzten Eingang des Hauses, der von Halogenleuchten bis in die letzte Ecke ausgeleuchtet war. Es schien tatsächlich, als wäre das Haus direkt aus dem Katalog in die Landschaft gesprungen. Alle Nachbarhäuser zeigten mit wilden Gärten, improvisierten Einfahrten und den ein oder anderen Schutthaufen noch deutlich Spuren ihrer nicht allzu lang zurückliegenden Bauphase. Nur »Berlin 160« nicht. Selbst der Garten war nicht gewachsen, sondern aufgestellt. Satter grüner Rollrasen endete an pflegeleichten Steinbeeten. Junge Bäume, Pflanzen und Sträucher standen sauber gestutzt und kunstvoll arrangiert nebeneinander, als hätten sie sich gerade erst materialisiert. Anscheinend schienen die Bewohner Wert auf den äußeren Eindruck zu legen. Henne fragte sich ohnehin, was die Herrschaften wohl dazu sagten, dass er um diese Uhrzeit mit einer Verkaufsberaterin durch ihr Zuhause stiefeln wollte. Doch bei einer Recherche im Internet hatte er von vielen frischen Hausbesitzern gelesen, die sich bereit erklärten, ihre Häuser auf Anfrage Interessenten zu zeigen. Im Gegenzug bekamen sie eine Prämie für jedes weitere verkaufte Haus ihrer Serie. Für die Kunden war das ein nettes kleines Nebeneinkommen, für den Hersteller die Möglichkeit, zufriedene Kunden und etliche Bauvarianten zu präsentieren, und für Interessenten wie Henne machte es aus einem Luftschloss ein mögliches Zuhause.

Henne betätigte den Klingelknopf und fragte sich gerade, warum bei aller Detailversessenheit auf ein Klingelschild mit Namen verzichtet worden war, als ihm auch schon geöffnet wurde. Bianca strahlte ihm entgegen. Sie trug ein atemberaubendes Sommerkleid in gedecktem Grün, das einen aufregenden Kontrast zu ihrem roten Haar bildete. Nicht, dass Henne etwas gegen ansehnliche Dekolletés hatte, aber für einen Besichtigungstermin schien ihm der Einblick, den Bianca gewährte, einen Tick unpassend.

»Pünktlich auf die Minute«, sagte Bianca, trat einladend von der Tür zurück und machte ihm den Weg frei. »Treten Sie ein.«

Henne trat in den Flur. Und brauchte sich nicht mal zu fragen, warum ihm Bianca anstelle der Eigentümer des Hauses öffneten. Es gab keine. Dafür jungfräulichen Möbelhausgeruch, unbenutzte Designermöbel und hochglänzende Oberflächen, so weit das Auge reichte. Buchattrappen, Plastikobst und ein klischeehaft gedeckter Frühstückstisch rundeten das Kataloggefühl nachhaltig ab.

Bianca schien Hennes Verwunderung richtig zu interpretieren.

»Ups«, sagte sie so beiläufig als hätte Henne sie nach der Uhrzeit gefragt. »Hatte ich nicht erwähnt, dass das ein Musterhaus ist?«

Henne schüttelte den Kopf. »Ist wohl irgendwie an mir vorbeigegangen.«

»Egal«, sagte sie und hakte sich strahlend bei ihm unter. »Hat den Vorteil, dass wir zwei ganz ungestört sind.«

28 Mittwoch, 20:59 Uhr

»Meldet sich immer noch keiner.«

Inka beendete mit einem Tastendruck ihren dritten erfolglosen Anrufversuch auf der Festnetztelefonnummer von Sibylle Freitag. Sie saß auf dem Beifahrersitz ihres Dienstwagens, den Röggen gerade kurz vor Beckum rasant von der B229 auf die B515 in Richtung Menden lenkte.

»Vielleicht sitzt sie auf der Veranda und genießt den Sonnenuntergang«, meinte Röggen und deutete nach draußen, wo die untergehende Sonne einen satten roten Schirm über das dunkler werdende Grün der Nadelwälder legte.

»Was auch immer. Ich habe nur keine Lust, den ganzen Weg nach Menden umsonst zu fahren.« Sie sah ihre Kollegin nachdenklich an und brachte das Gespräch zurück auf Karsten Dorbrecht, den Mörder ohne Motiv.

»Mal angenommen, ein Junge, der früh seinen Vater verliert, wird in seiner Jugend schwierig und aggressiv. Irgendwann stirbt auch seine Mutter, was die Sache sicher nicht besser macht.«

»Aber als Gewalttäter ist Karsten Dorbrecht nie aktenkundig geworden«, meinte Röggen.

»Was nur heißt, dass er nie angezeigt wurde. Vielleicht weil er minderjährig war. Und als Erwachsener scheint er die Aggressionen ja laut Gerstfeld irgendwie bewältigt zu haben. Vermutlich durch seinen Glauben. Sein Auto und seine Wohnung waren ja voll von christlichen Symbolen.«

»Worauf willst du hinaus?«, fragte Röggen.

»Auf Groschek und die Grausamkeit, mit der Dorbrecht ihn ermordet hat. Was hat den Mann dazu gebracht, plötzlich vom Lamm wieder zum Wolf zu werden?«

»Vielleicht kann uns das ja Frau Freitag sagen. Hast du keine Handynummer?«, fragte Röggen.

»Als Therapeutin hat sie garantiert eine, aber die ist nirgendwo gelistet. Sicher geheim. Für Notfälle. Und eine Abfrage würde zu lange dauern.« Aus dem Radio tönte ein Jingle für die beginnenden Nachrichten.

»Lassen wir's drauf ankommen«, sagte Inka und drehte den Lautstärkeregler des Radios hoch. Die Stimme des Moderators hob an.

»… ist der grausame Mord an einem Campingplatz-Hausmeister im Sauerland wohl aufgeklärt. Wie der Leiter der zuständigen Kriminalpolizei in Brilon, Kriminalrat Georg Pfeil, mitteilte, konnte ein Ermittlerteam unter seiner Leitung einen bei einem Autounfall ums Leben gekommenen Mann aus Lennestadt eindeutig mit der Tat in Verbindung bringen. Weitere Einzelheiten will die Polizei bei einer Pressekonferenz am morgigen …«

Inka regelte die Lautstärke wieder runter und sah Röggen an.

»Wenn es nach unserem ›großen Leiter‹ geht, können wir uns den Weg nach Menden jedenfalls sparen«, seufzte Inka. Sie wandte sich ab und sah aus dem Beifahrerfenster nachdenklich in die malerische Abendstimmung. Ihr Telefon klingelte fast übermenschlich laut. Inka erschrak und bekam das Telefon erst im Nachfassen wieder in den Griff.

»Kemperdick«, sagte sie nach einem Blick auf das Display und nahm das Gespräch auf Lautsprecher an, damit Röggen mithören konnte.

»Haben Sie's gehört?«, begrüßte er die Frauen. »Im Radio, mein' ich. Hey, wir sind berühmt.« Inka und Röggen entging sein sarkastischer Unterton nicht.

»Pfeil ist berühmt«, knurrte Inka. »Aber das sieht er ja auch zu mindestens fünfzig Prozent als Teil seines Jobs.« Inka atmete durch und besann sich auf das für sie Wesentliche. »Ist das ein Party-Anruf, oder gibt's was Neues?«

»Beides«, meinte Kemperdick. »Wobei der Partyteil aber noch nicht ganz vorbei ist.« Er machte eine dramatische Pause und fuhr stolz fort. »Glauben Sie's oder glauben Sie's nicht. Ich habe ihn!«

Inka musste einen Moment überlegen, wen oder was Kemperdick meinte. Dann fiel ihr ein, dass sie ihn vor gefühlten Ewigkeiten mit der weiteren Überprüfung von Zeugenaussagen und Fotomaterial am und um den Campingplatz beauftragt hatte.

»Karsten Dorbrechts Subaru«, sagte Kemperdick, der offenbar den Grund für Inkas Schweigen erahnt hatte.

»Echt?«, fragte sie und wechselte einen überraschten Blick mit Röggen. »Wo?«

»Auf einem Überwachungsfoto vom Parkplatz des Segelclubs gleich gegenüber vom Campingplatz. Die haben diese Kamera, die jede Minute eine Aufnahme macht und den Zeitcode mit einblendet. Der Wagen steht zur Tatzeit keine fünfhundert Meter vom Tatort entfernt.«

Wieder ein überraschter Blick zwischen den Frauen.

»Und warum ist der uns nicht gleich aufgefallen?«, fragte Inka.

»Weil es auf dem Bild natürlich dunkel ist. Und weil die Kiste kaum erkennbar am Rand des Aufnahmefelds der Kamera parkt. Außerdem werden die Kennzeichen so blöd von einer Laterne angestrahlt, dass sie stark reflektieren und man das Auto dahinter nur erkennt, wenn man echt weiß, was man sucht.«

»Aber dann hätten doch die Kennzeichen auffallen müssen«, wandte Röggen ein.

»Yep«, meinte Kemperdick lapidar. »Wenn es die von Dorbrecht gewesen wären. Waren sie aber nicht.«

»Sondern?«, fragte Inka.

»Die von einem anderen Pkw, der in der Nacht weiter oben am Sportplatz stand.«

Inka erinnerte sich. Wenn man auf der L512 von Olpe kommend im Kreisverkehr rechts zum Campingplatz abbog, passierte man zunächst die Sportanlage der Sportfreunde Biggetal. Neben deren Kunstrasenplatz und einem ansehnlichen Vereinsheim war Inka der Parkplatz aufgefallen, der direkt an das Gelände des Campingplatzes »Vier Jahreszeiten« grenzte.

»Ich hab's überprüft«, sagte Kemperdick. »Einer der Fußballer hatte an dem Abend ein paar Bier intus und sein Auto auf dem Parkplatz stehen lassen.«

»Und er hat den Verlust seines Kennzeichens nicht gemeldet?«, fragte Inka.

»Nee, gab keinen«, antwortete Kemperdick. »Die Dinger waren dran, als der Typ sein Auto am Sonntag abgeholt hat.«

»Dann hat Dorbrecht sie sich in der Mordnacht quasi nur ausgeliehen?« Inka war irritiert.

»Sieht so aus. Und wenn, hört sich das für mich sehr improvisiert an. So, als wäre der Mord nicht geplant gewesen. Sonst hätte er sich auch anderswo sicherer Kennzeichen besorgen können.«

»Das würde dann auch Dorbrechts eigene Kennzeichen in seinem Kofferraum erklären«, meinte Inka nachdenklich.

»So sieht's aus«, kam es aus dem Telefon. »Ich denke, er wollte sein Auto nicht zu weit vom Tatort entfernt parken, hatte aber Angst, es könnte erkannt werden. Also leiht er sich Kennzeichen. Als er sie gerade zurückgebracht hatte, wurde er vermutlich überrascht. War ja Samstagnacht, da streunt bestimmt der ein oder andere Camper oder Fußballer noch durch die Gegend am Sportplatz. Dorbrecht hat gerade einen Menschen umgebracht, gerät in Panik, haut ab und vergisst, seine eigenen Kennzeichen wieder anzumontieren.«

»Spräche tatsächlich für eine eher spontane Tat«, sagte Inka.

»Und für einen Täter, der alles andere als ein Profikiller ist – Entschuldigung – war«, verbesserte sie sich. »Umso wichtiger ist für mich ja das Motiv. Es wird doch keiner einfach so zum Mörder. Schon gar nicht, wenn er anscheinend so religiös ist, dass er sogar am Tatort eine Opferkerze hinterlässt.« Sie fasste sich ungläubig an den Kopf und sah Röggen an.

»Gut, dass er der Täter ist, bezweifeln wir nicht mehr, oder?«, fragte sie in die Runde.

»Wir haben Dorbrechts Spuren an der Tatwaffe, wir haben seinen Wagen zur Tatzeit in der Nähe des Tatorts ...«

»Und noch etwas«, kam es aus dem Handylautsprecher. Es folgte ein unangenehmes lautes Rauschen, das von verzerrtem Kratzen und Stoßgeräuschen begleitet wurde. Kemperdick hatte sein Handy offenbar weitergereicht. Eine zweite Stimme meldete sich aus Inkas Lautsprecher.

»Entschuldigen Sie bitte den etwas improvisierten Gesprächsablauf.«

»Hallo, Herr Porbeck«, sagte Inka und fragte sich einen Moment, wie die beiden Männer am anderen Ende der Verbindung zusammengekommen waren. Dann erinnerte sich, dass Porbeck direkt nach der ersten Untersuchung von Karsten Dorbrecht in Olpe zu dem Kfz-Sachverständigen nach Attendorn gefahren war, um Dorbrechts Wagen auf Spuren zu untersuchen. Dort hatte er Kemperdick getroffen.

»Erleuchten Sie uns«, sagte Inka.

»Ich fürchte, ich vertiefe nur bereits bestehende Erkenntnisse«, sagte der Forensiker in geschäftlichem Ton. »Und zwar mit dem Resultat eines Blutschnelltests.« Er unterbrach sich kurz. »An der Kleidung und im Auto von Karsten Dorbrecht sind deutliche Blutspuren von Bernd Groschek. Die DNA-Analyse lasse ich noch durchführen, aber das Ergebnis ist aufgrund Groscheks seltener Blutgruppe eindeutig.« Inka sah Röggen an.

»Okay«, sagte sie. »Machen wir einen offiziellen Haken hinter die Frage, wer der Mörder ist.«

Man hörte ein kurzes »Yes!« aus dem Hörer.

»Der Kollege Kemperdick«, beeilte Porbeck sich mit einer Entschuldigung. »Und was er damit sagen will: Wir werden die Ergebnisse selbstverständlich bis morgen noch für die Pressekonferenz aufarbeiten, bevor wir uns auf dem Campingplatz ein Bier gönnen.«

»Ich bitte darum«, sagte Inka nachsichtig. »Wir versuchen noch das Motiv zu klären und kommen später nach. Bis nachher auf dem Platz. Und danke.«

»Ich stelle euch 'ne Flasche kalt«, sagte Kemperdick und legte auf. Inka wandte sich wieder an Röggen.

»Wo waren wir?«, fragte sie.

»Bei der Frage, was Frau Freitag uns zu Groschek und Dorbrecht sagen kann.«

Inka nickte grimmig und sah auf die Uhr.

»Irgendwas ganz sicher. Auch wenn die beiden ihre Patienten waren und ihre Schweigepflicht auch nach dem Tod gilt.«

Im Radio ertönte ein weiteres Jingle, das die Wettervorhersage ankündigte. Diesmal drehte Röggen den Lautstärkepegel hoch.

»Im Laufe der Nacht schiebt sich eine Gewitterfront von Westen her über das Sauerland und sorgt mit kräftigem Regen und zum Teil stürmischen Windböen für eine vorübergehende Wetterabkühlung. In der Nacht zum Donnerstag sinken die Temperaturen auf 13 bis 15 Grad. Morgen erwarten uns Wolken und Temperaturen von nur noch 22 bis 24 Grad. Die Aussichten für die nächsten Tage ... «

»Wenigstens an der Wetterfront sieht's nach Entspannung aus«, meinte Inka.

Als die beiden Frauen kurze Zeit später die Türen von Inkas Dienstwagen zuschlugen, hatte der Wind bereits merklich aufgefrischt. Das romantische Restrot am Abendhimmel hatte eine schmutzige Graufärbung angenommen. Die ersten dunklen Turmwolken bauten sich bedrohlich über den Hügeln im Westen auf und verhießen die angekündigte unruhige Nacht.

Inka und Röggen standen in einer pittoresken Nebenstraße unweit des Stadtkernes von Menden. Zu beiden Seiten der verkehrsberuhigten, gepflasterten Fahrbahn drängten sich aufwendig renovierte Fachwerkhäuser an schmale Vorgärten. Eine unnatürliche Stille lag in der schweren Luft. Keine Stimmen, kein abendliches Vogelgezwitscher, nicht einmal das Brummen von Straßenverkehr.

Röggen sorgte mit dem Klacken der Zentralverriegelung des Autos für das einzige akustische Zeichen.

»Die reinste Geisterstadt«, sagte sie. Das Idyll der liebevoll gepflegten Häuser und üppigen Gärtchen um sie herum stand im krassen Gegensatz zu ihrer Verlassenheit. Dunkel gähnende Zimmer hinter etlichen weit aufgerissenen Fenstern in den Häuserfronten erinnerten an tote Augenhöhlen und untermalten den Eindruck unheimlich. Offenbar nutzten fast alle Anwohner den bevorstehenden Wetterumschwung, um die aufgestaute Hitze der letzten Woche per Durchzug aus dem Haus zu befördern. Die Stadt schien auszuatmen.

»Wir suchen die 38«, erinnert Röggen mit einem Blick auf einen Notizzettel.

»Gerade Zahlen, rechte Seite«, meinte Inka mit einem Blick auf das vor ihr stehende Haus. Sie schritten die Häuserfronten Grundstück für Grundstück ab. Vorbei an schmalen Einfahrten mit hohen Holzzäunen, die nur verstohlene Blicke in offenbar schmal bemessene Gärten erlaubten. Die Straßenlaternen schalteten sich ein und verbreiteten ein schwaches orangefarbenes Licht.

»Das müsste es sein.« Inka deutete auf ein Haus etwa fünfzig Meter vor ihnen.

Ein glänzendes Schild aus Metall stand in einem schmalen Beet hinter einer kleinen Trockensteinmauer und verwies in schwarzen Lettern auf die Bewohnerin: *Sibylle Freitag, Psychotherapeutin. Termine nach Vereinbarung.* Darunter stand dieselbe Telefonnummer, die Inka mittlerweile sechsmal erfolglos angerufen hatte.

Inka betrachtete das Haus. Fachwerk, wie alle Häuser in der Nachbarschaft. Knallrote Schlagläden rahmten in angenehmem Kontrast weiße hölzerne Sprossenfenster ein. Die ebenfalls sorgfältige Sanierung des Hauses schien jedoch schon etwas länger zurückzuliegen. An Teilen der Fassade und dem dunklen Dachgiebel machte sich allmählich eine grünliche Patina breit, die das Haus allerdings mit Würde trug.

Neben der Trockensteinmauer führten zwei Stufen zu einem Windfang, der eine ebenfalls knallrot lackierte Holztür mit einem weiteren Sprossenfenster vor den gröbsten Wettereinflüssen schützte. Eine kopfsteingepflasterte Einfahrt daneben bot gerade genug Fläche für einen Mittelklassewagen. Sie endete vor einem hohen, schwarzgestrichenen Holzzaun, in dessen senkrechter Lattung eine weitere rote Holztür vermutlich in den dahinterliegenden Garten führte.

»Mist, scheint wirklich niemand da zu sein«, meinte Inka ärgerlich mit einem Blick auf die verlassen wirkende Fassade. »Alles dunkel und verschlossen.« Gefolgt von Röggen, trat sie in den kleinen Windfang. Ein Klingelknopf und ein Briefkasten in passender Optik zum Werbeschild im Vorgarten bestätigte den Ermittlerinnen, dass sie an der richtigen Adresse waren. Leider zur falschen Zeit, dachte Inka.

Inka betätigte den Klingelknopf, während sie sich innerlich schon auf eine Pressekonferenz vorbereitete, auf der sie sich den Unmut aller Nachrichtenredaktionen zuzog, indem sie alle detaillierten Fragen zu ihrem Fall mit dem lapidaren Hinweis auf weiterhin laufende Ermittlungen beantworten musste. Aber was sollte sie machen? Pfeil war ja selber schuld mit seiner übertriebenen Eile. Inka drückte in ihrer Verärgerung ein weiteres Mal auf den Klingeltaster und hielt irritiert inne.

»Hast du was gehört?«, fragte sie Röggen und sah auf den Klingeltaster, als hätte der eine Antwort.

»Nee ...«, sagte die Kollegin und horchte in die Stille des Abends. Wieder ein Drücken auf die Klingel. Wieder ertönte kein Geräusch.

»Entweder ziemlich gut schallisoliert«, meinte sie und streckte sich zur Mitte der Haustür, um einen vorsichtigen Blick durch das Sprossenfenster zu wagen. In der einsetzenden Dunkelheit gähnten ihr aus dem Inneren des Hauses nur diffuse Umrisse entgegen. Sie erkannte eine hölzerne Garderobe auf terrakottafarbenen Fliesen und einen hellen Webteppich, neben dem Schuhe standen. Nach links führte eine Tür, vermutlich in eine Gästetoilette. Unmittelbar hinter der Toilettentür wanden sich die Stufen einer Rundtreppe ins Obergeschoss, bevor der Flur an einer weiteren Tür zu den Wohnräumen endete. Inka drückte noch einmal die Klingel und sah, wie ein Lichtschein im stakkatoartigen Rhythmus ihres Klingelns den dunklen Wohnraum erhellte und wieder verdunkelte.

»Oder es ist ein optisches Klingelsignal«, sagte Inka.

Röggen nickte.

»Sinnvoll, wenn man Patienten zu Hause empfängt und während der Sitzung nicht vom Postboten gestört werden will. Vielleicht hat sie vergessen, die Klingel wieder auf Akustik zu stellen, als sie das Haus verlassen hat. Und das hat sie wohl.«

»Scheiße«, fluchte sie. »Und jetzt?«

Röggen zuckte die Schultern. »Das Leben geht auch nach der Pressekonferenz weiter«, meinte sie.

Wieder hörte man nichts als Stille und ein flüsterndes Rascheln, das sich mit jeder Windbö aus dem Garten hinter dem Zaun erhob. Inka sah sich unschlüssig um. Die Dunkelheit legte sich langsam über die Straße. Das Laternenlicht war jetzt kräftiger und bildete helle Lichtkegel um die Laternen. Im Rhythmus zaghaften Grillenzirpens tanzten Mückenschwärme darin. Und plötzlich fiel Inka etwas auf, das die umgebende Helligkeit bisher verschluckt hatte. Ein schmaler Schein drang aus einem Lichtschacht gleich neben der Einfahrt. Inka grinste Röggen an.

»Vielleicht ist Frau Freitag ja auch nur im Keller«, meinte sie mit einem Blick auf den Lichtschein und wandte sich um. »Letzter Versuch.«

Inka trat aus dem Windfang und ging über die Einfahrt zur Quelle des Lichts. Doch ihr vermeintlicher Lichtschacht entpuppte sich als enge, mit einer Reihe Glasbausteinen verschlossene, und somit fast schalldichte Luke. Vermutlich der eines Gewölbekellers, wie man ihn oft unter alten Fachwerkhäusern fand.

»Frau Freitag?!«, rief Inka nun leicht genervt. Wieder kam keine Antwort. Inka reichte es. Sie sah Röggen verärgert an. »Verdammt, hier ist doch einer!«

Sie trat entschlossen zu dem Lattenzaun und rüttelte an dessen roter Tür. Sie war verschlossen. Natürlich, dachte Inka. Röggen setzte zu einem Einwand an.

»Kein Ton über widerrechtliches Eindringen«, kam Inka ihr zuvor. »Nur über Räuberleiter. Ich will wenigstens alles versucht haben.« Röggen trat zu Inka an den Zaun und hielt ihr zwei hohle Hände als Steigbügel hin.

»Du bist die Chefin, und du schreibst den Bericht«, sagte sie.

»Geht klar«, ächzte Inka und stieg mit Hilfe ihrer Kollegin den Zaun hinauf. Oben angekommen, wurde das mittlerweile stetige Rascheln aus dem Garten lauter. Inka sah sich um. Im diffusen, bläulichen Schein etlicher anscheinend solarbetriebener Gartenleuchten öffnete sich vor ihr eine gepflegte Rasenfläche von etwa sechzig Quadratmetern, die zum linken Nachbargrundstück von einem weiteren hohen Lattenzaun eingegrenzt wurde. Nach hinten und vor Inka, zur rechten Grundstücksgrenze endete sie, wie der kleine Vorgarten, vor einer hübschen Trockensteinmauer, die eine zweite Gartenebene bildete. Darauf erkannte Inka den Grund für das stetige Rascheln. Auf etlichen weiteren Quadratmetern wuchs ein undurchdringliches Dickicht aus Bambus, das im böigen Wind wogte wie ein grünes Meer. Es war unmöglich zu sagen, wie weit sich das Grundstück nach hinten erstreckte. Nach rechts waren es allenfalls noch drei Meter. Links in Richtung des Hauses endete die Rasenfläche vor einer Terrasse aus demselben Kopfsteinpflaster, das die Einfahrt zierte. Hinter großen Terrakottakübeln mit mediterranen Pflanzen und einer hölzernen Sitzgruppe erkannte Inka eine Terrassentür, ein Wohnzimmerfenster und das, was sie sich erhofft hatte. Ein weiterer Lichtschein auf dem Rasen. Vielleicht war das Kellergewölbe mit einem zweiten Lichtschacht Richtung Garten ausgestattet, und sie konnte von dort jemanden kontaktieren.

»Und wie kommst du wieder raus?«, fragte Röggen.

»Im besten Fall durch die Haustür. Ansonsten find ich schon was«, sagte Inka und verschwand mit einem wenig eleganten Schwung und einem unfreiwilligen Grunzlaut bei ihrer Landung auf dem Rasen.

Inka richtete sich auf und sah sich erneut um, bevor sie sich der Quelle des Lichts näherte. Sie wollte gerade zu einem weiteren Ruf nach Sibylle Freitag ansetzen, als eine mächtige Windbö das Bambusrascheln zu einem Rauschen anhob. Im selben Moment fuhr eine Hand aus dem Dickicht und legte sich wie ein Schraubstock auf Inkas Mund. Inka spürte, wie eine heiße Welle Adrenalin ihren Körper durchfuhr, als sie nach hinten gerissen wurde. Sofort stand jeder Muskel unter Strom und ging automatisch in einen Hunderte Male trainierten Verteidigungsmodus über. Mit einer Verzögerung von einer halben Sekunde griff Inka nach dem Arm des Angreifers, um ihn zu sich herumzuziehen. Aber vergeblich, der Angreifer schien genau das erwartet zu haben und zog Inka mit unbändiger Kraft in seine mächtige Armbeuge. Nicht gut, dachte Inka, der klarwurde, dass sie auf Röggens Hilfe nicht zählen konnte. Das Rauschen des Bambus verschluckte so gut wie alle Geräusche. Aber immerhin hatte der Angreifer sie noch nicht mit beiden Armen gefasst. Sie startete einen zweiten Versuch. Mit aller Gewalt fuhr sie ihren rechten Ellbogen nach hinten. Ein Treffer, wie ein leises Ächzen verriet. Mehr aber nicht. Inka verlagerte ihr Gewicht auf den linken Fuß und trat mit dem rechten Bein an die Stelle, wo sie die Knie des Angreifers vermutete. Doch auch das schien der Gegner erwartet zu haben. In Sekundenbruchteilen wurde Inka schrecklich bewusst, warum er nicht versucht hatte, sie sofort komplett zu überwältigen. Er wusste genau, mit welchen Mitteln sie sich wehren würde! Doch es war zu spät für eine Strategieänderung. In einer einzigen Bewegung wich der Angreifer nach hinten aus, ohne seinen Griff nennenswert zu lockern. Er nutze Inkas Schwung ins Leere und traf seinerseits mit einem gezielten Tritt die Kniekehle von Inkas Standbein. Es knickte ein, und Inka fiel hilflos auf den Rücken. Sekundenbruchteile später blickte sie keuchend und mit großen Augen in das Gesicht ihres Angreifers. Eine seiner Hände lag noch immer auf ihrem Mund. Den Zeigefinger der zweiten hatte er zum Zeichen, dass sie keinen Laut von sich geben sollte, auf den Mund gelegt. Die Miene dahinter ließ keinen Zweifel an seiner Ernsthaftigkeit. Aber sie kam Inka bekannt vor. Im selben Moment weiteten sich die Augen des Angreifers. Sein Griff lockerte sich, und Inka war frei.

»Inka?!«, flüsterte der Mann ungläubig.

»Birkholtz?!«, fragte sie zurück und sah entgeistert in das Gesicht ihres alten Dortmunder Kollegen. »Was machst du denn hier?«

»Wenn du öfters ans Telefon gehen würdest, wüsstest du's«, zischte Birkholtz.

Inka erinnerte sich mit schlechtem Gewissen, wie sie seinen Anruf vor der Wohnung von Karsten Dorbrecht ignoriert hatte.

»Sorry, Mordfall?!«, erinnerte Inka an ihren Job. »Ich hatte zu tun und dachte, du wolltest nur ... quatschen.«

Ein ironisches Lächeln legte sich auf das Gesicht des Mannes.

»Klar. War schon immer die reinste Plaudertasche.«

»Alles in Ordnung, Inka?«, kam ein leiser besorgter Ruf über den Zaun. Röggen schien die Ruhe im Garten verdächtig vorzukommen. Birkholtz half Inka lautlos auf und deutete stumm auf die verschlossene Tür im Zaun, über die Inka in den Garten geklettert war. In ihrem Schloss blitzte schwach silbern ein Schlüssel, den Inka im schwindenden Dämmerlicht übersehen hatte. Birkholtz machte Inka ein Zeichen, Röggen hereinzulassen und ihm dann zu folgen.

»Sven Wittmann ist zu Sibylle Freitag gezogen?!«, wiederholte Inka fassungslos. Die drei Polizisten hockten im Bambusdickicht hinter dem Haus von Sibylle Freitag. Mittlerweile war es stockdunkel. Immer wieder wurden die hölzernen Stangen um sie herum von Windböen geschüttelt. Weitere Vorboten des Gewitters. Doch trotz der sie umgebenden Lautstärke fühlte Inka sich seltsam sicher wie tief unter einem sanft wogenden Meer, während an der Wasseroberfläche ein Sturm die Wellen aufpeitschte.

»Nettes Pärchen, netter Zufall, oder?!«, fragte Birkholtz grinsend.

Inka hatte Röggen zwischenzeitlich mit ihrem alten Kollegen bekannt gemacht und ebenso von ihrer gemeinsamen Zeit in

Dortmund berichtet wie vom Fall Wittmann, der sie vor gerade einmal zwei Tagen wieder zusammengeführt hatte.

»Wie ihr seht, habe ich mein Versprechen Wittmann gegenüber gehalten und ein Auge auf ihn.« Er deutete auf seine Ausrüstung, die aus einem dunklen Rucksack ragte, der auf dem bereits platt gedrückten Boden lag. Ein Fernglas, eine Taschenlampe, ein Nachtsichtgerät und ein kleiner Vorrat an Cola und Erdnüssen.

»Dieselben Observierungsvorlieben wie früher«, kommentierte Inka noch immer überrascht. Offenbar war es nicht das erste Mal, dass Birkholtz sich hier niedergelassen hatte. Kein schlechter Platz, wie Inka bemerkte. Durch das Dickicht der Bambushölzer hatte man einen guten Blick auf die hintere Hausfront mit dem jetzt dunklen Wohnzimmer, ohne selbst gesehen zu werden.

»Und was verschafft mir das unerwartete Bambus-Date mit zwei attraktiven Damen?«, fragte Birkholtz.

Inka bremste, während sie nachdachte.

»Eins nach dem anderen. Ich versuche gerade, das alles zusammenzusetzen. Woher kennen Wittmann und Freitag sich? Ärztin-Patient-Beziehung?«

»Bingo«, sagte Birkholtz. »Ich habe mal ein paar Kontakte genutzt und rausgefunden, dass die gute Frau Freitag gar nicht übel ist im Job. Und ziemlich umtriebig. Deshalb holt sie sich nicht nur die Bekloppten nach Hause, sondern geht auch gerne mal direkt in deren Mutterschiff.«

»Sie meinen, Sie arbeitet mit inhaftierten Häftlingen?«, fragte Röggen.

»Unter anderem in der JVA Werl«, riet Inka.

»Wo sie den guten Sven Wittmann bei der Gruppentherapie kennen- und schätzen gelernt hat«, erklärte Birkholtz.

»Soll vorkommen«, meinte Inka.

»Yep«, kommentierte Birkholtz. »Allerdings waren die beiden Lovebirds laut meiner Quelle wohl nicht vorsichtig genug. Jedenfalls flog die Nummer auf, und Freitag wurde wegen Befangenheit von Wittmanns Fall abgezogen. Übernommen hat dann eine andere Psychologin aus Hagen. Dr. Angelika Pott.« Er sah Inka an. »Klingelt da was?«

Inka grübelte angestrengt.

»War das nicht der Name unter dem Gutachten, das du mir in Werl gezeigt hast? Das, was zur Entlassung von Sven Wittmann geführt hat?«, fragte Inka.

Im Dunkel des Bambuswäldchens blitzten Birkholtz' Zähne auf, als er Röggen breit angrinste.

»Verstehen Sie jetzt, warum ich das Schätzeken nur ungern ins Sauerland hab gehenlassen?«

Röggen verdrehte die Augen, während Inka nachsichtig die Schultern zuckte.

»Und verstehst du jetzt, warum ihm keine Frau widerstehen kann?«

Doch Birkholtz war schon wieder bei der Sache.

»Bingo«, sagte er. »Ich meine die Gutachtensache. Und ich brauche wahrscheinlich nicht zu erwähnen, dass die Pott und die Freitag sich nicht nur über einschlägige Psychologenkreise kennen, sondern auch über einen Reitstall in Soest, wo sie beide einen Zossen stehen haben. So ist gar kein Ausdruck«, sagte er und legte Zeige- und Mittelfinger seiner rechten Hand zusammen. »Echte Pferdemädchen-Freundschaft.«

»Okay«, fasste Röggen zusammen. »Dieser Wittmann wird also aufgrund eines Gefälligkeitsgutachtens von dieser Dr. Pott vorzeitig aus der Haft entlassen und zieht zu seiner Freundin und Ex-Psychologin.«

»Jetzt wisst ihr, warum ich dich angerufen habe«, nickte Birkholtz Richtung Inka.

»Ich glaube nämlich nicht, dass Wittmann nur zum Kuscheln hier eingezogen ist.« Er deutete mit dem Kopf in Richtung Haus.

»Die verhalten sich zwar seit seinem Einzug vorbildlich, gehen brav arbeiten und blinken bei jedem Abbiegen, aber die sind beide nervös. Da steht was bevor. Ich spür's beim Pissen.« Er sah die Frauen in der Dunkelheit an. »Also«, meinte er. »Meine Hose ist unten. Was ist mit eurer? Was führt euch her?«

Inka und Röggen berichteten über ihre Ermittlungsarbeit, den Umstand, dass Karsten Dorbrecht der Mörder von Bernd Groschek war, dass beide Männer zumindest kurzfristig Kontakt zu Sibylle Freitag hatten und dass es auch noch den ungeklärten Einbruch bei Dorbrecht gegeben hatte. Birkholtz pfiff leise durch die Zähne.

»Guck mal an. Dann hängen unsere beiden Fälle ja zusammen«, meinte er. »Wisst ihr, wann genau die Freitag Kontakt zu Dorbrecht und Groschek aufgenommen hat?«

Kopfschütteln bei den Frauen.

»Nur, dass Dorbrecht sich letzten Sonntag mit ihr treffen wollte«, sagte Inka. »So steht's in seinem Kalender.«

»Wozu es aber nicht kam, weil er in der Nacht zum Sonntag ums Leben kam, nachdem er Bernd Groschek umgebracht hat«, erklärte Röggen.

»Knapp einen Tag vor Wittmanns Entlassung«, überlegte Birkholtz und knetete nachdenklich seine Unterlippe. Eine Geste, die Röggen schon öfter bei Inka bemerkt hatte. Nun konnte sie sich vorstellen, wo ihre Chefin sie vermutlich herhatte.

»Lassen wir den Mord erst mal außen vor«, schlug Inkas Exkollege vor. »Nur mal in die Tüte gesprochen: Wittmann ist ja nicht ganz doof.« Er sah Inka an. »Spätestens nach unserem kleinen Empfang in Werl wusste er, dass ich ihn nach einem unaufgeklärten Bankraub inklusiv verschwundener Beute trotz Personalnotstand nicht einfach aus den Augen lassen würde. Und dass er mit mir im Nacken wohl kaum an seinen Anteil kommt. Wenn der noch da ist.«

Inka verstand, worauf er hinauswollte.

»Wann wäre dann der beste Zeitpunkt gewesen, sich den Anteil zu beschaffen?«, fragte sie in die Runde.

»Bevor seine Überwachung überhaupt anfängt«, schloss Röggen.

»Bingo«, meinte Birkholtz erneut. »Spätestens am Sonntag vor der Entlassung. Geht aber nur, wenn ich jemanden habe, den ich einweihe, der mir die ganze Drecksarbeit abnimmt und der vielleicht noch ein warmes Plätzchen für meinen Knacki-Arsch hat.«

Er blickte durch das Bambusdickicht zum Haus von Sibylle Freitag. Inka sah elektrisiert von Röggen zu Birkholtz.

»Und wenn Sibylle Freitag sich für Sonntag mit Dorbrecht verabredet hat, muss es wohl Dorbrecht gewesen sein, der Zugang zur Beute hatte!«

»Aber weder auf den Konten von Groschek noch von Dorbrecht waren irgendwann mal nennenswerte Beträge«, wandte Röggen ein.

»Das heißt nichts«, meinte Birkholtz, »die Jungs haben damals Bargeld geklaut. Das haben sie garantiert über einen Hehler gewaschen, und dann hat Dorbrecht es irgendwo versteckt.«

»Und das wiederum bedeutet?«, fragte Inka rhetorisch und gab sich selbst die Antwort. »Dass entweder Dorbrecht unser zweiter Mann beim Überfall gewesen ist, oder …« Inka sah Birkholtz mit großen Augen an. »Es gab einen dritten, von dem wir bisher nichts wussten!«

Birkholtz und Röggen schluckten.

»Scheiße«, raunte Birkholtz heiser. »Keine Ahnung, wo der Dritte beim Überfall war, aber wenn ihr sagt, dass die Freitag sich mit Groschek und Dorbrecht in Verbindung gesetzt hat, hast du recht. Ein Trio. Wittmann, Groschek und Dorbrecht.«

Die Ermittler ließen das Gesagte einen Moment wirken. Inka spürte im selben Moment, wohin es sie führte.

»Was uns wieder zum Mord bringt«, sagte sie schließlich. »Damals wurde nur Wittmann verhaftet. Groschek und Dorbrecht sind davongekommen. Die beiden haben vermutlich ihren Beuteanteil geteilt, und Dorbrecht hat den Anteil für Wittmann versteckt.«

»Das ist der Grund, warum die Freitag sich einen Tag vor Wittmanns Entlassung mit ihm und nicht mit Groschek treffen wollte«, folgerte Röggen. Inka nickte.

»Allerdings ist Dorbrecht inzwischen nicht mehr der aggressive unkontrollierte Wolf von damals, sondern das von Kerstin Schütte geläuterte Lamm. Er ist auf dem rechten Weg, will mit seinem alten Leben abschließen und ein neues mit Kerstin anfangen! Und was kann er da, knapp eine Woche vor seiner Hochzeit, am wenigsten gebrauchen?!«

»Jemanden, der eine alte Leiche wieder ans Tageslicht bringt«, meinte Birkholtz.

»Groschek hat ihn erpresst!«

»Und Dorbrecht fällt in sein mühsam abtrainiertes aggressives Wolfsverhalten zurück und bringt den Mann um, der seine Zukunft zerstören will!«

»Okay«, fasste Röggen zusammen. »Nur damit ich es zusammenbekomme: Wittmann, Groschek und Dorbrecht begehen vor fünf Jahren gemeinsam einen Bankraub. Wittmann wird verhaftet, Dorbrecht und Groschek entkommen mit der Beute. Wittmann schweigt und beauftragt seine Freundin, dafür zu sorgen, dass sie vor seiner Entlassung seinen Beuteanteil besorgt, weil er danach unter Beobachtung steht.«

»Die Freitag nimmt Kontakt zu Groschek und Dorbrecht auf und bestellt schöne Grüße«, übernahm Birkholtz, »verbunden mit der Geldforderung. Das Lamm Dorbrecht stimmt zu, doch die Übergabe platzt, weil der Wolf Dorbrecht Groschek umbringt und selbst bei einem Autounfall draufgeht. Puh, abgefahren.«

»Und noch zu beweisen«, sagte Röggen. »Aber mir fällt noch

was ein. Der Einbruch bei Dorbrecht. Angenommen, die Freitag weiß, dass Dorbrecht die Beute hat und ihr am Sonntag übergeben will, um, wie Inka sagt, mit seinem alten Leben abzuschließen. Dann taucht er aber bei der vereinbarten Übergabe am Sonntag nicht auf. Dann nehme ich doch an, er will mich reinlegen. Vom Mord an Groschek kann sie da ja noch nichts gewusst haben. Der wurde erst am Montagmorgen entdeckt. Dorbrechts Unfall sogar noch später.«

Birkholtz verstand sofort.

»Und was mache ich nach einer geplatzten Übergabe? Einen kleinen Hausbesuch. Vielleicht verbunden mit einem Einbruch, um nachzuschauen, wo er die Kohle versteckt haben könnte. Und das kann nur irgendwann am Sonntag gewesen sein. Ich liege hier zwar nicht rund um die Uhr«, sagte er. »Aber schon regelmäßig. Die gehen beide ihrer Arbeit nach, spielen Spießer und werden sonst nirgendwo gesehen, außer beim Einkaufen.«

»Würde passen«, meinte Inka. »Fragt sich nur, ob sie das Versteck gefunden hat.«

»Gab es in der Wohnung denn Hinweise?«, fragte Birkholtz interessiert.

»Es gab vor allem ein Riesenchaos, das wir erst sichten müssen«, meinte Inka.

»Also, eine schlüssige Theorie haben wir. Was wir nicht haben, sind Beweise und die Beute.«

Ein dramatisches Grollen untermalte die Erkenntnis. Das angekündigte Gewitter war im Anmarsch. Die drei sahen zum dunklen Haus.

»Die sind nervös«, sagte Birkholtz. »Tierisch nervös. Ich sage euch: Irgendwas hat die Freitag in der Wohnung gefunden. Die wissen, wo die Kohle ist, aber die wissen auch, dass ich hier draußen sitze und nur darauf warte, dass sie die Tatzen in den Honig stecken.«

»Sind die denn zu Hause?«, fragte Inka.

»Pennen wegen der Hitze im Keller und gehen früh ins Bett. Als frischgebackener Bäcker muss der feine Herr Wittmann früh raus.«

»Und warum ziehen sie die Vorhänge nicht zu, wenn sie wissen, dass sie beobachtet werden?«, fragte Röggen.

Birkholtz lächelte vielsagend. »Die Frau ist Psychologin«, sagte er. »Vermutlich ist das 'ne Nachricht an mich. ›Siehste, du Sack! Wir haben nichts zu verbergen.‹ Die Nummer.«

Er sah auf die Uhr. Im selben Moment drang ein Lichtschein vom Haus herüber. Im Wohnzimmer war Licht eingeschaltet worden und eine attraktive, schlanke Frau Mitte vierzig nur in Shorts und BH kam mit einem Tablet-Computer die Kellertreppe hoch.

»Darf ich vorstellen?«, fragte Birkholtz. »Sibylle Freitag. Lucky Bastard, unser Sven Wittmann, oder?«

Die Ermittler beobachteten, wie Sibylle Freitag den Computer einschaltete und ihn auf einem Schrank ablegte, während er hochfuhr. Sie selbst ging weiter in eine offene Küche, wo sie sich eine Flasche Wasser aus dem Kühlschrank nahm und trank.

»Auch wenn die Sache angenehme optische Seiten hat«, grinste Birkholtz. »Mal angenommen, die wissen wirklich, wo das Geld ist. Wie bringen wir sie dazu, uns hinzuführen?«

Die Frau im Haus ging wieder Richtung Wohnzimmer und hielt vor einem Regal inne, auf dem ein schnurloses Telefon in seiner Aufladestation stand. Sie betrachtete fragend dessen Display. Dann nahm sie den Telefonhörer auf und warf gleichzeitig einen Blick auf ihren Tablet-PC. Inka ahnte, was kam.

»Vielleicht ist das gar nicht mehr nötig«, meinte sie. »Ich nehme an, Frau Freitag erfährt gerade den Grund, warum Dorbrecht nicht zur Übergabe gekommen ist. Die Presse weiß Bescheid.«

Die Ermittler beobachteten, wie Sibylle Freitag ungläubig auf den Tablet-Bildschirm sah. Sofort wandte sie sich Richtung Kellertreppe und rief etwas nach unten. Sekunden später kam Sven

Wittmann, ebenfalls nur mit Shorts bekleidet, die Treppen hochgeeilt. Sibylle Freitag zeigte ihm das Display, das er groß anstarrte. Er brauchte einige Sekunden, dann schien er laut zu fluchen und hieb wütend mit der Faust auf den Küchentresen.

»Und jetzt ist ihnen klargeworden, dass nicht nur du sie beschattest«, sagte Inka Richtung Birkholtz. »Sondern auch, dass die Polizei die Mordumstände untersucht, den Überfall aufdeckt und irgendwann nach der Beute fragt.«

Wittmann schlug wieder und wieder auf den Tresen, während Sibylle Freitag ihm routiniert einen Arm auf die Schulter legte. Wittmann beruhigte sich tatsächlich für eine Sekunde. Dann fuhr er herum, machte sich unsanft von ihrem Arm los, schritt aufgebracht durch das Wohnzimmer und baute sich wütend vor dem Fenster auf. Er starrte direkt in die Dunkelheit des Gartens und auf die Ermittler im Bambusdickicht. Sehen konnte er Inka, Birkholtz und Röggen nicht, aber er wusste offenbar, dass zumindest Birkholtz da war. Ein erster Blitz zuckte am Himmel und zerriss die Dunkelheit für Sekundenbruchteile. Eine Gänsehaut lief Inka über den Rücken. Dann verzog Wittmann wütend das Gesicht und riss die Vorhänge zu. In der Ferne grollte der Donner mit einigen Sekunden Verzögerung.

»Was sag ich?«, lächelte Birkholtz zufrieden. »Die wissen alles.«

»Nicht ganz«, verbesserte Inka und hatte eine Idee. »Und genau das ist unser Vorteil. Die wissen nur, was die Nachrichten melden und dass du hier sitzt und sie beobachtest. Nicht, was wir uns gerade zusammengereimt haben.«

»Und das bedeutet?«, fragte Birkholtz, der Inka zum ersten Mal nicht folgen konnte.

»Dass ich ihnen mal ein bisschen Feuer unter dem Hintern mache, indem ich ihnen sage, sie können sich entspannen.« Inka lächelte verwegen und holte ihr Handy aus der Tasche, hielt es sichtbar in die Mitte und stellte den Klingelton auf Vibration.

»Auf der Fahrt hierher hab' ich Sibylle Freitag mehrfach angerufen. Es ist meine Nummer, die sie gerade in ihrem Telefondisplay gesehen hat.«

Alle drei Ermittler starrten wie gebannt auf Inkas Handy. Trotz, oder vielleicht gerade wegen Inkas Ankündigung ließ sein grimmiges Brummen alle drei zusammenfahren. Inka nickte in die Runde und nahm das Gespräch an.

»Luhmann?«, sagte sie und horchte, bevor sie betont weiterredete. Freundlich, aber nicht zu freundlich, um keinen Verdacht zu erregen. »Ach, Frau Freitag. Danke, dass Sie sich melden.« Sie erklärte der Frau kurz, sehr allgemein und wenig bedrohlich den Grund ihres Anrufes.

»Wir haben nur ein paar allgemeine Fragen«, schloss Inka in sachlichem Ton und horchte wieder. »Ich weiß«, sagte sie dann. »Und ich dachte mir schon, dass Sie sich auf Ihre Schweigepflicht berufen. Trotzdem muss ich Sie wenigstens offiziell kurz befragen.« Inka horchte wieder.

»Heute noch?!«, wiederholte sie anscheinend eine Frage von Sibylle Freitag. »Nein. Keine Sorge, wir stehen noch ganz am Anfang der Ermittlungen. Das hat sicher bis morgen Zeit. Würde Ihnen im Laufe des Vormittags passen?«

Wieder horchte Inka.

»Wunderbar. Dann um elf bei Ihnen in Menden. Vielen Dank, Frau Freitag. Und gute Nacht.«

Sie beendete das Gespräch und sah Röggen und Birkholtz entschlossen an.

»Damit haben sie nur noch heute Nacht, um ungestört an die Beute zu kommen.«

Anerkennendes Lächeln bei Birkholtz und Röggen.

»Hat sie von mir«, meinte Birkholtz.

»Freuen Sie sich nicht zu früh«, meinte Röggen und deutete Richtung Haus. »Der Einzige, der jetzt noch zwischen denen und der Beute steht, sind offiziell Sie. Also werden die versuchen, Sie irgendwie loszuwerden.«

»Weshalb ich vorschlage, dass Marlies und ich uns sofort ins Auto aufmachen«, sagte Inka und richtete sich auf. »Wenn es losgeht, verfolgen wir sie. Du lässt dich abhängen, und wir lotsen dich wieder heran.«

»Hört sich ja fast an, als müsste ich den Idioten spielen«, protestierte Birkholtz.

»Scheiße, das wird nicht leicht.«

Die drei waren gerade aufgestanden, als ein lauter Knall die vorgewitterliche Stille zerriss.

»Runter«, rief Inka gedämpft. Wie in einer einstudierten Choreographie warfen sich alle drei Ermittler gleichzeitig zu Boden und griffen nach ihrer Dienstwaffe.

»War das ein Schuss?!«, zischte Röggen alarmiert.

»Ja«, meinte Birkholtz, »aber zu gedämpft, als dass jemand auf uns geschossen hätte. Hörte sich eher an, als wäre das von drinnen gekommen. Außerdem hat es hinter dem Wohnzimmervorhang geblitzt. Könnte Mündungsfeuer gewesen sein.«

»Scheiße«, fluchte Inka und sah Birkholtz an. »Und wenn das 'ne Falle für dich ist?«

»Nützt mir das auch nichts«, antwortete er und schluckte. Zum ersten Mal seit ihrem Wiedersehen war seine beißende Ironie verschwunden. »Wenn ich nicht mitspiele, werden die nicht einfach so rauskommen.«

Inka dachte fieberhaft nach. Er hatte recht. Aber das Risiko, sich einer Situation auszusetzen, in der vielleicht jemand mit einer geladenen Waffe auf ihn wartete, war absurd.

»Ich würde mitgehen«, sagte Inka. »Aber die Freitag kennt meine Stimme jetzt. Wenn sie mich hört, fliegt die Sache als Fake auf. Dann werden die zwar nicht an die Beute kommen, aber wir haben keine Beweise gegen sie.«

»Alles klar«, sagte Röggen. »Ich geh mit.«

»Sicher?«, fragte Inka.

»Sicher«, sagte Röggen und ging vor.

»Danke«, meinte Birkholtz. »Ich schlage vor, wir pirschen uns ans Haus ran und prüfen die Lage erst mal.« Dann wandte er sich an Inka. »Du kannst von hier durchs Tor zum Auto. Jetzt ist ja aufgeschlossen«, sagte Birkholtz und griff sich seinen Rucksack. Dabei fiel Inkas Blick auf seine Pistole. Ein anderes Modell als das, was Birkholtz zu Inkas Zeiten in Dortmund getragen hatte.

»Habt ihr neue Dienstwaffen?«, fragte sie. Birkholtz schüttelte den Kopf.

»Ausweichmodell, solange meine in der Reparatur ist.«

Die Ermittler liefen mit ihren Waffen am ausgestreckten Arm durch das Bambusdickicht zur Gartentor. Inka öffnete sie lautlos, versicherte sich, dass sie von nirgendwo zu sehen war, und rannte im Schutz der Dunkelheit zum Auto.

Birkholtz und Röggen pressten sich an der Hauswand in Richtung Terrasse, die Augen immer abwechselnd auf den Boden und die Fenster des Hauses gerichtet, um keine Geräusche zu verursachen und nicht in einen Hinterhalt zu geraten. An der Terrasse angekommen, gab Birkholtz Röggen ein Zeichen, dass er sich zunächst hinhocken und einen Blick am Vorhang vorbei in das Haus riskieren wollte. Röggen nickte und sicherte ihn nach hinten und oben ab, während Birkholtz sich wie in Zeitlupe zum Fenster der Terrassentür streckte und fast in Bodenhöhe an einer Verwerfung des Vorhangs vorbei in das dunkle Wohnzimmer spähte. Außer zweier geisterhaft grünlicher Lichtkegel, den irgendwelche Gerätedisplays in der offenen Küche an die Wand warfen, war alles dunkel.

»Kein Mensch weit und breit«, flüsterte er und ließ seinen Blick so weit an der Wange eines nahen Sofas in Richtung eines Couchtisches entlanggleiten, wie der Vorhang es gestattete.

»Doch, Moment«, flüsterte er. »Da ist so ein komischer Schatten …« Auf dem Boden erkannte er eine rundliche Erhebung, die er mit seinen optischen Eindrücken aus dem Beobachtungsposten im Bambusdickicht nicht in Einklang bringen konnte. Ein Kissen? Oder lauerte da jemand? Er blinzelte angestrengt, um der Dunkelheit weitere Konturen zu entlocken. Im selben Moment zuckte der nächste Blitz durch den Himmel und erhellte das Wohnzimmer für Sekundenbruchteile. Mit einem Schlag sah Birkholtz in die weit aufgerissenen Augen von Sibylle Freitag! Unter ihrem linken Auge klaffte ein blutrotes Loch in ihrer Wange. Zahnsplitter und Gewebemasse ragten in Fetzen daraus hervor. Donner grollte, und Birkholtz zuckte zurück, als hätte er einen Schlag mit einem Hammer bekommen.

»Scheiße!«, ächzte er. »Der kranke Bastard hat seine Freundin erschossen!«

Röggen war sofort bei ihm. Sie nahm die Taschenlampe aus seinem Rucksack und leuchtete in das Wohnzimmer. Der Lichtkegel fuhr tatsächlich über den regungslosen Körper der Psychotherapeutin. Sie lag auf dem Bauch, die Augen klagend auf Röggen gerichtet. Aber Röggen fiel etwas auf. Das Blut aus ihrer Wunde sickerte nicht in den Teppich unter ihr, es pulsierte in kleinen rhythmischen Eruptionen.

»Nicht erschossen«, verbesserte Röggen. »Sie lebt noch!«

»Was?!« Birkholtz richtete sich fassungslos auf und übernahm Röggens Taschenlampe, während die ihr Handy zückte und die Notrufnummer wählte.

»Ich hole sofort einen RTW und Verstärkung und benachrichtige Inka.«

Birkholtz machte Anstalten, sich aufzuraffen. Röggen hielt ihn am Arm zurück.

»Sie können da nicht rein! Wittmann ist noch im Haus – und bewaffnet«, sagte sie fast beschwörend.

»Dann hole ich ihn eben raus«, knurrte Birkholtz entschlossen. Sein bissig vorgeschobener Unterkiefer und sein starrer Blick sagten Röggen, dass Widerspruch sinnlos war. Er stand auf, drehte seine Taschenlampe herum und schlug mit ihrem Griff das Sprossenfenster ein, das dem Griff der Terrassentür am nächsten war. Glas splitterte. Es klirrte und knackte vernehmlich. Birkholtz störte das nicht. Er griff vorsichtig durch das entstandene Loch und betätigte den Türgriff. Nichts passierte.

»Scheiße, abgeschlossen«, meinte Birkholtz.

Ohne zu zögern, bückte er sich nach seinem Rucksack und trat etwa drei Meter in den Garten zurück. Die Waffe griffbereit in der Hand, hielt er sich den Rucksack schützend vor das Gesicht und warf sich mit seinem gesamten Gewicht gegen die Tür. Sie krachte erneut, hielt der Wucht seines massigen Körpers aber stand. Birkholtz stöhnte, nahm ein zweites Mal Anlauf und flog mit noch mehr Wut gegen die Tür. Splitternd und berstend gab sie nach. Birkholtz flog durch den Sprossenrahmen und splitterndes Glas in den Vorhang, der mit ihm auf dem Wohnzimmerboden landete. Röggen hielt ihre Waffe im Anschlag und spähte angestrengt nach allem, was sich bewegte. Nichts geschah. Birkholtz rappelte sich wie ein Gespenst im Bettlaken auf und befreite sich vom Vorhang, bevor auch er in die Hocke ging und seine Waffe in den Raum richtete.

»Polizei! Wittmann, kommen Sie raus! Oder ich hole Sie!« Nichts geschah. Das einzig vernehmbare Geräusch war ein leises Röcheln vom Teppich neben dem Sofa.

Zwei Minuten später kam Inka aus dem Obergeschoss des Hauses, während Birkholtz die Treppenstufen aus dem Keller hocheilte. Röggen hatte Sibylle Freitag in eine stabile Seitenlage gebracht und notdürftig erstversorgt. Die Frau atmete weiterhin. Schwach, aber stetig.

»Weg!«, sagte Inka aufgebracht und meinte Sven Wittmann. »Allerdings zu Fuß. Das Auto von Frau Freitag steht immer noch an der Straße.«

Birkholtz sah aus einem Fenster, das zur Straße zeigte.

»Aber wie kann das sein?«, fragte Birkholtz.

»Oben ist ein Dachfenster auf.« Inka sah Birkholtz an. »Ich nehme an, er hat genau den Moment des Lärms abgewartet, in dem du die Tür zerstört hast, und ist dann unbemerkt über das Dach und die Garage in den Bambus und von dort nach hinten in die Parallelstraße.«

Wie zur Bestätigung startete irgendwo draußen hinter dem Bambusdickicht ein Auto und setzte sich mit heulendem Motor und quietschenden Reifen in Bewegung.

»Verdammt«, fluchte Birkholtz und rannte in den Garten, um vielleicht noch etwas zu sehen. »Ich löse die Fahndung aus«, rief er, während er sein Handy zückte.

Ein Moment der ratlosen Stille legte sich über das Wohnzimmer.

»Und jetzt?«, fragte Röggen und sah von der schwerverletzten Sibylle Freitag auf. »Wenn ich das wüsste ...« Inka knetete nachdenklich ihre Unterlippe. Irgendwo tickte eine Uhr. Und etwas zischte. Inka horchte auf.

»Was ist das?«, fragte sie und versuchte das Geräusch zu orten.

»Das war Frau Freitag«, meinte Röggen irritiert und hielt ihr Ohr in Richtung der Frau auf dem Boden.

»Sssseeee...«, zischte die Frau fast unhörbar schwach. Mit jeden Atemzug sog sie Luft zischend durch das Loch in ihrer Wange.

»Ein See?«, fragte Röggen.

»Sessskkks....«, zischte die Frau unter Aufbietung aller Mühe.

»Nein, sechs!«, meinte Röggen. »Sechs was?«

»Unnnndrei...« Wieder saugte Sibylle Freitag Luft ein, dann

versagte der Frau die Stimme. Ihre Lider flatterten, und ihre Pupillen drehten in den Hinterkopf.

»Hoffentlich kommt der Sani bald«, meinte Röggen alarmiert und presste ein Tuch auf die Wunde der Frau. »Bei dem Blutverlust geht das nicht mehr lange gut.«

»Sechsunddreißig?«, fragte Inka. »Was meint sie mit sechsunddreißig? Eine Telefonnummer, Buslinie, Hausnummer?«

Inka dachte fieberhaft nach. Irgendwo hatte sie die Zahl noch vor kurzem gelesen. Dann fiel es ihr ein. Sie zückte ihr Handy und rief eine Nummer an, die sie erst vor wenigen Stunden gespeichert hatte.

»Gerstfeld«, meldete sich Kerstin Schüttes Onkel.

»Luhmann hier, Kripo Brilon. Herr Gerstfeld, wir haben vorhin über das Grab von Karsten Dobrechts Mutter gesprochen. Als ich in seiner Wohnung den Aktenordner vom Boden aufgehoben habe. Kennen Sie zufällig die genauen Angaben zur Lage des Grabes?«

»Nur den Friedhof«, sagte der Geistliche. »Aber ich sitze gerade bei Kerstin im Krankenhaus. Moment.« Man hörte geschäftiges Geraschel, bis sich eine schwache weibliche Stimme meldet.

»Ich war schon oft mit ihm da«, sagte Kerstin Schütte ohne lange Begrüßungsformeln. »Es liegt auf diesem kleinen, abgelegenen Friedhof zwischen Warstein und Hirschberg. Feld römisch zwei. Die Grabnummer ist, glaube ich, sechsunddreißig. Warum?«

»Das erkläre ich Ihnen später«, sagte Inka. »Danke, Frau Schütte, und gute Besserung. Es könnte sein, dass Sie uns sehr geholfen haben.«

Sie beendete das Gespräch gerade, als Birkholtz wieder aus dem Garten ins Wohnzimmer trat.

»Fahndung ist raus, die Kollegen sind unterwegs. Es sieht aus, als hätte er ein Auto aus der Nachbarschaft geklaut.«

»Ich denke, ich weiß, wo er hinfährt«, meinte Inka und eilte Richtung Tür. Birkholtz sah Röggen fragend an.

»Ich versuche sie zu stabilisieren, bis der Arzt kommt«, meinte Röggen. »Sobald die Verstärkung hier ist, melde ich mich.«

Birkholtz nickte und folgte Inka zur Haustür.

Im selben Moment fegte eine kräftige Windbö vom Garten in das Wohnzimmer. Ein weiterer Blitz erhellte stroboskopartig den Garten. Ein krachender Donner folgte nahezu im selben Moment. Und verlor sich erst nach Sekunden irgendwo in der Ferne. Dann folgte kräftiges Rauschen, und der Geruch von verdunstender Feuchtigkeit breitete sich aus. Es regnete.

29 Mittwoch, 22:03 Uhr

»Das ist kein Regen, das ist ein Weltuntergang.«

Birkholtz starrte mit angestrengtem Blick durch die winzigen Momente klarer Sicht, die die hektisch arbeitenden Scheibenwischer auf Inkas Windschutzscheibe schufen, bevor neue Sturzbäche die Welt vor Inkas Dienstwagen wieder verschwimmen ließen. Es war laut. Die Klimaanlage rauschte auf Hochtouren, um das Beschlagen der Scheiben zu verhindern, die Reifen rauschten auf dem flüssig wirkenden Asphalt, Gischt aus bedrohlich großen Regenansammlungen krachte gegen die Karosserie, und monströse Regentropfen zerplatzten auf der Scheibe wie durchsichtige Insekten. Der Lärm des am Himmel tobenden Gewitters hüllte sie ein.

»Hat den Vorteil, dass kein Mensch unterwegs ist«, meinte Inka laut. Sie hielt das Lenkrad umklammert und sah mit starrem Blick auf die Fahrbahn. Auch wenn sie nicht so schnell fahren konnte, wie sie eigentlich wollte, ein kleiner Fehler konnte bei diesem Tempo tödlich sein. Sie trat abrupt auf die Bremse, als das Hinweisschild auf den kleinen Friedhof aus der Wasserwand hinter ihren Scheinwerfern auftauchte. Der Wagen schlingerte um die Kurve, als sie scharf rechts einbog. Birkholtz klammerte sich einhändig an den Haltegriff über der Tür.

Sie hatten fast die ganze Fahrt über angespannt geschwiegen. Inka lenkte den Wagen und war dankbar, dass Birkholtz sich angeboten hatte, mit ihrem Handy Kemperdick und Porbeck von den neuesten Entwicklungen zu berichten. Kemperdick würde sofort zum Friedhof aufbrechen und Porbeck sich mit seinem Team um das Haus von Sibylle Freitag kümmern. Röggen hatte, so Birkholtz, eine Nachricht geschickt. Sie war nun ebenfalls auf dem Weg zum Friedhof. Birkholtz stutzte und sah Inka nachdenklich an.

»Dieser Friedhof kommt mir irgendwie bekannt vor«, sagte er. »Irgendein alter Fall.« Er dachte nach. Dann schien es ihm einzufallen. »Ja«, meinte er. »Ist schon was her. Als ich selbst noch 'n Frischling war, haben wir am Dortmunder Hafen mal ein herrenloses Fahrzeug gefunden. Stellte sich raus, dass es einem Priester aus dem Sauerland gehörte, der ein paar Tage vorher als vermisst gemeldet worden war. Der Mann ist einfach verschwunden. Keine Spuren, keine Hinweise. Weder im Auto noch sonst wo. Wir haben die letzten Stunden vor seinem Verschwinden rekonstruiert und festgestellt, dass ein paar Zeugen ihn zuletzt hier gesehen haben. Glaubst du an Zufälle?«, fragte er Inka vielsagend.

Inka sah ihn an.

»Vielleicht solltest du das mit der Dienststelle überprüfen«, sagte sie und deutete auf sein Handy. Birkholtz nickte nachdenklich.

»Sobald wir das hier hinter uns haben.«

Draußen wurde die Sicht kurzzeitig etwas besser, weil der Wagen in einen schmalen, von Bäumen gesäumten Weg rollte. Inka schaltete die Scheinwerfer ab, um nicht gesehen zu werden. Der Regen wurde vom Blätterdach der Bäume zumindest teilweise abgefangen. Dafür wallten nun unheimliche graue Nebelschwaden auf und schienen ihre feuchtkalten Finger nach dem Fahrzeug der Ermittler auszustrecken. Die wochenlang aufgeheizte Erde des Sauerlandes verdampfte die Wassermassen in kürzester Zeit. Die Sichtweite betrug weniger als fünfzig Meter, und aus einer wabernden weißen Wand glimmten nun schwach zwei rote

Punkte auf. Die Reflektoren von Autolichtern. Dann erschien der Umriss des Autos, das Birkholtz aus dem Garten von Sibylle Freitag gerade noch erkannt hatte.

»Wittmanns Fluchtwagen«, meinte Birkholtz. »Scheint, als hättest du recht gehabt.«

»Na ja«, relativierte Inka. »Zumindest glaubt Wittmann auch, dass Dorbrecht die Beute im Grab seiner Mutter verbuddelt hat.«

Sofort schaltete Inka den Motor ab und ließ den Wagen so stehen, dass er Wittmanns Fahrzeug den Fluchtweg versperrte. Wenn der Parkplatz vor ihnen keine zweite Ausfahrt hatte. Was Inka allerdings bezweifelte.

»Er wandert zurück in den Knast. So oder so.« Die Zufriedenheit in Birkholtz' Stimme entging Inka nicht.

Im Hintergrund materialisierten sich die schwarzen Umrisse eines schmiedeeisernen Zaunes mit einem Tor und die dunklen Silhouetten weiterer Bäume. Sie hatten den Friedhof erreicht, auf dem Karsten Dorbrechts Mutter ihre letzte Ruhe gefunden hatte. Automatisiert überprüften beide Ermittler ihre Waffen. Inka nahm sich eine Taschenlampe aus einem Ablagefach, Birkholtz griff zusätzlich nach seinem Rucksack und schnallte sich ein Gerät auf den Kopf, das aussah, als hätte jemand ein Fernglas vor den Kopfschutz eines Epileptikers gehängt.

»Infrarot-Nachtsichtgerät«, sagte er stolz. »Privat gekauft.«

»Nützt das überhaupt was im Nebel?«, fragte Inka.

»Ich würde sogar sagen, es rettet uns den Arsch. Es identifiziert Wärmequellen. Damit gucke ich quasi durch den Nebel.«

»Dann los«, meinte Inka. Sie achtete darauf, dass die Fahrzeuginnenbeleuchtung ausgeschaltet war, damit das Licht sie nicht verriet. Dann stiegen beide Beamte lautlos aus. Der Regen hatte nun etwas nachgelassen, und das Gewitter schien sich ausgetobt zu haben. In der Ferne hörte man nur noch leises Donnergrollen.

Inka und Birkholtz empfing eine fast tropisch anmutende Feuchtigkeit. Es roch intensiv nach Asphalt, Erde und Waldgrün. Die beiden horchten angespannt. Ein leichter Wind untermalte das nun allgegenwärtige leise Gluckern abfließender Wassermassen und das platschende Abtropfen unzähliger Blätter. Doch plötzlich mischte sich ein weiteres Geräusch darunter. Eine Art stakkatoartiges Kratzen.

»Wenn da nicht mal einer buddelt«, flüsterte Birkholtz elektrisiert und wandte sich zur Quelle des Geräusches. Dem Friedhof.

Die Ermittler entsicherten ihre Waffen und schlichen durch das offenstehende schmiedeeiserne Tor auf das erste Grabfeld. Inka lief ein Schauer über den Rücken, als sie sich in der Dunkelheit umsah. Es waren nicht allzu viele Gräber, die sich unter dem Dach der Bäume versteckten. Doch die Schatten von Grabsteinen stachen wie kleine Segel aus dem Nebel hervor. Unheimlich beleuchtet durch die diffuse rote Korona von Dutzenden kleiner Grableuchten, die dem Gewitter getrotzt hatten. Die Positionslichter einer ganzen Armada von Geisterschiffen. Inka und Birkholtz hielten inne und horchten erneut. Einen Blick auf den Friedhofsplan zu werfen war unnötig. Sie konnten sich an den Geräuschen orientieren, die nun etwas lauter aus dem Nebel zu ihnen herüberdrangen.

»Siehst du was?«, flüsterte Inka.

»Unendliche Grablichter«, raunte Birkholtz leise. »Scheißgruselig.« Er schob sich die Gläser des Gerätes in die Stirn, um einen realen Blick auf die Umgebung zu haben. Wieder das Kratzen. Und jetzt ein atemloses Ächzen.

»Das kommt von da.« Sie deutete auf einen Bereich links von ihnen, der bisher im Nebel verborgen war. Diesmal ging Inka voran. Leise, bedächtig. Birkholtz gab ihr ein Zeichen, sich hinter ihm einzuordnen, weil er Hindernisse besser erkennen konnte. Er hatte recht. Inka folgte ihm durch die Dunkelheit.

Das Ächzen und Kratzen wurde lauter. Plötzlich blieb Birkholtz stehen und deutete auf einen diffusen roten Punkt in einer Nebelwand, etwa dreißig Meter vor ihnen. Daneben ein kaum wahrnehmbarer bläulicher Schein. Birkholtz sah Inka mit seinen unheimlichen Roboteraugen an und nickte grinsend. Inka brauchte einen Moment, bis ihre Augen tatsächlich die schemenhafte Bewegung vor ihnen erkannte. Sie brachten ihre Waffen in Anschlag und gingen weiter auf das Grab zu. Plötzlich lichtete eine leichte Windbö den Nebel, und Inka sah die schlanke Gestalt eines gebeugten Mannes. Im abgedunkelten Schein einer am Boden abgelegten Taschenlampe schaufelte er mit einem Klappspaten feuchte Erde in dicken Klumpen auf einen bereits stattlichen dunklen Haufen neben sich. Der Regen hatte seine Kleidung und sein Haar vollständig durchnässt. Ein zu großes Hemd und eine weite Hose hingen dreckverschmiert und schwer an ihm herunter. An seiner fahlen Stirn klebten Lehm und triefende Haarsträhnen. Im unheimlichen Licht des Nebels und der Taschenlampe sah Sven Wittmann selbst wie eine Leiche aus. Wie ein Untoter, der aus dem Bauch seines versunkenen Geisterschiffes emporstieg, um sein Unwesen zu treiben.

Birkholtz setzte sein Nachtsichtgerät ab und nickte Inka fragend zu.

»Zugriff?«, fragten seinen Lippen lautlos.

Doch Inka hielt ihn am Arm fest. Am Grab vor ihnen beugte sich Wittmann gerade mit einem leisen, irren Kichern nach vorne in die Grube, die er ausgehoben hatte.

»Scheiße«, lachte der Mann leise. »Scheiße, Scheiße, Scheiße.« Aber es war kein Fluch, sondern ein Ausdruck der Freude. Die Ermittler sahen, wie Wittmann an etwas zog, dabei setzte er sich einmal rücklings auf den Hosenboden, richtete sich wieder auf und zog erneut. Sekunden später tauchte er hinter dem einem Erdhaufen mit einem dunklen Gegenstand in den Armen auf, den er betrachtete wie einen Schatz. »Schei-ße!«, sagte er erneut fast zärtlich und sank mit dem Gegenstand fast andächtig auf die Knie. Inka erkannte, dass es sich um eine Art Tasche handeln musste, denn sie hörte das Geräusch eines Reißverschlusses. Dann wieder das irre Kichern und ein leises, röchelndes »Jaaaaa«. Es schien, als weine er. Der perfekte Moment! Inka sah Birkholtz an und nickte. Zugriff!

Ihre Waffen im Anschlag, sprangen die beiden Polizisten von verschiedenen Seiten an das Grab. Sie richteten ihre Waffen auf Sven Wittmann, der die Tasche gerade wieder verschloss und sich aufrichtete.

»Polizei!«, rief Inka und sah die Überraschung im Gesicht des Mannes. »Hände nach oben und nicht bewegen!« Gleichzeitig erkannte ihr geschulter Blick das, was neben der Taschenlampe am Boden auf dem geöffneten Grab lag. Die Pistole, mit der Wittmann Sibylle Freitag angeschossen hatte. Inka trat die Waffe beiseite. Birkholtz kam ihr von der anderen Seite zu Hilfe.

»Das war's, Wittmann! Schön unten bleiben und die Hände zeigen!«

»Scheiße!«, sagte Wittmann wieder. Und diesmal war es ein Fluch. Doch im selben Moment trieb eine erneute Windbö die nächste Nebelbank über das Grabfeld. Für Sekundenbruchteile war die Szenerie wieder in undurchsichtige dunstige Schwaden gehüllt. Inka sah nichts als eine graue wabernde Wand.

»Verdammt!«, schrie Birkholtz, und Inka hörte den dumpfen Aufprall von Metall auf Körpermasse. Vermutlich hatte Wittmann den Klappspaten nach ihm geworfen. Inka machte sich auf einen Schlag gefasst und duckte sich. Als die Sicht eine Sekunde später wieder klar wurde, hatte Birkholtz die Waffe gesenkt und tastete nach einer schmerzenden Stelle an seinem Kopf. Wittmann stand plötzlich nur noch zwei Meter vor Inka. So nah, dass sein Gestank nach Schweiß und Fäulnis in Inkas Nase drang. Doch sie sah mit

Erleichterung, dass seine Waffe noch immer außerhalb seiner Reichweite lag. Was sie nicht sah, war der dunkle Schatten, der im nächsten Augenblick wie aus dem Nichts auf sie zuflog und sie schwer am Kopf traf. Wittmanns Tasche! Lehm, Nässe und der widerliche Fäulnisgeruch überströmten sie. Das Gewicht einer anscheinend stattlichen Summe Bargeldes ließ Inka ächzend nach hinten taumeln. Sie stöhnte entsetzt auf, als sie bemerkte, dass sie ins Leere trat. Nein, nicht ganz ins Leere, denn im nächsten Moment spürte sie feuchte Erde um sie herum. In ihrem Arm lag die Tasche! Offenbar hatte sie Wittmanns Schlag abgefangen und sie ihm gleichzeitig entrissen! Nur war sie dabei in die Grube gefallen, die Wittmann in dem Grab ausgehoben hatte. Und die war überraschend tief. Inka fluchte und hörte Schritte, die sich rasch entfernten.

»Stehenbleiben, Wittmann!«, rief Birkholtz und stand plötzlich vor Inka, um ihr eine Hand zu reichen. Inka sah ihn einen Moment ungläubig an, bevor sie Wittmann hinterherdeutete.

»Worauf wartest du?!«

Als Birkholtz sich anscheinend widerwillig an die Verfolgung machte, legte Inka die Tasche neben sich ab und suchte tastend unter sich nach Halt. Sie erstarrte, als sie an einen kalten Gegenstand stieß, der zugleich rund, ein wenig spitz und glitschig hart erschien. Etwas, das sie in seiner Konsistenz an die Knochen der halben Hähnchen erinnerte, die sie mit ihren Kollegen gerne mal in ihrem Lieblingsimbiss aß. Inka unterdrückte einen Schrei und kletterte angeekelt aus dem Grab. Sie schüttelte sich, nahm ihre Taschenlampe auf und richtete sie auf des Ding im Boden. Was sie sah, bestätigte ihre übelsten Befürchtungen. Ein grauer Knochen ragte aus dem feuchten, stinkenden Erdreich. Vermutlich der Teil eines menschlichen Fußes, dachte sie. Einerseits nichts Ungewöhnliches in einem Grab. Andererseits, begrub man Tote nicht deutlich tiefer? Und müssten selbst nach Jahren der Verwesung nicht noch Sargreste zurückbleiben? Irritiert richtete Inka die Taschenlampe auf den verwitterten Grabstein. Dort prangte der Name der Verstorbenen: Doris Dorbrecht. Es war definitiv das Grab von Karsten Dorbrechts Mutter.

Inka schüttelte sich erneut und besann sich auf ihre Aufgabe. Birkholtz und Wittmann waren weg, der Nebel war noch da. Sie überprüfte ihren Zustand und ihre Ausrüstung. Keine Schmerzen, außer einem leichten Kopf- und einem Druckschmerz unter dem rechten Auge, wo Wittmann sie mit der Tasche getroffen hatte. Sie hatte ihre Taschenlampe, ihre Dienstwaffe, die Beute und war froh, dass sie ihr Handy nicht verloren hatte.

Sie hörte Rufe auf der nahen Umgebung und maß in Gedanken das Gelände ab. Sie ahnte, wohin Wittmann und Birkholtz wollten.

Zum Parkplatz. Doch dafür würden die Männer den ganzen Friedhof umrunden müssen. Inka konnte die Abkürzung über den Weg zum Eingang nehmen und vermutlich gleichzeitig mit ihnen bei den Autos eintreffen. Inka raffte sich auf und rannte den Weg zurück, den sie mit Birkholtz gekommen war. Nach wenigen Metern stieß sie mit dem Fuß gegen einen Gegenstand auf dem Boden. Im Schein ihrer Taschenlampe erkannte sie Wittmanns Nachtsichtgerät auf dem feuchten Boden. Sie nahm es auf und wollte gerade ihren Weg fortsetzen, als ihr Handy eine SMS ankündigte. Im Laufen las Inka, dass sie von Röggen kam. Der Inhalt der Nachricht ließ sie jedoch erneut irritiert stehen bleiben.

»Bin jetzt unterwegs. Musste selbst für Verstärkung sorgen. Keine Ahnung, was da los ist.«

Inka hielt erstaunt inne. Ein Vergleich der aktuellen Uhrzeit und der Absendezeit der Nachricht bestätigte Inka, dass Röggen sie erst vor einigen Sekunden abgeschickt hatte. Inka stutzte. Hatte Birkholtz ihr nicht auf der Fahrt hierher gesagt, Röggen hätte ihm ihr Kommen angekündigt? Sie scrollte die Nachrichtenliste durch.

Keine weiteren Eingänge. Den leicht bitteren Geschmack in ihrem Mund und den flauen Anflug von Übelkeit ignorierte sie. Stattdessen sah sie die Liste ihrer ausgegangenen Anrufe durch. Darin müssten, laut Birkholtz, ein Anruf bei Kemperdick und ein weiterer bei Porbeck vermerkt sein. Doch da war nichts. Inkas letzter Anruf war laut Liste der bei Gerstfeld. Vor ihrer Abfahrt in Menden. Trotzdem hatte Birkholtz behauptet, er hätte die Anrufe getätigt. Vielleicht von seinem Handy? Das wäre ihr aufgefallen, dachte Inka. Vor allem, weil er die Nummern der Kollegen nicht hatte und sie erst aus ihrem Speicher hätte ablesen müssen. Er hatte gelogen! Und dafür gesorgt, dass sie alleine waren!

Ihr flaues Gefühl verstärkte sich, als ihr noch mehr fragwürdige Details einfielen, die sie bisher schlicht übersehen hatte. Oder übersehen wollte. Birkholtz' Auto in Werl, das nicht sein Dienstwagen war. Seine Dienstwaffe, die angeblich in der Reparatur war. Birkholtz' Anrufe bei Inka. Hätten die nicht genauso gut dazu dienen können, Inka aus dem Fall herauszuhalten, nachdem er sie mit der Einladung nach Werl in Sicherheit wiegen wollte, dass alles normal verlief? Der Boden schwankte unter Inka, als ihr seine seltsame Geste einfiel. Gerade eben. Unten, am offenen Grab. War seine ausgestreckte Hand wirklich als Hilfe für Inka gedacht gewesen, oder wollte er nach der Beute greifen?! Inka traf die Erkenntnis wie ein Keulenschlag. Ihr jahrelanger Kollege, ihr einstiges berufliches Vorbild, ihr Einsatzpartner, dem sie in ihrer Dortmunder Zeit fast täglich blind ihr Leben anvertraut hatte, war nicht hinter Wittmann her, sondern hinter der Beute aus dem Banküberfall! Er hatte Inka verraten! Warum, war ihr schleierhaft. Klar war nur: Andreas Birkholtz war gerade eben zu Inkas Feind geworden. Zum unangenehmsten Feind, den sie sich vorstellen konnte. Denn kaum jemand kannte die Polizistin Inka Luhmann besser als er.

Im selben Moment zerriss ein Schuss die Stille der Nacht.

Beklommen rannte Inka in die Richtung, aus der sie den Schuss vermutete. Zum Parkplatz. Der Nebel war wieder da. Inka sah nichts als Grau. Doch dann erinnerte sie sich, dass sie das Nachtsichtgerät hatte. Als Inka das Friedhofstor erreichte, setzte sie es auf und tauchte in eine unwirklich anmutende Welt ab. Die Umgebung vor ihren Augen wechselte von neblig grau zu komplett schwarz. Und dann sah sie es. Neben zwei bläulich roten Wärmepunkten, die Inka als Motorblöcke der noch warmen Autos identifizierte, lag ein Körper auf dem Boden. In der dunkelgrauen Umgebung wirkten seine Farben schreiend grotesk. Von bläulich rot an den etwas kälteren, weil von Kleidung verdeckten Körperstellen wie den Beinen schimmerten die besonders warmen Teile des Körpers in hellem Gelb. Sie ließen Augenhöhlen, Mund, Ohren und Nase des eben noch leichenblass wirkenden Mannes grell gelb leuchten und verwandelten ihn in einen teuflischen Dämon. Einen toten teuflischen Dämon, wie Inka feststellte. Der Grund dafür lief ebenfalls gelb aus dem bläulichen Rot seines Brustkorbes. Körperwarmes Blut, das sich in einer gelben Pfütze um ihn herum ausbreitete, die in der relativen Kälte der Umgebung an ihren Rändern rasch ins Blaue abkühlte. Inka hatte keinen Zweifel, dass es Wittmann war. Zumal im selben Moment die deutlich gedrungenere Figur seines Mörders hinter einem dunklen Baum hervorkam. Birkholtz! Auch er leuchtete geisterhaft wie der Teufel in Person. Und er schien Inka zu sehen. Oder wenigstens zu ahnen. Denn im selben Moment richtete er einen hellgelb leuchtenden Gegenstand auf Inka. Seine frisch benutzte Waffe! Inka tat es ihm gleich.

»Ich nehme an, du weißt es«, sagte er aus einem unnatürlich gelben Mund.

Der Schock des Geständnisses versetzte Inka einen weiteren Schlag in die Magengrube. Allerdings war sie weniger überrascht als noch vor wenigen Sekunden. Und voller Adrenalin. Inkas Bulleninstinkt schaltete auf Autopilot.

»Warum?«, fragte Inka tonlos.

Er schien zu seufzen.

»Ich hab nicht viel Zeit, also die Kurzversion. Ich hure rum, meine Frau lässt sich scheiden. Unterhalt für zwei Kinder, das Haus, die Autos ... Ich brauche Geld und bediene mich bei dem einen oder anderen Fall. Jemand packt aus, ich werde suspendiert. Kurz: Ich brauche 'n bisschen Startkapital für das Projekt Birkholtz reloaded. Irgendwo, wo's warm ist. Da fällt mir Wittmann ein.«

»Okay«, sagte Inka und wischte ihre Fassungslosigkeit beiseite. »Noch ist nicht alles zu spät«, suchte sie nach einer Lösung. »Du hast Wittmann, na ja, gefasst und den Fall geklärt. Vielleicht stellen sie dich wieder ein.« Kaum hatte sie den Satz ausgesprochen, kam er ihr auch schon lächerlich und hilflos vor. Es gab keinen Weg zurück.

»Damit ich den Rest meines Lebens in 'nem Einzimmerappartement hause und meinen Arsch entweder für Vater Staat oder meine Frau hinhalte?«, lachte Birkholtz. Auch er hatte verstanden. »Gegenvorschlag, du gibst mir die Tasche und siehst mich nie wieder.«

»Du weißt, dass ich das nicht tun kann«, sagte Inka entschlossen.

»Und du weißt, dass ich schon zu viel riskiert habe, um es nicht zu tun«, entgegnete Birkholtz nicht weniger entschlossen.

Inka sah einen Moment zu Boden und atmete durch. Alles in ihr drehte sich. Ihr ganzes Leben kannte sie Birkholtz als harten, aber integeren Mann und guten Bullen. Und sie wusste, dass es so gut wie unmöglich war, den Kerl von seiner Meinung abzubringen.

»Wie du meinst«, schlug Inka weitaus cooler vor, als ihr zumute war. »Dann musst du hier und jetzt abdrücken.«

Das Gelb seines Mundes weitete sich zu einem ironischen Lächeln.

»Netter Versuch, Inka. Einen Bankräuber auf der Flucht in Notwehr zu erschießen ist eine Sache. Einen Bullen umzulegen eine ganz andere. Pass auf, ich will niemandem wirklich weh tun. Und ich kann keine alte Kollegin umlegen. Schon gar keine so gute. Also, zum letzten Mal: Gib mir das Geld!« Birkholtz betonte jedes Wort einzeln. Er schien deutlich ärgerlicher zu werden. Inka sah unter dem Nachtsichtgerät, wie seine gelbe Gesichtsfarbe noch einen Ton heller wurde. Ein gefährliches, aber gutes Zeichen, wie sie fand. Vielleicht konnte sie ihn zu einem Fehler zwingen.

»Für mich riecht das nach 'ner klassischen Pattsituation«, beharrte sie und machte sich gleichzeitig auf alles gefasst. In der Ferne hörte man das Rauschen sich rasch nähernder Autoreifen. Es war noch zu früh für Röggen und die Verstärkung, aber das Geräusch erinnerte Birkholtz daran, dass er unter Zeitdruck stand. Er trat von einem Fuß auf den anderen und wurde sichtbar nervös.

»Und mir wird es langsam zu ungemütlich hier«, sagte er.

»Was schlägst du vor?«, fragte Inka.

»Wir vertagen uns.«

»Was?!«, fragte Inka irritiert.

»Wir treffen uns in einer Stunde bei dir zu Hause. Mit dem Geld. Hört sich vielleicht schwachsinnig an, aber: keine Bullen! Und, ach ja, ich werde vielleicht deinen Mann und die Kinder als kleines Druckmittel nutzen müssen. Sorry. Bis gleich!« Er wandte sich zu Wittmanns Auto.

Inka fuhr das Entsetzen bis in die letzten Quadratzentimeter ihres Körpers. Sie spannte den Finger am Abzug.

»Bleib stehen oder ich schieße, du Mistkerl!«, rief Inka. Doch Birkholtz ging ungerührt weiter. Inka drückte ab. Ihr Schuss peitschte durch die Nacht, der Rückstoß ließ das Nachtsichtgerät auf ihrem Kopf verrutschen. Für einem Moment war sie nebelblind. Sie rückte das Gerät wieder zurecht und sah erst Sekundenbruchteile später, dass Birkholtz ihren Schuss geahnt und sich weggeduckt hatte. Und nun war seine Waffe in ihre Richtung gerichtet. Er schoss seinerseits. Wieder knallte ein ohrenbetäubender Schuss. Allerdings hatte Birkholtz wegen des Nebels nicht auf Sicht schießen können, sondern nach Gehör. Inka warf sich zur Seite hinter einen Abfalleimer und spürte, wie die Wut in ihr hochkochte. Sie riss sich das Nachtsichtgerät vom Kopf.

»Was soll der Scheiß, Birkholtz?!«, rief sie. »Ich habe mein Handy, sobald du weg bist, rufe ich in Brilon an, und du bist erledigt, bevor du das Ortsschild siehst!«

Sie hörte zwei weitere Schüsse durch die Nacht peitschen. Doch die galten anscheinend nicht ihr. Luft entwich zischend aus Autoreifen. Birkholtz hatte ihren Dienstwagen lahmgelegt. Inka hörte, wie sich eine Autotür öffnete.

»Dann frag dich mal, warum ich auf der Fahrt hierher, dein Handy zum Telefonieren wollte«, rief er und stieg in den Wagen. »Sicher nicht wegen der Nummern deiner Kollegen.« Inka zückte in übler Vorausahnung ihr Telefon und drückte eine Taste. Nichts geschah, der Akku war leer! Von Birkholtz während der Fahrt hierher so weit aufgebraucht wie möglich, war Inkas Anruflistencheck das Letzte gewesen, was sie mit dem Gerät hatte tun können. Der Motor von Wittmanns Wagen sprang an. Die Wut kochte in Inka über! Sie blendete jegliche Angst und alle polizeilichen Sicherheitsstrategien aus, stand auf trat direkt auf Birkholtz' Wagen zu, als Birkholtz vor ihr mit durchdrehenden Reifen wendete.

»Lass meine Familie da raus, du Schwein!« Sie richtete die Waffe auf den Wagen und schoss, musste aber gleichzeitig zur Seite springen, weil Birkholtz ihr mit dem Wagen gefährlich nahe kam. Inka rappelte sich auf und sah nur noch, wie der Wagen durch eine Wolke von Regengischt die Straße hinaufraste. Inka rannte ihm verzweifelt hinterher und feuerte wahllos in die Nacht. Sie rannte und feuerte, bis das Magazin leer war und Tränen der Wut, der Angst und der entsetzlichen Ohnmacht ihre Sicht endgültig verschwimmen ließen. Als das Auto weit oben an der Landstraße Richtung Warstein abbog, übergab Inka sich auf dem regennassen Asphalt.

30   Mittwoch, 22:28 Uhr

»Und? Was sagst du?«

Henne saß beeindruckt am glänzenden Küchentresen im Erdgeschoss und verarbeitete die Eindrücke der letzten Stunden, indem er seinen Laptop mit Fotos fütterte, die er mit seiner Digitalkamera von allen Räumlichkeiten gemacht hatte.

»Absolut beeindruckt, wie auch von der Führung«, meinte er.

»Danke.« Bianca lächelte geschmeichelt und legte sogar einen angedeuteten mädchenhaften Knicks obendrauf, während sie zum Kühlschrank ging.

»Wie gesagt, in so einem Musterhaus verbaut die Herstellerfirma natürlich alles, was im Programm lieferbar ist, um dem Kunden zu zeigen, was man draufhat«, sagte sie, und zauberte zwei kalte Bierdosen hervor, mit denen sie zum Tresen kam. Darauf lagen diverse Hochglanzprospekte, die »Berlin 140« in unterschiedlichen Grundrissbeispielen zeigten.

»Es ist aber alles plan- und konfigurierbar. Außer zwei Punkte in der Grundstatik«, sagte sie. »Wir brauchen für diesen Haustyp zwei fixe Wände, wegen der Dachlast. Eine im hinteren Bereich, eine im vorderen.« Sie stellte die Bierdosen so auf den Plänen ab, dass eine vor Henne stand und eine vor ihr.

»Ich dachte mir übrigens schon vorgestern, dass du eher der Bier- als der Weintyp bist.«

»Och«, sagte Henne. »Ich bin da nicht so festgelegt. Übrigens nette Überraschung.« Er deutete auf den Kühlschrank. »Ich dachte, hier drin wäre alles nur Attrappe.«

»Ist es auch«, lächelte Bianca und öffnete Hennes Dose trotz lackierten Zeigefingernagels gekonnt. »Außer mir und dem Kühlschrank.«

Henne sah auf die Uhr und erschrak ein wenig.

»Schon halb elf?«,« staunte er. »Wow, bis ich in Brilon bin, ist es elf. Frau Lugner ist auch nicht mehr die Jüngste und will ins Bett.«

»Das hier gönnen wir uns aber erst noch.«

Bianca öffnete auch ihre Dose und hielt sie Henne zum Anstoßen hin.

»Also, auf ›Berlin 140?‹«. Sie stießen an und tranken beide einen Schluck, bis Bianca plötzlich mit den Fingern schnipste.

»Mensch, das Beste hätte ich ja fast vergessen«, sagte sie und ging Richtung Treppe. »Mitkommen.« Bianca stellte ihre Dose ab, machte Henne ein lockendes Zeichen mit dem Zeigefinger und stieg vor ihm die Treppe hoch ins Obergeschoss. Oben angekommen, ging sie voran ins Schlafzimmer und öffnete den Einbaukleiderschrank. Darin stand mit der Rückseite zu Henne ein mannshoher Pappaufsteller, den Bianca herauszog, wobei sie Henne kokett ansah.

»Augen zu«, sagte sie verspielt.

Henne verdrehte genauso verspielt die Augen und tat ihr den Gefallen. Er hörte ein Rascheln.

»Augen auf«, flötete Bianca und präsentierte die Vorderseite des Aufstellers wie den ersten Preis in einer Fernsehgewinnshow. »Tadaaa! Wie wäre das?«

Henne betrachtete den Pappaufsteller. Darauf umarmte die Henne bereits bekannte attraktive Prospektfrau ihren attraktiven Prospektmann. Der Grund war anscheinend eine »exklusive Sonderaktion« des Hausherstellers. Wer in einem bestimmten Zeitraum den Haustyp »Berlin« verbindlich bestellte, durfte zusätzlich mit einer Einbauküche im Wert von 5000 Euro rechnen.

»Echt?«, fragte Henne. Doch noch überraschter als vom Angebot war er von Biancas Anblick. Er hätte schwören können, dass ihr Dekolleté gerade eben deutlich höher geschlossen gewesen war. Jetzt sah man weitaus mehr von ihrer attraktiven Oberweite.

»Echt«, bestätigte Bianca. »Ist aber ein beschränktes Angebot und gilt leider nur bis zum 31.10.«

»Hm, überlegte Henne und nahm einen kräftigen Schluck Bier. »Dann müssten wir uns aber schon bald mal wiedersehen.«

Bianca sah ihm nun direkt in die Augen und hatte ihr Verkäuferlächeln gegen eine verführerische Variante getauscht.

»Das hatte ich gehofft«, sagte sie und stellte seine Bierdose auf einem Schminktisch ab. Dann legte sie ihre Hand auf Hennes Handrücken und vollführte zarte kleine Kreisbewegungen. Hennes Lächeln wich ihm aus dem Gesicht.

»Ich bin da ganz offen für Vorschläge«, meinte sie.

Henne zog erschrocken seine Hand zurück.

»Äh, Bianca, ich will dich jetzt nicht verletzen oder so, aber ich weiß nicht, ob das eine gute Idee ist«, stammelte er.

»Keine Sorge«, sagte Bianca nun völlig ohne Lächeln. Dafür mit dem gesunden Selbstbewusstsein einer Frau, die weiß, wie sie auf Männer wirkt.

»Ich weiß, dass du auf mich stehst, und du weißt, dass ich auf dich stehe. Ich weiß, dass du verheiratet bist, und du weißt, dass ich es bin. Wir haben beide unsere Ehen, unsere Kinder. Und ich würde meine auf keinen Fall aufs Spiel setzen. Trotzdem habe ich so meine Bedürfnisse, wenn du weißt, was ich meine.«

Henne schluckte.

»Äh, da bin ich gerade nicht so ganz sicher«, sagte er überrumpelt. Bianca trat näher an ihn heran und streckte sich zu seinem Ohr.

»Ein netter kleiner Fick ab und zu«, flüsterte sie. »Ohne schlechtes Gewissen, ohne Verpflichtungen. Nur du und ich und ein bisschen Spaß.«

Ihre Hand wanderte Hennes Rücken hinunter und kniff beherzt in seine Pobacken. Henne zuckte zusammen.

»Keiner erfährt was, und keiner muss was bereuen.« Jetzt lächelte sie wieder. Verführerisch. »Wir könnten auch gerne direkt anfangen«, gurrte sie. Dann fuhr ihre Hand um seine Hüfte herum und legte sich fest in seinen Schritt.

»Merke ich da, dass da jemand reagiert?«

Ein dumpfes Vibrieren meldete sich aus Hennes Hose.

»Mein Handy«, sagte er. Und erwachte aus einer Art Schockstarre. Im Display sah er Marlies Röggens Nummer. Scheiße, dachte er. Es war nie ein gutes Zeichen, wenn der Kollege eines Bullen sich bei dessen Lebensgefährten meldete.

»Ja«, sagte Henne und trat einen Schritt von Bianca zurück.

»Tu mir einen Gefallen und stell keine Fragen, okay?« Es war Inkas Stimme. Und sie klang so besorgt, wie er sie das letzte Mal gehört hatte, als Mia als Kleinkind einmal mit tagelangem Fieber auf der Intensivstation gelegen hatte. Ein Schauer lief ihm über den Rücken. Und er hätte spontan tausend Fragen gehabt, war aber Ex-Bulle genug, genau das zu tun, was Inka von ihm erwartete.

»Okay«, sagte er.

»Bist du zu Hause?«, fragte Inka. Henne schluckte und sah Bianca an, die einen Schluck Bier aus seiner Dose nahm.

»Henne! Bist du zu Hause?!«

»Mach dir keine Sorgen«, wich Henne aus und wusste im selben Moment, dass das erneute Treffen mit Bianca vermutlich die schlechteste Idee seines Lebens gewesen war.

»Gut«, sagte Inka und wurde sehr sachlich und präzise. »Dann schnapp dir die Kinder und den Hund und fahr zu deinen Eltern. Sofort! Ich erklär dir alles später, okay?«

»Okay«, sagte er tonlos und legte auf.

»Was ist los?«, fragte Bianca, die den Schrecken in Hennes Gesicht lesen konnte.

»Nichts, ich muss sofort weg! Und nein, das alles ist keine gute Idee!«

Ohne weitere Worte ließ er Bianca stehen, eilte die Treppe hinunter, schnappte sich seinen Laptop und die Kamera vom Tresen und stürzte zum Ausgang. Bianca sah ihm von der Treppe ratlos nach. Henne stieg ins Auto und raste los.

31   Mittwoch, 23:03 Uhr

Inka schlug entsetzt die Hand vor den Mund, als Röggen im von der Polizei Menden geliehene Zivilfahrzeug um die Ecke ihrer Wohnstraße bog. Die Straße lag dunkel und verschlafen vor ihnen. Auf der rechten Seite parkten die Autos der Anwohner. Von hier hatte sie einen guten Blick auf ihr Haus und ihre Wohnung im oberen Stockwerk. Oder besser, einen schlechten. Denn was Inka sah, ließ ihre schlimmsten Albträume Realität werden. In Inkas Wohnung brannte Licht. Kein Licht, das Henne auf seiner von Inka erhofften, überstürzten Flucht eingeschaltet hätte: die wahllose, möglichst helle Beleuchtung aller Räume, um sicherzustellen, dass man auch ja nichts vergessen hatte. Und das man vielleicht brennen ließ, weil man es eilig hat. Sondern ein Licht, das an jedem anderen Tag ein Symbol für Sicherheit und Geborgenheit war. Einzig Inkas Stehlampe in der Ecke des Fensters brannte. Doch heute Nacht verbreitete ihr Licht keine Gemütlichkeit und Entspannung, sondern Angst und ein Statement: »Ich bin hier. Und ich warte.«

Bis Röggen Inka mit einigen Beamten am Friedhof erreicht hatte, hatte sie sich bereits einen Schlachtplan zurechtgelegt. Noch nie zuvor in ihrer Karriere war sie innerlich so zerrissen und verzweifelt gewesen. Einerseits konnte sie ihre polizeilichen Pflichten nicht völlig außer Acht lassen. Andererseits war dies eine persönliche Angelegenheit. Unter Bullen. Und Exkollegen. Eine Sache, die kein anderer zu Ende bringen konnte als sie selbst. Auch wenn es Vorschriften zur Befangenheit gab, hatte sie sich für einen Kompromiss entschieden, von dem sie sicher war, dass er ihr noch Ärger einbringen würde. Aber ein Kompromiss, der ihr als einzig richtige Lösung erschien. Inka hatte den eintreffenden Kollegen am Friedhof kurz die Lage erläutert, Birkholz als flüchtig erklärt und zur Fahndung ausgeschrieben. Dass sie sehr genau wusste, wo der Mann war, hatte sie allen bis auf Röggen verschwiegen. Auch aus Angst um ihre Familie.

Inka und Röggen starrten auf das Licht in Inkas Wohnzimmer. Selbst sitzend auf der Beifahrerseite spürte Inka, wie ihr der Boden unter den Füßen weggezogen wurde. Es war das passiert, wovor sie immer am meisten Angst gehabt hatte. Inka hatte zugelassen, dass das Böse aus ihrem Job in ihr Privatleben getreten war. Wie ein tödliches Virus, das einer unachtsamen Wissenschaftlerin aus einem Hochsicherheitslabor entkommen war, bedrohte es nun alles, was Inka liebte und was ihr wichtig war: ihre Familie.

»Das kann jetzt alles und nichts bedeuten, Inka«, versuchte Röggen Inka zu beruhigen. Erfolglos. Sie stoppte das Auto einige hundert Meter vor Inkas Wohnung und schaltete Licht und Motor ab.

»Aber wie kann das sein?!«, fragte Inka entsetzt und zog das Aufladekabel aus ihrem Handy. Sie hatte den Akku während der Fahrt immerhin wieder auf etwas mehr als dreißig Prozent aufgeladen. »Ich habe Henne doch gesagt, er soll abhauen. War ich etwa zu spät?«

Sie drückte die Kurzwahltaste für Hennes Nummer und wartete auf die Verbindung. Dann sah sie durch die Scheiben der Fahrzeuge vor ihr etwas aufleuchten. Ein Displayleuchten. Erst jetzt erkannte sie, dass es Hennes Auto war, das da zwei Fahrzeuge weiter vor ihnen im Schatten zwischen zwei Straßenlaternen stand. Sie sah Röggen irritiert an und stieg vorsichtig aus. Mit einem Blick in Richtung ihrer Wohnung stellte sie sicher, dass niemand sie beobachtete, eilte zu Hennes Beifahrerseite und riss in einem Anflug von Hoffnung die Tür auf. Aber nicht Mia, Tom, Henne und Böse saßen im Wagen, sondern nur Henne!

»Was machst du hier?!«, fragte sie ihn erschrocken. »Und wo sind die Kinder?!«

»Inka?!«, sagte er. »Was ist denn eigentlich los?«

»Hendrik, wo sind Mia und Tom?!«, überging sie mit entschiedenerem Ton seine Gegenfrage. Sein unwohler Blick wanderte in Richtung des ersten Stocks und ließ Inka das Blut in den Adern gefrieren.

»Etwa im Haus?!«, fragte Inka entsetzt.

»Ja«, gab Henne zerknirscht zu. »Mit Frau Lugner.« Inka starrte ihn ungläubig an, als ihr ein bekannter Duft in die Nase wehte.

»Und warum bist du nicht bei ihnen?! Henne, du hast dich nicht wieder mit dieser Bianca getroffen, oder?!«, fragte sie fassungslos.

»Es hatte einen Grund, den ich dir später erkläre«, sagte Henne sichtbar gestresst. Dann legte sich dieselbe Mischung aus Besorgnis und vorwurfsvollem Ärger in seinen Blick, mit der Inka ihn ansah.

»Erklär' du mir mal lieber, wer da in unserer Wohnung ist! Normalerweise bringt Frau Lugner die Kinder ins Bett und geht dann in ihre eigene Wohnung!«, zischte er.

Inka erklärte es ihm. Deutlich zerknirscht. Diesmal schlug Henne die Hand vor den Mund.

»Du hast zugelassen, dass ein Mörder sich an die Kinder ranmacht?!«, sagte er mit unverhohlener Wut.

»Nur, weil du verdammt nochmal nicht bei ihnen bist und dich lieber heimlich mit irgendeiner Schlampe triffst!«

Die beiden starrten sich wutentbrannt an.

»Ich denke, es gibt zwei Möglichkeiten.« Röggen war unbemerkt zu ihnen getreten und sprach leise und beruhigend auf sie ein. »Entweder ihr zerfleischt euch hier und jetzt gegenseitig und macht alles noch schlimmer. Oder wir reißen uns alle zusammen und versuchen, das Problem zu lösen. Immerhin sind wir alle nicht ganz unerfahren damit.«

Das Klingeln von Inkas Handy riss Inka und Henne aus ihrem wütenden Patt. Birkholtz. Die drei setzten sich in Hennes Auto und Inka stellte den Lautsprecher ein, bevor sie den Anruf annahm.

»Wie ich sehe, ist der Akku wieder aufgeladen«, tönte Inkas Exkollege entspannt. »Und wie schade, dass ich Henne nach den ganzen Jahren nicht mal wiedersehe. Er ist nicht zu Hause. Aber ich habe trotzdem nette Gesellschaft.«

»Was ist mit den Kindern und Frau Lugner?!«, fragte Inka angespannt.

»Was soll mit ihnen sein? Frau Lugner ist der Traum einer Nachbarin. Sie hat sie gegen halb neun ins Bett gebracht, und seitdem schlafen sie tief und fest. Wissen wahrscheinlich nicht mal, dass ich hier bin. Schade, hätte sie gerne mal kennengelernt. Frau Lugner sitzt übrigens entspannt neben mir. Wir plaudern. Und euer Hund ist der Knaller. Mochte mich sofort. Nur dumm, dass er bellt, wenn man ihn vom Rudel trennt. Übrigens danke, dass du mich nur zur Fahndung ausgeschrieben und nicht die Kavallerie gerufen hast. Der Polizeifunk war da ganz aufschlussreich.«

Inka unterdrückte ihre aufsteigende Wut. Offenbar hatte der Kerl auch ein Funkgerät in seinem Rucksack. Aber hatte sie etwas anderes erwartet? Wohl kaum.

»Bringen wir's hinter uns, Birkholtz«, knirschte sie.

Auch sein Tonfall wurde jetzt deutlich sachlicher.

»Ganz meine Meinung. Ich hatte ja leider nicht viel Zeit für einen genauen Plan, deshalb denke ich, wir machen Folgendes:

Du und Röggen oder wer immer dich begleitet, ihr kommt zum Haus und zeigt mir aus hundert Metern Entfernung die offene Tasche. Ich habe ein Fernglas.«

Die Frauen und Henne sahen sich an. Natürlich wusste Birkholtz auch, dass Inka nicht allein war. Aber von Henne schien er nichts zu wissen.

»Dann kommt ihr in den Hausflur und stellt die Tasche mit dem Geld auf dem Treppenabsatz ab. Neben die Tasche legt ihr eure Waffen und eure Handys. Dann wartet ihr vor Frau Lugners Wohnung.«

»Verstanden«, sagte Inka etwas irritiert. »Und dann?«

»Ihr müsst nicht gleich alles wissen«, lachte er falsch. »Nur den Anweisungen folgen.«

»Welche Sicherheiten haben wir, dass den Kindern und Frau Lugner nichts passiert?«

»Hallo?«, fragte Birkholtz zurück. »Natürlich keine.«

»So läuft das nicht, Birkholtz. Du willst auch was von uns, also will ich wissen, was gespielt wird.«

»Scheiße«, sagte Birkholtz. »Okay, aber nur weil ich weiß, wie stressig Mütter sein können, wenn es um ihre Kinder geht. Ich komme mit meiner Knarre runter, fessle euch, damit ihr mir nicht nachrennt, nehme mir das Geld und den Polizeiwagen und bin weg. Mit Fahndungsmethoden kenne ich mich ja ganz gut aus. War das ausführlich genug? Übrigens, wann kommt Henne nach Hause? Nicht, dass wir uns irgendwie in die Quere kommen.«

Inka, Röggen und Henne sahen auf. War Henne vielleicht ihre Chance?

»Über meinen Mann möchte ich nicht reden«, sagte Inka und machte sich keine Sorgen, dass ihre Wut nicht authentisch wirkte. »Wie Frau Lugner vermutlich schon gesagt hat, kann es bei ihm später werden.«

»Ich sag ja, Ehe ist scheiße«, meinte Birkholtz trocken. »Also, bringen wir es hinter uns. Ihr habt drei Minuten.« Er legte auf. Inka steckte ihr Handy ein und überlegte fieberhaft.

»Okay, ab jetzt stehen wir unter Beobachtung«, sagte sie und verwarf ihre Idee mit Henne als Retter. Es stand zu viel auf dem Spiel. »Los.« Sie machte Anstalten auszusteigen.

»Moment«, unterbrach Henne. »Und ich?«

»Du bleibst hier und hältst dich raus.«

»Aber das sind auch meine Kinder.«

»Pass auf, Henne«, sagt Inka mühsam beherrscht. »Ich kenne Birkholtz, der will nur das Geld.«

»Lasst mir wenigstens eine Waffe hier.« Die Frauen sahen sich an. »Was ist, wenn er rauskommt und mich sieht?«, fuhr Henne fort. »Inka, ich kann damit umgehen, bin unbewaffnet, und euch nimmt er sie sowieso ab.«

Inka dachte eine Sekunde nach und schüttelte den Kopf.

»Er weiß, dass wir beide eine haben, und er will beide sehen. Kein Risiko. Versteck dich halt«, sagte sie und stieg mit Röggen aus. Für ihren nächsten Satz musste sie alle Kraft aufbringen.

»Pass auf dich auf«, sagte sie.

»Danke«, nickte er angespannt. »Ihr auch.«

Die Frauen stiegen aus und eilten zum Polizeiwagen zurück. Sie holten die Tasche aus dem Kofferraum und gingen damit auf das Wohnhaus zu. Jetzt waren sie in direkter Sichtlinie. In Inkas Wohnung ging prompt das Licht aus. Inka schluckte.

Die Frauen gingen langsam, aber bestimmt auf das Haus zu. Etwa hundert Meter vor dem Haus bleiben sie in der Nähe einer Straßenlaterne stehen und öffneten die Tasche. Inka sah zum ersten Mal auf Dutzende Stapel gebündelter Geldscheine. Sie war nicht eine Sekunde verwundert, wie wenig Emotionen der Anblick in ihr auslöste. Nach einigen Sekunden Betrachtungszeit verschlossen die Frauen die Tasche wieder und überquerten die

Einfahrt. Dann öffneten sie die Haustür und traten in das Treppenhaus.

Gespenstische Ruhe empfing sie. Die Wohnungstür von Frau Lugner lag wenige Meter vor ihnen. Inka stellte die Tasche wie von Birkholtz gefordert auf dem Treppenabsatz ab. Das entsprechende Geräusch wirkte fast überirdisch laut. Ebenso wie das Klacken, als die Ermittlerinnen ihre Waffen und Handys danebenlegten. Inka konnte nicht anders, als einen Blick nach oben zu werfen, wo Tom und Mia hoffentlich wirklich friedlich schliefen. Am liebsten hätte sie ihre Waffe durchgeladen, wäre die Treppe hochgerast, hätte ihre eigene Tür eingetreten und den Widerling mit ein paar netten Grüßen aus ihrer Dienstwaffe niedergemäht. Doch sie musste sich bremsen. Sie horchte nach oben. Kein Geräusch. Was auch immer das bedeutete. Sie ging mit Röggen laut und vernehmlich zu Frau Lugners Wohnungstür neben dem Kellerabgang und fragte sich gerade, wie Birkholtz das von oben überprüfen wollte, als die Tür hinter Inka und Röggen aufging und Birkholtz sie mit seiner Waffe im Anschlag begrüßte.

»Hereinspaziert, die Damen«, sagte er. Entsetzt sahen Inka und Röggen in die Mündung seiner Automatikpistole.

Henne saß im Auto, rieb sich nervös die Hände und starrte gebannt auf den Hauseingang. Es war schon etwas her, dass er aktiv an einem Polizeieinsatz teilgenommen hatte. Und es war nie um einen solch hohen Einsatz gegangen. Aber wenn es etwas gab, was er noch mehr hasste als Warten, dann war es, zur Untätigkeit verdammt zu sein. Andererseits hatte Inka wahrscheinlich recht, dachte er. Birkholtz wollte anscheinend wirklich nur das Geld, und mit unbedachten Aktionen würde Henne nicht nur die Kinder gefährden, sondern alle Beteiligten. Er zwang sich zur Ruhe und warf wieder einen Blick zur Tür. Nichts passierte. Verdammt, warum dauerte das so lang? Sein Blick wanderte zur Uhr im Armaturenbrett. Inka und Röggen müssten längst an der Wohnung sein. Sein Auge streifte durch den Wagen, fiel auf den Laptop, den Inka auf den Boden vor dem Beifahrersitz gelegt hatte. Plötzlich durchfuhr ihn eine Idee: Böses Pet-Cam! Er hatte das Ding in der Wohnung an die Garderobe gehängt. Mit etwas Glück konnte er sich vielleicht eine Verbindung zu seinem WLAN-Netz aufbauen und einen unbemerkten Blick in die Wohnung werfen! Wenn auch nur, um sicher zu sein, dass dort wirklich alles in Ordnung war. Er prüfte, dass an der Haustür weiterhin nichts geschah, und schaltete fieberhaft den Laptop ein. Sekunden dehnten sich zu Stunden, bis das Betriebssystem hochgefahren war. Wieder bange Blicke zur Tür. Noch immer keine Spur von Birkholtz. Endlich war das Betriebssystem einsatzbereit. Doch war er nah genug am Haus, um in Reichweite des WLAN-Netzes zu sein? Der aufgestellte Viertelkreis der WLAN-Anzeige blinkte auf. Der Computer suchte eine Verbindung. Und fand sie! Zwar nur einen Ring, aber das musste reichen. Henne öffnete das Fenster des Pet-Cam-Programms. Er aktivierte die Kamera. Und empfing tatsächlich ein Bild! Sicherheitshalber warf er einen weiteren Blick zur Haustür. Noch immer keine Bewegung. Dann betrachtete er die dunkelgrauen verpixelten Schatten auf dem Bild der Pet-Cam. Er sah einen Regalfuß, Farbtöpfe und einen Plastikschlitten. Das war nicht seine Wohnung! Das war der Keller! Und plötzlich wusste Henne, warum. Die Kamera baumelte nicht wie erwartet an der Garderobe, sondern an Böses Hals! Offenbar hatten die Kinder, trotz seines Verbots, Frau Lugner um Erlaubnis gebeten, das Ding zu benutzen. Aber wieso war der Hund im Keller?! Das nächste Bild lieferte die Erklärung.

In einem Ausschnitt erkannte er die großen verängstigten und tränenerfüllten Augen von Mia, Tom und Frau Lugner. Die beiden Kinder hockten eng an Frau Lugner gekuschelt in ihren Schlafanzügen auf dem Boden des Vorratskellers. Auf ihren Mündern klebte Isolierband, ihre Hände waren gefesselt! Henne packte das blanke Entsetzen! Wenn die Kinder nicht, wie von Birkholtz behauptet, in ihren Betten waren, gab es auch keinen Grund, irgendetwas anderes zu glauben, was er von sich gegeben hatte.

Unbändige Wut stieg in Henne auf. Er sah zur Haustür. Als er feststellte, dass noch immer nichts geschah, stieg er aus und rannte geduckt in Richtung Garten.

Die Handschellen rasteten mit einem satten metallischen Ratschen ein. Inka kannte das Geräusch nur zu gut. Allerdings weniger das Gefühl, wenn sie sich um die eigenen Handgelenke schlossen. Inka kauerte halb sitzend, halb liegend am Boden von Frau Lugners Wohnzimmer. Den Oberkörper gegen die unbequemen Rippen des massigen Heizkörpers gelehnt, wartete sie darauf, dass Röggen die zweite Hälfte der Handschellen um das Leitungsrohr der Heizung legte und dann zuzog.

Birkholtz stand in der Mitte des Raumes und beobachtete Röggens Arbeit argwöhnisch.

»Fester«, sagte Birkholtz und bedeutete Röggen mit seiner Waffe, die Handschelle enger um Inkas Handgelenk zu schließen. Sie tat wie geheißen, bis Inka schmerzvoll das Gesicht verzog.

»Geht doch«, kommentierte Birkholtz. »Und jetzt Sie. Aber bitte außer Reichweite von Inka.« Er deutete mit der Waffe nach rechts, wo Röggen sich am anderen Ende des Heizkörpers niederkauern sollte, um sich ihrerseits die Handschellen anzulegen.

Als das zweite Ratschen ertönt war, ging Birkholtz zu den Frauen und überprüfte den Sitz ihrer Fesseln mit rauem Griff. Inka und Röggen verkniffen sich Schmerzenslaute.

»Gute Arbeit. Soll doch halten.«

»Bringen wir's hinter uns, Birkholtz.« Inka merkte, wie kläglich ihre Stimme klang.

»Auch wenn ich fast ein bisschen schade finde, dass wir uns wieder aus den Augen verlieren«, nickte Birkholtz. »Ach, noch etwas.« Er zog zwei Sockenknäuel aus seiner Tasche hervor und stopfte den Frauen die Knebel unsanft in den Mund. Inka musste gegen eine aufkommende Erstickungspanik ankämpfen, bis sie merkte, dass sie durch die Nase gerade ausreichend Luft bekam.

»So gefällt mir das«, meinte Birkholtz zufrieden. »Tja und dann gibt's da noch eine kleine Planänderung.«

Er sah in die weit aufgerissenen Augen der beiden Frauen.

»Ich habe nachgedacht«, meinte er. »Und ich fände es ein bisschen naiv, wenn ich für meinen kleinen Ausflug niemanden mitnehmen würde.«

Inka brüllte ohnmächtig gegen ihren Knebel an.

»Ich weiß, was du sagen willst«, machte Birkholtz sich über sie lustig. »Ich bin ein Arschloch, die arme alte Frau und so. Weißte was? Hast recht. Ich nehme mir lieber eins der Kinder.«

Inka brüllte voller Verzweiflung auf und trat nach Birkholtz, während sie wie eine Furie an ihren Handschellen riss.

»Wow«, sagte Birkholtz. »Ich sag ja, Mütter und ihre Kinder. Tut mir leid, wenn alles glattgeht, kriegst du sie ja wieder.«

Dann wandte er sich um und eilte hinaus. Inka hörte, wie die Wohnungstür ins Schloss fiel, und schrie. Inka schrie aus Leibeskräften.

Henne stand vor der verschlossenen Kellertür im Garten seines Wohnhauses und horchte in die nächtliche Stille. Er sah sich hektisch nach einer Waffe um. Alles, was er in der Dunkelheit und der Feuchte des Kellerabstiegs fand, waren eine alte Sandkastenschaufel von Tom, zwei kreischend bunte Wasserbazookas, die sie aus dem Dänemarkurlaub mitgebracht hatten, und einen alten Anzuchtpflanzkorb von Frau Lugner. Nichts davon war geeignet, eine Geiselnahme zu beenden. Er zwang sich zum Nachdenken. Er musste einen kühlen Kopf bewahren. Schließlich war er jetzt die einzige Hoffnung für fünf Menschen und einen Hund. Wenn er es vermasselte, waren sie alle geliefert. Was war also sinnvoller? Hier draußen zu warten, bis Birkholtz vermutlich mit Tom und Mia herauskam, und ihn überraschen? Oder runter in den Keller zu gehen?

Er entschied sich für Letzteres. Er wollte Birkholtz so weit wie möglich von seinen Kindern fernhalten. Er wusste, dass die Kellertür abgeschlossen sein würde, aber er wusste auch, dass für alle Fälle ein Zweitschlüssel unter einem tönernen Blumentopf neben dem Treppenaufgang lag. Er griff danach und horchte. Plötzlich drangen dumpfes Getrampel und schabende Geräusche von Metall auf Metall undeutlich aus dem Wohnzimmer von Frau Lugner. Henne hielt alarmiert inne. Kampfgeräusche oder hatte Birkholtz Inka und Röggen nur gefesselt? In jedem Fall war Inka in Gefahr. Er unterdrückte einen panischen Hilfeinstinkt und zwang sich zur Ruhe.

Zitternd steckte er den Schlüssel ins Schloss und drehte ihn. Es öffnete sich lautlos. Doch Henne hatte genug Wäschewannen in den Garten geschleppt, um zu wissen, dass die Tür etwa auf halbem Öffnungsweg ein markerschütterndes Quietschen von sich gab. Er verfluchte sich für die tausend verpassten Gelegenheiten, das Ding zu ölen. Dann schob er die Tür leise etwa bis zur Hälfte auf und glitt umständlich ins Innere des Hauses. In die Waschküche. Sie war leer, bis auf zwei Stahlregale mit Waschmitteln, Wäscheklammern und Weichspüler, die beiden Waschmaschinen und den Trockner. Eine Wäscheleine spannte sich in mehreren Schleifen unter der niedrigen Decke durch den ganzen Raum. Henne hielt inne und horchte noch einmal. Tom, Mia und Frau Lugner waren nur noch etwa zehn Meter entfernt. Er eilte durch die Waschküche in den kleinen Flur, der neben der Treppe zu den Bretterverschlägen führte, in denen Frau Lugner und Henne Vorräte, Werkzeug und unbenötigte Saisonartikel lagerten. Als er den Raum erreichte, sah er sofort, dass Birkholtz Hennes Familie und

Frau Lugner in den rechten, seinen eigenen Verschlag gesperrt hatte. Doch er hatte leider auch das Vorhängeschloss abgeschlossen, das normalerweise unbenutzt und weit geöffnet an einem massiven Eisenriegel hing. Henne unterdrückte einen Fluch und hörte verängstigtes Rascheln im Verschlag. Er legte seinen Mund an das Holz.

»Tom, Mia? Ich bin's, Papa«, flüsterte er. Von drinnen hörte man Erleichterung und Freude, die sich durch lautes Rascheln und unverständliches Murmeln äußerte. »Pssst, ihr müsst leise sein. Frau Lugner, bitte beruhigen Sie die Kinder. Ich sehe zu, wie ich euch raushole.« Henne wandte sich um und suchte in der Dunkelheit nach Werkzeug.

Das metallische Kratzen und das Trampeln im Erdgeschoss wurde auf einmal von undeutlichen, dumpfen Rufen durchschnitten. Kein gutes Zeichen, das wusste Henne sofort. Dann schloss sich oben plötzlich die Wohnungstür von Frau Lugner. Hennes Bewegung erfror. Er hörte, wie schwere Schritte zum Eingang rannten. Jemand nahm Gegenstände vom Boden auf, vermutlich die Waffen und die Handys, und rannte zurück zum Kellerabgang neben Frau Lugners Tür. Henne sah sich panisch um. Gegen einen Bewaffneten wäre er mit einem Wäscheklammerbeutel auf verlorenem Posten. Die einzige Alternative war eine dreiviertelvolle Flasche Weichspüler. Immerhin. Mit dem Überraschungsmoment auf seiner Seite konnten gut vier Liter Flüssigkeit schon etwas ausrichten. Er eilte gerade unter die Treppe, als ein Lichtkegel von oben die Stufen herunterfiel. Birkholtz kam. Und er hatte es eilig. Der Mann lief erstaunlich leichtfüßig die Betontreppe über Hennes Kopf herunter und schnallte sich im Laufen seinen Rucksack auf die Bauchseite, während er die schwere Geldtasche wie einen Rucksack an den Trageschlaufen auf den Rücken schwang. Hennes Hände krampften sich um den Weichspüler. Birkholtz trat vor den Verschlag und öffnete das Vorhängeschloss. Er stieß die Tür unsanft auf und deutete in das Innere.

»Du!«, sagte er grob und knapp. »Mitkommen!« Henne konnte unmöglich sagen, wen er meinte, aber das war jetzt egal. Mit einem Satz sprang Henne aus seinem Versteck unter der Treppe, holte mit der schweren Weichspülerflasche aus und lief zwei Schritte auf Birkholtz' Rücken zu. Er sah, wie im Verschlag Böse unter seinem Gummibandknebel um seine Schnauze jaulte und Tom und Mia vor Angst riesige Augen machten. Sie duckten sich noch enger an Frau Lugner. Das reichte, um Birkholtz zu alarmieren. Er fuhr ansatzlos herum und traf Henne mit dem Vorhängeschloss voller Wucht am Kopf. Henne taumelte zurück. Seine Beine versagten für einen kurzen Moment ihren Dienst, er schmeckte Blut in seinem Mund. Die Kinder und Frau Lugner schrien dumpf unter ihren Knebeln auf. Henne fand sich am Boden wieder. Und sah entsetzt, wie Birkholtz umständlich eine Waffe aus seinem Hosenbund zog. Henne fand den Weichspüler wieder und schleuderte die Flasche nach Birkholtz. Sie traf ihn an seinem unverwundbaren Ausrüstungspanzer aus Geld und Werkzeug. Henne sah, wie der Mann ein irres Lächeln einschaltete.

»Schön, dass wir uns auch mal wiedersehen«, knurrte er. »Nur schade, dass ich gerade nicht plaudern kann.«

Henne rappelte sich auf und rannte auf allen vieren in die Waschküche.

Birkholtz hatte jetzt die Waffe gezogen. Wenn er sie in den Anschlag brachte, war Henne verloren. Er suchte verzweifelt nach einer Verteidigungsmöglichkeit, während er sich für seine Ordnungsliebe in der Waschküche verfluchte. Birkholtz kam ihm siegesgewiss und vorsichtig nach. Dann sah er den wehrlosen Henne am Boden vor den Waschmaschinen kauern. Die Männer sahen sich in die Augen. Trotz der Dunkelheit sah Henne das entschlossene Funkeln in den Augen seines Gegenübers.

»Sorry, ich muss los«, sagte Birkholtz grinsend und hob die Waffe übertrieben hoch über seine Schultern, um dann auf Henne anzulegen. Sein Fehler. Mitten in der Senkbewegung hielt er unfreiwillig inne, als hätte jemand die Pause-Taste einer unsichtbaren Fernbedienung betätigt. Birkholtz sah verdutzt nach oben und erkannte gleichzeitig mit Henne den Grund. Er hatte die Wäscheleine an der niedrigen Raumdecke übersehen. Seine Waffe war an den plastikummantelten Schnüren hängengeblieben. Blitzartig war Henne auf den Beinen und rammte Birkholtz mit der Wucht seines stämmigen Körpers um, wie ein Footballspieler. Die Waffe fiel klappernd zu Boden, als die beiden Männer in einer scheinbar innigen Umarmung wieder in Richtung Treppe taumelten. Die Kinder und Frau Lugner schrien erneut auf, als Henne und Birkholtz an die Wand unter die Treppe krachten. Und diesmal kam Henne Birkholtz' Unbeweglichkeit zugute. Dank der beiden Taschen an Bauch und Rücken lag er für den Moment hilflos wie ein Käfer auf dem Rücken vor ihm. Aber Henne sah entsetzt, wie er bereits nach seiner zweiten Pistole tastete. Vermutlich die von Inka oder Röggen. Wieder suchte Henne nach einer eigenen Waffe. Und diesmal sah er, was ihm vorhin unter der dunklen Treppe entgangen war. Ein dunkler Stapel Ersatzdachpfannen stand seit Jahren verstaubt und unangetastet unter den ersten vier Stufen. Henne griff sich eine Pfanne, hob sie mit beiden Armen und zerschlug sie tönern klirrend auf Birkholtz' Kopf. Birkholtz sackte augenblicklich in sich zusammen. Henne zögerte keine Sekunde, schleppte den bewusstlosen Mann mit letzter Kraft in die Waschküche, riss die Wäscheleine von der Decke und fesselte Birkholtz schweratmend an Händen und Füßen. Erst dann eilte er zu den Kindern und Frau Lugner. Zitternd befreite er Mia und Tom von ihren Fesseln und den Knebeln. Dann presste er seine Kinder an sich und hielt sie fest. Ganz fest.

Henne wusste nicht, wie lange er dort so vor dem Verschlag gestanden hatte. Doch irgendwann wurde ihm bewusst, dass Frau Lugner neben ihm stand und ihm ihre gefesselten Hände hinhielt. Er löste sich von seinen weinenden Kindern und half der Nachbarin. Und dann drangen die Geräusche von oben wieder in sein Bewusstsein. Inka und Röggen! Das metallische Kratzen, das er hörte, konnte nur von Handschellen herrühren. Er ging hinüber zu dem noch immer regungslos daliegenden Birkholtz und suchte nach den Schlüsseln für die Schellen und die Wohnungstür von Frau Lugner. Als er sie in der Hand hielt, wandte er sich an die ältere Dame, die einen erstaunlich robusten und klaren Eindruck machte. Er erklärte ihr seine Vermutung und bat sie, mit den Kindern und dem Hund nach oben zu gehen.

Henne selbst rutschte keuchend mit dem Rücken am Verschlag herunter und blieb erschöpft auf dem Boden sitzen. Sekunden später hörte er Freudenschreie in der Wohnung über ihm. Seine Augen füllten sich mit Tränen der Erleichterung, während er sich aufraffte, zu Birkholtz ging und die beiden Waffen sicherte, die bei dem Kampf auf den Boden gefallen waren. Eine weitere zog er aus dessen Hosenbund. Dann hörte er Schritte auf der Treppe. Inka und Röggen kamen heruntergerannt. Sie erfassten die Lage in einer Sekunde. Während Röggen Birkholtz untersuchte und sicherte, trat Inka zu Henne und betrachtete eine blutende Wunde auf seiner Wange. Sie sah ihm wortlos einen langen Moment in die Augen. Sie sagte nur ein Wort: »Danke!« Dann drückte sie ihm einen fast brutalen Kuss auf den Mund, der nichts von Zärtlichkeit oder Liebe in sich trug, sondern düster und animalisch schmeckte. Nach Rache, nach Genugtuung, nach Blut.

Röggen hatte Birkholtz inzwischen Handschellen angelegt, die Handys sichergestellt und rief die Kollegen. Inka nahm ihre Dienstwaffe von Henne an sich und überprüfte sie.

»Gehst du bitte zu den Kindern hoch?«, sagte sie zu ihm.

Henne nickte. In den Augen seiner Frau erkannte er jedoch eine Eiseskälte, die er noch nie zuvor bemerkt hatte.

»Inka, was hast du vor?«, fragte er ahnungsvoll.

»Meine Arbeit tun«, sagte sie mit einem Ton, der fast schmerzlich emotionslos war. »Bitte geh nach oben.«

»Tu das nicht, Inka«, sagte Henne. Doch Röggen begleitete ihn schon wortlos die Treppe hinauf und schloss die Kellertür hinter ihm. Inka war mit Birkholtz allein im Keller.

Entsetzlich lange Momente hörte man nichts.

Dann krachte ein Schuss.

32   Donnerstag, 14:11 Uhr

»Keine weiteren Fragen?«

Georg Pfeil ließ seinen Blick genüsslich über den dichten Mikrophonwald vor seinem Platz in den vollbesetzten Presseraum des Polizeipräsidiums Brilon schweifen. Keiner der anwesenden Journalisten meldete sich.

»Dann danke ich Ihnen für Ihre Aufmerksamkeit und Ihr Interesse und wünsche Ihnen noch einen angenehmen Tag.«

Er erhob sich staatsmännisch unter dem Klicken von Kameras und knöpfte sein Jackett zu, das sichtbar über dem Bauchansatz spannte. Dann schüttelte er erst dem Arnsberger Staatsanwalt zu seiner Rechten mit getragener Miene die Hand, dann Inka zu seiner Linken. Im Saal verebbte das Klicken und machte einer hektischen Aufbruchstimmung Platz. Stimmen brandeten auf, Stühle wurden gerückt, Techniker verstauten ihre Kameras, Mikrophone und sonstige Ausrüstungsgegenstände, während die Redakteure der Zeitungen, Sender und Nachrichtenmagazine entweder im Eiltempo »Breaking News« in ihre mobilen Computer tippten oder nach draußen vor das Präsidium eilten, um ihrerseits die Gesichter in die Kameras der Ü-Wagen auf dem Parkplatz zu halten. Für eine Stunde waren Brilon und das Sauerland der nachrichtentechnische Mittelpunkt der Republik. Kein Wunder, denn aus der ursprünglich geplanten und wenig spektakulären Pressekonferenz zur Aufklärung des Mordes an Bernd Groschek war buchstäblich über Nacht ein Feuerwerk an blutrünstigen Sensationen geworden. Die leitende Ermittlerin Inka Luhmann hatte unter der umsichtigen Führung ihres Vorgesetzten Georg Pfeil, so die offizielle Verlautbarung, nicht nur den Mord selbst, sondern auch einen über mehrere Jahre zurückliegenden Bankraub in Dortmund-Aplerbeck geklärt. Im Laufe der Ermittlungen waren nicht nur ein weiterer Mord, der an Sven Wittmann, einem der damaligen Bankräuber, hinzugekommen, sondern auch noch die Aufklärung eines weit älteren Rätsels. Klaus Porbeck, der zuständige Forensiker, hatte in einer Schnellanalyse nachgewiesen, dass es sich bei einem vollständig erhaltenen zweiten Skelett im Grab von Karsten Dorbrechts Mutter um die Überreste eines sauerländischen Priesters handelte, der vor fast dreißig Jahren spurlos verschwunden war. Erste Hinweise deuteten ebenfalls auf Karsten Dorbrecht als Täter hin. Zwar gab es keine verwertbaren Spuren mehr, da das Verschwinden des Geistlichen aber sowohl zeitlich auch als örtlich eng mit der Beisetzung von Karsten Dorbrechts Mutter in Verbindung stand, gingen Inka, Porbeck und Pfeil von einem Zusammenhang aus. Zumal die Leiche massive Einwirkungen roher Gewalt gegen den Kopf aufwies und Dorbrecht zum damaligen Zeitpunkt als unkontrollierter Gewalttäter bekannt war.

Die letzte offene Frage zum Mord an Bernd Groschek hatte Kerstin Schütte Inka beantwortet. Das Licht im Heiligenhäuschen hatte Karsten Dorbrecht wohl als Opfer für seine unverzeihliche Tat angezündet. In Gedenken an die Nacht, in der Kerstin seinen Heiratsantrag angenommen hatte. Die genaue Ursache für seinen anschließenden Unfall blieb ungeklärt. Dass es ein Unfall war, konnte der bestellte Kfz-Sachverständige eindeutig nachweisen, auch wenn Kerstin Schütte es eher für ein Zeichen Gottes hielt und bereits in der Nacht zum Donnerstag entschieden hatte, dass sie ihre nahe Zukunft in der Gemeinschaft der Schwestern der heiligen Maria Magdalena Postel in Bestwig sah.

Der letzte Punkt der Konferenz und deren mediales Sahnehäubchen war die spektakuläre Festnahme von Andreas Birkholtz in der letzten Nacht gewesen. Den Nachrichtenwert eines korrupten suspendierten Dortmunder Bullen, der durch seine Verstrickungen in Verbrechenskreise zum Betrüger, Geiselnehmer und Mörder mutiert war, ließ sich durch nichts übertreffen.

Birkholtz war noch in der Nacht dem Haftrichter vorgeführt worden und würde bis zur Anklageerhebung wegen Fluchtgefahr in genau der JVA einsitzen, vor der Inka ihn erst vor vier Tagen wiedergetroffen hatte. In Werl. Genauer gesagt, zunächst auf deren Krankenstation, denn neben einigen schmerzhaften Verletzungen aus einer gewalttätigen Auseinandersetzung mit einer nicht näher benannten beteiligten Privatperson hatte der Mann einen massiven und vermutlich irreparablen Hörverlust an seinem linken Ohr erlitten. Pfeil hatte ausgeführt, dass sich bei Birkholtz' Festnahme aus bisher ungeklärten Gründen ein Schuss aus der Dienstwaffe der leitenden Ermittlerin Inka Luhmann gelöst und ihn knapp verfehlt hatte. Und es gab noch weitere Nachrichten. Das letzte Opfer der, wie Pfeil es formulierte, »schrecklichen Welle der Gewalt«, eine Mendener Psychotherapeutin, würde dank des beherzten Eingreifens eines Mitgliedes seines Ermittlungsteams den Mordanschlag des verstorbenen Sven Wittmann überleben. Der Zustand der Frau konnte im Laufe der Nacht in einem nahen Krankenhaus stabilisiert werden. Was Pfeil verschwieg, war die Tatsache, dass Teile von Sibylle Freitags Kiefer und ihre Gesichtshaut aufwendig rekonstruiert werden mussten, so dass die einstmals attraktive Frau ihr Leben lang entstellt bleiben würde.

Inka sah Pfeil an und konnte nicht anders, als ihren Chef für die Darstellung der Ereignisse zu bewundern. Nicht nur hatte er in der Kürze der Zeit alle relevanten Informationen korrekt erfasst und perfekt vorbereitet wiedergegeben, er hatte sie vor allem so gefiltert, dass der Ermittlungserfolg seiner Polizei den traurigen

Zustand einer Gesellschaft überstrahlte, die Menschen wie Bernd Groschek, Sven Wittmann, Karsten Dorbrecht und Andreas Birkholtz hervorbrachte.

Inka hatte während der Konferenz mehrfach ungläubig in den Saal geschaut und bemerkt, wie sich jedes Licht, jede Kamera, jeder Redakteursblick auf Pfeil gerichtet hatten. Pfeil war ihr Dompteur gewesen, dachte Inka kopfschüttelnd. Noch vor einem Jahr hätte sie niemals geglaubt, dass die ehemals fleischgewordene Lustlosigkeit eine solche Energie und ein nicht zu unterschätzendes Talent in sich trug. Er blieb ein Arschloch, natürlich. Aber eins, von dem man behaupten konnte, dass es an der richtigen Stelle saß. Und noch etwas war Inka aufgefallen. Der einzige Anwesende im Saal, der nicht gebannt an Pfeils Lippen hing. Ein grauhaariger, gepflegter Mann in einem teuren Anzug hatte während der gesamten Pressekonferenz im hinteren Teil des Raumes gesessen und sich die Veranstaltung schweigend und nach außen eher lustlos mit übereinandergeschlagenen Beinen angesehen.

Jetzt hatte sich der Presseraum innerhalb von Sekunden geleert, aber der Mann war nicht verschwunden. Inka trat auf den Flur und war sofort im Kreis ihres Teams. Röggen, Kemperdick und Porbeck gratulierten ihr zu ihrem Auftritt. Inka nahm das Lob eher gleichgültig zur Kenntnis und sah zu Pfeil, der wenige Meter weiter im Flur stand und sich gerade noch einmal vom Staatsanwalt verabschiedet hatte. Der grauhaarige Mann trat zu ihm und schüttelte ihm die Hand. Eine Szenerie, die absurd wirkte, denn der gerade noch selbstbewusste und vor Stolz strotzende Pfeil schien plötzlich klein und übereifrig wie ein Schuljunge.

»Also, was sagst du?«, fragte Röggen. Inka erwachte aus ihren Gedanken und sah ihre Kollegin an.

»Wozu?«, fragte sie abwesend.

»Altstadttreff, heute Abend?«

»Lass mal«, sagte Inka heiser und rieb sich die noch immer schmerzenden Handgelenke. »Ich denke, ich habe zu Hause noch ein paar Dinge zu klären.« Sie ließ einige Sekunden verstreichen, bis sie leise hinzufügte: »Sofern man das noch als Zuhause bezeichnen kann.«

Röggen verstand. Sie wusste aus eigener Erfahrung, wie verletzt und bloßgestellt sich schon die Opfer eines vergleichsweise harmlosen Wohnungseinbruchs fühlen konnten. Wie es einer Polizistin ergehen musste, die ohnmächtig hatte ertragen müssen, dass ein Geiselnehmer und Entführer in ihrer Wohnung ihre eigene Familie in seiner Gewalt hatte, konnte sie nur ahnen. Inka nickte den Kollegen zu, die sich überraschend diskret zurückzogen.

»Wenn du's dir anders überlegen solltest, ruf an«, sagte Röggen und ließ Inka alleine.

Inka nickte und wandte sich nachdenklich zum Fenster. Auf dem Parkplatz unter ihr drängte sich eine Menge aus Technikern, Journalisten, Kamerateams, Kollegen und Schaulustigen, die zwischen Transportern und Ü-Wagen der großen Radio- und TV-Stationen wie Ameisen hin und her rannten.

»Ich finde auch, Sie haben sich eine kleine Feier verdient«, sagte eine Stimme. Pfeil war neben Inka getreten und blickte ebenfalls mit verschränkten Armen auf den Parkplatz.

»Sie meinen, bevor Sie mich mit dem überschütten, was mich wohl unweigerlich erwartet?«

Pfeil lächelte nachsichtig, wie über den ganz und gar unlustigen Witz eines Kindes.

»Was meinen Sie?«, fragte er.

»Sie und ich wissen, wie die Verhaftung von Birkholtz abgelaufen ist«, sagte Inka ernst. »Und Sie und ich wissen, dass ich Grenzen überschritten habe, die ich nicht hätte überschreiten dürfen.

Und Sie und ich wissen auch, dass es mir in diesem Fall scheißegal war und ich es jederzeit wieder machen würde, wenn ich vor dieselbe Entscheidung gestellt werden würde.«

»Sagen Sie mir gerade, dass Ihnen Dienstvorschriften und Gesetze egal sind, Frau Luhmann?«

»Nein, ich sage Ihnen die Wahrheit. Im Gegensatz zu dem, was Sie da gerade in der Pressekonferenz alles weichgespült haben. Gut und Böse gibt's nur im Doppelpack, Herr Pfeil. Das wissen Sie, Sie waren auch mal Ermittler. Manchmal lässt sich das nicht einfach trennen.«

Ein Moment des Schweigens trat ein. Nur der Lärm der abziehenden Pressemeute und das dumpfe Dröhnen der Dieselgeneratoren auf dem Parkplatz erfüllten den Flur.

»Das schätze ich an Ihnen, Frau Luhmann«, sagte Pfeil dann. »Sie sagen, was Sie denken. Sie sind bis Montag vom Dienst freigestellt. Um Punkt zehn Uhr will ich einen detaillierten Bericht von Ihnen. Inklusive Erklärungen für jeden einzelnen Schritt Ihrer Ermittlungen, jede Entscheidung und einen Grund für jedes verschossene Projektil.«

Inka nickte ironisch.

»Auch wenn es vielleicht keinen Grund gibt?«

»Es gibt immer einen. Auch wenn es der falsche ist. Kleiner Tipp: Sehen Sie zu, dass im Bericht der richtige steht. Sonst kann ich Ihnen interne Ermittlungen leider nicht ersparen. Übrigens kann ich Ihnen sagen, dass meine ach so weichgespülte Wahrheit der einzige Grund dafür ist, dass sie nicht schon laufen.«

Pfeil deutete vage auf den Parkplatztrubel, in dem der grauhaarige Mann im Anzug gerade in eine dunkle Limousine stieg. Inka sah auf das Kennzeichen: »NRW«, danach folgte eine vier, dann eine neun. Inka wusste nur zu gut, was das bedeutete. NRW stand für ein Fahrzeug der Landesregierung in Düsseldorf. Die 4 dahinter für das Landesinnenministerium und die einstellige Zahl dahinter für ein verdammt hohes Tier im entsprechenden Laden. Inka sah Pfeil an.

»Dann haben Sie gerade was getan? Mir den Rücken freigehalten oder Ihren Arsch gerettet?«

»Vielleicht beides. Montagmorgen um zehn, Frau Luhmann. Keine Minute später«, sagte er und ging.

33   Donnerstag 20:57 Uhr

Das Wetter war exakt so, wie die Wettervorhersage es angekündigt hatte. Nach dem heftigen Gewitter der letzten Nacht hatten sich die Temperaturen im angenehmen sommerlichen Bereich eingependelt. Der zuvor wochenlang strahlend blaue Himmel hatte sich wohltuend bewölkt.

Henne saß in einem Klappstuhl und sog eiskalte Cola durch einen Strohhalm aus einem Glas. Auch wenn die Wunde auf seiner Wange sich als harmlos erwiesen hatte, brummte sein Schädel trotz etlicher Kopfschmerztabletten noch immer.

Das lag, dachte er, nicht nur an der Auseinandersetzung mit Birkholtz, sondern an dem Stress, der gefolgt war. Die Spurensicherung hatte nach der Festnahme von Birkholtz das gesamte Haus bis auf weiteres in Beschlag genommen, um Beweise zu sichern und Tatabläufe zu rekonstruieren. Den Nachmittag hatten Inka und Henne mit Zeugenaussagen im Präsidium verbracht. Die Kinder hatte Pfeil davon verschont, Frau Lugner hatte sich geradezu darauf gefreut.

Allerdings lag sie für die nächsten Tage zur Beobachtung im Maria-Hilf-Krankenhaus, genoss aber nach eigenen Angaben die Tatsache, dass Ärzte, Schwestern und Polizisten sich rührend um sie bemühten. Nach einem Besuch mit vielen Tränen und Entschuldigungen und einem dicken Strauß Blumen hatten Inka und Henne ihre eigenen und die Sachen der Kinder gepackt und waren hergekommen.

Zwar hatten sowohl Hennes als auch Inkas Eltern sofort angeboten, die Kinder und Enkelkinder für die Dauer ihrer Obdachlosigkeit bei sich aufzunehmen, doch Inka hatte abgelehnt. Der Campingplatz erschien ihr vielleicht nicht als praktischere Lösung, aber als plausiblere. Natürlich war sie noch immer kein großer Campingfan. Aber noch weniger wollte sie Fragen ihrer oder Hennes' Eltern beantworten, auf die sie noch gar keine Antwort hatte.

Henne ließ seinen Blick über den friedlichen See und das geschäftige Treiben auf den Wegen und Stellplätzen um sie herum schweifen. Doch den Anblick zu genießen wollte auch ihm nicht gelingen. Eine schwer greifbare Melancholie schien in der leichten Urlaubsluft mitzuschwingen, als hätte sich ein Cellist in eine Sambacombo geschlichen.

»Danke, Porbeck«, sagte Inka und beendete ein Telefonat mit ihrem Forensiker. Sie steckte das Handy ein und trat aus dem ummauerten Vorzelt des Dauercamperwohnwagens, den sie bis gestern Nacht noch mit Röggen bewohnt hatte. Jetzt dienten er und sein Gegenüber, in dem Kemperdick und Porbeck gewohnt hatten, als Notunterkünfte für eine vierköpfige Familie. Mia und Tom polterten mit Böse ausgelassen und freudig in ihrem Wohnwagen. Inka war froh, dass die Kinder ihren Schrecken vordergründig gut weggesteckt hatten, sie wusste aber auch aus Erfahrung, dass Spätfolgen deshalb so hießen, weil sie später folgten. Im Moment mochte sie daran noch gar nicht denken.

»Wie lange werden sie brauchen?«, fragte Henne.

»Morgen Mittag können wir vermutlich wieder rein«, sagte Inka und seufzte. »Porbeck sagte, sie arbeiten so schnell, so sauber, so vorsichtig und so diskret wie möglich.«

Henne nahm einen Schluck Cola, während Inka sich schweigend neben ihn setzte.

Wie oft hatten beide in ihrem Job als Polizisten schon automatisiert und kriminalistisch fokussiert die intimsten Lebensbereiche anderer Menschen erforscht. Man konnte immer nur ahnen, wie diese Menschen sich fühlen mussten. Wie es sich wirklich anfühlt, wusste man erst, wenn eine Horde Männer und Frauen in weißen Overalls die eigenen Schlafzimmerschubladen auf links drehte.

Worte waren nicht nötig. Inka und Henne hatten sich ausgesprochen. Henne hatte Inka den Grund für seinen Besuch im Musterhaus bei Bianca erklärt. Ihre Zudringlichkeit und sein wenn auch kurzes Zögern bei ihrem Verführungsversuch allerdings ausgespart. Inka hatte ihm den Ablauf der Ermittlungen geschildert. Ihren Gewaltausbruch gegen den wehrlosen Birkholtz allerdings verschwiegen. Es schien, als hätten beide etwas Böses in den Keller gesperrt, abgeschlossen und den Schlüssel weggeworfen. Vielleicht war auch das der Grund, warum sich ihr Beziehungsstatus nicht nach »Versöhnung« anfühlte, sondern eher wie ein emotionaler Waffenstillstand. Beide wussten, dass sowohl sie als auch der andere ein gewisses Maß an Schuld daran trugen, dass ihre Familie in massiver Gefahr gewesen war. Und beide wussten, dass eilig dahergesagte Worte der Vergebung nicht ausradieren konnten, was passiert war. Die Wunde würde bleiben. Man konnte nur hoffen, dass sie vernarbte. Und vielleicht war genau dafür ein besonderer Schritt notwendig.

»Hendrik?«, fragte Inka und sah ihren Mann an. Er schluckte und erwiderte den Blick ernst und wachsam, wie immer, wenn sie ihn bei seinem vollen Namen nannte.

»Mit wie vielen Leuten hattest du zu tun, die sich nach einem Unfall, einem Einbruch oder einer Gewalttat in ihrer Wohnung nicht mehr wohl gefühlt haben?«

»Dutzenden«, sagte er.

»Und wie viele davon hast du verstanden?«

»Eigentlich habe ich ihre Ansicht immer nur akzeptiert. Bis heute«, fügte er betroffen hinzu.

Inka nickte. »Geht mir genauso. Die meisten brauchten einen Neuanfang, um alles zu verarbeiten.«

Sie wandte sich ihm zu und glaubte in seinem Blick zu erkennen, dass er ähnlich dachte wie sie.

»Ich weiß nicht, ob ich nach gestern Nacht noch einmal in die Wohnung zurückmöchte«, sagte Inka. Henne sah sie an, während sie fortfuhr. »Ich meine, fürs Erste, okay. Aber dauerhaft?«

Henne nickte.

»Ich weiß, was du meinst. Geht mir ähnlich.«

»Deshalb finde ich deine Idee mit dem Haus gar nicht so schlecht.«

Ein kurzes Lächeln legte sich auf seine Miene.

»Echt?«

»Echt«, lächelte sie zurück. Doch nur kurz. Denn sie wusste, dass Henne ihrem nächsten Punkt sicher nicht zustimmen würde.

»Nur über den Standort sollten wir uns noch mal unterhalten«, sagte sie ernst.

Sein Lächeln erstarb.

»Wieso?«, fragte Henne. »Das Grundstück bei meinen Eltern ist perfekt. Es kostet nichts, die Babysitter wohnen nebenan, und es liegt fast mitten in Brilon.«

»Genau deswegen«, meinte Inka düster und wandte sich ab.

Henne sah sie an. Hinter Inka versank die Sonne langsam im Westen. Ein tieferes Abendrot hatte Henne nie gesehen.